덕질로 배운다!
10대를 위한 글쓰기 특강

덕질로 배운다!
10대를 위한 글쓰기 특강
—
2021년 1월 27일 1판 1쇄 발행
2022년 4월 15일 1판 2쇄 발행
—
지은이 윤창욱
펴낸이 이상훈
펴낸곳 책밥
주소 03986 서울시 마포구 동교로23길 116 3층
전화 번호 02-582-6707
팩스 번호 02-335-6702
홈페이지 www.bookisbab.co.kr
등록 2007.1.31. 제313-2007-126호.
—
기획 권경자
디자인 디자인허브
—
ISBN 979-11-90641-30-2 (03800)
정가 16,800원
—

덕질로 배운다!

10대를 — 위한
글쓰기 특강

윤창욱 · 지음

쓸거리 찾기에서 생각 펼치기까지
현직 교사가 가르쳐 주는
글쓰기의 기본

책밥

일러두기

- 이 책에 포함된 글쓰기의 예는 대부분 작가가 재직하고 있는 학교의 학생들이 작성한 것이며, 가능한 한 학생들이 쓴 원문을 그대로 실어 정리하였다.
- 이 책에 실린 학생 글의 경우 대부분 저작권 사용 허락을 받아 활용하였지만, 학생들의 개인정보보호를 위해 소속 학교 외에 학년과 이름은 비공개로 정리하였음을 일러둔다.

글쓰기, 놀이의 도구이자 놀이 그 자체

2018년 겨울 어느 날이었다. 내 첫 번째 책을 맡아주었던 편집장에게서 연락이 왔다. 일반 독자를 위한 글쓰기 책을 기획하고 있으니 책 한 권 써달라는 게 주된 용건이었다.

뜻밖이었고 반가웠던 만큼 당혹스러웠다. 그간 대학과 고등학교에서 글쓰기를 가르쳐오긴 했다. 하지만 아는 게 별로 없다고 생각했기 때문이다. 더구나 훌륭한 글쓰기 책들이 이미 여러 권 나와 있다. 이런 상황에서 기존의 책과는 다른 방식으로, 부끄럽지 않을 만한 책을 써낼 수 있을까? 자신이 없었다. 모처럼의 제안을 거절할 수밖에 없었던 이유다.

그러다가 작년 여름, 두 번째 연락이 왔다. 중·고등학생을 대상으로 한 책은 써줄 수 있겠느냐는 것이었다. 이번에는 망설이지 않았다. 쓰겠다고 했다. 두 가지 이유 때문이다. 하나는 이렇게 계속 기회를 날리다간 다시는 책 쓸 일이 없을 것 같아서였고, 다른 이유 하나는 이제는 차별화된 콘셉트로 남과 다른 이야기를 할 수 있을 것 같았기 때문이다.

이 책은 다섯 가지 측면에서 기존 책과 구별된다. 첫째, 타깃 독자가 중학교 2학년에서 고등학교 2학년 사이의 학생이다. 당연한 말이겠지만, 성인 독자를 대상으로 한 책과 청소년 독자를 대상으로 한 책은 성격이 다를 수밖에 없다. 관심사나 필요, 어울리는 이야기의 범주가 다르기 때문이다. 그런데 막상 학생들에게 권해줄 만한 책을 고르라치면 마음에 드는 책을 찾기가 쉽지 않았다. 글쓰기 책은 많았지만 청소년에게 꼭 맞는 책은 드물었기 때문이다.

여기를 출발점으로 삼았다. 글쓰기 책이라 해도 청소년을 대상으로 삼았다면 그들의 눈높이에 맞춘 책, 그들만의 고민과 관심사를 담은 책이 필요한 게 아닐까? 그래서 원고 쓰는 내내 청소년에게 어울릴만한 책의 모습에 대해 생각했다. 이 책은 그와 같은 고심의 결과물이다.

둘째, 이 책의 콘셉트를 '글쓰기, 놀이의 도구이자 놀이 그 자체'로 잡았다. 글쓰기에 큰 관심이 없는 중학생도 쉽고 재미있게 읽을 수 있는 책을 쓰고 싶었기 때문이다.

서점에 가 보면 '수준 높은 글'을 쓰기 위해 지켜야 할 규범들을 잔뜩 나열한 책을 종종 볼 수 있다. 주 타깃이 청소년임에도 불구하고 말이다. 문제는 그처럼 완벽한 글쓰기를 지향하면 할수록 학생들은 글쓰기에서 더 멀어진다는 점이다. 그 이유는 우리도 잘 알다시피 재미가 없어서다. 완벽한 글쓰기보다 쓰기를 즐기는 게 먼저인 이유다.

그래서 이 책에서는 복잡한 규칙 소개를 최소화했다. 대신 아이돌 그룹이나 웹툰, 축구나 농구 같은 스포츠, 요리 또는 게임에 이르기까지 자기가 좋아하는 것에 대해 수다 떨듯 쓰도록 했다. 그 속에서 글쓰기도 하나의 놀이처럼 느끼길 바랐기 때문이다.

셋째, 쓰기의 구체적인 절차와 방법을 소개하는 데 많은 신경을 썼다. 책을 쓰기 전, 학생들을 대상으로 설문조사를 실시한 적이 있다. 어떤 글쓰기 책을 원하는지 알고 싶어서였다. 한 학생이 답했다. '이 책만 보면 그대로 따라 쓸 수 있겠다 싶은 생각이 드는 책'이 있었으면 좋겠다고. 고개가 끄덕여졌다. 쓸거리를 찾거나 생각 펼치는 방법을 몰라 글을 쓰지 못하는 학생들을 종종 봤기 때문이다.

그래서 2장과 4장에 많은 공을 들였다. 글을 쓰는 방법이 궁금하다면 2장에서 소개한 쓸거리 찾는 방법부터 읽어보기 바란다. 이후 적당한 쓸거리가 떠오르면 4장에서 그에 어울리는 틀을 찾아 글을 써 보라. 이 두 가지만 잘 익혀 둔다면 글쓰기가 한결 쉬워질 것이다.

넷째, 각 꼭지마다 또래 학생이 쓴 예문을 제시했다. 백 마디 설명보다 하나의 예문이 훨씬 더 생생하게 와닿을 수 있기 때문이다. 또래가 쓴 글이니 공감대도 더 클 것이고 말이다. 그러니 혹시라도 본문이 잘 이해되지 않는다면 예문을 꼼꼼히 살펴보기 바란다. 명쾌하고 구체적인 답을 찾을 수 있을 것이다.

다섯째, 글쓰기의 초점을 실생활에 맞췄다. 시나 소설은 예술의 범주에 들어간다. 그와 같은 갈래의 글을 쓰려면 타고난 재능이 필요하다. 하지만 칼럼이나 에세이 같이 실생활에서 자주 쓰이는 글은 그렇지 않다. 나 같이 평범한 사람이라도 일정 기간 연습하면 누구나 잘 쓸 수 있다. 게다가 실생활 글은 문학에 비해 가치가 떨어지는 것도 아니다. 성격이 다를 뿐이다. 글쓰기의 민주화에 기여하고 평범한 우리를 평범하지 않은 삶의 공간으로 이끄는 실생활 글쓰기. 이 책에서 토대로 삼은 이유다.

지금까지 이 책이 다른 책과 차별화되는 몇 가지 특징에 대해 짚어 봤다. 그런데 따지고 보면 모든 면에서 다르기만 한 것은 아니다. 오히려 닮은 점이 더 많다. 예상 독자를 고려해야 한다거나, 읽기 쉽게 써야 한다는 등의 기본 원칙은 어느 책이든 비슷할 수밖에 없기 때문이다. 이 책이 앞선 저작들에게 많은 빚을 진 이유다.

특히 강원국[1], 강준만[2], 유시민[3] 작가의 책을 자주 참고했다. 각기 다른 빛깔을 지녔으면서도 글쓰기의 기본을 잘 담고 있어서였다. 섬

---

1 강원국, 《대통령의 글쓰기》, 메디치미디어, 2018.
2 강준만, 《글쓰기가 뭐라고》, 인물과사상사, 2018.
3 유시민, 《유시민의 글쓰기 특강》, 생각의길, 2015.

세한 독자라면 이 책 곳곳에서 그들의 목소리를 들을 수 있을 것이다. 또 이상원 교수의 책[4]을 읽고는 글쓰기도 놀이가 될 수 있음을 처음으로 깨달았다. 나아가 피터 엘보[5], 이남훈[6] 작가의 책을 통해서는 글쓰기를 둘러싼 색다른 시각에 대해 고민해 볼 수 있었다. 이 외에도 많은 책과 글을 통해 소중한 통찰을 얻었다. 이 책이 그나마 책 비슷한 모양새를 갖추게 된 것도 결국 내가 읽었던 모든 책과 글의 저자들 덕분이다. 이 자리를 빌려 다시 한 번 감사드린다.

---

4   이상원, 《서울대 인문학 글쓰기 강의》, 황소자리, 2011.
5   피터 엘보, 김우열 옮김, 《힘 있는 글쓰기》, 토트출판사, 2014.
6   이남훈, 《필력》, 지음미디어, 2017.

차례

3장 글쓰기 특강 2: 생각을 펼칠 때 고려할 사항

4장 글쓰기 특강 3: 생각 펼치기

5장   글쓰기 특강 4: 고쳐 쓰기

6장   더 나은 글쓰기를 위해 알아두면 좋은 일곱 가지

에필로그

MBA 학생들이 배워야 할 단 한 가지는
의사소통의 기술이며, 그것은 글쓰기다.

.

워런 버핏_Warren Buffett, 버크서 해서웨이 회장

1장

왜 글쓰기를
배워야 하는가

글쓰기, 충만한 삶의
공간으로 가는 길

글쓰기가 유행이다. 글쓰기 교실에 사람들이 몰리고 서점에는 관련 책들이 쏟아지고 있다. '스마트폰이 책을 죽였다'는 말이 무색할 지경이다.

여기에 더해 2019년, 서울시 교육청에서는 '책쓰기 프로젝트'를 공식화했다. 일반 수업이나 동아리 시간에 학생들이 글을 쓰도록 한 뒤 이를 책으로 엮겠다는 것이다. 그래서 서울의 모든 중학생을 졸업 전까지 책 한 권씩 쓰는 저자로 만들겠다는 게 주된 취지다.[1]

궁금해진다. 우리는 왜 글쓰기를 배워야 하는 것일까? 단지 유행이기 때문에? 아니면 좋은 성적을 얻기 위해서? 여기서는 우리가 글

---

1   박세미, '서울 모든 중학생, 졸업 전까지 책 한 권씩 쓴다', 〈조선일보〉, 2019년 6월 28일자 기사.

쓰기를 배워야 하는 이유를 여섯 가지 측면에서 짚어 보려 한다.

글쓰기를 통해 미래 사회에 필요한 능력을 갖출 수 있다

4차 산업혁명이라는 말을 들어보았을 것이다. 2016년 1월, 다보스 포럼에서 소개된 뒤 미래 사회에 대한 모든 논의를 블랙홀처럼 빨아들이는 단어다. 이와 관련지어서는 로봇공학, 사물인터넷, 자율주행자동차 등 다양한 분야가 언급된다. 하지만 우리의 관심을 끄는 것은 단연 인공지능이다. 미래 직업과 관련성이 크기 때문이다.

2013년 발표한 옥스퍼드대학교의 연구 결과에 따르면 15년 이내에 미국의 현존하는 직업 중 47%가 인공지능으로 대체된다고 한다. 미국 듀크대학교의 캐시 데이비드슨(Cathy Davidson) 교수는 2011년, "올해 초등학교에 들어가는 어린이들의 65%는 아직 생기지도 않은 직업에 종사하게 될 것"이라고 말하기도 했다.

이에 대비하고 싶다. 어떤 능력을 길러야 할까? 싱귤래리티 허브의 인공지능 및 로봇공학 부분 공동의장인 닐 제이콥스타인(Neil Jacobstein)은 "올바른 질문을 할 수 있는 능력이야말로 미래를 준비하기 위해 갖추어야 할 가장 중요한 기술이다"라고 말한다. 이와 함께 의사소통 능력, 창의력, 비판적 사고력, 협업력 등도 미래 사회에 꼭 필요한 능력으로 꼽는다.[2]

---

2 박영숙, 제롬 글렌, 《일자리 혁명 2030》, 비즈니스북스, 2017, 123 - 181쪽.

그렇다면 이러한 능력들을 갖추기 위해 우리는 무엇을 해야 할까? 다양한 선택지가 있을 것이다. 하지만 가장 효과적인 것 중 하나는 글쓰기가 아닐까 싶다. 글을 쓰면 자연스레 앞에서 말한 능력들이 길러지기 때문이다.

예를 들어 보자. 앞으로 로봇 때문에 사람들의 일자리가 사라질 것이라는 우려가 많다. 이와 관련해 빌 게이츠는 "로봇의 노동에도 세금을 매겨야 한다"고 주장했다.

곧 찬반논쟁이 일었다. IT 분석가인 프레스톤 그랄라(Preston Gralla)는 로봇과 자동화로 인해 일자리가 크게 줄고 있는 것이 사실이라며 빌 게이츠의 주장에 동조했다. 하지만 로봇세를 얼마나 책정해야 하는지, 단순 자동화도 로봇으로 볼 수 있는지 등 해결해야 할 문제도 있다고 했다.

그런가 하면 경제학자인 제임스 베슨(James Bessen)은 반론을 제기했다. 로봇세를 도입하면 오히려 새로운 일자리의 창출이 늦어질 거라고 주장했다. 그러면서도 사라져가는 일자리에 있는 사람들을 위해 예산을 마련해야 한다는 빌 게이츠의 주장에는 동의했다.

여기서 주목할 것은 이들의 대화 방식이다. 먼저 빌 게이츠는 로봇으로 인해 일자리가 사라지는 현실이 바람직한 것인지 질문했다. 그리고 문제를 해결하기 위해 '로봇세'라는 창의적 대안을 제시했다. 그랄라와 베슨은 빌 게이츠의 주장을 비판적으로 검토했다. 뒤이어 각자의 생각을 칼럼으로 기고했다. 이는 하나의 문제에 대해 질문하고 창의적 대안을 검토하며 비판적으로 의사소통하는 글쓰기의 단면들을 잘 보여준다. 또 짚어야 할 것은 이들이 서로의 주장에 동의하든 동의하지 않든 하나의 주제에 대해 의견을 나누었다는 점이다. 이 속에서 협업도 이루어졌다.

이처럼 글쓰기는 4차 산업혁명 시대에 가장 중요하다고 여겨지는 핵심 능력들과 자연스레 연결된다. 미래 경쟁력의 원천으로써 글쓰기가 우리에게 필요한 이유다.

글쓰기는 현실의 나를 발전시킨다

글쓰기는 미래를 위해서만 의미 있는 것이 아니다. 지금의 일들을 위해서도 중요하다. 멀리 갈 것도 없다. 당장 중·고등학교의 수행평가를 보라. 절반이 글쓰기다. 대학도 마찬가지다. 좋은 성적을 받으려면 리포트를 잘 써야 하고 졸업하려면 논문도 써야 한다. 직장 생활도 다를 것이 없다. 업무를 위해서는 메일을 주고받아야 한다. 보고서를 만들어야 하고 협력업체에 제안서도 보내야 한다. 당연히 글쓰기를 잘하면 좋다. 잘하면 잘할수록 능력을 인정받기 때문이다. 어쨌든 이 모든 일에 글쓰기가 요구된다.

글쓰기는 전문성을 높이는 데에도 필요하다. 예컨대 글쓰기를 하는 변호사와 그렇지 않은 변호사를 생각해 보자. 어느 쪽이 더 전문성이 있을까? 단정할 수는 없지만, 나는 글을 잘 쓰는 쪽일 것 같다. 글쓰기로 소통하려면 이미 알고 있는 것만으로는 부족하기 때문이다. 관찰하고 질문을 던져야 한다. 자료도 찾고 더 많이 생각해야 한다. 전문성은 그 속에서 길러진다. 발전하는 삶이라면 삶과 글쓰기를 떼어놓고 생각할 수 없는 이유다.[3]

최근 연구 결과에 따르면, 글쓰기 능력이 좋을수록 인기 직종에 종사한다고 한다. 더 빨리 승진하고 리더의 자리에 오를 가능성도 높다고 한다. 왜 그런 결과가 나온 것일까? 글을 잘 쓴다는 것은 그만큼 사고가 논리적이고 깊다는 것을 의미하기 때문이다.[4] 이는 하버드대학교나 MIT대학교, 옥스퍼드대학교 등 세계의 주요 대학들이 글쓰기 교육에 열중하고 있는 이유 중 하나이기도 하다.

글쓰기로 내가 가진 것을 나눌 수 있다

나는 세상에서 하나뿐인 존재다. 누구도 나와 똑같은 것을 보고 똑같은 것을 먹고 똑같은 것을 느끼며 살아가지는 않는다. 이 속에서 드러나는 나만의 독특함. 그것이야말로 소중한 자산이다. 누구의 것과도 다르기 때문이다.

여러분도 마찬가지다. 따라서 여러분이 좋아하는 것, 잘 알고 있는 것이 있다면 그것은 충분히 나눌만한 가치가 있다. 남다른 무언가가

3   박인기, 〈글쓰기의 미래적 가치: 글쓰기의 미래적 효능과 글쓰기 교육의 양태(mode)〉, 한국작문학회, 작문연구 Vol.0 No.20, 2014, 11-21쪽.
4   황병익, 〈글쓰기의 필요성에 대한 통시적 고찰〉, 경성대학교 인문과학연구소, 인문학논총 46, 2018.02, 52쪽.

있기 때문이다.

예컨대 나는 영화 보기를 좋아한다. 그래서일까? 흐린 날이면 갑자기 가슴 뭉클해지는 영화를 보고 싶을 때가 있다. 그러면 인터넷 검색창에 '가슴 뭉클해지는 영화', '추천 영화' 등의 검색어를 입력한다. 잠시 후 지금껏 내가 몰랐던 영화 목록들이 주르륵 나온다. 〈라라랜드〉는 그렇게 해서 건진 내 삶의 보석 같은 영화다.

생각해 보자. 내가 〈라라랜드〉를 보게 된 결정적 이유는 무엇 때문이었을까? 추천 때문이었다. 나는 지금껏 존재조차 몰랐던 〈라라랜드〉를 먼저 보고 그것의 감동을 나누려 했던 누군가의 추천 말이다. 이런 추천은 세상을 아름답고 풍요롭게 만든다.

게다가 그것은 나눈다고 해서 없어지는 것도 아니다. 오히려 더 풍부해진다. 알고 있는 것을 나누기 위해서는 자료도 찾고 고민도 해야 하기 때문이다. 이 과정에서 지금껏 몰랐던 것들도 알게 된다. 자신의 확장이 일어나는 것이다. 그러니 나누자. 사소해 보이는 것이라도 괜찮다. 필요한 사람에게는 결코 사소한 것이 아니다.

글쓰기를 통해 익숙한 부당함에서 벗어날 수 있다

태어나면서부터 우리는 특정 문화에 물든다. 더불어 그 문화를 당연한 것으로 여기게 된다. 오랜 시간의 익숙함 때문이다. 하지만 낯선 자의 시선으로 보면 당연한 것도 당연한 것이 아닐 때가 있다. 영화 〈82년생 김지영〉에서 드러나듯, 여성이라는 이유로 겪어야 하는 사회적 불평등도 그중 하나다.

그렇다면 우리는 왜 글을 쓰는가? 여러 가지 이유가 있을 것이다. 하지만 결코 빼놓을 수 없는 이유 중 하나는 익숙함에서 벗어나기 위해서다. 깨어있는 정신으로 금기에 도전하기 위해 글을 쓰는 것이다. 현재 유럽이나 미국에서는 경제적 불평등, 세계 평화, 환경 문제 등 정치·사회적으로 논란이 되는 다양한 이슈를 적극적으로 끌어들여 글쓰기 수업을 한다고 한다.[5]

왜 선진국일수록 사회적 모순을 두고 비판적인 글쓰기 교육을 하는 것일까? 배움의 이유가 기존 제도를 맹목적으로 따르는 데 있는 것이 아니라 비판을 통해 내가 사는 곳을 더 나은 곳으로 만드는 데 있기 때문이다. 선진국의 글쓰기 교육이 '지배 문화로부터의 해방'을 추구하는 이유다.

이는 자연스레 한 가지 분명한 사실을 암시한다. 적어도 지금까지는 완벽한 사회가 없었다는 사실 말이다. 그렇다면 어느 사회나 부당함은 숨어 있다고 봐야 하지 않을까?

따라서 우리는 질문해야 한다. 왜 그런지, 왜 그래야 하는지 치열하게 되물어야 한다. 오래된 편견과 부당함에서 벗어나는 길은 이 속에 있기 때문이다. 우리가 글을 써야 하는 또 다른 이유다.

---

5 오연희, 김화선, 〈21세기 작문교육의 현황과 인문학적 모색을 통한 전망〉, 한국문화융합학회, 문화와융합, 39(5), 2017. 10, 478-479쪽.

글쓰기를 통해 세상을 바꿀 수도 있다

익숙한 부당함에서 벗어나기 위한 글쓰기는 대개 잘못된 질서를 바로잡기 위한 노력으로 이어진다. 되짚어 보면 이와 같은 방식으로 세상을 바꾼 책들은 많았다.

노예제의 폭력성을 비판한 해리엇 비처 스토의 소설《톰 아저씨의 오두막》은 미국 남북전쟁의 도화선이 되었고, 솔제니친의《이반 데니소비치의 하루》는 구소련이 무너지게 된 계기 중 하나로 꼽힌다. 조영래 변호사의《전태일 평전》은 잘못된 노동 현실을 바로잡는 데 기여하기도 했다.

그런가 하면 세상을 바라보는 색안경을 바꿈으로써 세상을 바꾼 책들도 있다. 인류의 오랜 편견을 깬 것으로 유명한 책 세 권을 소개하면, 하나는 코페르니쿠스가 쓴《천체의 회전에 관하여》라는 책이다. 코페르니쿠스는 이 책에서 지동설을 주장했다. 이로써 지구가 우주의 중심이라는 편견을 깬 것이다. 다른 하나는 다윈의《종의 기원》이다. 여기서 다윈은 인간이 만물 중 최고가 아님을 밝혔다. 지구가 우주의 중심이 아니듯 인간도 그저 수많은 동물 중 하나에 불과함을 밝힌 것이다. 인류의 오랜 편견을 깬 것으로 유명한 책 마지막은 프로이트의《꿈의 해석》이다. 이 책에서 프로이트는 인간이 의식이 아닌 무의식의 지배를 받고 있음을 밝혔다. 이로써 오랫동안 서구 사회를 지배해왔던 이성 중심주의를 무너뜨렸다.

하지만 이처럼 널리 알려진 책들만 세상을 바꾸는 것은 아니다. 이름 없는 글들이 모여 세상을 바꾸기도 한다. 평범한 사람이 쓴 짤막한 글도 누군가에게는 감동을 주는, 세상을 바꾸는 씨앗일 수 있는 것이다. 특히나 지금처럼 인터넷이나 SNS가 발달한 사회에서는 더욱 그렇다.

그러므로 바꾸고 싶은 것이 있다면 글을 써야 한다. 그것은 내가 사는 곳을 더 가치 있는 곳으로 만든다. 당장 바꾸고 싶은 게 없어도 괜찮다. 무엇에 대해서든 쓰면 된다. 쓰다 보면 눈이 깊어질 것이다. 그러면 어느 순간 바꿔야 할 무언가가 보인다. 변화를 꿈꾸는 글은 그때 써도 된다.

글쓰기를 통해 나를 더 잘 이해할 수 있다

내가 글쓰기 수업을 할 때 절대 빼놓지 않는 주제가 하나 있다. 바로 '자기 안에 숨은 우울'에 대해 쓰게 하는 것이다.

학생들은 의외로 자신의 이야기를 잘 풀어 놓는다. 그렇게 펼쳐 놓은 슬픔이나 분노, 우울과 고민들을 하나하나 따라가다 보면 새삼 놀랄 때가 많다. 밝은 모습 이면에 그처럼 어두운 그림자가 자리 잡고 있는 줄 몰랐기 때문이다.

학생들의 힘든 사연을 접하고 나면 나도 마음이 무거워진다. 그러면서도 한편으로는 다행이다 싶다. 적어도 그 학생들은 자기 자신을 돌아보았기 때문이다.

한 학생의 글이 기억난다. 그는 아버지의 죽음에 대해 썼다. 자신을 누구보다 사랑했던 아버지, 하지만 불화의 주된 원인이었던 아버지, 그래서 언제나 원망의 대상이었던 아버지에 대한 분노를 쏟아낸 글이었다. 짚어야 할 것은, 그 과정에서 지금껏 외면하고 있던 아버지에 대한 연민과 사랑도 발견하게 되었다는 점이다.

그런가 하면 어떤 학생은 부모님의 기대와 자신의 꿈 사이에서 일어나는 방황에 대해 썼다. 치열한 고민 끝에 그는 자기 삶의 주인은 자신이어야 함을 깨닫게 되었다고 고백했다. 고민이 글로 드러남으로써 길을 찾은 사례다.

세상은 자신의 뜻대로만 살 수 있는 곳이 아니다. 그래서 살다 보면 저마다 상처를 받게 된다. 하지만 마음의 상처는 글로 표현되지 않으면 잘 잡히지 않는다. 글로 표현될 때 비로소 현실의 옷을 입고 구체화 된다.

더구나 상처는 피한다고 낫는 것도 아니다. 정확한 원인을 알아야 치유의 문이 열린다. 고민도 마찬가지다. 구체적으로 드러내야 한다. 그래야만 치열하게 갈등할 수도, 거리를 두고 냉정하게 바라볼 수도 있기 때문이다. '아하!' 하는 깨달음도 이 속에서 온다.

나는 나에 대해 잘 알 것 같지만 착각인 경우가 적지 않다. 그래서 글을 쓴다. 글쓰기는 자기 속에서 이야기를 길어 올리는 과정이기 때문이다. 치유에 대한 모색도 자기 이해도 그 속에서 가능해진다.

내가 글을 써도 되나

지금까지 글을 써보지 않았다면 글쓰기가 무척 막막하게 여겨질 것이다. 글 쓰는 방법을 몰라 불안할 수도, 다른 사람이 흉보면 어쩌나 괜한 걱정을 할 수도 있다.

그런데 그런 느낌은 누구나 비슷하게 받는다. 나도 그렇다. 쓸 때마다 불안하고 막막하다. 참 어렵다. 그래도 쓴다. 앞에서 설명한 몇 가지 이유 때문이다. 그런데 신기한 것은 막상 쓰다 보면 재미있다는 것이다. 그 재미는 지금까지 없던 무언가가 만들어지는 재미, 나의 세계가 넓어지는 재미 같은 것들이다.

또 사람들은 생각보다 내게 관심이 없다. 저마다의 생각에 바쁘기 때문이다. 데일 카네기는 이런 말도 했다. 부당한 비판이란 종종 변형된 칭찬이라고. 그것은 대개 여러분이 부러움을 불러일으켰음을 뜻한다고.

그러니 편하게 쓰자. 여러분이 쓴 글을 비판할 사람은 사실상 어디에도 없다. 그만큼 글 속에서는 자유를 누릴 수 있다. 그럼에도 누군가가 여러분을 비판한다면? 그것도 괜찮다. 여러분이 꽤 훌륭한 글을 썼다는 증거일 수 있기 때문이다.

게다가 글은 특정 소수만 쓸 자격을 가진 것이 아니다. 누구나 쓸 수 있다. 특히 기억해야 할 것은 누구도 나와 똑같은 글을 쓸 수는 없다는 점이다. 내 글이 특별한 이유다.

설문조사를 해 보면 쓰는 방법을 몰라 글을 쓰지 못하겠다는 학생도 꽤 보인다. 그런 경우라면 걱정할 것 없다. 이 책을 읽으면 된다. 그러니 한 번 써 보라. 써 보면 느낄 것이다. 글쓰기가 생각보다 별것 아니라는 것을. 또 쓰다 보면 어느 순간, 글쓰기는 여러분의 좋은 친구가 되어 있을지도 모른다. 나아가 그 친구는, 머지않아 여러분을 충만한 삶의 공간으로 데려갈 것이다. 우리가 글을 써야 할 거의 모든 것에 대한 이유다.

신기한 것들에 한눈팔지 말고,
당연한 것들에 질문을 던져라.

이성복_시인

2장

글쓰기 특강 1:
쓸거리 찾기

왜 쓸거리 찾는 방법을
알아야 할까

고등학교 2학년 때였다. 한 여학생을 짝사랑했다. 그녀를 처음 봤던 때가 기억난다. 시월의 끝자락이었고 안개 짙은 새벽녘이었다.

하지만 그녀가 나타나자 자욱한 안개가 일시에 걷히는 느낌이었다. 지금까지 없던 빛들이 갑자기 그녀 주위로만 몰려 어지럽게 빛나는 것 같았다. 아찔했다. 그토록 낯선 아름다움은 본 적이 없었기 때문이다.

이후 오직 그 여학생 생각만으로 시간을 보냈다. 그렇게 몇 달을 보내는 동안, 가뜩이나 좋지 않았던 성적도 완전히 바닥을 쳤다. 무언가 매듭이 필요했다. 그래서 편지를 쓰기로 했다.

생각보다 쉽지 않았다. 내 속에 가득한 말들을 어떻게 꺼내야 할지 몰랐기 때문이다. 밤새 글자를 썼다 지웠다 하면서 무수한 편지지만 날렸다. 그러다 적어 보내기로 한 것은 결국 시 한 편이었다. 당시 유행하던 퍼시 비시 셸리(Percy Bysshe Shelley)의 시로 기억하는데, 왜 그 시가 내 마음을 전할 수 있으리라 믿었었는지는 지금도 미스터리다.

쓸거리란 무엇인가

나는 왜 시를 적어 보냈던 것일까? 매혹적인 대상을 두고도 마음에 드는 쓸거리를 찾지 못했기 때문이다. 지금의 나라면 어떻게 했을까? 솔직하게 썼을 것이다. 처음 마주하던 순간의 떨림에 대해서거나 또는 홀린 듯 보낸 몇 달에 대해. 아니면 그즈음 마음속에 자라난 불안에 대해 썼을 수도 있다. 하지만 당시 나는 그러지 못했다. 쓸거리를 찾지 못한 쓰기의 완벽한 실패였다.[1]

당연한 이야기겠지만 쓸거리를 찾지 못하면 글을 쓸 수 없다. 이를 입증하듯《상실의 시대》로 유명한 무라카미 하루키는 쓸거리를 찾기 위해 무수히 많은 사람들을 만나고 다녔다. 또 이기호의 소설《권순찬과 착한 사람들》에는 소설가 주인공이 등장하는데 그는 무려 1년 동안 소설 한 편 쓰지 못한다. 왜일까? 시간이 없어서? 쓰는 법을 몰

---

1   먼저 개념을 명확히 정리해 두자. '쓸거리 찾기'는 정희모와 이재성의 책《글쓰기의 전략》에서 설명하는 구분을 참고할 때, 발상 단계에서 '구성적 아이디어 떠올리기'에 해당한다. 발상 단계는 테마와 주제를 정하고 구성적 아이디어를 떠올리는 단계다. 여기서 테마는 글 쓸 대상이고, 주제는 글의 중심 생각이며, 구성적 아이디어는 서술 전략을 간단히 구성하는 것을 뜻한다. 하지만 이 자리에서는 이 같은 구분을 일일이 하지는 않으려 한다. 쓸거리 찾기가 무엇인지만 알아도 글 쓰는 데 큰 어려움은 없기 때문이다. 더 자세히 알고 싶다면, 정희모·이재성,《글쓰기의 전략》, 들녘, 2005, 43~65쪽을 참고하기 바란다.

라서? 아니다. 이유는 오직 한 가지, 제대로 된 쓸거리를 찾지 못했기 때문이다.

이렇게 보면 글쓰기에서 쓸거리 찾기만큼 중요한 것도 없다. 모든 게 갖추어져 있어도 쓸거리가 없으면 쓸 수 없기 때문이다. 그렇다면 쓸거리란 무엇인가? 사전적 의미로는 '글로 쓸 만한 내용이 되는 재료'다. 하지만 이것만으로는 설명이 조금 부족하다. 그래서 나는 여기에 그 재료들을 바탕으로 '대략의 얼개를 짜는 것'까지 포함시킨다.

예를 들어 보자. 우리 아들은 고등학생인데, 그 아이의 취미 중 하나는 자전거 타기다. 한참 빠져 있을 때는 더운 날이건 추운 날이건 새벽이건 밤이건 가리지 않았다. 일단 집을 나갔다 하면 땀범벅이 될 때까지 돌아올 줄 몰랐다. 그런데 혼자서만 타기에 지친 것일까? 글을 써서 이 좋은 취미를 친구들과 나누고 싶어졌다. 어떻게 하면 될까?

먼저 할 일은 친구들을 자전거의 세계로 끌어들이는 상황을 염두에 두고 몇 가지 질문을 던지는 것이다. 이후 그것에 대해 답을 찾으면 된다. 이 과정에서 마련된 것이 바로 쓸거리다. 구체적인 내용은 다음과 같다.

- 자전거 타기만이 가진 독특한 매력 포인트는 무엇인가?
  ⇒ 친한 친구들과 같이 다니며 멋진 추억을 만들 수 있다. 탱탱한 몸을 만들 수 있다. 때로 아름다운 풍경에 젖어 고독을 즐길 수 있다.

- 자전거를 즐길 때 걸림돌은 없는가?

  ⇒ 비싼 가격이다. 하지만 처음부터 굳이 비싼 가격의 자전거를 살 필요는 없다. 학생 신분에 비싼 자전거는 관리하기만 힘들다. 저렴한 자전거로도 충분히 즐길 수 있다. 그래도 굳이 비싼 자전거를 사려거든 중고를 사면 된다.

- 자전거를 사거나 탈 때 알아두면 좋은 점은? …

위와 같이 일단 쓸거리가 마련되면 글의 절반은 쓴 것이나 마찬가지다. 남은 작업은 적당한 글쓰기 틀에 따라 개요를 짠 뒤 친구에게 이야기하듯 한 편의 글을 쓰면 된다.[2]

그러면 다시 질문해 보자. 글쓰기에서 쓸거리 찾는 방법을 알아두는 것은 왜 필요한가?

쓸거리 찾는 방법을 알아야 할 네 가지 이유

첫째, 똑같은 것을 봐도 더 매혹적인 쓸거리를 찾을 수 있기 때문이다. 글은 소통의 도구다. 따라서 좋은 글이 되려면 내게만 좋아서는 안 된다. 독자에게도 좋아야 한다. 뭔가 깊은 울림이 있거나 '아하!' 하는 깨달음이 있어야 하는 것이다. 어차피 대상 전부에 대해 쓸

---

2 글쓰기 틀은 이 책의 4장 생각 펼치기 부분을 참고하기 바란다. 결론 먼저 밝히고 논증하기, 문제와 해결 구조의 글쓰기 등 다양한 틀 중 마음에 드는 것을 골라 쓰면 된다.

수는 없다. 그렇다면 똑같은 대상을 보더라도 독자에게 매혹적으로 다가갈 쓸거리를 어떻게 찾아내느냐가 중요해진다. 쓸거리 찾는 방법을 알아야 하는 이유다.

둘째, 남다른 글은 남다른 쓸거리에서 결정되기 때문이다. 쓰는 사람의 개성, 독특한 시각과 사고를 가장 잘 나타내는 것은 무엇인가? 바로 쓸거리다. 그러니 이왕이면 참신한 것, 나만 할 수 있는 이야기, 쓰지 않고는 견딜 수 없는 무언가를 찾는 것이 중요하다. 정말 쓰고 싶은 쓸거리를 찾기만 한다면 글은 어떤 식으로든 쓸 수 있기 때문이다.

셋째, 계속해서 새로운 쓸거리가 생겨나기 때문이다. 소설《권순찬과 착한 사람들》에서 주인공 '나'는 쓰는 능력은 뛰어났지만 마땅한 쓸거리가 없어 쓰지 못했다. 그에 비하면 매력적인 쓸거리가 있다는 것은 얼마나 신나는 일인가? 그러니 한두 번 쓰고 마는 것이 아니라면 계속해서 쓸거리를 찾을 수 있는 방법을 익혀 두는 편이 좋다. 한 가지 덧붙이자면, 쓸거리는 어쩌다 얻어지는 것이 아니라 노력에 의해 발견되는 것이다.

넷째, 쓸거리는 처음 채우는 단추와 같기 때문이다. 우리가 옷 입을 때를 생각해 보자. 아무리 정성 들여 나머지 단추를 채워도 첫 단추가 어긋나면 모든 것이 엉망이 되고 만다. 글도 마찬가지다. 근사한 쓸거리가 마련되면 글쓰기는 한결 쉬워진다. 쓰는 과정도 재미있고 쓰고 나서도 보람이 있다. 하지만 처음부터 쓸거리로 적당하지 않은 것을 골라 쓰게 되면 쓸 때도 고생이고 쓰고 나서도 아쉬움이 남는다. 그러니 출발부터 제대로 하는 것이 좋다.

다음에는 쓸거리 찾는 방법을 본격적으로 이야기할 것이다. 물론 여기 소개된 방법 외에도 멋진 쓸거리를 찾는 방법들은 얼마든지 있다. 하지만 여기 제시된 것만 잘 적용해도 결코 적은 것은 아니다. 이를 잘 활용하면 많은 것들에 대해 쓸 수 있다. 그러니 알뜰히 읽고 모두 여러분의 것으로 만들기 바란다.

시작은
내가 좋아하는 것부터

몇 년 전 〈능력자들〉이라는 TV 프로그램이 방영된 적이 있다. 당시 해당 프로그램을 꽤 신선하게 여겼던 기억이 난다. '덕후'에 대해 다시 생각해 볼 수 있었기 때문이다. 덕후는 그 말이 쓰이던 초기만 하더라도 주로 음지에 머물던 존재였다. '집에만 틀어박혀 취미생활을 하는 사회성이 부족한 사람'쯤으로 여겨지는 경우가 많아서였다. 그런데 〈능력자들〉은 덕후를 다른 시각에서 조명한 것이다.

소개에 따르면 디자인에 대한 집착으로 스마트폰의 혁명을 이끈 스티브 잡스는 디자인 덕후, 날고 싶다는 욕망으로 인류 최초의 비행에 성공한 라이트 형제는 항공 덕후였다. 역사를 바꾼 천재들은 모두 무언가의 덕후였으며 우리는 이들의 열정에 힘입어 지금처럼 풍요로운 세상에 살게 되었다는 것이다.

이 프로그램 덕분인지는 모르겠지만 덕후라는 단어는 더 이상 과거처럼 병적인 이미지로 기억되지 않는다. 오히려 '무언가에 깊이 빠져 전문가 못지않은 지식과 열정을 가진 사람'이라는 긍정적인 의미로 쓰일 때가 더 많다.

살다 보면 누구나 한 번쯤은 무언가에 미친 듯 빠져들 때가 있지 않나? 비록 순간에 그칠지라도 말이다. 만약 그렇다면 우리 모두는 이미 무언가에 대한 덕후 아니면 잠재적 덕후이지 않을까?

좋아하는 것이 있으면 왜 글쓰기에서도 좋은가

굳이 지독한 덕후가 아니어도 상관없다. 아이돌, 피규어, 요리, 웹툰, 게임, 영화, 드라마, 음악, 스포츠, 패션 아이템으로써의 신발, 지갑, 가방, 옷, 액세서리 등등. 이것들 중 하나라도 좋아하는 것이 있는가? 만약 그렇다면 축복받은 것이다. 적어도 글쓰기의 세계에서는 틀림없는 사실이다. 왜 그런가?

그 이유 중 하나는 명확한 쓸거리를 가지고 있기 때문이다. 잠시 생각해 보자. 나는 왜 그것에 매혹되었나? 단순히 재미있어서? 아니면 그냥 멋있어서? 그럴 수도 있다. 하지만 더 본질적인 이유는 내가 그것에서 남들이 보지 못한 가치를 보았기 때문이다. 그리고 그 가치야말로 근사한 쓸거리가 된다. 남들은 모르지만 나는 알고 있는 매력적인 그 무엇. 이는 쓸거리의 최우선 조건이다.

두 번째 이유는 아는 것이 많아 할 말도 많기 때문이다. 언젠가 수업 시간에 한 학생이 '왜 〈프로듀스 101〉인가?'라는 제목으로 발표를 한 적이 있다. 자신이 〈프로듀스 101〉이라는 프로그램의 덕후임을 고백했던 그녀는 과연 덕후다웠다. 화려한 파워포인트 자료 속에 〈프로듀스 101〉에 대한 기본적인 소개, 사람들이 〈프로듀스 101〉에 열광할 수밖에 없는 이유 등에 대해 치밀하고 방대한 자료를 준비해 발표했기 때문이다. 그러자 화려했던 발표만큼 질문도 화려하게 쏟아졌다. '재능 있는 연습생들이 최소 1년, 최대 10년의 시간을 투자해 연습했는데 탈락한 90명에게 패배자라는 낙인을 찍는 이 구조가 지나치게 비인간적인 것은 아닌지' 하는 의문부터 '경쟁 구조상 일부 단점도 있지만 출연자들의 실력이 단기간에 향상되는 장점도 있다'는 답변까지. 이른바 말들의 성찬이 이어졌다.

발표와 더불어 오고 갔던 질문들이 그토록 풍성했던 이유는 무엇 때문인가? 서로가 좋아하는 것들에 대해 이야기했기 때문이다. 그래서 아는 것도 많았기 때문이다. 왁자지껄한 이야기들이 꼬리에 꼬리를 물고 나올 수 있었던 이유다. 이 속에서 발표는 수다가 되고 놀이가 되었다. 명심하자. 이와 같은 말들을 글자로 옮기면 그대로 한 편의 멋진 글이 된다는 것을. 바로 이 때문에 다음과 같은 주장도 가능해진다.

좋아하는 것과 함께할 때 글쓰기는 놀이의 도구이자 놀이 그 자체가 된다. 따라서 좋아하는 것이 있으면 글쓰기에서도 좋다.

좋아하는 것이 있으면 꼭 써야 하나

그렇지는 않다. 하지만 글쓰기를 하면 한 가지 좋은 점은 있다. 바로 덕질에 대해 당당해질 수 있다는 점이다. 자신을 돌아보는 계기가 되기 때문이다. 이 과정에서 자기가 좋아하는 게 나쁜 것이 아니라는 결론에 이르게 되면 이에 대해 떳떳해질 수 있다.

게임을 예로 들어 보자. 많은 청소년들이 게임에 빠져 산다. 하지만 대개 청소년들이 게임을 좋아하는 것 이상으로 부모님들은 게임을 싫어한다. 집에서 하다 부모님의 눈에 띄기라도 하면 게임은 삭제 1순위다.

그러면 게임은 무조건 나쁘기만 한가? 글쎄, 다만 부모님 입장에서는 걱정스러울 수밖에 없다는 것만 짚어두자. 중독도 우려되고 이때문에 성적이 떨어질까 봐 신경도 쓰이기 때문이다.

그러나 정작 게임을 즐기는 학생들의 말에 따르면 게임이 꼭 부정적인 것만은 아니다. 일단은 재미있고, 게임을 하기 위해 그 외의 시간에는 그만큼 압축적으로 공부하기 때문이다. 때로 게임은 축구나 농구 같은 스포츠와 별반 다르지 않다는 의견도 있었다. 또래들과 시간을 공유함으로써 공감대를 만들고 우정을 다진다는 측면에서 말이다. 그리고 보면 우리 삶은 오직 일하기 위해서만 존재하는 것은 아니지 않나? 쉼도 필요하다. 그러한 쉼의 하나로 굳이 게임이 부정되어야 할 이유 또한 없지 않을까?

더군다나 내가 즐기는 것이 다른 사람이 즐기는 것보다 반드시 열

등해야 할 이유도 없다. 중독되어 일상에 지장을 주거나 다른 사람에게 피해를 주는 것이 아니라면 말이다. 그렇다면 모든 즐길 것들은 평등하게 어울려야 하지 않나?

내가 즐기는 것을 옹호할 필요는 바로 여기서 생긴다. 또 그러기 위해서는 나의 덕질이 얼마나 매혹적인지, 왜 정당성을 가지는지 밝힐 수 있어야 한다. 이때 가장 필요한 도구가 뭘까? 바로 글쓰기다. 글쓰기를 통해 우리의 취미를 둘러싼 우려와 혐오의 시선에서 자유로워질 수 있기 때문이다.

물론 나는 여전히 우리 아들이 게임하는 것을 보면 기분이 썩 좋지는 않다. 그렇다면 나와 같은 부모님을 위해 글을 써서 소통해 보는 것은 어떨까? 게임에 대해 부정적인 사람들은 게임이 가진 긍정적 효과와 의미에 대해 모르기 때문에 계속 부정적일 수 있으니 말이다.

더불어 글쓰기를 하다 보면 게임을 좋아하는 학생도 부모님의 걱정을 더 잘 이해하게 된다. 상황을 좀 더 차분하게 볼 수 있기 때문이다. 비로소 상호 이해의 길이 열리는 것이다. 바로 이 지점에서 서로 적정선을 유지할 수 있는 여지, 평화로운 타협과 공존의 여지도 생겨나지 않을까?

쓸거리는 어떻게 찾을까

가장 쉬운 방법은 브레인스토밍을 통해 질문을 던져 보는 것이다. 예컨대 다음과 같은 질문을 스스로에게 던져 보자.

- 나는 왜 처음 그것에 흥미를 가지게 되었나?
- 그것만이 가진 독특한 매력 포인트는 무엇인가?
- 그것의 다양한 매력 중 가장 빛나는 것, 그래서 가장 알려주고 싶은 것은 무엇인가?
- 어떻게 보여주면 독자도 나처럼 이것에 매력을 느끼게 될까?
- 혹시라도 독자가 이것을 즐기는데 가로막는 장벽은 없나? 만약 있다면 그것은 어떻게 극복할 수 있을까?
- 그 외에 즐길 때 참고하면 좋은 것들은 무엇인가?

이때 유의할 점 몇 가지가 있다. 먼저, 매력 포인트를 찾을 때 누구나 쉽게 떠올릴 수 있는 것은 매력적이지 않다는 점이다. 이야기의 중심이 뻔해지기 때문이다. 그러므로 나는 잘 알지만 독자는 잘 모를 만한 것, 그러면서도 상대에게 솔깃하게 먹힐 만한 것을 찾아야 한다.

다음으로, 상대가 솔깃해하려면 나에게만 좋은 것이 아니라 독자에게도 좋은 것이어야 한다. 그래야 상대방도 주의를 집중한다.

마지막으로, 앞의 두 가지 조건을 모두 만족시키는 것이 그리 많을 리 없다. 그러니 매력 포인트의 개수를 많이 찾는 데 집착하지 말자. 때로는 대상의 가장 빛나는 매력 한두 가지만으로도 충분하다.

그럼에도 불구하고 여러 가지 매력을 굳이 살리고 싶다면 초점화와 배경화 전략을 권한다. 방법은 간단하다. 가장 핵심적인 매력을 전면에 드러내고 그다음 매력적인 것들을 배경으로 깔면 된다.

사례로 배우는 글쓰기

오른쪽에 학생 글 한 편을 소개한다. 이 학생은 자신이 좋아하는 웹툰의 '빛나는 점'에 대해 적었다. 이 글을 읽음으로써 나는 웹툰에 대한 편견을 꽤 많이 버릴 수 있었다. 글이 가진 소통의 힘 때문이다. 여러분도 자신이 좋아하는 것에 대해 이와 같은 방식으로 글을 써보면 어떨까?

웹툰

경남과학고 하○○

〈앞부분 생략〉 대체 왜 이렇게 많은 사람들이 웹툰에 환호할까? 기존의 출판만화와 달리 댓글을 적을 수 있어 작가와 독자의 쌍방향 소통이 가능한 점, 어디서든지 스마트폰이나 컴퓨터만 있으면 쉽게 볼 수 있다는 점, 원하는 장르의 작품을 자유롭게 선택할 수 있다는 점 등 웹툰의 장점만 가지고도 책 한 권은 쓸 수 있다. 하지만 분량상의 이유로 두 가지 작품을 추천하는 것으로 대신하고자 한다.

〈신의 탑〉: 웹툰은 단순한 만화가 아니다

SIU 작가의 〈신의 탑〉은 2010년 7월부터 매주 월요일 정식으로 연재되고 있는 작품으로 어린 시절의 기억이라곤 라헬과 탑밖에 없는 한 소년에 대한 이야기이다. 세상의 전부였던 라헬을 엄마 혹은 누이처럼 여기고 있었고, 언제까지나 자신의 곁에 있을 것이라 생각했지만 라헬은 신의 탑을 오르기 위해 밤을 버리고 떠난다. 밤은 라헬이 자신을 버리고 떠난 이유를 알기 위해 그녀를 찾아 탑에 오른다.

〈신의 탑〉은 박진감 넘치는 전투 장면, 매력적인 작화로 꾸준히 사랑받는 작품이다. 하지만 무엇보다 〈신의 탑〉이 대중에게 사랑받는 이유는 바로 방대한 세계관과 세밀한 스토리이다. 충분히 진부해질 수 있는 소년 만화임에도 불구하고, 수많은 캐릭터 사이의 이해관계는 독자들이 작품에 몰입할 수밖에 없도록 만든다. 작품에서 밤은 라헬을 쫓아 탑을 오르지만, 곧 라헬이 밤을 버린 이유가 밤에 대한 시기와 질투 때문이라는 것을 알게 된다. 결국 밤은 라헬에게서 벗어나 스스로의 정체성을 찾아가면서 스토리가 진행된다. 얼핏 보면 평범한 소년 만화 같지만, 주인공 개인의 성장과 더불어 여자주인공과의 비극적인 집착관계, 동료들 간의 유대관계 등 덕분에 작품은 전혀 진부할 수가 없다.

이쯤이면 〈신의 탑〉이랑 웹툰의 장점이 무슨 상관인지 궁금할 수 있다. 그러나 과연 〈신의 탑〉이 출판만화였다면 지금과 같은 인기를 얻었을지를 생각해보자. 〈신의 탑〉에서 '탑'은 아메리카 대륙보다 더 넓은 각 층 수백 개가 모여 있는 곳이다. 작가가 이렇게 엄청난 스케일의 세계관을 설정한 이유는 작중 등장하는 수많은 캐릭터들(200명 이상) 사이의 이해관계를 표현하기 위함이다. 또한 작품의 방대한 세계관과 복잡한 스토리를 이해하기 위해서는 댓글을 통한 독자 간 소통과 작가와의 소통이 필수적이었다. 만화에서 만화 외에 추가적인 정보를 얻기 위한 노력이 필요하다는 점은 조금 의아할 수 있지만, 작품을 사랑하는 독자에게 이 정도 노력은 거뜬하다. 오히려 이러한 점이야말로 웹툰이 다른 만화와 차별되는 점이다. 한마디로 요약하자면, 웹툰은 작가뿐만 아니라 독자와 작가가 상호작용하는 복합적인 하나의 작품이라는 것이다.

〈내일〉: 가볍지만 가볍지 않다

웹툰은 언제 어디서나 쉽게 볼 수 있기 때문에 접근성이 뛰어나다는 장점이 있다. 하지만 그렇다고 내용이 가벼운 것은 전혀 아니다. 라마 작가의 〈내일〉은 주인공이 자살로 생을 일찍 마감하는 잘못된 선택을 방지하기 위해 꾸려진 저승독점기업 주마등의 '특별 위기관리팀'에서 저승사자들과 활동하는 이야기이다. 자살할 가능성이 높은 사람이 생기면 특별 위기관리팀은 그 사람에게 접근한다.

〈내일〉은 자연스럽게 우리 사회에서 소외된 사람들의 삶을 보여준다. 왕따 피해자, 거식증 환자, 성폭행 피해자, 성 소수자 등 피눈물을 흘리는 그들의 현실을 철저하게 묘사한다. 물론 특별 위기관리팀의 해결방식은 단순히 찾아가서

'너 죽지마!' 하는 것은 아니다. 에피소드에 따라서 특별 위기관리팀은 소외된 자들의 아픔에 철저히 공감하고 그들의 이야기를 들어준다. 특별 위기관리팀이 그렇게 할 수 있었던 이유는 특별 위기관리팀의 저승사자들 역시 전생에 많은 아픔을 갖고 있었기 때문이다. 아이러니하게도 관리팀의 저승사자들은 소외받는 자들의 아픔에 공감하고 그들에게 손을 내밀면서 스스로 상처를 극복하기 시작한다.

작가는 웹툰을 통해서 사회에서 민감한 문제들에 대해 사람들에게 시사한다. 작품에 잘 녹아든 사회에 대한 문제의식은 독자들의 심금을 울리는 데 충분하며, 그 일례로 〈내일〉이 얼마나 꾸준한 사랑을 받아왔는지 알 수 있다. 결국, 〈내일〉은 사회의 민감한 문제들을 웹툰으로 포장해 독자들에게 다가오게 했고, 수많은 독자가 눈물 흘리며 문제에 공감할 수 있게 만들었다. 이는 웹툰이 단순 오락거리에 불과하지 않다는 것을 시사한다.

앞에서 추천한 두 작품 〈신의 탑〉과 〈내일〉은 출판만화에서 맛볼 수 없는 '웹툰'만의 장점을 잘 보여주는 작품이다. 댓글과 상호작용하며 복합적인 하나의 유기체로 작용한다는 점과 작가의 메시지를 무엇보다 대중에게 효과적으로 전달할 수 있다는 점은 웹툰이 단순한 오락거리를 넘어 얼마나 가치 있는 문화 활동인지를 말해준다.

찌르는 이미지

찌르는 이미지는 푼크툼의 다른 이름이다. 프랑스의 비평가 롤랑 바르트(Roland Barthes)는 자신의 책 《카메라 루시다》에서 사진을 보는 두 가지 방식에 대해 설명했다. 하나는 스투디움(studium)에 충실하게 보는 것이고, 다른 하나는 푼크툼(punctum)을 통해 보는 것이다.

스투디움에 충실하게 본다는 것은 작가의 의도대로 보는 것이다. 예를 들어 전쟁의 참상을 찍은 사진을 본다고 가정해 보자. 사진 외에 추가 설명이 필요할까? 아니다. 파괴된 도시와 울음을 터뜨리는 아이의 표정만 봐도 전쟁이 얼마나 참혹한지 알 수 있다. 이때 사진을 보면서 전쟁에 대한 거부감을 느꼈다면 스투디움에 충실하게 사진을 본 것이라 할 수 있다. 전쟁의 폭력성을 고발하려는 작가의 의도에 맞춰 사진을 감상했기 때문이다. 문제는 이런 이미지에는 '충격은 있어도 혼란은 없다'는 점이다. 따라서 관심 가질 수는 있어도 사랑할 수는 없다. 왜? 늘 고정된 이미지로만 다가오기 때문이다.

푼크툼

이에 반해 푼크툼은 작가의 의도와는 상관없이 다가온다. 그것은 '날카로운 것에 베인 상처' 또는 '찔린 흔적'이다. 온통 내 시선을 잡아끌어 끝내는 작품의 의미마저 바꾼다. 우리의 깊은 무의식 속에 숨어 있다가 갑자기 다가와 화살처럼 나를 꿰뚫는 것이다.[3]

다음 사진은 해 질 무렵의 풍경이다. 바다 끝자락에는 조그만 마을이 있다. 드문드문 정박한 배가 보인다. 어두워지는 물결의 색과 이

---

3   김가연, 〈낯섦에 대한 푼크툼 연구: 본인 작품을 중심으로〉, 홍익대학교 대학원 석사학위 논문, 2016, 6-8쪽.

제 막 켜진 가로등이 사뭇 몽환적이다. 여러분은 어떻게 보았는가? 만약 나와 비슷한 느낌으로 보았다면 그것은 스투디움에 충실하게 본 것이다. 이 경우 사진은 우리의 관심을 끌 수도 있다. 하지만 눈을 뗄 수 없다거나 마음에 깊이 아로새겨질 정도는 아니다.

그런데 저 가로등 아래에서 사랑하던 이와 쓰라린 이별을 했던 사람이 이 사진을 본다면 어떨까? 가로등은 섬광처럼 그를 찌를 것이다. 멀리 보이는 집이니 정박한 배들이니 하는 것들이 눈에 제대로 들어올 리 없다. 온통 가로등만이 보일 것이다. 그리고 시간이 지나도 여전한 슬픔과 그리움이 그를 채울 것이다. 푼크툼을 통해 본다는 것은 이처럼 '개인적인 기억을 통해 사진을 보는 것'을 뜻한다. 사진은 그 속에서 특별해진다. 과거의 기억과 연결된 찌르는 이미지, 이른바 푼크툼이 강렬하면 할수록 더욱 그렇다.

푼크툼은 왜 쓸거리로 좋은가

한 학생의 이야기를 소개한다. 애초 그는 사진에 전혀 관심이 없었다고 한다. 그런 그가 변하게 된 계기는 중학교 2학년 때 퓰리처상 전시회를 보고 난 뒤였다. 당시 전시된 사진들을 빠르게 지나치던 그는 우연히 사진작가 케빈 카터(Kevin Carter)의 〈수단의 굶주린 소녀〉라는 작품을 보게 된다. 그러고는 그 자리에 붙박인 듯 멈추게 된다.

눈을 찔러 오는 이미지 때문이었다. 대개 사람들은 그 사진 앞에서 '아프리카는 정말 못 사는 나라구나', '저 소녀가 너무 불쌍하다'와 같은 생각을 한다. 스투디움을 통해 사진을 보기 때문이다. 하지만 그는 사진에서 유년 시절 자신의 모습을 보았다. 일찍 초등학교에 입학했다는 이유로 따돌림당했던, 그 시절의 상처와 마주한 것이다.

사진 속 소녀는 외롭고 힘없던 자신을, 밝고 화창한 날씨는 '나'라는 존재를 어둠 속에 감추고도 잘 돌아가는 세상을, 독수리는 자신을 괴롭히는 친구들을, 뒤에 서 있는 나무는 자신에게 어느 가지도 내어주지 않았던 가족과 친구들을 떠올리게 했다고 한다. 상처와 쓸쓸함이 컸던 만큼 고통과 외로움이 극한으로 치솟은 사진을 보며 그가 공감하고 흐느낄 수 있었던 이유다.

그렇다면 푼크툼은 왜 쓸거리로 좋은가? 세 가지 이유를 들 수 있다. 먼저, 쓰기를 통해 내면의 상처를 들여다보게 해주기 때문이다. 우리는 시간이 지나면 마음의 상처도 자연스레 나을 것이라 생각하는 경향이 있다. 물론 그런 상처도 있다. 하지만 어떤 것들은 영원히 남는다. 잠시 잊었다 할지라도 기회만 있으면 언제든 생생하게 우리 앞에 모습을 드러내는 것이다. 지우고 싶은 상처일수록 더 그렇다. 푼크툼은 찌르는 이미지를 통해 자기 속에 깊이 숨어 있던 상처와 만나게 해준다. 나아가 그것과 마주하게 함으로써 자기 이해와 치유에 이르는 기회를 제공한다.[4]

---

4 마음의 상처와 치유에 대해 더 알고 싶다면, 주디스 허먼, 최현정 옮김, 《트라우마》, 열린책들, 2012를 참고하기 바란다.

다음으로 상처를 들여다보고 그것에서 회복되는 과정은 비단 혼자만의 일은 아니기 때문이다. 글은 전염성이 강하다. 상처는 글로 적힘으로써 독자에게 전달된다. 그리고 깊은 울림을 준다. 독자도 글쓴이와 비슷한 경험을 한 적이 있다면 울림의 크기는 더욱 커진다. 비슷한 이유로 상처받은 사람이 나 혼자만은 아니었음을 알게 되기 때문이다. 이 속에서 '나'의 치유는 '우리'의 치유로 확장된다.

푼크툼이 쓸거리로 좋은 세 번째 이유는 진부한 이해에서 벗어나 새로운 것을 창조하는 과정이기 때문이다. 케빈 카터의 사진 앞에서 사람들은 대개 '아프리카의 배고픔'에 대해 생각할 것이다. 하지만 그 사진을 보고 어린 시절의 상처와 우리 삶의 쓸쓸함을 떠올린다면 비로소 틀에 박힌 이해를 넘어서게 된다. 고정된 이미지를 깨뜨림으로써 주체적이고 개성 넘치는 이해가 가능해지기 때문이다. 이는 롤랑 바르트가 자신의 책 《텍스트의 즐거움》에서 말한 '저자의 죽음'이나 '독자의 탄생'이라는 것과도 맥락이 통한다.[5]

이와 같은 과정이 글 속에 담기면, 독자는 글에서 눈을 뗄 수가 없다. 몰입하게 된다. 푼크툼이 쓸거리로 좋을 수밖에 없는 이유다.

---

5   김명신, 〈눈먼 각인과 푼크툼 비교 연구: 리차드 로티의 《우연성, 아이러니, 연대성》과 롤랑 바르트의 《밝은 방》을 중심으로〉, 서울대학교 대학원 석사학위 논문, 63-67쪽 참고.

알아두면 좋은 한 가지

지금까지 사진과 관련지어 푼크툼에 대해 이야기했다. 하지만 따지고 보면 이 또한 푼크툼과 관련된 획일적인 이해일 수 있다. 푼크툼이 굳이 사진 감상에만 국한되어야 할 이유는 없기 때문이다. 거리에서 마주친 사람의 귀걸이, 우연히 맛본 국밥 한 그릇에서도 푼크툼을 느낄 수 있다.

언젠가 친구와 우연히 들른 식당에서 국 한 그릇을 먹은 적이 있다. 첫인상은 평범한 들깨시래깃국이었다. 그런데 국에서 토란을 발견하였다. 그 순간, 갑자기 어린 시절 어머니가 끓여 주신 뻑뻑한 토란국이 떠올랐다. 잊고 있던 어머니의 젊은 시절 모습과 내 유년의 기억이 떠올라 한동안 마음이 아릿했다.

이처럼 푼크툼은 우리 삶의 곳곳에 존재한다. 굳이 사진 속에서만 푼크툼을 찾으려 애쓸 필요는 없다. 그러니 혹시라도 찌르는 이미지를 발견했다면 글로 써 보자. 여러분이 본 것과 그것을 통해 떠올린 과거의 기억을 있는 그대로 이야기하면 된다. 그러면 여러분 자신과 우리를 따뜻하게 위로해 줄 한 편의 아름다운 글이 나올지도 모른다.

사례로 배우는 글쓰기

앞서 소개한 학생의 글이다. 푼크툼이 다가올 때 사진의 의미가 얼마나 달라질 수 있는지 살펴보기 바란다.

수단의 굶주린 소녀

경남과학고 장○○

〈앞부분 생략〉 처음에는 해설자의 설명을 따라다니다가 이내 싫증이 나서 포기해버렸다. 그러던 나의 발걸음은 어느 사진 앞에서 멈추게 되었다.

그 사진은 알만한 사람은 거의 다 안다는 케빈 카터의 〈수단의 굶주린 소녀〉라는 작품이었다. 아마도 그 사진을 보는 거의 대부분의 사람은 '아프리카가 정말 경제적으로 후진국이구나', '저 소녀가 너무 불쌍하다' 등을 생각할 것이다. 하지만 내가 그 사진 앞에서 멈추어 생각한 내용은 완전히 달랐다.

나는 2004년생으로 남들보다 한 살 먼저 진학했다. 승급시험을 거쳐 6살에서 초등학교 1학년으로 바로 승급한 것이다. 그런데 원래 7살이었던 같은 유치원 형들도 같이 초등학교 1학년으로 올라가게 되면서 그 소문이 빠르게 퍼져나가게 되었고 나는 점점 아이들에게 1살 어리다는 이유로 따돌림을 받기 시작했다.

처음에는 아이들이 나를 일부러 피했다. 그러다가 어떤 친구 한 명이 당시 힘이 약하던 나를 때리기 시작하면서 그 당시 동급생들에게 괴롭힘을 당하게 되었다. 아이들이 나를 괴롭힌 횟수는 부지기수이고 괴롭히는 방법도 다양했다. 모래가 있는 운동장 옆을 지나갈 때면 아이들이 모래를 나에게 던졌고 그에 대해 저항을 하면 여러 아이들이 한꺼번에 나를 때려눕혔다. 한번은 아이들이 내가 급식을 먹지 못하도록 반에 가두어 놓고 급식을 먹으러 간 적도 있었다. 정확하게는 7살밖에 되지 않았던 터라 정신적 충격과 스트레스가 나로서는 감당하지 못할 정도로 컸다. 매일 밤마다 나는 방구석에 혼자 틀어박혀 울었고 등교할 때 누나가 동행해주는 것 빼고는 나랑 같이 다녀주는 사람이 없었기에 외로웠다.

결국 힘든 것을 참지 못하고 가족이 모두 모였을 때 따돌림을 당하고 있다고 사실대로 털어놓았다. 마치 검은 어둠 속에서 가족들은 나를 이해해 주는 유일한 한 줄기 빛과 같았기 때문에 나에게는 가족들의 도움이 절실했다. 내 얘기를 천천히 잘 들어주던 가족들을 보고 안심했으며 드디어 이 따돌림 속에서 벗어날 수 있을 거라는 생각에 진심으로 기뻐했다. 하지만 모든 얘기를 다 들어주고 난 후 가족들은 '원래 그러면서 크는 거야', '남자답게 맞서서 이겨'라는 말만 했다. 나의 절실한 상황에 아무런 도움도 되지 않았던 것이다. 그다음 날 아침에 학교로 등교한 후의 나는 마치 실낱같은 희망이었던 한 줄기 빛마저 사라져 버린 공허한 어둠 속에 갇힌 것만 같은 느낌이었다. 그리고 그 와중에도 아이들은 나를 끝까지 괴롭혔으며, 나는 그 괴롭힘에서 벗어나고자 하는 발악조차 그만두게 되었다.

그래서 나는 케빈 카터의 〈수단의 굶주린 소녀〉라는 작품에서 조금 더 소녀의 마음에 새로운 시각으로 접근하고 공감할 수 있었다. 그 작품을 처음 보았을 때는 그냥 이번에도 마음속에서 불러일으키는 연민 아니면 강한 비판이겠지 싶었다. 하지만 독수리가 앉아있는데 옆에 엎드려 누워있는 소녀를 보자 나의 초등학교 때의 기억이 생생하게 떠오르기 시작했다.

그 자리에서 나는 우두커니 멈춰 서서 작품을 보는 것 그 이상으로 깊이 빠져들었다. 마치 작품의 소녀는 외롭고 힘없던 나를, 밝고 화창한 날씨는 '나'라는 존재를 어둠 속에 가두어 두고도 잘 돌아가는 이 세상을, 독수리는 나를 괴롭히던 친구들을, 뒤에 서 있는 나무는 나에게 어느 가지도 뻗어주지 않았던 나의 친했던 친구, 누나, 가족 등등을 떠올리게 했다.

누구나 살아가면서 한 번씩은 외로움 또는 공허함을 느낄 것이다. 그리고 그러한 경험을 통해 이런 작품에 공감할 수 있을 것이다. 하지만 그것을 느끼는 강도는 사람마다 다르다. 조금 더 오랫동안 조금 더 강하게 괴롭힘을 당했던 나는 외로움과 공허함이 극한으로 치솟은 그 작품을 보며 쉽게 공감하고 흐느낄 수 있었다. 반면 아버지를 비롯한 나의 가족들은 그 사진과 나를 번갈아 보면서 드디어 내가 미술관의 미술 작품에 관심을 가지게 되었다면서 기뻐했다. 우리 가족들은 틀리지 않았다. 다른 것이다.

이러한 생각은 이 사진을 찍은 케빈 카터에게도 똑같이 적용될 수 있다. 케빈 카터는 20분을 기다려 사진을 찍었고 그 후 바로 아이를 구조대로 넘겼으며, 그 아이 때문에 오랜 시간 슬픔에 잠기기도 했다. 그러나 그는 쏟아지는 비판의 무게를 견디지 못하고 자살하였다. 그의 사진은 아프리카에 엄청난 양의 구호품을 보내고 많은 사람들의 연민과 공감을 이끌어내기에 충분했다. 그래서 그를 옹호하는 사람들도 많다. 하지만 나의 생각은 다르다.

왜 그 소녀를 먼저 구하지 않았는가? 왜 독수리가 다가오기를 20분이나 기다렸는가? 그는 저 소녀가 얼마나 지옥 같은 상황에 있는지 몰랐을까? 나는 케빈 카터가 그 소녀에 제대로 공감하지 못했기에 자신의 사진과 공익을 먼저 생각했으리라 생각한다. 물론 케빈 카터의 행동이 잘못되었다는 것은 아니다. 단지 나라면, 소녀를 먼저 구했을 것이다. 〈이하 생략〉

당연한 것에 저항하는 방법:

낯선 자의 눈으로 보기

장용학의 소설 《요한시집》에 전하는 이야기다. 어느 산속 깊은 굴에 토끼 한 마리가 살았다. 그곳에 사는 동안 토끼는 아무런 불행도 몰랐다. 그의 집은 일곱 가지 빛으로 꾸며진 아름다운 곳이었기 때문이다. 그런데 어느 날, 토끼는 그 고운 빛들이 창문 같은 데로 흘러든다는 사실을 깨닫는다. 문득 궁금해졌다. "이렇게 고운 빛을 흘러들게 하는 저 바깥 세계는 얼마나 아름다운 곳일까…"

토끼는 바깥세상으로 나가보기로 했다. 하지만 쉽지 않았다. 그의 집은 돌로 만든 감옥 같은 곳이었기 때문이다. 그는 포기하지 않았다. 좁은 공간을 벌레처럼 기면서 살이 터지고 피투성이가 되었지만 그럴수록 바깥세상이 더 보고 싶어서였다. 드디어 마지막 관문을 넘어 그토록 원하던 바깥세상을 보게 되었다. 그러나 그 순간, 토끼는 눈이 멀고 만다. 그의 눈이 햇빛을 감당할 수 없었기 때문이다.

낯선 자의 눈으로 본다는 것

토끼는 왜 눈이 멀었을까? 굳이 바깥으로 나와 해를 보았기 때문이다. 그렇다면 해의 상징적 의미는 무엇일까? 다양한 해석이 가능할 것이다. 하지만 한 가지는 분명하다. '해'는 일종의 금기였다. 토끼가 자신의 눈을 지키고 싶었다면 결코 봐서는 안 되는 무언가 말이다.

이렇게 눈먼 토끼는 영국의 평론가 콜린 윌슨(Colin Wilson)식으로 말하면 아웃사이더가 된다. 그러면 아웃사이더는 어떤 자인가? 깨어나 혼돈을 본 자다. 낯선 눈으로 세상을 본 자, 잘못된 법과 제도들이 당연한 것의 이름으로 우리를 구속하고 있음을 본 자다. 실제로 우리 주변에는 단지 오래되고 많은 사람들이 따른다는 이유로 당연하게 여겨지는 것들이 있다. 아이가 태어나면 대다수가 아버지의 성을 따르는 것처럼 말이다. 아웃사이더는 이와 같이 당연한 것들을 낯설게 바라본 자, 나아가 그 익숙함에 물들기를 거부한 자다.

따라서 낯선 자의 눈으로 본다는 것은 아웃사이더의 눈으로 본다는 것, 그래서 익숙함을 뒤집어 우리 삶 속에 자리 잡은 부조리와 금기에 저항하는 것을 뜻한다. 이제 매력적인 쓸거리를 제공하는 이유는 분명하다. 낯선 자의 시선은 신선한 충격을 주고, 많은 이에게 호기심을 불러일으키기 때문이다.

하지만 이와 같은 쓸거리를 아무에게나 추천하기는 쉽지 않다. 자칫하다가는 누군가에게 미움받을 수도 있기 때문이다. 그러므로 이 같은 쓸거리는, 불이익이 있더라도 옳은 것을 말하려는 신념을 가진 사람, 때로 미움받더라도 겁내지 않을 용기를 가진 사람에게 잘 어울린다.

다만 그렇다고 해서 너무 겁먹을 것은 없다. 반항기 섞인 글을 쓴다고 모두가 토끼처럼 눈이 머는 것은 아니니 말이다. 우리 사는 세상이 그처럼 폭력적이지는 않다. 또 당연한 것에 대한 저항이 반드시 거창해야 할 필요도 없고 말이다. 자신의 자리에서 제기할 수 있는 문제를 제기하면 된다. 그러니 부당한 것이 보이면 용기 내어 그것에 저항하는 글을 한 번 써보는 것도 괜찮지 않을까?

쓸거리는 어떻게 찾을까

당연한 것이 지금까지 당연했던 이유 중 하나는 그것에 대해 의문을 제기하지 않았기 때문이다. 따라서 질문해야 한다. 왜 그래야 하는지, 왜 그게 맞는지 의심해야 하는 것이다. 타당한 근거를 찾으려 노력했음에도 불구하고 설득력 있는 근거를 찾을 수 없었다면 그것은 더 이상 당연한 것이 아니다. 더불어 그와 같은 의문의 과정에서 드러나는 '터무니없음'이 있다면, 그게 바로 쓸거리가 된다. 다음의 예들은 어떻게 쓸거리를 찾을지에 대해 구체적인 방법을 알려 준다.

작가 배윤민정은 결혼한 뒤 시댁 구성원들에게 아주버님, 형님, 동서 등과 같은 호칭 대신 이름에 '님' 자를 붙여 부르자고 제안했다가

격렬한 반대에 부딪힌 적이 있다고 한다.[6]

그가 호칭 대신 이름에 '님' 자를 붙여 부르자고 제안한 이유는 윗사람과 아랫사람으로 나뉘어진 호칭 사용이 가족 간 불평등의 핵심임을 발견했기 때문이다. 이 속에서 아랫사람의 말은 쉽게 무시된다. 합리적인 말조차 때로는 도전으로 여긴다. 결국 서열 구조로 만들어진 호칭은 누구도 평등한 관계로 만날 수 없게 만들었던 것이다.

'왜 우리는 불평등한 호칭을 계속 사용해야 하는 걸까?'라는 배윤민정 작가의 질문은 이처럼 익숙한 것들 속에 숨어 있는 억압 구조를 보여주었다. 그리고 이에 대한 저항이 결국에는 한 권의 책으로 구체화되었다. 당연한 것에 대한 저항이 쓸거리로 좋음을 보여준 사례다.

다음으로, 당연한 것이 누군가의 부당한 고통을 전제로 하는 것이라면 그것은 더 이상 당연한 것이 아니다. 따라서 쓸거리를 찾고 싶다면 누군가에게 고통을 강요하는 당연함을 찾으면 된다. 그리고 그 속에 담긴 허구와 폭력성을 밝히면 된다.

예컨대 네팔에 존재하는 쿠마리의 경우를 보자. 〈머니투데이〉 이재은 기자의 글에 따르면 쿠마리란 네팔 국민이 숭배하는 존재로, 살아있는 여신으로 여겨진다.[7]

하지만 이 같은 쿠마리 전통은 아동학대라며 전 세계에서 적지 않

---

6   배윤민정, 《나는 당신들의 아랫사람이 아닙니다》, 푸른숲, 2019.
7   이재은, '월경이 모든 걸 바꿨다. 여신에서 사회부적응자로', 〈머니투데이〉, 2019년 10월 7일자 기사.

은 비판을 받고 있다. 가족과 떨어져 사원에 격리돼 살아야 하고 학교 교육도 제대로 받지 못하기 때문이다. 더 나쁜 것은 쿠마리 은퇴 이후의 삶이다. 쿠마리는 12세 전후로 초경을 시작하면 자격을 잃는다. 생리를 더러움의 상징으로 보는 문화 때문이다. 따라서 초경이 시작되기 전의 여성은 오염되기 전이므로 찬양의 대상이지만, 초경을 시작한 이후는 이미 오염되었기에 혐오의 대상이 된다.

이렇게 쫓겨난 이들은 '쿠마리 출신과 결혼한 남자는 1년 안에 죽는다'는 미신 때문에 새 인연을 맺는 것도 쉽지 않다. 소수이긴 하지만 이처럼 양면성을 지닌 당연함은 꽤 괜찮은 쓸거리가 된다.

사례로 배우는 글쓰기

작가 유시민은 말했다. 글쓰기는 재주로만 하는 일이 아니라고.[8] 그의 말에 동의한다. 글쓰기에도 때로는 용기와 신념이 필요하다. 그리고 이것들을 바탕으로 금기와 억압에 저항하는 것은 우리가 사는 세상을 좀 더 나은 곳으로 만드는 밑거름이 된다. 낯선 자의 눈으로 보는 것이 근사한 쓸거리가 되는 또 다른 이유다.

학생 글 한 편을 소개한다. 이 학생은 요즘 유행처럼 번지고 있는 제모 현상에 대해 낯선 자의 눈으로 바라 보았다. 그 시선의 타당성을 한 번 검토해 보길 바란다.

---

8   유시민, 《유시민의 글쓰기 특강》, 생각의길, 2015, 36쪽.

왜 밀어야 하는가?

경남과학고 송○○

여름철이 되면 너도나도 '미는 것'에 집중한다. 바로 털이다. 모두 다 같이 약속한 것마냥 피부과에 가서 왁싱, 레이저 제모를 하거나 제모용 크림 또는 왁스를 사서 털을 없애버린다. 혹여나 시간이 없어 털을 밀지 못한 날에는 더위 쪄죽을 것 같은 날씨에도 긴 팔을 입거나 심지어는 패치를 붙이기도 한다. 그러지 못하면 밖에서 팔을 번쩍 들지도, 마음껏 움직이지도 못하고 계속 신경 쓰며 가리기에 바쁘다. 그런데 현대 사회에서 털을 미는 것이 왜 매너이며 다른 사람에 대한 예의고, 미의 기준에 포함되는 걸까. 나 또한 제모를 많이 했었다. 다리며 겨드랑이며 눈썹, 심지어는 콧수염 또는 손가락에 있는 털마저 꼴 보기 싫었다. 털이 없는 매끈한 피부를 볼 때면 괜히 뿌듯해지고 1% 더 예뻐진 느낌이었다. 그사이 내 털은 두꺼운 뿌리를 피부 깊숙이 그리고 더 깊이 박았고 더 선명한 검은색으로 변해 자리 잡았는데도 불구하고 말이다.

먼저 우리는 털에 대해 알아야 한다. 털은 우리 몸의 일부이고 주로 골격 주변에 생긴다. 눈썹은 흐르는 땀으로부터 눈을 보호하기 위해, 머리카락은 뜨거운 빛과 열로부터 두피를 보호하기 위해 있다. 다른 부위에 생기는 털들도 제각각 다른 목적을 가지고 있다. 심지어 쓸모없어 보이는 겨드랑이털마저 피부 체온 유지, 피부와 피부 사이의 마찰 최소화 등의 여러 이점을 가지고 있다.

이러한 장점들을 가진 털들을 왜 가리려고 하고 없애려고 할까? 먼저, SNS 같은 여러 매체들로 인한 이유를 들 수 있다. TV를 보면 당당하게 겨드랑이털 또는 다리털을 드러내는 아이돌들은 눈을 씻고 봐도 찾아볼 수 없다. 우리나라에선 언제부터인지는 모르지만 다른 사람의 겨드랑이털을 보면 금세 인상을 찌푸리거나 안 좋게 보는 경향이 있다. 다리털도 마찬가지다. 일종의 '털=혐오' 의식이 생긴 것이다. 여자의 경우 남자보다 특히나 더 심한데 털이 적을수록, 매끈한 다리를 가질수록 훨씬 깨끗해 보이며 좋은 인상을 남길 수 있다. 왜? 우리는 보편적인 미(美)의 기준에 털의 유무를 끼워 넣었기 때문이다. 실제로 SNS의 확대로 탤런트들의 영향으로 어렸을 때부터 그러한 인식이 생겼을 수 있다.

또 다른 이유로는 털을 미는 것이 우리 사회에서 일종의 매너라고 생각하는 경향을 보이기 때문이다. 팔을 들거나 민소매 옷을 입고 다른 사람들을 만날 때 겨드랑이털이 있으면 괜히 더러워 보일까 신경 쓰이고 상대방이 자신을 이상하게 생각하지는 않을까 계속 걱정할 것이다. 왜 털을 밀어 상대방에게 보이지 않는 것이 예의인가? 우리 몸에서 생기는 자연스러운 상태인데 왜 굳이 억지로 뽑고 밀며 녹여내는 것인가. 오히려 털을 깎지 않아 드는 걱정들로 인해 한눈이 팔려 상대방의 이야기에 귀를 기울이지 못할 수 있고 필요한 행동을 하지 못해 매너 없는 행위를 할 수 있다.

털은 우리 몸의 자연스러운 것이고 우리에게 꼭 필요한 것이다. 실제로 외국 가수인 레이디 가가는 콘서트 당시 겨드랑이털을 염색하여 무대에서 당당히 보여줬다. 그 결과는 사람들의 야유를 불러일으킬 만큼 참혹했을까? 아니다. 오히려 미국에서 겨드랑이털 염색 열풍이 돌아 모두 유행인 마냥 겨드랑이털을 깎기는커녕 소중하게 길러 여러 색으로 물들였다. 이렇게 우리나라 사람들도 개방적인 사고를 가져 새로운 생각을 할 수는 없는 걸까? 우리나라 사람들은 여전히 우리 몸에서 중요한 역할을 하고 있는, 가만히 잘 있는 털들을 억지로 잡초 뽑아내듯이 없애버리는데 한눈이 팔려있다. 왜 밀어야 하는가? 왜 숨기려고만 하는가? 밀어야 하는 이유조차 모른 채 우리는 포크레인이 땅을 쓸어버리듯이 털을 밀어버리고 있다. 자신들의 털이 없어지기는커녕 오히려 깊게 뿌리 박힌 채 우리를 비웃고 있는지도 모르고 말이다.

익숙함을 뒤집는 방법:
거꾸로 생각하기

2019년 홍대 앞에서 있었던 일이다. 한 일본 여성이 한국 남성에게 폭행을 당했다. 가해 남성은 경찰 조사에서 대답했다. 단순히 말을 걸었을 뿐인데 거절당하자 홧김에 머리채를 잡았을 뿐이라고. 그러나 피해 여성이 공개한 당시의 사고 영상은 달랐다. 거기에는 남성이 계속 따라오면서 일본을 증오하는 말을 내뱉고 성적 모욕감까지 주는 모습이 담겨 있었다.

이 사건을 접한 이들 중 상당수는 깊은 부끄러움을 느꼈다. 그래서 피해 여성의 계정에 '같은 한국인으로서 죄송하다'며 사과의 댓글을 달기도 했다. 그들 나름으로는 선의의 표현이었을 것이다. 그런데 이와 같은 '대신 사과'를 과연 '선의'라고 할 수 있을까?

거꾸로 생각하기란 무엇인가

활동가 권김현영은 이에 대해 단호하게 말한다. 그것은 선의가 아니라고. 왜? 피해 여성에게 사과하는 이들은 가해 당사자가 아니기 때문이다. 따라서 피해자는 그 사과를 받을 수 없다는 것이다. 오히려 그 같은 사과 속에는 '당신은 이 땅의 사람이 아니다'라는 배제의 뜻이 담길 수도 있다며 경계한다.

그렇다면 이때 필요한 것은 무엇인가? 가해자가 정당한 처벌을 받도록 만드는 것, 나아가 가해자가 혹시라도 자신의 행동이 반일 정서에 기대어 정당화될 수 있을 것이라 생각했다면 그것이 착각이라는 것을 알려주는 것이다.[9]

거꾸로 생각하기의 한 단면은 바로 이 속에서 드러난다. 그것은 익숙한 것을 뒤집어 보는 것이다. 그래서 그 속에 숨은 폭력을 드러내 보여주는 것이다. 가짜 선의 속에 감춰진 차별과 배제를 보여주듯이 말이다.

더불어 거꾸로 생각하기는 편견 속에 감춰진 대상의 긍정적인 면모를 밝히는 작업이기도 하다. 나아가 도발적인 질문을 던지거나 창의적인 방식으로 사고하는 것이며 이를 통해 자주 보던 대상의 새로운 가능성을 찾는 작업이기도 하다.

---

[9] 권김현영, '[세상읽기] 그것은 선의가 아니다', 〈한겨레〉, 2019년 8월 27일자 칼럼.

거꾸로 생각하기는 왜 멋진 쓸거리가 되는가

뻔한 글쓰기에서 벗어날 수 있게 해 주기 때문이다. 나는 특정한 목적 없는 읽기를 썩 즐기는 편이 아니다. 무엇이든 읽으려면 그만큼의 시간과 노력을 들여야 해서다. 그래서 나는 늘 바란다. 내가 읽는 글에는 적어도 투자한 시간 이상의 가치가 담기기를. 그런 글은 어떤 글인가? 도발적인 글이다. 지금까지의 상식이 뒤집히는 쾌감을 주는 글이며 늘 보던 것의 다른 면을 보여주는 글이다. 그래서 '아하!' 하는 깨달음을 주는 글이다. 이런 글은 공들여 읽을 가치가 있다. 이렇게 보면 거꾸로 생각하기가 왜 멋진 쓸거리가 되는지 이유가 분명해진다. 그것을 활용하면 이와 같은 글이 될 가능성이 높아지기 때문이다. 실패하더라도 괜찮다. 최소한 뻔한 글이 되는 것은 피할 수 있으니 말이다.

또한 거꾸로 생각하기는 대상의 새로운 매력을 보여줄 수도 있다. 예를 들어 빨갛고 예쁜 사과가 있다고 하자. 옆에는 혹이 하나 달린 못생긴 사과가 있다. 어떤 사과를 선택할 것인가? 대개 조금 비싸더라도 모양과 빛깔이 좋은 사과를 고를 것이다. 그런데 굳이 못생긴 과일이나 채소를 먹어야 한다고 주장하는 사람들이 있다. 그 이유는 '우리가 지구에 남긴 상처를 낫게 하는 매우 간단한 방법'이기 때문이란다. 공식적 통계는 없지만 많은 농부들이 단지 보기가 좋지 않다는 이유로 못생긴 농작물을 버리는 경우가 많다고 한다. 그것들이 맛이나 영양 면에서 보기 좋은 농작물보다 떨어지는 게 아닌데도 말이다.

이렇게 버려진 것들은 썩으면서 메탄가스를 내뿜는다. 그리고 이 메탄은 이산화탄소보다 지구온난화에 21배나 더 많은 영향을 미친다. 게다가 아직도 지구 저편에서는 굶어 죽는 사람도 있다. 이 모두를 감안하면 맛도 좋고 값도 싼 못생긴 농작물을 소비하는 것이야말로 윤리적이고 현명한 소비가 된다는 것이다.[10] 이는 관점을 달리함에 따라 못생긴 채소나 과일도 충분히 매력적일 수 있음을 보여주는 사례가 된다.

이처럼 거꾸로 생각하기는 우리의 편견 아래에 가려져 있던 대상의 새로운 가치에 주목하게 한다. 그리고 부정적인 것 속에 숨어 있던 긍정적인 면을 보여줌으로써 오래된 문제에 새로운 해법을 제시하기도 한다. 매력적인 쓸거리가 될 수밖에 없는 이유다.

창의적인 글은 창의적인 쓸거리에서 나온다. 창의적인 글은 단지 쓰는 기술을 익힌다고 나오는 게 아니다.[11] 창의적 사고가 있어야 한다. 창의적인 생각만 있으면 글쓰기 틀에 집어넣기만 해도 얼마든지 한 편의 글을 완성할 수 있다. 그래서 창의적인 아이디어를 마련하기 위해 전체 쓰기 시간 중 70% 이상을 쓰기 전 활동에 사용해야 한다는 주장도 있을 정도다. 이런 주장에 설득력이 있다면 창의적인 쓸거리를 제공하는 거꾸로 생각하기의 가치도 높을 수밖에 없다.

---

10 Kate Bratskeir, 〈지구를 사랑한다면 못생긴 채소를 먹자〉, The Huffington Post, 2015.
11 강민경, 〈대학 글쓰기 교육에서 창의성 향상을 위한 한 방향: 쓰기 전 활동인 고정관념 깨뜨리기 수업 모형을 중심으로〉, 한국비평문학회, 비평문학 제45호, 2012.09, 208쪽.

쓸거리는 어떻게 찾을까

먼저 지금 내게 보이는 것이 전부가 아니라는 것을 인정해야 한다. 그리고 계속해서 뒤집어 생각하고 질문해야 한다. 다르게 해석될 가능성은 없는지, 왜 그런지, 내가 생각하는 것만이 진실인지 말이다. 한양대학교 강민경 교수는 "뜻밖에도 내가 알고 있었던 지식의 반대쪽에 진실이 담긴 경우가 의외로 많다"고 했다.[12] 이 말에 공감한다. 앞서 언급했던 선의에 대한 새로운 해석도 이를 뒷받침하는 사례가 될 것이다.

이 외에도 VC경영연구소 대표 정인호 박사는 지금껏 부정적으로만 보던 냄비근성이 경쟁력의 원천일 수 있다고 주장한다. 그건 빛의 속도로 변하고 있는 시장의 트렌드 때문이다. 냄비근성은 흔히 냄비가 빨리 끓고 식듯이 어떤 일이 있으면 흥분하다가 시간이 지나면 다 잊어버리는 성질로 한국인의 대표적인 부정적 속성으로 여겨졌다. 하지만 이 속에는 나설 때는 과감히 나서고 털어버릴 때는 깨끗이 털어버린다는 긍정의 뜻도 담겨있다고 한다. 그래서 과감하고 빠른 의사 결정이 중요한 이 시대에 냄비근성이야말로 경쟁력의 원천이 될수 있다는 것이다.[13]

이처럼 익숙한 정의에서 새로운 가능성을 보려는 노력, 그리고 끊

---

12 앞의 책, 219쪽.
13 정인호, '[정인호의 경영산책] 냄비근성, 이제는 경쟁력이다!', 〈브릿지경제〉, 2015년 12월 3일자 칼럼.

임없는 질문. 남다른 쓸거리는 이 지점에서 찾을 수 있다.

사례로 배우는 글쓰기

강준만 교수는 창의력도 일종의 습관의 산물이라고 했다. 그래서 무엇이건 달리 생각해 보고 뒤집어서 생각하다 보면 자기만의 독특한 아이디어를 내놓을 수 있다고 했다.[14]

여기 학생 글 한 편을 소개한다. '포기'에 대해 거꾸로 생각하기를 시도한 글이다. 거꾸로 생각하기는 기대 이상으로 재미있는 작업일 수 있다. 그러니 여러분도 한 번 시도해 보았으면 좋겠다.

---

14 강준만, 《글쓰기가 뭐라고》, 인물과사상사, 2018, 187-188쪽.

포기는 나쁜 것이 아니다

경남과학고 이○○

우리는 살아가며 많은 시련과 도전을 맞이한다. 그럴 때 "포기하지 마, 끝까지 하면 할 수 있어"라는 맹목적인 응원을 듣기도 하고 "노력하는 모습이 멋진 거야, 너 자신을 믿고 끝까지 해봐"와 같은 부모님의 힘이 되는 조언을 듣기도 한다. 그런데 언젠가부터 나는 그런 말들이 듣기 싫어졌다. 왜 포기하는 것을 모든 것이 끝이라고 여기는 것일까? 포기가 나쁜 것일까? 해도 안 될 것 같은 일을 하지 않고 도망치는 것은 현명하지 못한 선택일까? 나는 오히려 용기를 주는 말들이 더 싫다. 내가 도전에 실패했을 때 책임지지도 못하면서 근거 없는 용기와 희망을 부여하고 나를 그 도전 속으로 더 구속시키니까.

내 생각이 설득력이 없을 수도 있다. 그저 나약한 사람의 변명이라고 생각할 수도 있다. 그렇다면 이 예시는 어떨까? 술을 마시는 사람은 평소에 안될 것 같은 도전을 진행한다. 그 이유는 알코올이 뇌에서 작용하여 나의 도전정신을 강력하게 만들기 때문이다. 갑자기 육체적으로 위험한 행동을 저지르거나 별로 친하지도 않던 이성 친구에게 사랑한다고 고백을 하거나 길거리의 사람들과 시비가 붙곤 한다. 결말은 어떨까? 대부분이 좋지 않다. 그 이유는 애초에 가능성이 낮은 시도를 했기 때문이다. 이런 용기 있는 행동이 포기하지 않은 것이므로 의미가 있고 실패해도 상관없는 행동이 되는 건 아니지 않나? 그 사람은 용기를 얻고 주위의 여자인 친구 한 명(혹은 다수), 병원 치료비를 잃은 것이다.

아직 어린 나이의 내가 인생에서 큰 포기를 겪어보진 않았다. 그래도 가장 기억에 남는 포기한 친구의 사례가 있어 소개하고자 한다. 내가 중학교 시절 만났던 한 친구는 복싱을 정말 뛰어나게 잘했다. 연습을 맨날 대충하면서도 시작한 지 얼마 안 되어 경남 1위를 달성했고, 전국대회에서도 괜찮은 성적을 거두었다. 이 정도 재능이면 정말 프로 복서가 되어야 한다고 응원하던 어느 날 이 친구가 복싱을 그만두었다. 나는 그 친구를 말려 보았지만, 내 말을 듣지 않았다. 다른 이유도 있지만 주된 원인은 "잘하는 애들을 이기기 불가능해, 걔들은 못 이겨"라는 이유 때문이다. 사실 공부나 다른 활동을 잘하는 것이 아닌 친구라 꼭 이 길을 가야 한다고 사람들은 말했으나 친구의 결정은 변하지 않았다. 그때부터 얼마 전까지 늘 그 친구가 포기해서 아쉽다고 생각하며, 만날 때마다 그 이야기를 했으나 친구의 대답은 같았다. 조금 답답한 마음이 들기도 했다. 그러다 나는 고등학교로 왔고 새로운 삶이 시작되었다. 경쟁과 압박이 가득한 학교 생활에 지쳐있던 나는 그 친구의 포기가 점차 이해되기 시작했다.

우리 학교에는 공부를 잘하는 친구가 정말 많다. 또 엄청 열심히 한다. 만약 내가 여기 친구들을 모두 이기고 전교 1등을 해야지 특정 대학교를 갈 수 있다고 했을 때 이 대학교를 진학해야지 하는 목표를 잡고 도전하는 게 옳은 선택일까? 그것은 사실상 불가능이다. 누군가 그런 도전에 용기를 불어넣는다면 나는 한 귀로 그저 흘려들을 것이다. 차라리 전교등수를 많이 올려야지 하는 목표가 훨씬 가능성 있고, 도전정신을 불러일으킬 것 같다. 비슷한 상황이 하나 더 있다. 방학 때 간만에 어머니와 전화 통화를 하던 중 어머니가 여름 방학 중 갑자기 화학 올림피아드 겨울학교 시험을 준비하는 것이 어떠냐고 물으셨다. 나는 상당히 언짢은 말투로 거절했는데, 이는 우선적으로 합격하는 확률이 매우 낮기 때문만이 아니라 방학 때 많은 시간을 투자하더라도 지금부터 완전히 새로운 공부를 해야 하며 그 시간 동안 차라리 수학 공부를 하는 것이 훨씬 효율적이고 미래를 위한 것이라 생각했기 때문이다. 그러나 어머니는 시도도 않고 포기하려는 나를 보며 불쾌한 감정을 내비치셨다. 갑자기 복싱을 그만둔 친구가 생각났다. "불가능해 보이는 일에 포기하는 것은 절대 나쁜 것이 아니구나. 충분히 그럴 수 있었겠다"라고 말이다. 나에게 무리한 도전이 요구되었을 때, 왜 포기하면 안 되는 세상인가?

　얼마 전 유튜브를 보다 인터넷에서 유명한 하상욱 시인의 인터뷰를 보았다. "포기를 포기하라는 강요는 잘못되었다"라고 주장하는 그의 의견은 내 생각에 더 확신을 주었다. 포기는 정말 합리적인 선택이다. 그 시간에 다른 활동을 하면 새로운 도전을 진행할 수 있고, 한계에 매번 부딪히며 아파하는 것을 겪지 않아도 된다. 그러나 우리 사회는 그런 포기에 대한 지지를 거부한다. 오히려 그런 사람들을 낙오자 취급하며 무시하고 '나머지'로 취급해버린다. 그래서 많은 사람들은 그 '나머지', '낙오자'에 속하지 않기 위해 무의미한 시간들을 쏟으며 포기하지 않고 있다. 포기하지 않고 노력하는 모습은 물론 정말 아름답다. 그러나 포기를 하기까지의 선택도 용기 있는 사람만이 할 수 있는 멋진 행동이다. 그래서 나는 우리 모두가 이런 말을 할 수 있는 사회로 바뀌었으면 좋겠다. "좋은 포기야! 너의 포기를 응원해!"

'아하!' 하는 순간 나누기

한때 TED 강연을 즐겨 보았다. 그중 인상 깊었던 강연 하나가 있다. 테리 무어(Terry Moore)의 〈신발 끈 제대로 묶는 법〉이다.

무어는 3년 전만 해도 자신이 신발 끈 묶는 법을 잘 안다고 생각했다고 한다. 나이가 50세나 되었기 때문이다. 하지만 새로 산 신발의 끈이 자주 풀어져 신발 가게를 찾았다가 자신이 잘못된 방법으로 끈을 묶고 있었다는 사실을 알게 된다. 그래서 청중들에게 자신이 새롭게 알게 된 신발 끈 제대로 묶는 법을 알려 준다. 방법은 간단했다. 매듭을 묶을 때 평소와는 반대로 끈을 아래로 감으면 된다. 시연을 마친 그는 "때때로 삶의 어느 한 면의 작은 장점이 다른 면에 막대한 효과를 낼 수 있다"는 말로 강연을 마무리한다.

공감이 많이 갔다. 실제로 우리는 어떤 일을 오래 해왔다는 이유로 그것에 대해 잘 안다고 생각하지 않나? 테리 무어의 경우처럼 말이다. 하지만 그것은 착각일 수 있다. 그렇다면 우리에게 필요한 것은 무엇일까? 오래된 습관이 참이라는 편견을 깨는 것, 그래서 작은 부분들부터 바뀌 결국에는 삶 전체의 질적 변화를 이끌어 내는 것이 아닐까? 나아가 테리 무어의 강연이 빛났던 이유도 신발 끈 묶는 것을 통해 이와 같은 '아하!'의 순간을 나누었기 때문은 아닐까?

'아하!' 하는 순간은 왜 멋진 쓸거리가 되는가

매혹적이기 때문이다. 그 순간은 불현듯 머리를 스치고 지나가는 깨달음의 순간이다. 번뜩이는 통찰의 순간이며 창조적 사고의 순간이다. 동시에 안 풀리던 문제가 갑자기 풀리는 순간, 조각난 퍼즐들이 제자리를 찾은 듯 전체 그림이 한 번에 보이는 순간이기도 하다. 이 속에는 상식을 뒤집는 기발함이 있다. 사람들이 '아하!'의 순간에 매혹될 수밖에 없는 이유다.

다음으로 누구나 발견할 수 있는 것이기 때문이다. 통찰은 소수의 천재에게만 주어지는 특별한 재능이 아니다. 테리 무어는 신발 가게 주인에게서 신발 끈 제대로 묶는 법을 배우다 '아하!'의 순간을 경험했다. 이와 같은 '아하!'의 순간은 단지 그것을 이야기하거나 하지 않거나의 차이가 있을 뿐 누구나 한 번쯤 경험하는 일이 아닌가?

또한 나만 할 수 있는 이야기이기 때문이다. 내가 느낀 '아하!'의 순간은 내가 놓인 특별한 상황, 특별한 고민 속에서 튀어나온 것이다.

따라서 내가 아닌 그 누구도 대신 말할 수 없다. 게다가 '아하!'의 순간은 누구에게나 찾아오는 것이지만 활자화됨으로써 내 삶과 경험을 특별하게 만든다.

끝으로 '아하!' 하는 순간은 가치 있는 것을 나눔으로써 내가 사는 곳을 더 멋진 곳으로 만들 수 있기 때문이다. 작아도 상관없다. 이는 내가 더 이상 받기만 하는 존재가 아님을 증명한다. 명심하자. 큰 변화만 의미 있는 것이 아니라는 것을. 작은 변화는 지속 가능하며 그것들이 모여 큰 변화를 이끈다.

'아하!'의 순간을 어떻게 찾을 것인가

'재해석'이 하나의 방법이 된다. 고 정주영 현대 그룹 회장의 일화를 소개한다.[15] 그가 1950년대 부산에서 건설업을 하던 때의 일이다. 아이젠하워 미국 대통령이 부산에 있는 유엔군 묘지를 방문하게 되었다. 미국 정부는 겨울철 묘지 분위기가 너무 썰렁하니 잔디를 깔아달라고 요청했다. 하지만 겨울에 잔디를 구할 방법은 없었다. 그때 정주영 회장이 자신 있게 나섰다고 한다. 며칠 뒤 묘지가 파릇파릇한 잔디로 가득했던 것은 말할 필요도 없다. 어찌 된 일일까? 그는 잔디가 아닌 낙동강변의 보리싹을 깔았던 것이다. 정주영 회장은 말했다. "그 사람들이 원한 것은 잔디가 아니라 푸른빛이었고 나는 푸른빛을

---

15 신병철, 《통찰의 기술》, 지형, 2008, 134-135쪽.

입혔을 뿐이다." '아하!'는 이 속에 존재했다. 그는 문제의 핵심이 잔디가 아닌 썰렁한 분위기에 있다고 본 것이다. 그러자 잔디를 대신할 보리싹을 쉽게 찾을 수 있었다. 재해석이 어떻게 '아하!'의 순간을 가져오는지를 보여주는 사례다.

문제가 안 풀릴 때에는 잠시 딴 일을 하는 것도 하나의 방법일 수 있다. 영국의 심리학자 그레이엄 월러스(Graham Wallas)는 닭이 알을 부화하기 위해 시간이 필요하듯 창의적 문제 해결에도 시간이 필요하다고 보았다. 억지로 한다고 다 되는 게 아니라는 것이다. 때로는 딴 일을 하며 놀 필요도 있다. 그렇게 해도 무의식은 아직 풀리지 않은 그 문제의 해결책을 계속 고민하기 때문이다. 오히려 맨정신으로 생각할 때 사용하지 않았던 새로운 방법을 사용함으로써 문제를 해결하기도 한다고 한다.[16]

이 때문에 통찰은 때로 예상치 못했던 순간에 나타난다. 하지만 그렇다고 해서 이게 하늘에서 갑자기 떨어지는 것은 아니다. 무의식이 해법을 찾기 위해서는 끊임없이 질문하고 고민하는 과정이 있어야 한다. 〈스파게티 소스에 관하여〉라는 TED 강연에서 말콤 글래드웰이 소개한 하워드 모스코위츠라는 인물을 예로 들어 보자. 모스코위츠는 오늘날 다양한 맛의 콜라와 스파게티 소스가 있게 한 영웅인데, 그가 컨설팅 회사를 차린 1970년대 어느 날이었다고 한다. 펩시에서

---

16   김정운, 《가끔은 격하게 외로워야 한다》, 21세기북스, 2015, 101쪽.

의뢰가 들어왔다. 다이어트 콜라를 개발 중인데 최적의 아스파탐 함유량을 찾고 싶다는 것이었다. 모스코위츠는 흔히 하듯 아스파탐 함유량을 세분화해 수천 명을 대상으로 선호도 조사를 했다. 하지만 통계 결과는 들쭉날쭉했고 최고의 황금 비율은 찾을 수 없었다. 최고의 맛을 찾기 위해 고민하던 그는 문득, 문제는 잘못된 질문에 있었음을 깨닫는다. 하나의 완벽한 펩시가 아니라 완벽한 여러 개의 펩시를 찾아야 한다는 깨달음, 이른바 '아하!'의 순간이 찾아온 것이다. 사람들의 입맛은 저마다 달랐기 때문이다. 이것이 맛에 있어 다양성의 혁명을 일으킨 출발점이었다. 모스코위츠가 떠올린 해법은 우연의 산물이었을까? 아니다. 그의 집요한 고민이 가져온 결과였다.

사례로 배우는 글쓰기

이렇게 볼 때 '아하!'는 통찰이며 어느 정도는 노력의 산물이다. 그리고 이제와 밝히는 것이지만, 사실 앞에서 설명한 여러 가지 방법들 외에도 '아하!'의 순간을 좀 더 자주 만나는 방법이 하나 더 있다. 바로 글쓰기다. 글쓰기를 하면 자연스레 호기심도 생기고 끊임없이 질문하며 사소한 차이에도 주목하게 되기 때문이다. 통찰은 이 과정에서 길러진다. 길러진 통찰은 또다시 멋진 쓸거리를 제공할 것이다. 일종의 아름다운 순환이 일어나는 것이다. 학생 글 한 편을 제시한다. 여러분도 이와 같은 '아하!'의 순간을 함께 나누어 보면 좋겠다.

일상생활 속에서 떠나는
작은 여행

경남과학고 양○○

계속 되풀이되는 생활에 답답함을 느껴본 적이 없는가? 많은 사람들은 반복되는 생활에 지겨워하며 스트레스를 받는다. 그 속에서 개개인은 사회 속에서 강요되지 않은 다양한 활동을 하려고 한다. 우리 학교에서도 공부에 지친 많은 학생들이 여러 방법으로 노는 것도 이에 해당되는 것 같다. 그런데 나는 여기서 새로운 무언가를 찾는 것이 중요하다고 생각한다. 우리가 흔히 하는 운동이나 게임 등은 반복적이고, 그래서 우리는 좋아하면서도 한편으로는 지겨워하게 된다. 점점 많은 사람들이 유튜브를 하게 되는 이유도 새로운 무언가를 갈망하는 본성이 이유가 아닐까 싶다. 혹시 당신도 유튜브에서 〈백종원의 요리 비책〉 등을 보면서 직접 해봐야겠다고 생각만 하는 수많은 사람 가운데 한 명이 아닌가? 그러한 사람들에게 '일상생활 속 작은 여행'을 추천하고 싶다.

내가 이 생각을 하게 된 결정적인 계기는 지리 시간에 학교 주변 답사를 갔을 때이다. 평소 관심 없이 고속도로에서 스쳐만 보던 곳이었지만 학교 뒤편에 조성된 넓은 하천을 바탕으로 한 자연환경은 나에게 환상적인 느낌을 가져다주었다. 평소 보지 못했던 사슴이나 꿩을 바라보면서 경이로움을 느꼈고, 이러한 광경을 보고 싶어 다시 한 번 하천에 가보았다. 처음 지리 답사를 갔을 때와는 달리 길 안쪽의 풀숲 등 원하는 곳에 직접 가보면서 멋진 경치와 다양한 광경을 볼 수 있었다. 처음 갔을 때 스쳐봤던 사슴 여러 마리가 건너편에 돌아다니고 있었고, 풀숲 안쪽에는 다양한 색의 메뚜기와 개구리들이 돌아다녔다. 가장 놀랐던 것은 처음 갔을 때 스쳐보기만 했던 꿩이 밭을 돌아다니고 있었던 것이다. 스스로 지금까지 가보지 못했던 곳을 가서 새로운 것을 봤다는 것이 신비스러웠다.

반복적인 일상생활에서 벗어나 여유를 가지고 멋진 경치와 황홀감에 빠지며 만족할 수 있었다.

그러던 도중 문득 한 가지 생각이 스쳐 지나가게 되었다. 지금까지 여행이랍시고 분위기를 잡고 이미 사람들에게 알려진 곳을 거액의 돈을 내고 찾아다녔는데 정작 우리 바로 옆의, 나한테 특별한 가치가 있는 새로운 곳은 생각해 보지도 못했다는 것이 아쉬웠다. 미국에서 유명 관광지를 방문하는 단체 여행보다 이렇게 스스로 주변 경관을 찾아다니며 만족하는 것이 진짜 여행으로서 가치가 있지 않을까? 물론 멀리 떨어진 이국적인 곳에 가면 많은 것을 얻을 수 있다. 하지만 우리 근처의 신비스러운 장소를 무시한 채 유명한 곳에 끌려다니는 것은 뭔가 잘못되었다는 느낌을 무시할 수는 없었다. 나는 여행은 능동적인 모험이나 안식이지 다른 사람이 찍은 사진을 들여다보는 것처럼 수동적인 경치 구경이 아니라고 생각한다.

그리고 이러한 작은 여행은 바쁜 삶의 중간중간에 떠날 수 있다. 비상계단 꼭대기의 광경, 과학교육원 뒤편의 밤하늘, 동네 도서관 뒤쪽의 버려진 공터… 잘 찾아보면 얼마 안 가서 뉴욕 야경보다도 더 아름답고 국립공원보다도 더 의미 있는 나만의 광경이 눈에 보일 것이다. 전부 누군가에게 끌려다니지 않고 내가 직접 찾아내 새로운 의미를 담아둔 곳이라는 것에서 무엇보다도 기억에 남는 곳이다.

인류는 물론이고 모든 생명체는 새로운 환경을 찾는 것과 관련된 본성을 가지고 있다. 단순히 더 좋은 환경으로 움직여 증식하는 세균부터 새로운 환경에 희망을 느끼는 동물들까지 이는 다양한 형태로 나타난다. 하지만 현대인들은 반복적인 삶에 갇혀 살면서 이를 빠져나가기 위해 무의식적으로 몸부림치는 것 같아 아쉽다. 지금 폐쇄적인 삶을 살고 있는 사람들에게 지금까지 잊고 있었던 진취적이고 능동적인 여행을 추천한다.

그의 아픔은 왜 내 것이 되었나:
공감하기

무면허 배달에 내몰렸다 사망한 열여덟 살 은범이에 대한 이야기다. 2018년 4월 5일, 은범이는 제주시의 한 족발 가게에서 아르바이트를 시작했다. '면허가 없어 배달 일은 못한다'고 밝혔기에 홀 서빙만 할 줄 알았다고 한다. 하지만 첫날부터 은범이가 한 일은 배달이었다. 서빙이 서툴다는 게 이유였다. 그리고 출근 4일째 되던 날, 배달 중 연속된 급커브길에서 미끄러진 은범이는 맞은편에서 달려오던 승용차에 치여 사망하기에 이른다.

사망 사건에 대한 수사가 진행되는 동안 족발집 사장은 시종일관 '나 몰라라' 하는 태도를 보였다고 한다. 검찰은 "족발집 사장 부부가 은범이의 무면허 운전을 사전에 알고 있었고, 그 상태에서 배달을 시킨 것까지는 인정된다"고 했다. 하지만 그 사실이 은범이의 사망과

연결된다고 보기는 어렵다며 이에 대한 처벌로 벌금 30만 원을 결정했다.[17]

공감하기가 왜 중요한가

은범이는 밝고 착했다. 아르바이트를 해 돈을 벌면 "엄마에게 가져다드리겠다"고 말했다. 친구들이 많았고, 가끔 그들과 티격태격하며 장난도 치는 평범한 학생이었다. 그런 은범이는 가족과 친구들의 오열을 뒤로한 채 짧은 삶을 마감했다.

이와 같은 비극은 왜 일어나는 것일까? 주요 원인 중 하나는 이기심 때문이다. 많은 사회적 문제들이 이기심 때문에 일어난다. 은범이의 경우도 그랬다. 은범이가 사고를 당한 진짜 이유는 무면허임에도 배달 일에 나서도록 내몰린 상황 자체에 있었던 것이다. 그중에서도 가로등 불빛조차 희미한 밤길이었음에도 불구하고 배달을 시킨 업주의 이기심이 가장 큰 문제였다.

물론 이런 일이 가능하도록 한 잘못된 법체계에도 책임은 있다. 어느 기사에 따르면 최근 3년간 일을 하다 사망한 18~24세 청년의 44%가 오토바이 배달 중 사망했다고 한다. 배달은 청년 산재 사망 원인 중 1위였다. 하지만 조사 대상이 아니라는 이유로 이들을 위한

---

17 강혜인, '배달 죽음 1: ① 무면허 배달 내몰렸다 사망. 18살 은범 군 이야기', 〈뉴스타파〉, 2019년 9월 24일자 기사.

제대로 된 통계도 제도적 보호 장치도 없었다.[18]

쇼펜하우어에 따르면, 공감이란 타인의 고통을 있는 그대로 의식하고 느끼는 것이다. 그렇다면 우리에게 공감하기가 필요한 이유는 무엇 때문인가? 이기심으로 인한 사회적 문제를 극복할 수 있는 강력한 힘이기 때문이다. 실제로 가해자가 그들 때문에 고통을 겪을 피해자들에게 깊이 공감할 수 있다면 사회적 문제도 훨씬 적게 일어나지 않을까? 이처럼 우리는 공감을 통해 서로를 더 잘 배려할 수도, 각종 사회 문제를 예방할 수도 있다. 우리가 사는 세상을 더 나은 곳으로 만들 수 있는 힘, 공감하기가 우리에게 소중한 이유다.

더불어 공감하기는 쓸거리 측면에서도 가치가 높다. 타인의 아픔에 공감했을 때 삶을 바라보는 눈이 깊어지기 때문이다. 눈이 깊어지면 생각이 깊어진다. 글도 깊어진다. 지금까지 몰랐던 삶의 또 다른 모습을 보게 되기 때문이다. 이는 좋은 글쓰기를 위한 기본 요건이다. 우리에게 공감하기가 필요한 또 다른 이유다.

쓸거리는 어떻게 찾을까

공감하기와 관련된 쓸거리는 뉴스를 통해 찾는 것이 가장 쉽다. 일상에서 우리가 실제로 접할 수 있는 일들은 매우 제한적이기 때문이다. 꼭 직접 보고 들은 것만이 가치 있는 것은 아니다. 기사를 통해

---

18 허환주, '죽음의 청년산업. 18-24세 산재 사망 1위 배달', 〈프레시안〉, 2019년 9월 1일자 기사.

알게 된 것도 좋다. 관심을 끄는 사건이 있다면 인터넷을 검색해 파고들어 보라. 이후 다음과 같은 질문들을 던진 뒤 곰곰이 생각해 보라. 쓸거리가 자연스레 떠오를 것이다.

- 그는 왜 아픔을 겪게 되었나?
- 그의 아픔은 그의 잘못인가?(그는 고통받아 마땅할 만큼 잘못한 것인가?)
- 그의 아픔에 내가 공감한 이유는 무엇 때문인가?
- 나도 그와 같은 아픔을 겪은 적이 있는가?
- 그의 아픔이 생겨난 진짜 이유는 무엇 때문인가?
- 어떻게 하면 그와 같은 아픔이 반복되지 않을까?

알아두면 좋은 몇 가지

정확한 표현을 사용해야 한다. 뭉뚱그린 표현은 우리의 생각을 무디게 해 진실을 볼 수 없게 만들기 때문이다.

아픔을 추상화해서도 안 된다. 스탈린은 말했다. "한 명의 죽음은 비극이지만 백만 명의 죽음은 통계다." 미국의 심리학자 폴 슬로빅(Paul Slovic)은 실험을 통해 이런 결론 내리기도 했다. "사람들은 단 하나의 희생자를 불쌍히 여기지만 희생자가 늘어갈수록 무덤덤해지며 88명이 죽는다 해서 87명이 죽는 것보다 더 마음 아파하지는 않는다."[19]

---

19 강준만, 《감정독재》, 인물과사상사, 2013, 302쪽.

왜 이런 현상이 일어나는 것일까? 고통이 추상화되었기 때문이다. 그래서 하나하나의 사람들이 겪은 비극과 아픔들을 생생하게 느낄 수 없게 되었기 때문이다. 우리가 언어를 날카롭게 벼리고 추상화를 멀리해야 하는 이유다.

마지막으로, 이런 유형의 쓸거리는 문제-해결 구조의 틀에 따라 글을 쓰는 것도 좋다. 타인의 고통에 대한 공감은 우리가 사는 세계에 대한 비판과 문제 인식으로 이어지기 때문이다.

사례로 배우는 글쓰기

학생 글 한 편을 소개한다. 이 학생은 그룹 에프엑스 출신 배우 설리의 죽음과 생전 그녀가 겪었을 아픔에 공감하는 글을 썼다. 나아가 그와 같은 아픔이 되풀이되지 않도록 하기 위해 우리가 기울여야 할 노력에 대해 이야기했다. 여러분도 글에 나타난 슬픔과 문제 의식에 공감해 보았으면 좋겠다.

한류로 꿈꿨던 유토피아가
카코토피아를 향하기까지

경남과학고 허○○

"멋진 파도처럼 살다가 방파제가 되어준 아이." 아이돌 그룹 소녀시대 출신 배우 수영은 19일 자신의 인스타그램 스토리를 통해 인터넷 기사 캡처 사진과 한마디의 글을 게재했다. 사진에는 포털 사이트인 네이버가 2020년 3월부터 연예 기사의 댓글 서비스를 잠정 폐지하기로 했다는 내용이 담겨 있었다. 멋진 파도처럼 살다가 방파제가 되어준 아이, 고(故) 설리는 세상에 남은 수많은 사람을 위한 방파제가 되어주고 떠났다.

2019년 10월의 어느 날, 아이돌 그룹 에프엑스 출신 배우 설리가 자살했다. 에프엑스부터 배우로 홀로서기까지 다양한 활동에서 밝은 미소와 당당하고 거침없는 모습을 보여주던 그녀였기에 대중들은 더욱 충격에 휩싸였다. 설리는 이른바 한류 스타였다. 우리는 그녀와 같은 한류 스타들을 내세워 K-POP을 통해 세계에 한국을 알리고 자부심을 가졌다. 변방의 국가였던 한국은 한류열풍을 등에 업고 당당히 중심국가로 나아가는 수순을 밟을 수 있었다고 해도 과언이 아니다. 문화강국, 한국은 그렇게 한류로 유토피아를 꿈꾸었다. 하지만 현시점에서 한류 스타들은 과도한 악플과 사생활 유출 때문에 공황장애와 우울증에 시달리고 있다. 결국엔 극단적인 선택을 하게 될 정도로 한국은 카코토피아(Antiutopia)로 잘못된 걸음을 계속해서 내딛고 있는 것이다.

설리가 감당해야 했던 악플은 어느 정도였을까? 〈이데일리〉 윤기백 기자에 따르면 설리의 인스타그램 콘텐츠를 다룬 뉴스의 댓글 총 109개 중 악플로 분류될 수 있는 댓글은 78건으로 무려 71%에 달했다. 성희롱은 물론이고 "얘 엄마아빠 있나요 ㅋ(heej****)"와 같이 설리의 가족들을 향해 비난의 손가락을 돌리고

"깡통아~ 뭔가 소신있고 자신감있으려면 머리좀채우고해~ 없어보여(soul****)"
처럼 경멸에 가득 찬 욕설을 퍼붓기도 했다. 이것들은 고작 설리가 'ㅇㅇㅇ'로 찍
은 사진을 인스타그램에 올렸다고 들은 악플들이다. 공인이라는 이유 하나로
사진 한 장부터 말 한 단어까지 검열당하고 본인뿐만 아니라 자신의 가족들까
지 인신 모독당하는 설리의 기분은 어땠을까. 〈중간 생략〉

　누군가는 말한다. 이 정도 악플과 사생활 침해는 연예인이라는 직업을 택했
으면 당연히 감수해야 한다고. 하지만 세상 그 누구도 '당연히' 미움받아야 할
사람은 없다. 마찬가지로 세상 그 누구도 '당연히' 다른 이에게 인신 모독에 가
까운 욕설을 퍼부을 자격 또한 없다. 이는 그저 연예인을 향한 마녀사냥과도 같
은 비난과 헐뜯음을 자기합리화하는 말일 뿐이다. 수많은 대중은 다수라는 울
타리에 숨어 연예인들에게 폭언을 퍼부어대고 사실여부도 파악되지 않은 정보
로 사회에서 매장시키려 한다. 연예인을 자신과 같은 한 명의 '사람'으로 바라보
지 않기에 생기는 일이다.

　많은 연예인이 차별과 혐오로 인해 죽은 이후에야 사회는 반성하고 움직이기
시작했다. 정책적으로는 대중문화 예술인에 대한 사생활 보호를 위해 '정보통
신망법 개정안'을 발의했다. 〈중간 생략〉 또한, 각종 포털사이트에서는 연예 관련
기사에 댓글을 달지 못하게 하고, 실시간 검색어도 잘못된 루머 확산에 도움을
줄 뿐이라며 폐지하는 움직임을 보였다.

　더 이상 악플과 개인정보 유출에 의한 피해자가 나오지 않게 하기 위해서는
정책적 노력도 분명 중요하다. 하지만 가장 필요한 것은 수많은 대중의 생각 변
화일 것이다. 연예인도 누군가의 아들이고 딸이며 형제자매다. 따라서 그들이
부당하게 겪는 아픔은 우리가 겪는 아픔과 다를 게 없다. 더구나 그들은 우리가
속에 담아두었던 분노를 멋대로 쏟아내도 되는 감정 쓰레기통도 아니다. '대중'
이라는 이름에 숨어, '익명'이라는 방패에 숨어 뱉어내는 말들을 분명 다시 생각

해 보아야 할 것이다. 장재선 문화부 선임기자는 '설리와 구하라에 빚진 사회'라는 제목을 가진 오피니언 기사를 게재했다. 사회로 인해 살해당한 그들은 오히려 사회를 긍정적으로 바꾸어냈다. 앞으로는 이런 비극이 되풀이되지 않아야 한다. 그러기 위해서는 우리의 손끝 때문에 죽어 나간 그들을 기억하고 잊지 말아야 한다.

나를 화나게 만드는 것,
혹은 바꾸고 싶은 현실들

2018년 어느 날, '학교폭력 가해자에 대한 합리적인 처벌이 이뤄지 길 청원합니다'라는 제목의 글이 국민청원 게시판에 올라왔다. 청원 자는 피해 학생의 어머니였다. 고등학교 1학년인 아들이 지난 1년간 친구들의 폭력에 시달려왔다는데, 그녀가 밝힌 내용은 충격적이었다.

가해 학생들은 아들에게 "파트라슈, 주인 말 잘 들어야지. 안 그러 면 목줄 채운다"라며 괴롭히는가 하면 별다른 이유 없이 수시로 머리 채를 잡고 팽이처럼 돌렸다. 그러고는 바닥에 넘어뜨린 뒤 목을 졸랐 다. 아버지가 없는 것을 놀렸고 어머니에 대한 모욕을 일삼았다. 이 과정에서 아들은 자살까지 생각했다고 한다.

심지어 가해 학생들은 면담 과정에서 "기절은 왜 시켰니?"라는 질 문에 "궁금해서요", "재미있어서"라고 말하는가 하면 "이번에 안 걸렸으면 또 했겠네?"라는 물음에는 "네"라고 대답했다고 한다.

화나게 만드는 것에 대해 왜 써야 하는가

이 사건은 한 방송국의 시사교양 프로에서도 방송되었다. 그중 특별히 기억나는 한 장면이 있다. CCTV에 찍힌 폭행 영상이었다. 피해 학생은 목이 졸려 쓰러져 있었고 한 학생이 그를 발로 툭툭 찼다. 그러자 그는 벌떡 일어나더니 마치 아무 일도 없었던 듯, 미소까지 띠며 '친구들'과 함께 걸어갔다.

이 장면을 보면서 울컥했다. 그리고 글을 쓰고 싶어졌다. 생각해 보자. 우리는 왜 우리를 화나게 만드는 것에 대해 써야 할까?

첫째, 치밀어 오르는 '무언가'가 있기 때문이다. 《난장이가 쏘아올린 작은 공》으로 유명한 조세희 작가는 언젠가 한 인터뷰에서 그 작품이 어떻게 탄생하게 되었는지 밝힌 적이 있다. 1970년대 어느 날, 그는 서울의 한 철거민촌에서 고기를 굽고 국을 끓이고 있었다 한다. 곧 집이 헐려 쫓겨날 세입자와 그 집에서 마지막 식사를 하기 위해서였다. 그 집 가장은 목이 메어 밥도 잘 넘기지 못했다. 그런데 그때 철거반이 철퇴로 대문과 시멘트 담을 부수며 들어 온 것이다. 철거반과 싸우고 집으로 돌아오는 길에 조세희 작가는 작은 공책 한 권을 샀다고 한다. 그것이 난장이 연작의 시작이었다. 우리 사회가 여기서 더 나빠져서는 안 된다는 절망과 분노, 이것이 그가 글을 써 내려간 이유였던 것이다. 이처럼 잘못된 것을 알리고 그것을 바꾸려는 욕망,

이른바 치밀어 오르는 그 무언가야말로 우리를 글쓰기로 이끄는 강력한 힘이 된다.

둘째, 불편한 진실은 피해자나 그 상황을 바꾸려는 자의 눈에 더 잘 보이기 때문이다. 방송에서 가해자들은 말했다. 가해 사실이 전혀 기억나지 않는다고. 그냥 장난이었을 뿐이라고. 다 같이 장난으로 했던 일들을 왜 이제와 폭력으로 둔갑시키는지 이해할 수 없다고.

그러나 피해자 어머니의 글은 달랐다. 구체적으로 어떤 피해를 당해왔는지, 그 때문에 자신들의 삶이 얼마나 처참하게 무너졌는지를 마치 눈으로 보듯 생생하게 묘사했다. 어느 쪽 말이 진실에 가까웠을까? 피해자 쪽이었다. 이는 당하는 자의 입장에서 바라보게 될 때 비로소 외면하고 싶은 삶의 실체를 더 잘 볼 수 있게 됨을 보여준다. 우리 속에 숨어 있는, 외면하고 싶었던 진실. 이것이야말로 울림을 주는 글이 가져야 할 중요한 미덕 중 하나다.

셋째, 글쓰기를 통해 우리는 더 나은 삶에 대해 생각해 볼 수 있기 때문이다. 단지 재미있다는 이유로 힘 있는 자가 약자를 괴롭히는 현실, 그걸 알면서도 침묵하는 다수. 이 모든 게 과연 바람직한 것일까? 글쓰기는 이 같은 삶에 대해 반성하게 한다. 그리고 더 나은 것을 꿈꾸게 한다. 분노의 대상마저 쓸거리가 되는 이유다.

쓸거리는 어떻게 찾을까

쉬운 방법 중 하나는 가끔이라도 뉴스를 읽는 것이다. 이때 감정적으로 끓어오르거나 마음에 들지 않는 모든 것이 쓸거리가 된다. 앞의 상황처럼 학교 폭력과 관계된 것도 좋고 한 번씩 들리는 일본 우익의 망언도 좋다. 아니면 오디션 경연 프로그램의 투표조작 의혹이나 입시 비리 사건도 괜찮다. 찾아보면 쓸거리는 널려 있다.

그리고 우연히 마음에 들지 않는 무언가를 찾았다면, 남은 일은 쓸거리를 구체화하는 것이다. 이를 위해 다음의 몇 가지 질문에 스스로 답해 보는 것이 좋다.

- 그것을 보고 나는 왜 화가 났을까?
- 특히 마음에 들지 않는 것은 무엇이었나?
- 왜 이런 일들이 벌어지는 것일까?
- 문제를 해결하려면 어떻게 해야 할까?
- 독자에게 가장 하고 싶은 말은 무엇인가?
- 이 이야기를 어떻게 전하면 독자도 내 생각에 공감하게 될까?

이때 참고할 만한 팁 하나를 소개한다. 비교와 대조를 활용하면 생각을 더 쉽게 구체화할 수 있다. 이를테면 지금 우리 앞에 있는 현실과 있어야 할 바람직한 현실을 비교·대조해 보는 것이다. 단지 재미로 약자를 괴롭히고 모욕하는 상황이 못마땅한가? 그러면 그것과 대비되는 상황을 그려보면 된다. 예컨대 힘이 있건 없건 평등하게 어울리는 세계, 사랑과 배려로 서로를 대하는 세계를 그려보는 것이다.

여기에 비추어 우리가 처한 현실은 무엇이 문제인지, 왜 그런 문제가 생겼는지, 그걸 넘어서려면 어떻게 해야 하는지를 차분히 생각해 보는 것이다. 그리고 글을 쓰면 된다.

사례로 배우는 글쓰기

모든 민주주의 국가에서 국민은 그들의 수준에 맞는 정부를 가진다고 한다. 조지프 드 메스트르(Joseph de Maistre)가 한 말이다. 그에 따르면 우리가 살고 싶은 세상은 그냥 주어지는 것이 아니다. 우리의 수준에 따라 각기 다른 모습으로 펼쳐지기 때문이다. 대다수의 사람들이 폭력을 방관하면 어떻게 될까? 딱 그 수준에 어울리는 폭력적인 정부가 나타나 사람들을 함부로 다스린다. 이와 달리 대부분의 사람들이 폭력을 싫어하고 그것에 적극적으로 맞선다면? 그 수준에 어울리는 자유롭고 정의로운 정부가 세워지고 사람들을 받들게 된다.

여러분은 어떤 세상에 살고 싶은가? 내가 사랑하는 사람 모두 소중하게 대접받는 곳에서 살고 싶은가? 그렇다면 잘못된 것에 대해 그것이 잘못되었다고 말해야 한다. 귀찮아서, 혹시 모를 불이익 때문에 침묵한다면 그 끝에는 더 큰 폭력이 기다리고 있기 때문이다. 그렇다면 이를 실천하는 최선의 방법은 무엇인가? 역시 글쓰기다. 이제 바꾸고 싶은 현실에 대해 이야기한 학생 글 한 편을 소개한다. 참고가 되었으면 좋겠다.

서울공화국

경남과학고 허○○

　서울 중심의 인프라 구축은 분명 독이다. '서울'은 대한민국의 수도를 넘어서 '말은 제주로 사람은 서울로'라는 말과 같은 하나의 '신념'이자 '종교'가 되었고, 이 때문에 서울에 거주하는 이와 그렇지 않은 이들을 계급화하여 구분 짓는 불상사까지 벌어지게 되었다. 이쯤 되면 나라의 이름을 대한민국이 아닌, '서울공화국'으로 바꿔야 할 판이다.

　'서울공화국'이라는 신조어가 각종 미디어를 거치며 빠르게 퍼지고 있다. 대중들의 압도적인 공감을 얻으며 유명세를 얻고 있는 '서울공화국'이라는 새로운 국가. 이는 대한민국이 과도하게 서울 중심으로 사회가 구축되어 있다는 사실을 날카롭게 꼬집고 있다. 결단코 말하건대, 우리는 '서울공화국'에서 탈피하여 진정한 '대한민국'으로 나아가야 한다.

　올해 태풍 '링링'과 태풍 '타파'가 연이어 발생하였다. 태풍 '링링'의 경우 연일 중심 언론에 보도되고 실시간 검색어를 장악하는 등 약 29,000건에 달하는 보도와 함께 강한 존재감을 알렸다. 바로 뒤따른 '타파'의 경우에는 약 10,000건에 그치는 보도로, 태풍이 휩쓸고 지난 이후에도 중심 언론에서는 '타파'로 인한 피해 보도를 찾아보기가 힘들었다. 이 차이는 그저 링링이 타파보다 센 태풍이기 때문에 오는 것일까?

　링링은 서울을 관통하여 지나간 태풍이고, 타파는 남부지방을 관통하여 지나간 태풍이다. 비록 링링이 타파보다 센 태풍이었긴 하지만 확실히 보도의 온도나 화제성 측면에서 과도한 차이를 보이는 것을 알 수 있다. 서울권과 비서울권의 피해에 대한 차등 보도는 이뿐만이 아니었다. 저널리스트 최수민은 "강원도 산불이나 포항과 경주의 지진 등 지방에서 발생한 여러 자연재해는 서울에서 발생한 태풍 '곤파스'나 우면산 산사태보다 비중 있게 다뤄지지 않았다. 특히 2016년에 경주에서 역대급 고강도의 지진이 발생했지만 이와 관련된 언론 보도 수는 서울 지진 관련 보도 수와 불과 21%의 차이만을 보였다. 이 외에도 폭염과 폭우 관련 보도 수 모두 서울지역이 월등히 많았다"라고 말했다. 이번 태풍으로 인해 '서울공화국'이라는 말이 다시 한 번 뜨겁게 인터넷을 타고 번졌던 이유는 지속적인 서울 중심 사회 분위기에 대중들이 싫증을 느끼고 있기 때문일 것이다.

언론사들의 서울 중심 보도는 자연재해에만 국한된 것이 아니다. 이러한 양상은 지하철에 관련되어서도 볼 수 있는데, 서울의 지하철이 고장 나면 포털 사이트의 실시간 검색어에는 '1호선', '1호선 고장' 같은 형식으로 올라오기 시작한다. 여기서 간과하고 있는 사실은 지하철 1호선이 서울에만 있는 것이 아니라 대구, 광주, 부산, 인천에도 있다는 것이다. 언론사들이 서울 중심 보도를 지속하고 있는 탓에 서울에만 1호선이 있는 것처럼 보이게 만들고 이는 비서울권 지역에 있는 사람들의 혼동과 혼란으로 이어지는 '불편한 보도'를 낳는다.

서울공화국 현상은 사회 전반에 영향력을 끼치고 있는 성인들뿐만이 아니라, 아이들의 무의식 속에서도 자리 잡아가고 있다. 아이들이 즐겨보는 만화인 〈안녕 자두야〉, 〈꼬마버스 타요〉, 〈짱구는 못말려〉, 〈검정고무신〉에는 한 가지 공통점이 존재한다. 〈안녕 자두야〉는 서울 동작구 흑석동, 〈꼬마버스 타요〉는 서울 강남구(강남대로, 테헤란로), 〈짱구는 못말려〉의 떡잎마을은 서울특별시 소속이며, 〈검정고무신〉은 서울 마포구. 모두 서울을 배경으로 하고 있다. 이 때문에 아이들은 어릴 때부터 서울을 중심으로 사고하게 되고, 서울에 대한 막연한 동경심을 무의식 중에 가지게 된다. 이러한 아이들이 커서 성인이 되어 사회를 주도하게 될 경우 '서울공화국 현상'은 유지되거나 더욱 심화되기만 하지 결코 서울공화국 현상이 해소되는 모습을 보기는 힘들 것이다.

서울공화국은 대한민국 국민들 간의 공동체의식을 약화시키고 집단 간 대립을 강화하여 분란을 조성하는 결과를 낳는다. 정부에서 지방 분산 정책을 계속해서 실시하고, 정치인들이 국토정책이나 혁신 도시를 공약으로 내세우곤 하는 까닭은 이와 같은 문제를 심각하게 인지하고 이를 반드시 개선해야 되는 문제로 보았기 때문일 것이다. 그러나 서울공화국 현상은 결코 정책만으로 해결할 수 없다.

서울공화국에서 벗어나 진정한 대한민국으로 나아가기 위해서는 우리들의 무의식에 자리 잡은 '서울공화국'들을 덜어내기 위해 노력해야 할 것이다. 언론은 서울 중심의 보도가 아닌 대한민국 모든 지역에 거주하고 있는 국민들을 위해 보도해야 할 것이고, 자라나는 아이들을 위해서 서울 중심의 가치관을 형성시키는 것이 아니라, 대한민국 각지의 아름다움을 투명하게 마주 보게 해야 할 것이다. 개인의 생각에서부터 출발해야 마침내 '진정한 대한민국'과 마주할 수 있을 것이다.

내 속에 숨은
우울을 찾아서

방탄소년단의 〈Epiphany〉를 들었다. '나는 내가 사랑해야 할 이 세상 단 하나의 존재(I'm the one I should love in this world)'라던 노랫소리가 지금도 들리는 듯하다. 깊은 슬픔과 그것을 넘어서는 깨달음, 또는 절규 같은 것들이 울림을 주었기 때문이다.

더불어 가면성 우울증이 생각났다. 겉으로는 늘 웃는 것처럼 꾸미지만 속으로는 병들어가는 모습. 그것은 노래 속 주인공의 지금까지 모습과 같았기 때문이다.

안타까운 것은 이와 같은 증상이 청소년들에게 자주 나타난다는 점이다. 다른 사람에게 보이는 자신의 이미지에 집착해 자기가 괜찮은 것처럼 가면을 쓰려 하기에 생기는 일이다. 심지어 유쾌한 것처럼 행동하기도 하고 말이다.

왜 우울한가

글쓰기 수업을 하다 보면 종종 놀라게 된다. 평소 볼 수 없었던 모습이 글에 담기는 경우가 있어서다. 대표적인 것이 지금껏 숨겨 왔던 우울과 분노를 이야기한 것이다. 가면을 벗었기에 드러낼 수 있었겠지만, 짐작했던 것보다 마음이 아픈 학생들이 더 많다.

왜 이처럼 우울한 학생이 많은 것일까? 연구 결과를 보면, 청소년은 대개 부모와의 관계, 가정불화, 학업, 교우관계, 미래에 대한 불안이나 외모 스트레스 같은 것들 때문에 힘들어하는 것으로 나타났다.

실제 사례를 소개하자면, 한 학생은 어머니와의 갈등 때문에 상처받은 이야기를 했다. 그녀는 늘 친구처럼 다정한 엄마를 원했다고 한다. 하지만 엄마는 완벽주의자였다. 그래서 딸의 상태보다 다른 사람의 시선을 더 의식했다는 것이다. 게다가 엄마는 가장 두려운 존재였다고도 했다. '나'를 가장 잘 알기에 가장 아프게 만들 수도 있었기 때문이다. 당신의 공부 잘하는 기계이길 바라던 엄마, 사소한 약점마저 꼬투리 잡아 비난하던 엄마, 그런 엄마는 자신에게 상처만 줄 뿐이라는 사실을 깨달은 뒤 마음의 문을 닫았다고 했다.

그런가 하면 어떤 학생은 17년간 살아오면서 늘 자신을 싫어했다고 고백했다. 자신에 대한 기대치가 너무 높았기 때문이다. 그래서 주어진 일을 능숙하게 해내지 못하면 사랑받을 자격도 없다고 믿어 왔다는 것이다. 다른 사람에게 실망이나 피해를 줘서는 안 된다는 강박 때문이었다. 이게 사실이라면, 그의 모든 노력에는 언제나 실패가

예정되어 있었던 셈이다. 누구든 그처럼 완벽할 수는 없기 때문이다. 이 학생이 끊임없는 자기 혐오에서 벗어날 수 없었던 까닭이었다.

자기 자비 글쓰기

앞에서 든 사례들은 드물게 들려오는 이야기가 아니다. 그럼에도 참 아프게 다가왔다. 아들이 어린 시절, 나도 앞의 어머니처럼 많은 것을 요구했던 기억이 났기 때문이다. 이 속에서 받게 될 아이의 상처는 무시하면서 말이다. 어쩌면 타인의 시선이 더 중요했기 때문인지도 모르겠다. 한때나마 우리가 서로에게 상처였던 이유다.

여기에서 벗어날 길은 없는 것일까? 몇 가지 방법이 있다. 그중 하나가 바로 자기 자비 글쓰기다. 심각한 상처가 아니라도 괜찮다. 어떤 이유로든 괴롭거나 답답한 일이 있다면 한 번 활용하면 좋겠다.

그러면 자기 자비란 무엇인가? 자기 자신을 한없이 사랑하고 가엽게 여기는 마음이다. 심리학자 크리스틴 네프(Kristin Neff)는 이를 '고통스러울 때나 실패를 경험했을 때 자기를 비판하기보다는 이해하고 너그럽게 대하는 것, 자신의 경험을 누구에게나 있을 수 있는 일로 여기는 것, 고통스러운 생각이나 감정에 과잉 반응하지 말고 있는 그대로 받아들이는 것' 등으로 설명했다.[20]

---

20 박경순, 〈아동기 외상경험과 우울 및 반응적 공격성의 관계에서 자기 자비의 조절효과〉, 한국청소년학회, 청소년학연구, 25(2), 2018.02, 172쪽.

살다 보면 누구나 시행착오를 겪는다. 실패할 수도 있고 말이다. 이때 필요한 것은 무엇인가? 힘들었던 자신을 보듬어 주는 것, 자신을 따뜻하게 위로해 줌으로써 분노나 자기 혐오 같은 감정을 조절하는 것이 아닐까?

그렇다면 그것을 내게 효과적으로 적용할 수 있는 방법 중 하나는 무엇일까? 글쓰기다. 글쓰기는 구체적인 표현을 통해 자기 안의 상처와 분노를 차분히 들여다보게 해 주기 때문이다.

쓸거리는 어떻게 찾을까[21]

핵심은 자기 자비의 기본적인 내용을 쓸거리 찾기에 적용하는 것이다. 이를 위해 먼저, 고통스러웠던 일이나 실패했던 경험을 떠올려 본다. 이왕이면 구체적으로 떠올리는 것이 좋다. 무엇 때문에 힘들었는지, 그때 어떤 감정들을 느꼈는지 등에 대해 말이다.

다음으로 그 사건을 자신이 아닌, 친한 친구가 겪었다고 생각해 본다. 그런 다음 친구의 편에 서서 해줄 수 있는 위로의 말들을 떠올려 보는 것이다. 이후 그에게 보였던 친절하고 자비로운 태도를 자신에게로 돌린 뒤 떠오르는 생각들을 메모해 두면 된다.

유의할 점은, 자기가 겪은 일이 누구에게나 있을 수 있는 일임을

---

21 이 부분은 유정미, 〈자기 자비 글쓰기가 상태 수치심의 감소에 미치는 영향〉, 가톨릭대학교 대학원 석사학위 논문, 2018, 54-55쪽에 제시된 글쓰기 지시문의 내용을 일부 참고했다.

받아들이는 것이다. 또 힘들었던 순간의 감정들을 과장하거나 피하지 말고 있는 그대로 관찰하는 것이 중요하다. 그런 다음 떠오르는 생각이나 느낌 등을 적는다. 이후 메모한 내용을 반복해 읽으면서 이야기의 뼈대를 잡으면 된다.

알아두면 좋은 몇 가지

글쓰기는 만병통치약이 아니다. 심각한 우울증은 전문가의 도움이 필요하다. 글쓰기는 단지 자신을 돌아보고 힘들었던 순간에 대한 이해를 높이는 도구 정도로 활용하는 것이 좋다. 내 마음을 이해해 줄 수 있는 친구와 글을 써서 이야기 나누는 것도 좋다. 위안은 내 이야기를 들어주는 누군가가 있다는 것, 나 혼자만 힘들고 우울한 게 아니었다는 것을 아는 순간 찾아오기 때문이다.

끝으로, 블로그에 글을 써보는 것도 고려해볼 만하다. 인터넷 검색을 해 보면 의외로 자신의 상처를 고백하는 글이 많다. 내용이 진솔하다면 위로의 댓글도 달린다. 이는 슬픔을 이기는 힘이 될 수 있다.

사례로 배우는 글쓰기

학생 글 한 편을 소개한다. 불화의 원인이었던 아버지, 그래서 언제나 분노와 미움의 대상이었던 아버지가 어느 날 돌아가셨다. 그 뒤, 늦게 발견한 사랑과 화해에 대해 쓴 글이다. 이 글을 읽으며 글쓰기가 가진 치유의 힘에 대해서도 생각해 보면 좋겠다.

✏️ 좋은 글쓰기의 예   # 우리 아빠

경남과학고 배○○

2019년 7월 마지막 날 아침을 나는 아직도 기억한다. 오늘부터 외출을 끊으라는 엄마의 문자에 "이번 주 주말에 외출이잖아"라고 답장하자마자 엄마한테서 걸려온 전화. 전화를 받자마자 들려오는 엄마의 떨리는 목소리에서 나는 직감했다. '아 우리 집에 또 무슨 일이 터졌구나.' 그리고 돌아온 것은 청천벽력 같은 소식이었다. 엄마는 떨리는 목소리로 이렇게 말했다. "○○아, 지금부터 엄마가 하는 이야기 잘 들어. 많이 당황스럽겠지만 어제 네 아버지가 돌아가셨다." 아빠가 스스로 목숨을 끊은 것이었다. 이 말을 듣는 순간 내 안에 있던 무언가가 덜컥 내려앉는 느낌이 들었다. 침착하게 전화를 끊자마자 내가 맨 처음으로 느낀 감정은 슬픔도 현실부정도 아닌 분노였다. 지금부터 할 이야기는 내게 이런 감정을 느끼게 만든 아빠와 우리 가족의 이야기이다.

결론부터 말하자면 나에게 우리 아빠란 존경해야 마땅하기는커녕 반면교사로 삼아야 할 만큼 내 인생에서 가장 싫어했던 존재였다. 그리고 그와 동시에 한없이 아들 바보라 아들 일이라면 뭐든지 앞장서서 도와줄 만큼 고마운 존재이자, 인복이 차고 넘칠 만큼 많아 주변에 도와주는 사람이 많음에도 항상 혼자라고 생각하며 자신을 몰아세우는 안타까운 외톨이였다. 이렇듯 나에게 아빠란 미운 정 고운 정 다 들어 이렇게 상반된 감정을 느끼게 하는 존재였다. 우리 가족의 가정사라 여기서 다 털어놓지는 못 하겠지만 우리 아빠는 엄마에게 많은 잘못을 하였고, 이를 보며 자란 나와 우리 형에게 많은 상처를 남겼다. 그래서 나는 집이 싫었고 집밖에서는 활발하지만 집안에서는 쥐죽은 듯이 있는 내가 이중인격이 된 것 같아 힘들었다. 특히 중학교 시절에는 형이 기숙형 고등학교를 거쳐 대학에 진학하여 많이 만날 수 없었기에 의지할 수 있는 존재가 없었

다. 엄마도 내가 있기 때문에 나를 지키기 위해 아빠의 폭거에도 집을 떠나지 못했다. 그래서 나는 엄마의 부담도 덜어줄 겸 싫어하는 집에서 도망치듯 기숙형 학교인 우리 학교에 입학하였다.

다시 처음으로 돌아가자. 이런 아빠였기에 나는 처음 소식을 접했을 때 가장 먼저 아빠가 못 해준 것만, 부정적인 것만 떠올라 화가 난 것이었다. '우리한테 해준 것도 없으면서 이렇게 무책임하게 가버리나.' '이제 곧 입시인데, 난 어쩌라고' 등등 한탄과 분노로 가득했다. 하지만 시간이 지나면 지날수록 아빠와의 좋은 추억, 내가 받기만 하고 외면하고 못 해줬던 것이 떠올라 고맙고 미안하고 안타까웠다. 특히, 돌아가시기 며칠 전에 나에게 문자로 'OO아, 사랑한다?'라고 보낸 것에 이상함을 느꼈지만 귀찮고 최근의 여러 가지 일들로 인해 안 좋은 감정이 많이 쌓여 예사로 생각하고 건성으로 '어'라고만 보낸 게 아직도 후회된다. 이에 대한 답장인 '간결해서 좋다?'가 아빠와의 마지막 순간인 줄 알았더라면, 전화를 했더라면 일이 이렇게 되지는 않지 않았을까 하는 생각에 너무 안타까웠다. 그리고 마지막으로 들었던 감정이 아빠에 대한 이해와 용서였다. 뭐가 어찌되었든 지금의 나를 여기에 있게 해준 아빠이기에 아빠가 못 해준 것을 다 용서하고 나도 항상 아빠의 안 좋은 면만을 보고 미워하고 못 해준 것에 대한 용서를 마음속으로 구했다. 그러고 나니 모든 것이 후련해지고 슬픔도 분노도 다 사라졌다.

너무 늦었지만 이제라도 말하고 싶다. "아빠, 미안하고 고맙고 사랑해. 그곳에서는 외로워 말고 편히 쉬어"라고···. 그리고 이 글을 보는 친구들에게도 말해주고 싶다. 가족이 아무리 밉고 싫은 순간이 있어도 가족은 가족이라고. 말할 수 있는 순간을 놓치면 나중에 후회하게 될 거라고. 그러니 속 시원하게 마음에 있는 거 다 털어놓고 화해하라고. 그리고 사랑한다고 전할 수 있을 때 전하라고 말이다.

토의·토론을 활용한
글쓰기

리영희 선생의 책 《새는 '좌·우'의 날개로 난다》에 나오는 이야기다. 시민운동가 제시 잭슨(Jesse Jackson)이 미국 대통령 후보 경선에 나섰을 때의 일이다. 그는 미국 사회의 제도적 문제를 고쳐야 한다고 주장했다. 곧이어 우익의 비난이 이어졌다. 좌익의 논리라는 게 이유였다. 잭슨은 어떻게 반박했을까? 다음과 같이 말했다 한다.

"하늘을 나는 저 새를 보시죠. 저 새가 오른쪽 날개로만 날고 있습니까? 왼쪽 날개가 있고, 그것이 오른쪽 날개만큼 큽니다. 그래서 저렇게 멋있게 날 수 있는 겁니다."

그러자 사람들은 아무 말도 못 하고 하늘의 새만 쳐다보고 있었다 한다.

토의·토론을 활용하면 왜 좋은가

잭슨의 말은 아마도 우리 삶의 기본적인 원리에 대해 이야기한 것이 아니었을까 싶다. 서로 다른 것들이 존중받을 때 비로소 발전도 날갯짓도 가능하다는 원리 말이다. 그렇다면 나만 옳고 다른 것은 틀렸다는 생각 또한 착각이었던 게 아닐까?

흔히 말한다. 토의가 협력적 말하기라면, 토론은 경쟁적 말하기라고. 그래서 토의가 하나의 문제에 대해 최선의 해결책을 찾아가는 과정이라면, 토론은 자기가 옳고 상대방이 잘못되었음을 밝히는 과정이라는 것이다. 이는 둘의 차이에 초점을 맞춘 설명이다.

하지만 잭슨의 일화를 참고할 때 우리가 주목해야 할 점은 둘의 차이가 아니다. 공통점이다. 바로 우리 모두의 문제를 해결하려는 데 목적이 있다는 점이다. 따라서 각기 다른 생각을 가진 참여자 모두 서로에게 없어서는 안 될 협력의 대상이 된다는 점이다.

쓸거리를 찾을 때 토의·토론을 활용하면 좋은 이유도 이 속에 있다. 우리에게 필요한 것은 서로 다른 생각들이 부딪힐 때 일어나는 사고의 확장과 더 나은 해결책 찾기이기 때문이다.

예를 들어 보자. 수업 시간 중 한 학생이 '외모를 경쟁력으로 간주하는 사회는 바람직한가?'라는 주제로 발표를 한 적이 있다. 곧 다양한 의견들이 충돌했다. 더 나은 외모에 끌리는 것은 자연스러운 일이라는 주장이 있는가 하면, 사람에 대한 평가는 외모가 아닌 그의 행동에 따라 이루어져야 한다는 주장도 있었다. 더불어 마른 몸매만 강요하는 것은 폭력이라는 견해가 있는가 하면, 적당한 체중 유지는 건강에 좋을 뿐만 아니라 그 자체가 더 나은 삶을 위해 노력하는 모습을 보여주는 증거라는 의견도 있었다.

이처럼 다양한 생각들의 부딪힘 속에서 얻게 되는 효과는 뭘까? 좁은 생각의 틀에서 벗어나게 된다는 것이다. 그래서 더 바람직한 방식으로 더 좋은 해결책을 찾을 수 있게 된다는 것이다. 무수한 논란 속에 지금껏 보지 못했던 면들을 보게 되기에 가능한 일이다.

찬반 토론의 경우도 마찬가지다. 논란은 왜 일어나는가? 각기 다른 주장들이 저마다 타당성을 가졌기 때문이다. 그런 만큼 내 생각이 비판받을 수도 있다. 하지만 쓸거리 찾기의 측면에서 본다면 이것은 좋은 일이다. 그동안 잘 보이지 않던 맹점들이 구체적으로 드러나기 때문이다. 이는 문제점 극복을 위한 노력으로 이어지게 된다. 더 많이 생각하고 자료도 찾고 고민하게 되는 것이다. 생각은 이 속에서 자란다. 그만큼 논리가 탄탄해지고 글도 좋아질 수밖에 없는 이유다.

쓸거리는 어떻게 찾을까

수업 중 이루어지는 다양한 토의·토론 상황을 활용하면 된다. 요즘 경향 중 하나는 수업을 학생들의 활동 중심으로 채우려는 것이다. 그래서 국어 시간은 말할 필요도 없고 사회나 과학 시간에도 토의·토론을 자주 한다.

예를 들면, 사회 시간에는 저출산 고령화 문제에 대해 토의한다.

역사 시간에는 윤봉길 의사가 테러리스트인지 아닌지를 두고 토론할 수도 있다. 과학 시간도 마찬가지다. 특히나 최근에는 과학 토론이 활성화되는 추세다. 그래서 토의를 통해 미세먼지 문제의 해결 방안을 찾기도 하고 지구온난화 문제와 관련해 우리가 노력해야 할 점 등에 대해 논의하기도 한다. 그러니 수업 시간 중 토의·토론이 있을 때마다 메모해 두자. 글 쓸 때 활용하기 좋을 것이다.

논제를 쓸거리로 활용하는 것도 좋다. 논제는 우리에게 의미 있는 주제로 세심하게 선택되는 경우가 많아서다. 덧붙여 논제는 대개 미리 제시된다. 논제에 대해 차분히 생각해 볼 시간이 주어지는 것이다. 이때 인터넷 검색을 통해 여러 가지 참고 자료들을 찾아보면 좋다. 생각을 발전시켜 나가는 데 많은 도움을 받을 수 있기 때문이다.

더러 선생님이 토론계획서를 작성하게 할 수도 있다. 거기에는 자신의 주장이나 근거, 상대측 예상 주장 및 근거, 예상되는 질문이나 이에 대한 반론 등이 기록된다. 잘 적기만 한다면 이 계획서가 한 편의 멋진 글쓰기 개요로 활용될 수도 있다.

이와 같은 사전 준비가 끝나면 이제 실전에 참여할 차례다. 제일 좋은 것은 토의나 토론의 당사자가 되는 것이다. 그게 어렵다면 관찰을 제대로 하는 것도 괜찮다. 객관적 거리가 확보되어 오히려 상황을 더 잘 볼 수도 있기 때문이다.

특히 주목해야 할 곳은 생각의 충돌이 일어나는 지점이다. 서로 다른 생각이 부딪히는 과정에서 새로운 아이디어가 나타나기 때문이다. 사고의 폭발적인 발전도 이때 나타난다. 그러니 이 부분에 대해 잘 정리할 필요가 있다. 어떤 상황에서 어떤 의견들이 부딪혔는지, 각 주장의 핵심 근거는 무엇인지, 그 상황에 대해 본인은 어떻게 생각하는지 등을 잘 정리해 두는 것이다. 이후 글쓰기에 활용하면 된다.

알아두면 좋은 몇 가지

토의나 토론은 몇 개의 작은 논제로 구분되기도 한다. 예컨대 문제 상황-원인 분석-해결 방안 등으로 나누어 논의하는 식이다. 이때 세부 논제들은 그 자체로 글의 소단락으로 활용될 수 있다.

토의·토론 과정에서 찾은 쓸거리는 문제-해결이나 결론을 먼저 밝히며 논증하기 틀과 잘 어울린다.

끝으로, 쓸거리를 발견하는 데 초점을 두면, 토의나 토론의 형식에 너무 얽매일 필요가 없다. 핵심은 서로 다른 생각의 충돌에 있다.

사례로 배우는 글쓰기

학생 글 한 편을 소개한다. 이 학생은 '인간 배아 편집기술 연구가 허용되어야 한다'는 논제를 두고 찬반 토론을 진행한 적이 있다. 그 뒤 이 글을 썼다. 자신의 주장과 이에 대한 상대편의 비판, 다시 이어진 자신의 반론 등을 글쓰기 재료로 활용했다. 덕분에 논리가 탄탄한 글이 나왔다. 생각 펼치는 방법에 주목해 천천히 읽어 보면 좋겠다.

인간 배아 편집기술의 연구는 허용되어서는 안 된다

경남과학고 김○○

세상에는 많은 불치병, 유전병이 존재한다. 이들 대부분은 현재의 기술력으로도 완치하기가 힘들다. 이러한 질병 대부분은 인간의 본질적인 물질인 DNA의 유전자가 잘못된 경우가 많다. 따라서 요즘에는 DNA를 편집하여 질병 자체를 막거나 예방하는 '크리스퍼 유전자 가위 기술'이 굉장히 화제가 되고 있다. 크리스퍼 유전자 가위 기술은 문제가 되는 유전자 부위를 잘라내어 정상 DNA로 갈아 끼우는 일종의 짜깁기 기술로 유전질환, 희귀난치병을 치료할 수 있다는 기대를 받고 있다.

하지만 이 희망찬 기술의 미래를 위축시키는 사건이 발생했다. 지난해 11월 말 중국 남방과학기술대 허젠쿠이 교수가 유전자 가위 기술로 유전자를 편집한 아기를 탄생시킨 것이다. 그는 인공수정 배아의 유전자를 교정해 에이즈를 일으키는 인간면역결핍바이러스(HIV)에 저항성이 있는 쌍둥이 여아를 탄생시키는 연구를 진행했다. 그 결과 최초의 '유전자 편집 아기'가 탄생하게 되었다. 그러나 많은 과학자는 그가 생명연구 윤리를 무시한 행위를 했다며 우려를 표했다. 나 역시도 같은 생각이며, 인간 배아 편집기술은 시행되어선 안 된다고 생각한다.

현재 학계나 사회에서 크리스퍼 유전자 가위에 관한 연구는 권장하고 있다. 하지만 인간 배아 때부터 사용하느냐는 많은 논란에 휩싸이고 있다. 실제로 미국, 유럽, 일본, 중국 등은 유전자 가위 이용 배아 연구를 허용은 하고 있지만 실제로 인간 배아로 연구를 진행하면 많은 비판을 감수해야 하고 한국은 아예 법적으로 금지해둔 상태다. 인간 배아 연구를 허용해야 한다는 사람들은 유전질환으로 고통받는 환자들을 위해서라도 연구를 막으면 안 된다고 주장한다.

하지만 이러한 주장은 현재 상황에서 맞지 않다. 크리스퍼 유전자 가위 기술의 특성상 아무리 교정 성능이 높아지더라도 유전자 가위가 정확하게 유전자를 제거했는지 측정할 수 없기 때문이다. 의도하지 않은 부분을 자를 수도 있고 잘못 절단하면 기존에 없던 질병이 생길 수도 있다. 현재 최고로 높은 표적 정확도는 99%로 염기서열을 잘라내는 게 가능하다고는 알려져 있지만 한 번 자르면 돌이킬 수 없으므로 1%의 확률조차 환자에게 치명적일 수도 있다. 지금처럼 기술의 정확도와 안전성이 보장되지 못한 상태에서 찬성하는 사람들의 주장을 납득하기는 힘들다.

일부는 유전질환을 안고 태어나는 것보다 배아 상태에서 유전자 가위를 사용해 유전질환을 없애는 것이 훨씬 정확한 치료가 가능하다고 주장한다. 그러나 인간 배아를 생명으로 간주한다면 유전자를 편집하는 일은 윤리적으로도 심각한 문제로 작용할 수 있다. 〈중간 생략〉 또한 이 기술로 사람의 배아 속에 있는 유전자를 교체했다는 것은 앞으로 태어날 아기의 세포를 필요에 따라 모두 교체할 수 있다는 것을 의미한다. 따라서 이 기술을 어떻게 활용하느냐에 따라서 우리의 미래가 달라질 수 있다. 유전자를 넣고 빼는 등의 맞춤형 아기가 등장할 수 있다는 우려는 충분히 가능성 있는 이야기다. 그리고 가까운 미래에 맞춤형 아기가 등장하게 된다면 훨씬 더 많은 사회적 문제를 야기할 것이다. 전문가들은 '유전자 차별'을 비롯해서 유전자의 우월성 논의, 생명경시풍조 확산 등이 미래에 나타날 문제점이라 보고 있다. 하지만 실제로는 예상치 못한 문제들이 더 쏟아져 나올 것이며 그것이 바로 과학자들이 가장 두려워하는 유전자 편집 이후의 세상이다.

마지막으로, 인간 배아 사용에 대한 통일된 규정이 존재하지 않는다. 인간 배아 유전자의 편집에 관한 문제는 비교적 최근에 논란이 되고 있는 일이며 세계

각국이 서로 다른 기준을 적용하고 있다. 따라서 이를 통일하기도 쉽지 않다. 허젠쿠이 교수의 사례를 통해 국제사회에서는 유전자 조작 실험을 통제할 수 있도록 생명과학 연구의 윤리적 기틀을 마련하자는 목소리가 높아졌다. 통일된 규정을 마련하기 전까지는 인간 배아 편집기술에 대한 논의가 끊이질 않을 것이다.

　과학자가 의도했든 의도하지 않았든 간에 과학의 발달은 이중적인 면모를 가지고 있다. 유전자 편집기술도 마찬가지이다. 원리적으로는 좋은 기술일지도 모르나 쓰임새에 따라선 미래에 큰 혼란을 야기할지도 모른다. 더군다나 윤리적 문제뿐만 아니라 실효성을 제대로 갖추지 못한 현재 상황에서 배아를 이용해 실험을 한다는 것은 그저 무모한 생각에 불과하다. 인류의 미래를 결정할 수 있는 기술인 만큼 이 기술을 어떻게 사용해야 할 것인지, 과학계가 인류 모두를 위해 윤리적 결정을 내려야 할 중요한 시점이다. 그리고 이 시점에 이르러서 나는 인간 배아 편집기술 사용에 반대하며 인간 배아를 이용한 유전자 편집 연구는 시행되어선 안 된다고 주장하는 바이다.

뉴스로
생각에 날개 달기

일상의 철학자 알랭 드 보통(Alain de Botton)은 "지금 이 시대야말로 뉴스의 시대"라고 말했다. 그의 말에 동의한다. TV, 인터넷, 휴대폰, 거리의 광고판 등 삶의 공간 곳곳이 뉴스로 넘쳐나기 때문이다. 이 속에서 나는 중독된 것처럼 뉴스를 본다. 정치나 경제 동향, 해외 토픽, 기타 사건 사고에서 연예인 소식까지. 뉴스 속에는 온갖 재미난 이야기들이 모여 있어서다. 게다가 뉴스를 보지 않으면 세상에서 뒤처지는 듯한 느낌마저 들어서다.

뉴스는 새롭다. 늘 수많은 소식을 전해준다. 하지만 짚어야 할 점도 있다. 그 순간만 지나면 기억에 남는 게 별로 없다는 점이다. 누군가 텔레비전을 두고 '눈으로 씹는 껌'이라 했는데, 내게는 뉴스가 눈으로 씹는 껌 같다.

뉴스, 쓸거리의 보물 창고

문득 궁금해졌다. 왜 매일의 뉴스들은 내게 소모적인 일상에 불과했을까? 그 이유 중 하나는 모든 정보가 내게 꼭 필요한 건 아니었기 때문이고, 다른 하나는 습관처럼 그냥 봤기 때문이다.

그러던 어느 날 재미있는 경험을 했다. 글을 써야겠다는 생각으로 뉴스를 본 것이다. 그랬더니 스쳐 지나가던 하나하나의 사건들이 새롭게 다가왔다. 꽤 그럴듯한 쓸거리로 변하는 것이었다.

나만 그랬던 게 아니다. 학생들도 그랬다. 작문 수업을 하면서 자유 주제로 글을 쓰게 한 적이 있다. 그러자 한 학생은 이강인과 방탄소년단의 병역 특례 논란을 가지고 글을 썼다. 어떤 학생은 홍콩 시위와 블리자드 게임을 연결시켜 글을 썼다. 그런가 하면 청소년들의 무리한 다이어트 현상과 외모지상주의를 관련지어 글을 쓴 학생도 있었다. 모두 당시의 뉴스를 보고 아이디어를 얻어 글을 쓴 사례다.

지금까지 평범했던 뉴스들이 갑자기 의미 있는 사건들로 채워졌기 때문에 이와 같은 일들이 일어난 것일까? 아니다. 뉴스를 바라보는 방식이 달라졌기에 생긴 일이다. 결과적으로, 어떤 목적과 시각으로 바라보느냐에 따라 뉴스는 하나의 일상이 될 수도, 놀라운 사건의 연속이 될 수도 있었던 것이다.

따라서 다음과 같은 결론도 가능할 것이다. 관심을 가지고 볼 때, 뉴스는 쓸거리의 보물 창고가 된다. 우리가 직접 경험하는 공간은 지극히 제한적이기 때문이다. 그래서 겪는 일, 만나는 사람 모두 뻔하게 정해져 있다. 하지만 뉴스는 이처럼 제한된 범주를 넘어선다. 흥미로운 이야깃거리들이 넘쳐나는 것이다. 그 많은 사건들 중 내 관심을 끌만한 것, 곱씹어 생각해 봐야 할 사건 하나 없을 리 없다. 무심히 보던 순간에서 벗어나 무언가를 발견하려 들면 뉴스만큼 쓸거리로 넘쳐나는 대상도 없는 것이다. 우리가 쓸거리를 찾을 때 뉴스부터 살펴봐야 하는 이유다.

쓸거리는 어떻게 찾을까

일단 뉴스를 보는 것부터 시작하면 된다. 종이 신문도 좋고 TV, 인터넷 포털, SNS 등도 좋다. 중요한 것은 내 관심을 끄는 사건, 차분히 생각해 볼 만한 거리를 발견하는 것이다.

그 결과 흥미를 끄는 게 나타났다면 다음 작업으로 추가 검색을 하면 된다. 하나의 사건에 하나의 기사만 있는 게 아니기 때문이다. 어떤 사건이 이슈화되면 기자들은 그것과 관련해 조금씩 다른 색깔의 기사들을 내놓는다.

2015년 '맘충'이라는 단어를 처음 접했을 때의 일이다. 조금 더 알고 싶어 기사 검색을 했다. 그랬더니 며칠의 시간차를 두고 다양한 기사들이 쏟아져 나와 있었다. 맘충의 뜻에 초점을 맞춘 기사가 있는가 하면 어린 자녀 동행 시 공공시설에서 유의해야 할 점에 대해 이야기한 것도 있었다. 그런가 하면 맘충이라는 단어를 통해 일상 속에 파고든 차별에 대해 비판적으로 바라본 심층 분석 기사도 있었다.

그러므로 타깃이 정해지면 같은 화제의 다른 기사들을 읽어 봐야 한다. 이후 자신의 관점을 구체적으로 정해야 한다. 나아가 그 뉴스들이 의미하는 바도 곰곰이 생각해 봐야 한다. 기자의 눈이 아닌 내 눈으로, 기사 속에 드러난 우리 삶의 모습을 보려고 노력해야 하는 것이다. 그리고 쓸거리를 다듬으면 된다. 이를 위해 다음과 같은 질문들을 놓고 고민해 보는 것도 좋다.

- 이 사건의 핵심은 무엇인가?
- 왜 이런 일들이 벌어졌는가?
- 이 사건이 내 관심을 끈 이유는 무엇 때문인가?
- 특히 마음에 큰 울림을 준 부분은 어디인가?
- (문제 상황이 제시되었을 경우) 문제의 해결 방법은 무엇인가?
- 이 사건에 대한 나의 결론은 무엇인가?

알아두면 좋은 몇 가지

뉴스 기사는 결코 객관적이지 않다. 한쪽으로 치우치는 편향성이 있다. 물론 언론은 나름의 객관성을 가지기 위해 노력한다. 육하원칙에 따라 기사를 쓰고 찬성과 반대 의견을 동시에 제공하기도 한다. 하지만 엄밀히 따지면, 수많은 사건 중 하나의 기삿거리가 선택되는 순간부터 기자의 주관이 들어간다고 봐야 한다. 기자는 자기의 입맛에 맞는 기삿거리를 고를 것이기 때문이다. 여기에 언론사의 성향, 광고주의 이해관계까지 얽혀 기사의 성격이 달라지는 경우도 있다.

따라서 뉴스 기사를 비판적으로 읽어야 한다. 흔히 언론을 두고 '세상을 보여주는 창(窓)'이라 일컫는다. 맞는 말이다. 하지만 그 창이 보여주는 세상이 항상 진실이라는 보장은 없다. 그럼에도 불구하고 비판 없이 기사를 본다면 언론이 보여주는 것만 보고 가르쳐 주는 대로만 생각하게 된다. 세뇌당하는 것이다. 따라서 기사를 볼 때는 사실과 의견을 구분해야 한다. 사실은 정확한지 의견은 타당한지도 살펴봐야 한다. 나아가 자신의 주체적인 시각도 유지해야 한다.

끝으로, 가치 있는 정보를 골라야 한다. 정보는 넘치지만 모든 정보가 다 가치 있는 것은 아니기 때문이다. 우리 뇌는 생존을 최우선 과제로 삼는다. 이 때문에 자신의 안전을 위협하는 것부터 주목하는 성향이 있다. 언론사는 이 사실을 잘 안다. 그래서 일부러 자극적인 뉴스를 내기도 한다. "피를 흘리는 기사라야 주목받는다"는 말도 이 때문에 나왔다. 그만큼 질적 수준이 낮거나 왜곡이 심한 기사도 적지 않다. 양질의 뉴스 기사를 세심하게 골라야 하는 이유다.

사례로 배우는 글쓰기

학생 글 한 편을 소개한다. 이 학생은 우연히 홍콩 시위와 관련된 '블리츠청(Blitzchung) 사건'을 기사로 접했다. 그리고 느낀 바를 글로 썼다. 여러분도 이와 같이 뉴스를 보고 한 편의 글을 써 보면 좋겠다.

정치적 올바름을 주장한다던
게임회사는 어디로 갔나?

경남과학고 김○○

2019년 10월 7일, 하스스톤 프로 대회에 출전한 홍콩 출신 선수 블리츠청이 인터뷰 과정에서 홍콩 시위의 구호 중 하나인 '광복홍콩 시대혁명'을 외치는 일이 벌어졌다. 물론 올림픽 등의 많은 선례에서 보듯 국제 대회에서 정치적 발언을 하는 것은 부적절하다. 그러나 블리자드 측은 이와 관련된 자세한 규정이 없음에도 "공공의 일부 혹은 그룹을 불쾌하게 하거나 블리자드의 이미지를 손상시키는 행위"라는 애매한 규정을 적용해 블리츠청의 상금 1만 달러를 회수하고 1년간 출전을 정지시켰다. 그리고 해당 발언을 할 수 있게 도와준 두 캐스터는 해고하는 등 이례적으로 강력한 징계를 내렸다.

이 발언으로 불쾌할 '공공'이 누군지를 생각해 보면, 블리자드가 중국의 눈치를 보고 홍콩지지 발언을 한 선수에게 중징계를 내렸음이 명확하다. 실제로 블리자드는 이후 중국 하스스톤 공식 사이트에 사과문을 올렸는데, 이 사과문이라는 것이 중국의 입장을 옹호하면서 중국에게 사과하는 글이라 또다시 논란을 불렀다. 이 외에도 스타크래프트 방 제목에 Free Hongkong을 쓰지 못하게 막거나, 웹 포럼에서 홍콩에 대해 토의한 유저에게 1000년 밴을 먹이는 등 홍콩 이슈를 언급하지 못하게 하는 친중국적인 행보를 계속하고 있다.

이와 같은 행동은 역시 중국의 거대한 시장 때문이다. 최근 블리자드는 중국 시장에 많은 공을 들이고 있다. 작년에 발표한 〈디아블로〉 시리즈의 신작은 PC 게임을 원하는 열성 팬들의 기대를 외면하면서까지 양산형 모바일 RPG를 연상케 하는 폰 게임을 중국회사와 협력으로 개발했다. 또 같은 행사에서 십수 년간 중국 국민 게임의 자리에 오른 〈워크래프트 3〉의 리메이크 버전도 발표했다.

중국 공산당의 검열 기준에 맞춰 독재자에게 맞서는 혁명군의 스토리를 통째로 빼버리기도 했다.

그러나 이 사건이 큰 논란을 일으킨 이유는 그간 블리자드가 정치적 올바름에 집착에 가까운 지지를 보내왔기 때문이다. 자사 게임인 〈오버워치〉에서는 카리스마 넘치는 할머니 저격수, 근육질의 여성 군인 등 그간 게임계에서 찾아보기 힘들었던 색다른 캐릭터를 선보였다.

MMORPG 게임인 〈월드 오브 워크래프트〉에서는 남녀 할 것 없이 끊임없이 전쟁과 모략을 벌이는 게임 세계관에 개연성을 해치면서까지 여성 지도자들을 추가하고 갑작스레 페미니즘과 성차별 이슈를 집어넣어 많은 사람들의 호불호를 갈랐다. 그 외에도 많은 게임 서사에서 정의와 자유를 위한 투쟁이 중심이 되었다.

성 소수자, 양성평등 등 정치적인 올바름에 집착해 게임을 망친다는 지적이 나왔지만 블리자드는 고집스럽게 이를 밀고 나갔다. 그러나 홍콩에서 민주주의를 요구하는 시민들 앞에서는, 중국 시장에서 얻을 이익과 비교해본 뒤 올바름을 헌신짝처럼 던져버렸다. 게이머들 앞에서는 고고하게 서서 가르치려 하지만 중국 앞에서는 비굴하게 기는 태도, 성 소수자는 중요하지만 인권 탄압은 내 알 바 아니라는 이중적인 태도는 전 세계인의 분노를 불렀다.

이 사건으로 블리자드가 내세우던 정치적 올바름이 자본주의 논리에 따라 얼마든지 휘둘릴 수 있는 자기 만족에 불과함이 드러났고, 많은 유저들의 탈퇴 및 보이콧 행렬과 조롱이 이어지고 있다. 장인정신으로 무장한 게임 명가에서 위선적인 자본주의 괴물로 이미지가 바뀐 것이다.

블리자드뿐만이 아니다. 표현의 자유를 제한하는 중국을 앞에 놓고 많은 이들이 비슷한 선택의 기로에 섰다. 그러나 홍콩 시위가 한창인 지금, 이해관계가 걸린 대다수는 묵인을 선택하고 있다.

세상에는 돈보다 중요한 가치가 있고, 홍콩 시민들은 그걸 위해 움직이고 있다. 그러나 정의를 표방한다던 기업과 국가들은 차이나 머니 앞에 위선을 행하고 있다. 이들이 행동하는 선이 되기를 바란다.

반짝이는 아이디어는 기다리지 않는다:
메모하기

메모와 관련지어 두 가지 에피소드를 소개한다. 하나는 존 레논의 일화다. 비틀스가 해체된 직후였다. 뉴욕 힐튼 호텔에 머문 뒤 비행기를 타고 이동하던 그에게 갑자기 악상이 떠올랐다. 메모 습관이 있던 그는 호텔에서 가져온 종이에 생각을 적었다. 그렇게 탄생한 노래가 뭔지 아는가? 바로 불후의 명곡 〈이매진(Imagine)〉이다.

다른 하나는 내가 좋아하는 만화가 허영만 화백의 이야기다. 그도 소문난 메모광이다. 언젠가 식당에 갔을 때의 일이다. 갑자기 아이디어가 떠올랐는데 필기구가 없었다. 어떻게 했을까? 냅킨 위에 고추장을 찍어 메모했다고 한다.[22]

---

22 배현정, '메모달인들이 제안하는 新적자생존법', 〈머니위크〉, 2010년 8월 30일자 기사.

이렇게 보면 아이디어는 마치 섬광과 같다. 때와 장소를 가리지 않고 나타나고, 나타남과 동시에 사라져버린다. 나중에 떠올리려 해도 잘 안 된다. 그렇다면 이처럼 빛나는 아이디어를 잡아 두는 유일한 방법은 뭘까? 메모다. 존 레논이 호텔에서 메모지를 챙겨오고 허영만 화백이 냅킨에 고추장으로라도 적었던 이유다.

왜 메모해야 하나

아이디어는 곧 사라져버리기 때문이다. 하지만 이 외에도 메모를 해야 하는 이유는 많다. 그중 하나로 일상이 쓸거리로 가득해지는 걸 들 수 있다. 나는 쓰고 싶은 게 생기면 메모부터 한다. 그러고는 틈날 때마다 메모를 본다. 어떻게 하면 생각을 발전시킬 수 있을지, 관련 사례로는 뭐가 좋을지 고민하는 것이다. 재미있는 것은 그때부터 보이는 모든 게 내가 쓸 꼭지와 연결되기 시작한다는 점이다.

앞서 소개한 '낯선 자의 눈으로 보기'를 쓸 때였다. 당연함 속에 숨은 폭력에 반항하는 사례를 찾고 있었다. 메모를 보며 적당한 게 없을까 고민하던 중 우연히 TV에서 책 소개하는 것을 보았다. 송해나 작가의 《나는 아기 캐리어가 아닙니다》라는 책이었다. 임신 여성을 향한 폭력적 시선에 저항하며 쓴 글이라는 소개를 듣는 순간, 이거다 싶었다. 평소라면 그냥 흘렸을 내용이었다. 이처럼 메모를 염두에 두고 무언가를 보면 길에서 마주치는 광고판, 흔한 뉴스 한 조각마저도 예사로 보이지 않는다.[23]

메모를 해야 하는 두 번째 이유는, 메모야말로 글쓰기를 위한 가장 기초적인 작업이기 때문이다. 영화에 더러 이런 장면이 나온다. 글이 써지지 않아 고민하던 주인공이 어느 순간 영감을 받아 갑자기 책 한 권을 뚝딱 쓰는 것이다. 정말 영화에서나 볼법한 일이다. 현실은 이와 다르기 때문이다. 대개 글은 수많은 메모의 결과물이다. 이 책 뒤에서 설명할 '개요 쓰기에 대한 새로운 제안'도 메모로 뼈대 채우기의 다른 이름에 불과하다. 큰 틀을 잡아 놓고 그 속을 메모로 채운다는 점에서 말이다. 기존의 메모를 보고 이런저런 생각을 하다 보면 갑자기 새로운 아이디어들이 불쑥불쑥 떠오를 때가 많다. 메모가 또 다른 메모를 부르는 것이다. 기억하자. 글쓰기는 이 속에서 가능해진다는 것을.

마지막으로, 메모는 글쓰기의 두려움을 줄여준다. 하나의 주제를 놓고 글을 쓰려면 참 막막하다. 하지만 메모라도 몇 조각 있으면 훨씬 낫다. 메모에 기대어 생각을 펼칠 수 있어서다. 그래서 나는 글을 몇 개의 토막으로 나누어 쓴다. 이런 방식의 글쓰기에 메모는 참 유용하다. 몇 개의 핵심적인 메모를 놓고 조금씩 생각을 덧붙여 나가면 한 편의 글이 어느새 완성되기 때문이다. 더불어 메모가 많다는 것은 일정한 시간을 두고 떠올린 아이디어가 많다는 뜻도 된다. 자연스레 내용도 풍부하고 알찰 수밖에 없다. 메모를 적극적으로 활용해야 할 또 다른 이유다.

---

23 이상원, 《서울대 인문학 글쓰기 강의》, 황소자리, 2011, 155쪽.

메모, 어떻게 해야 하나

먼저 생각해 볼 수 있는 것은 책을 읽고 메모하는 것이다. 신문이나 잡지, 블로그 내용을 인쇄한 것도 좋다. 포인트는 내 생각을 자극하는 것, 그래서 메모할 거리가 있는 글을 구하는 것이다.

아이작 뉴튼은 말했다. "내가 더 멀리 보았다면, 이는 거인들의 어깨 위에 올라서 있었기 때문"이라고. 이 말은 지금도 유효하다. 그러면 우리가 올라탈 수 있는 거인의 어깨는 어디일까? 책이다. 내가 관심 가진 주제를 두고 앞서 고민했던 사람이 내놓은 결과물이 책이기 때문이다. 우리는 책을 읽음으로써 주제의 핵심과 만나게 된다. 다만 한 가지는 기억해야 한다. 책을 참고하되 내 생각이 있어야 한다는 점이다. 그러려면 중요한 대목을 만났을 때 밑줄을 긋는 게 좋다. 공감이 가면 공감 가는 이유를, 생각이 다르면 다른 이유도 적어야 한다. 이는 책과 대화를 나누는 과정이다.

짬 날 때마다 주제에 대해 생각해 보는 것도 좋다. 책상에 앉았다고 해서 늘 아이디어가 샘솟는 것은 아니기 때문이다. 나는 주로 자투리 시간을 활용한다. 집에서 학교까지 운전해 가면 40분 정도 걸린다. 어차피 차에서 보내야 하는데 글 쓸 주제에 대해 생각하다 보면 시간이 금방 간다. 안 풀리던 문제가 풀리거나 불현듯 아이디어가 떠오르곤 한다. 한 가지만 건져도 성공이다. 이윽고 목적지에 도착하면 잊어버리기 전에 빨리 메모한다.

더 좋은 것은 산책이다. 식사 후에는 주변을 걷는다. 그러면 갑자기 아이디어들이 떠오른다. 그렇게도 생각나지 않던 것들이 걷기만 하면 기다렸다는 듯이 떠오른다. 그래서 산책할 때는 늘 종이와 볼펜을 가지고 다닌다.

막히면 그냥 노는 것도 하나의 방법이다. 억지로 하면 피곤하기만 하고 효율도 떨어지기 때문이다. 차라리 쉬는 게 낫다. 그렇게 딴 일을 하다 보면 갑자기 '아하!' 하는 생각이 떠오를 때가 있다. 메모하기에는 그 순간이 참 좋다. 기발한 생각이 떠오를 경우가 많아서다.

메모를 쓸거리나 개요로 만드는 방법

하나의 분명한 주제가 미리 정해져 있는 경우부터 짚어 보자. 이때는 쓸거리 찾기와 개요 쓰기를 동시에 진행하는 것이 좋다. 우선 주제를 중심으로 5개 내외의 토막으로 나누어진 틀을 짠다. 그리고 틀의 적당한 부분에 메모한 내용을 적어 둔다. 처음에는 메모 내용이 얼마 되지 않아 틀에 빈 곳이 많을 것이다. 그러면 다음 작업으로 빈 틈을 채우면 된다. 메모한 내용을 시간이 날 때마다 들여다보며 발전시키는 것이다. 오래지 않아 좋은 아이디어들이 떠오를 것이다. 이후 틀이 메모로 가득 차면 다시 메모들을 여러 번 읽는다. 이 과정을 거치다 보면 써야 할 내용이 분명해진다. 좀 더 구체적인 내용은 4장에서 설명할 '개요 쓰기에 대한 새로운 제안'을 참고하기 바란다.

다음으로 주제보다 먼저 근사한 아이디어가 떠올랐을 때다. 이때는 메모를 중심으로 주제를 찾으면 된다. 출판사로부터 이 책의 집필 제안을 받았을 때다. 어떻게 써야 할지 가닥이 잡히지 않은 상태에서 기존의 글쓰기 책들만 읽고 있었다. 성인 독자가 대상이었던 탓인지 쓰기 전문가가 되도록 돕는 데 초점을 맞춘 책이 많았다. 그때 문득 모든 중·고등학생이 전문 작가를 꿈꾸는 것은 아니라는 생각이 떠올랐다. 그럴 필요도 없고 말이다. 그저 재미있게 자기 생각을 쓰도록 돕는 정도면 충분할 것 같았다. 그러려면 자기가 좋아하는 것부터 쓰도록 하는 게 바람직해 보였다. 이 아이디어를 메모하자 비로소 주제가 선명해졌다. 글을 쓸 수 있었다.

사례로 배우는 글쓰기

학생 글 한 편을 소개한다. 이 학생은 고등학생 그래픽 디자이너다. 일을 받으면 사람들이 꼭 짚고 넘어가는 게 글꼴과 글의 배치였다고 한다. 그러던 어느 날, 다음과 같은 아이디어가 떠올랐다고 한다. '사람들이 싫어하는 굴림체로 예쁜 디자인을 만들면 그게 진정한 의미의 디자인이 아닐까?' 이 아이디어를 메모한 뒤 하나의 프로젝트로 만든 사례에 대한 글이다. 물론 이 글 속에는 잘 나타나 있지 않지만, 이 글 또한 무수한 메모의 결과 탄생했다는 점도 밝혀둔다.

　　#굴림체살리기프로젝트

경남과학고 류○○

파워포인트, 포토샵, 엑셀 등 우리가 사용하는 대부분의 프로그램은 '굴림체'를 기본 글씨체로 제공한다. 굴림체는 특유의 단순한 디자인과 좋은 가독성 때문에 Windows 95 시절부터 Windows XP까지 꾸준히 계속 쓰이게 되었으며, 글자 크기를 작게 설정해도 잘 보이는 특성 때문에 과거에는 대표적으로 사용되는 글씨체 중 하나였다.

하지만 이러한 굴림체는 일명 '디자이너를 거품 물게 만드는 글씨체'로 유명하다. 대부분의 디자이너들은 굴림체를 사용하는 것을 극도로 기피하며, 이 서체를 사용하면 프로젝트 점수가 하락하는 등 대부분의 관련 학과 교수들이 가장 싫어하는 글꼴이기도 하다. 굴림체는 PC 초기 때 화면 너머의 글자를 잘 읽는 것에 중점을 맞춘 것이지, 디자인을 목적으로 사용되는 글씨체가 아니기 때문이다. 〈중간 생략〉

2017년 말부터 나는 영상과 그래픽을 이용하여 10초~20초 사이의 영상을 제작하는 그래픽 디자이너로 활동하고 있다. 이때 외주로 일을 받은 뒤 컨펌을 진행할 때마다 대부분의 사람들이 필수적으로 짚고 넘어가는 요소가 바로 글꼴과 글의 배치였다. 한번은 친한 선배 영상 디자이너와 이야기를 하던 도중 문득 어떠한 생각이 머리를 스쳤다.

만약 디자이너들과 일반인들이 극도로 기피하는 글씨체가 굴림체라면, 굴림체를 통해 디자인을 했을 때 사람들이 이를 예쁘다 생각한다면, 이게 바로 진정한 의미의 최적의 디자인이 아닐까?

우리는 해당 생각을 메모한 뒤 바로 행동에 옮겼다. 곧 굴림체로 디자인되어 있는 영상이 '디자이너를 그나마 조금 덜 괴롭히는 방법'이라는 글과 사진으로,

'#굴림체살리기프로젝트'라는 해시태그를 달고 SNS에 퍼지게 되었다.

해당 영상은 한때 SNS에서 꽤 많은 사용자들이 조회하였고, 실제로 굴림체를 쓰고도 '예쁘다'라는 반응을 얻진 못했지만 많은 사람들이 굴림체 자체에 관심을 가지게 하는 데에는 성공하였다. 그리고 우리는 이에 만족했었다. 하지만 그 이후로…

굴림체 살리기 프로젝트는 이에 그치지 않았다. 당시 SNS에 우연히 우리의 작품을 본 많은 디자인 관련 종사자들이 해당 글을 보게 되었고, 이를 하나의 '도전'으로 의식하게 되었다. 결과적으로, 굴림체를 주제로 한 많은 작품들이 탄생하게 되었다.

다양한 분야의 사람들이 해당 프로젝트에 직접적으로 참여하여 영상뿐만 아니라 일러스트, 로고 디자인 등 많은 작품들을 제작하였고, 이 굴림체를 주제로 하여 순수 디자인 실력에만 집중한 작품들은 각각 꽤나 많은 주목을 받게 되었다.

나와 선배 디자이너는 '굴림체를 쓰고도 남들이 인정할 만한 작품을 만들자'라는 본래의 목적은 성공하지 못했지만, 엉뚱한 방향으로 나아가 '디자인에 집중하여 굴림체를 재탄생시키자'라는 이유로 굴림체는 큰 주목을 받게 되었다. 이제 더 이상 굴림체는 디자이너들을 괴롭히는 데에 쓰이는 글씨체가 아닌, 디자이너가 자신이 가진 능력을 최대로 발휘할 때에 일부러 사용하는 핸디캡의 상징이 되었다.

현재 한글 글꼴의 수는 수천 가지를 훌쩍 뛰어넘을 정도로 많다. 개중에는 왜 디자인했는지 모를 글씨체들도 확연히 보인다. 하지만 그러한 글씨체들도 다 어울리는 적합한 상황이나, 장면이 존재할지도 모르고 앞의 굴림체처럼 20년이 넘게 지나 새로이 목적을 찾을 수도 있다.

요즘 사람들은 전부 1등에만 주목하는 경향이 있다. 하지만 항상 최고만을 향해 목을 빼고 바라보기보다는, 가끔 주변을 둘러보는 것도 좋겠다. 의외로 아직까지 쓸만한 보물을 찾아낼 수 있을지도 모른다.

* 본 글은 내용에 맞추어 굴림체로 작성되었습니다.

달이 빛난다고 말하지 말고
깨진 유리 조각에 반짝이는
한 줄기 빛을 보여줘라.

.

안톤 체호프_*Anton Chekhov*, 소설가 겸 극작가

3장

글쓰기 특강 2:
생각을 펼칠 때
고려할 사항

손에 쥘 수 있는
아이디어

"단 한 줄로 표현할 수 있는 주제가 생각나지 않으면, 그 글은 써서는 안 되는 글이네." 고 노무현 대통령이 당시 강원국 청와대 연설비서관에게 한 말이다.[1] 그런가 하면 영화감독인 스티븐 스필버그는 다음과 같은 말을 했다. "만약 어떤 사람이 스물다섯 개 혹은 그 이하의 단어로 설명할 수 있는 아이디어가 있다면 그 아이디어는 아주 괜찮은 영화로 만들어질 수 있다. 나는 그런 아이디어를 좋아한다. 특히 손에 쥘 듯 아주 간결한 아이디어를 사랑한다."[2]

위에 소개한 말들의 공통점은 무엇일까? 손으로 잡을 수 있을 만

---

1   강원국, 《대통령의 글쓰기》, 메디치미디어, 2014, 25쪽.
2   저스틴 와이어트, 조윤장 · 홍경우 옮김, 《하이 컨셉트: 할리우드의 영화 마케팅》, 아침이슬, 2004, 33쪽.

큼 간단하고 구체적인 아이디어의 중요성을 강조했다는 점이다.

왜 손에 쥘 수 있는 아이디어가 있어야 하는가

스물다섯 개 이내의 단어로 설명할 수 있는 개념을 할리우드에서는 '하이 콘셉트(high concept)'라고 부른다. 손에 쥘 수 있는 아이디어의 다른 이름이다.

스티븐 스필버그 감독은 〈쥐라기 공원〉을 제작하기 전 '만약 복제 공룡이 나타난다면?'이라는 생각을 떠올렸다고 하는데, 이와 같은 착상을 간결하게 나타낸 게 바로 '하이 콘셉트'다. 그러면 할리우드에서는 왜 이를 중시하는 것일까? 명쾌한 이미지를 통해 잊히지 않을 만큼 강렬한 인상을 심어줄 수 있기 때문이다. 성공한 블록버스터에는 하나 같이 하이 콘셉트가 있었다고 하는데 그 또한 이와 무관하지 않을 것이다.

이러한 하이 콘셉트가 영화계에서만 의미 있는 것은 아니다. 비즈니스에서도 중요하다. 미국 기업에서는 하이 콘셉트를 제시하는 것을 두고 엘리베이터 연설(elevator speech)이라고 한다.[3] 이는 바쁜 투자자나 기업의 고위 간부에게 엘리베이터를 타고 가는 짧은 시간 동안 상품이나 서비스의 핵심 개념을 설명하는 것을 뜻한다. 여기서 간단명료함이 중요한 이유는 명확하다. 찰나에 상대의 마음을 사로잡

3　강준만, 《글쓰기가 뭐라고》, 인물과사상사, 2018, 146-147쪽.

으려면 반짝이는 것만으로는 부족하기 때문이다. 멋진 아이디어일수록 쉽고 간결하게 표현되어야 한다. 그래야 단숨에 상대의 마음속으로 파고들 수 있다.

이와 같은 점들을 고려해 본다면, 왜 글쓰기에서 '손에 쥘 수 있는 아이디어'가 필요한지 알 수 있다. 매혹적인 글쓰기의 첫걸음이기 때문이다. 실제로 학생들이 쓴 글을 보면 말하고 싶은 바가 무엇인지 파악하기 어려운 경우가 의외로 많다. 초고라면 그나마 이해할 수 있다. 하지만 고쳐 쓰기가 끝난 뒤에도 마찬가지라면 문제가 심각하다. 끝내 말하고 싶은 바를 선명하게 정리하지 못했음을 의미하기 때문이다. 이런 글은 매력이 떨어진다. 읽어도 뚜렷하게 잡히는 게 없어서다.

그러니 명심하자. 투자자나 기업의 고위 간부만큼이나 독자의 시간도 소중하다는 것을. 독자는 읽었을 때 내용이 눈에 쏙쏙 들어오는 글을 좋아한다. 이런 글을 쓰려면 반짝이는 아이디어가 손에 잡힐 수 있을 만큼 구체화되어야 한다.

알아두면 좋은 몇 가지

이야기의 범위는 되도록 좁게 잡는 것이 좋다. '바늘 끝만큼 좁게 잡아야 한다'는 말도 있을 정도다. 그래야 글에 일관성이 생기고 쓸거리도 명확해진다. '안전'보다는 '실험실 안전사고 예방법'이 글의 테마로 더 나은 이유다.

다음으로, 이왕이면 참신한 아이디어를 바탕으로 써야 한다. 손에 쥘 수 있는 아이디어에 집착해 뻔한 이야기만 나열하면 글의 매력이 떨어진다.

끝으로, 글을 쓰고 난 뒤에는 처음에 생각했던 손에 쥘 수 있는 아이디어가 선명하게 잘 드러났는지 다시 한 번 검토해 봐야 한다.

사례로 배우는 글쓰기

학생의 글 한 편을 소개한다. 이 학생은 독거노인 문제와 세대 간 격차를 줄이는 방법에 대해 고민했다. 그리고 해결책으로 서로의 '필요'를 연결하는 '청소년 컴퓨터 교육 봉사활동'을 제안했다. 그 아이디어의 참신함과 간결함을 따라 가보자.

세대 간 소통, 독거노인 문제 해결을 위한 컴퓨터 교육 봉사활동?

경남과학고 김○○

현재 우리는 고도로 정보화된 사회에 살아가고 있다. 자연스레 가장 발달한 분야는 컴퓨터, 스마트폰이다. 이들은 사소한 일들까지 저장하고 공유할 수 있는 능력이 있기에 우리는 정보화의 혜택을 톡톡히 보고 있다. 영화 〈서치〉를 본다면 인터넷이 위급상황에서도 얼마나 큰 힘을 발휘하는지 알 수 있다.

그러나 너무도 짧은 시간 동안 발달한 탓인지 세대 간 정보 격차는 이미 하늘과 땅 차이만큼 나버렸다. 2018년 정보통신정책연구원(KISDI)에서 '고령자들의 미디어 활용 능력'을 조사한 적이 있다. 조사 결과 문자를 보낼 줄 아는 고령 비율이 55%이며, 정보검색을 할 줄 아는 비율도 18%에 불과했다. 독거노인의 경우에는 이보다 더 낮은 수치를 보였다. 젊은 층의 정보활용 능력이 97%(KISDI 정보통신정책연구원에서 2017년 시행한 미디어 활용 능력 추이 분석 결과)가 넘는 것을 감안하면, 인터넷상의 세대 간 격차가 심각하다는 것을 알 수 있다. 정보화의 선두를 다투고 있는 우리나라가, 인구의 14%가 넘는 고령층 대부분이 컴퓨터를 활용하지 못한다는 말은 인구의 14%가 문맹인 것과 다를 바가 없다고 본다. 게다가 고령층, 그중에서도 독거노인들은 젊은 세대와의 공감대 결여, 무관심과 외로움으로 인한 고독사 등 많은 사회적 문제를 안고 있다. 이러한 문제는 앞으로 초고령 사회를 향해 나아갈 우리나라가 반드시 극복해야 할 문제이다. 나는 이 문제를 해결하기 위해, 아이러니하게도 세대 간 격차의 주원인이라 볼 수 있는 인터넷을 통해 해결하고자 한다.

연세대학교에서 부산 일부 지역을 중심으로 '고령층 정보화 수준이 노인생활 만족에 미치는 영향'에 대해 연구한 적이 있다. 정보화 수준이 높은 군에서는 노인의 생활만족도가 높게 나타났다고 한다. 연구 결과에 따르면 인터넷의 사용만으로 노인들에게 사회적 고립과 외로움을 피할 새로운 기회를 제공하며, 삶의 질을 향상시켜 성공적인 노후를 도울 것이라고 한다. 이미 인터넷 보급이 각종 노인 문제를 해결할 실마리를 가지고 있다는 것은 밝혀진 사실이라 봐도 무방하다. 문제는 이를 '이루는 방법'이다. 인터넷이 보급되어도 사용방법을 모른다면 무용지물이다. 나는 여기서 인터넷을 가장 잘 이용하고 있는 젊은 세대들을 끌어들이고자 한다. 특히 학생들의 경우 학교에 다니면서 반드시 개인적으로 채워야 할 봉사시간이 존재하기 때문에 학생들(젊은 세대들)이 노년층에게 컴퓨터 교육 봉사활동을 추진했으면 한다.

학생들은 본인이 아는 컴퓨터 지식 및 활용 방안을 노년층에 전달하면서 봉사활동을 진행하고, 노년층은 컴퓨터 활용 능력을 향상할 뿐만 아니라 봉사활동 중에 이루어지는 젊은 세대와의 소통을 통해 세대 간 격차를 줄여나갈 수 있게 된다. 학교 등의 시설에서 정기적으로 이러한 활동을 진행한다면 자연스레 세대 간 갈등도 줄어들 수 있고, 노인의 사회적 활동을 증가시켜 기존에 가진 독거노인 문제를 조금이나마 해소할 수 있다고 생각한다. 물론 학생들은 전문적인 컴퓨터 강사가 아니므로 잘못 가르칠 수도 있고, 소통이 제대로 이루어지지 않아 답답해할 수도 있다. 그렇기에 한 활동에 한 명씩 전문가를 데리고 와서 갈등을 중재하며, 학생들은 사전에 제대로 된 컴퓨터 교육을 받으면 되는 것이다. 이는 단순히 노년층만을 위한 활동은 아니라고 본다. 젊은 세대는 컴퓨터를 너무 잘 알기에 나타나는 문제점들이 많다. 사이버 폭력과 같은 문제는 아직도 빈번히 발생하고 있으며 그 수치는 매년 증가하고 있다. 학생들이 컴퓨터 활용법을 가르쳐 주는 입장으로 변한다면 더 이상 컴퓨터는 그들에게 범죄의 영역이 아니게 된다. 세대 간 소통, 독거노인 문제를 동시에 해결할 수 있는 컴퓨터 교육 봉사활동, 현실적이면서도 효과적이지 않은가?

누구의 마음을 훔치고 싶은가:

예상 독자 고려하기

글을 쓰는 이유는 저마다 다르다. 누군가는 아이디어를 나누고 싶어서, 또 다른 누군가는 바꾸고 싶은 것이 있어 글을 쓴다. 하지만 목적이 어디에 있건 공통점도 있다. 성공적인 글쓰기가 되려면 상대의 마음을 움직여야 한다는 점에서 말이다.

그런 점에서 글쓰기는 광고와 닮았다. 광고 또한 어떻게든 소비자의 마음을 움직여 물건을 팔아야 하기 때문이다.

그러면 광고를 만들 때 가장 중요한 작업은 무엇일까? 소비자의 심리를 읽는 것이다. 그래서 광고 기획자는 '사람들이 좋아하는 것은 무엇인지, 언제 무엇을 통해 광고를 보는지, 그리고 어떻게 전달할 때 광고가 가장 잘 먹힐지'에 대해 치열하게 고민한다. 이후 정교하게 만들어진 이미지를 소비자에게 제공한다.

예를 들어 보자. 유튜브에서 한 라면 광고를 본 적이 있다. '세상에서 제일 맛있는 ASMR'이라는 콘셉트로 많은 인기를 끌어 먹방 영상의 레전드로 불린 광고였다. 구상 단계에서 광고 기획자가 주로 고민한 것은 무엇이었을까? 아마 다음과 같은 것들이 아니었을까 싶다.

타깃층은 유튜브를 즐겨보는 계층이다. 이들의 관심을 끌려면 어떻게 해야 할까? 일단 재미있어야 한다. 길지 않아야 한다. 나아가 이들에게 친숙한 이미지를 가진 인물을 등장시켜야 한다. 이왕이면 라면과 관련된 이미지를 가진 사람이면 좋을 것이다. 그리고 다른 라면 광고와 확실히 차별화되어야 한다. 소리를 이용하는 것도 좋을 것이다. 결정적으로, 이 광고를 보는 사람들이 광고와 함께 입맛을 다시고 이 라면을 먹도록 만들어야 한다. 어떻게 해야 할까?

실제로도 위와 같은 고민의 결과였는지는 확실치 않다. 하지만 광고를 보면 웹툰과 요리로 유명한 김풍이 등장한다. 코믹한 표정의 그는 각양각색의 소리로 소비자를 자극한다. 자그락거리며 봉지 만지는 소리, 봉지 뜯는 소리, 가스레인지에 불을 켜고 탁탁거리며 파 써는 소리. 하지만 이 광고의 결정판은 아무래도 김풍의 목젖이 움직이는 장면과 그때 나는 소리일 것이다. 이 장면을 볼 때마다 나도 같이 입맛을 다시며 목젖을 움직였다. 그리고 '후~' 하고 라면 식히는 소리, 면발이 입속으로 들어가는 소리, 후루룩 국물 마시는 소리. 보면 볼수록 재미있었고 보다 보니 먹고 싶어졌다. 아마 나 같은 사람이 적지는 않았을 것이다. 이 광고는 2019년 기준 누적 조회 수가 400만 뷰를 넘었고 2017년 1분기 유튜브 광고 1위에 올랐으니 말이다. 그만큼 매출에도 영향을 미치지 않았을까?

어떻게 예상 독자의 마음을 훔칠 것인가

성공적인 글쓰기가 되려면 앞에서 설명한 광고처럼 독자를 잘 파악하는 것이 중요하다. 그리고 적당한 맥락에서 독자가 좋아할 만한 이야기를 매혹적인 방식으로 제시해야 한다. 이를 위해 먼저 다음의 질문을 스스로 던져 보는 것도 좋다.

- 내가 글을 쓰는 이유는 무엇인가? 예컨대 정보를 전달하기 위함인가 아니면 설득하기 위함인가?
- 이야기를 들어줄 독자층의 나이, 성별, 주된 관심사는 뭘까?
- 어떻게 하면 그들을 글 속에 끌어들일 수 있을까?

이 질문들은 구체적인 타깃층 설정과 관련된 것이다. 타깃층 설정은 명확할수록 좋다. 10대 소녀를 대상으로 하는 이야기와 30대 직장 여성을 대상으로 하는 이야기는 결이 다를 수밖에 없기 때문이다. 더불어 한 가지 더 고려해야 할 사항은 바로 정보 간격이다. 정보 간격이란 말하는 사람과 듣는 사람이 알고 있는 것의 차이를 뜻한다.

언젠가 대학원에서 공부하고 있을 때였다. 지도교수님께서 농담처럼 "부처님과 예수님이 만난다면 무슨 이야기를 나누실까?"라는 질문을 하셨다. 답은 뭐였을까? 답은 '아무런 대화도 없다'였다. 왜? 두 분은 서로 모든 것을 다 알고 계시기 때문이었다.

간단히 웃고 넘길 이야기는 아니다. 이 속에 정보 간격에 대한 핵심이 담겨 있기 때문이다. 모든 대화는 내가 아는 것과 상대가 아는 것이 다를 때, 이른바 정보 간격이 있을 때 가능하다. 그런데 알고 있는 것이 똑같다는 것은 둘 사이에 새로운 것이 하나도 없다는 것과 같다. 그러니 나눌 이야기도 없는 것이다.

따라서 글을 쓸 때는 이 차이를 잘 고려해야 한다. 차이가 없으면 글을 쓸 필요가 없고 너무 크면 소통에 실패한다. 그리고 이를 고려하기 위해서는 다음과 같은 질문을 던져 보는 것도 괜찮다.

- 나는 알지만 독자는 모를만한 것은 무엇일까? 그리고 이때의 정보 간격은 얼마나 클까?
- 어떻게 하면 정보 간격을 효과적으로 줄일 수 있을까?
- 독자가 어려워하거나 지루해할 만한 부분은 없을까? 있다면 그 부분을 재미있게 전달할 수 있는 방법은 무엇일까?

더불어 유의할 점은, 바로 옆에 있는 독자와 대화를 나눈다는 생각으로 글을 써야 한다는 점이다. 또 흥미로운 예시나 비유를 제시하는 등 독자를 매혹시킬 수 있는 방법도 계속 생각하는 것이 좋다. 쓸거리를 찾아 생각을 펼치고 고쳐 쓰는 과정까지 계속해서 말이다.

예를 들어 보자. 헤드폰 덕후가 있다. 오랫동안 기다리던 헤드폰이 드디어 출시되었다. 비싸서 구입하지는 못했다. 대여 신청해서 들어보니 과연 그동안의 기다림이 헛되지 않을 정도다. 소리가 너무나 마음에 든다. 인생 헤드폰을 만난 느낌이다. 이 느낌을 다른 사람과 나누고 싶다. 예상 독자는 헤드폰 덕후들, 학교 친구들, 그리고 부모님이다. 어떻게 써야 할까?

헤드폰 덕후들을 상대로

이들은 골든 이어스나 시코, 닥터 헤드폰 등의 사이트에서 주로 활동한다. 대체로 새로운 기기에 관심이 많고 풍부한 배경 지식을 가지고 있다. 이들이 즐겨 읽는 글은 하나의 헤드폰에 특화된 신제품 개봉기 또는 음질 리뷰나 측정 그래프 리뷰 등이다. 그렇다면 소개글도 이에 맞출 필요가 있다.

먼저 개봉기를 쓰는 경우를 생각해 보자. 예상 독자는 포장을 비롯한 전반적 특징에 관심이 많은 독자다. 따라서 이때는 포장 상태, 기본적인 스펙, 구성품, 디자인 특성, 가격, 독특한 기능, 간단한 소리 특징 등을 중심으로 이야기하는 것이 좋다. 당연히 세부 사진 첨부는 필수다.

다음으로 음질 위주의 글은 어떻게 써야 할까? 예상 독자는 소리

자체가 궁금한 독자다. 따라서 여기서는 저음, 중음, 고음의 소리 특징을 자세하게 이야기하는 것이 좋다. 예컨대 저음이 얼마나 깊고 웅장한지, 중음의 굵기와 섬세함은 어떠한지, 고음은 얼마나 명료하고 찰랑거리는지 등에 대해 이야기하는 것이다. 좀 더 전문적으로 간다면 소릿값 측정 그래프를 제시할 수도 있다. 또 이 제품과 다른 제품을 비교·대조해 그 차이점을 이야기할 수도 있다. 나아가 전문용어를 적절히 섞어 쓰면 개념 전달도 잘 되고 뭔가 더 그럴듯해 보인다.

학교 친구들을 상대로

상당수는 헤드폰에 대해 잘 모르거나 큰 관심이 없을 가능성이 높다. 헤드폰 전반에 걸쳐 글 쓰는 이와 독자 사이의 정보 간격이 크다. 그러므로 그래프 측정치나 전문용어는 피하는 것이 좋다. 하나의 제품에 특화된 글 또한 관심을 끌기 어려울 것이다. 따라서 헤드폰 전반에 대한 상식적인 이야기를 쉽고 재미있게 풀어나가야 한다. 이때의 이야깃거리는 헤드폰으로 음악을 들으면 왜 좋은지, 헤드폰 세계에 입문하려면 어떻게 해야 하는지, 추천 헤드폰에는 어떤 것들이 있는지 등이 될 수 있다. 글에 쉽게 공감할 수 있도록 하자면 헤드폰에 얽힌 개인적인 이야기나 재미있는 에피소드, 추천 헤드폰 사진 등을 더하는 것도 좋다. 따라서 나를 매료시킨 헤드폰에 대한 이야기는 추천 헤드폰 목록에 올려놓고 좀 더 강조하는 정도로 만족하는 게 더 나을지도 모른다.

부모님을 상대로

나라면 소리 특성이나 추천 헤드폰에 대한 이야기는 아예 꺼내지도 않을 것 같다. 대신 이 헤드폰을 사 주면 얼마나 정서적으로 안정이 될 것인지, 그래서 얼마나 말을 잘 듣고 공부에도 집중할 수 있을 것인지에 대해 이야기할 것이다.

실제로 우리 아들의 경우 어릴 때부터 필요한 물건이 있을 때마다 내게 편지를 쓰곤 했다. 그러고는 중학교에 들어가더니 이런 말을 했다. ○○ 헤드폰을 사 주면 음악과 함께 평온하고 감성적인 사춘기를 보낼 수 있을 거라고. 그러니 무사히 사춘기를 넘기려면 ○○ 헤드폰이 꼭 필요하다고. 결과적으로 아들 녀석은 헤드폰을 얻었고 나는 잠시나마 평온한 상태를 얻었다. 예상 독자를 고려한 글쓰기가 우리에게 필요한 이유가 아닐까 싶다.

사례로 배우는 글쓰기

학생 글 한 편을 소개한다. 이 학생은 커피나 에너지 드링크를 마시는 친구들에게 그보다는 홍차 마시기를 권하는 글을 썼다. 친구들의 마음을 움직이기 위해 어떻게 내용을 구성했는지 살펴보기 바란다.

✎ 좋은 글쓰기의 예   **커피 대신 홍차 한 잔 어떨까요?**

경남과학고 양○○

#1. 건강을 갈아 만드는 내신 성적

'디비(밤 12시 이후 숨어서 하는 공부)'와 '새합(새벽 독서실 공부)'. 몽롱한 정신상태로 어떻게든 한 글자 한 개념이라도 익히겠다고 공부한 기억은 우리 학교 학생 대부분이 공유할 수 있는 하나의 추억과 같다. 특히 많은 친구들이 애용하는 Bios Life E Energy나, 강력한 효과를 자랑하는 '몬스터'와 '영진'은 많은 친구들이 마셔봤을 것이다. 나 또한 2학년 때에는 에너지 드링크를 하루에 45병은 그냥 마셨던 기억이 있다.

하지만 어느 순간부터 그런 음료를 마실수록 건강이 악화되고 집중력이 떨어진다는 느낌을 받았다. 카페인이나 타우린이 없으면 아침 합강(독서실 공부 시간) 때 공부가 힘들었던 나는 이 사실을 알면서도 어쩔 수 없이 시험 기간에는 마실 수밖에 없었다. 나는 에너지 드링크를 대체하면서도 건강한 음료를 찾아 나갔다. 그 과정에서 찾은 해결책이 바로 홍차였다.

#2. 홍차란 무엇일까?

홍차의 효능을 설명하기에 앞서 홍차가 무엇인지부터 설명하고 싶다. 〈중간 생략〉

#3. 몸에 좋은 홍차, 효능에 대하여

효능 1. 홍차는 커피보다 카페인이 적은데도 정신을 맑게 유지하는 데 좋다.

홍차는 에너지 드링크처럼 단숨에 엄청난 힘을 내지는 못하지만 장기적으로도 단기적으로도 큰 힘을 낸다. 최근 싱가포르대학 엥 체핀 박사가 2,500명을 대상으로 이들의 차 마시는 습관과 인지기능 변화를 2년간 분석한 결과, 홍차를 하루 두세 잔 마시는 사람은 그렇지 않은 사람에 비해 인지기능이 10% 더 높은 것으로 나타났다. 체핀 박사 연구팀은 "홍차에 많이 있는 항산화 물질인 플라보노이드가 낮 동안 생성되어 뇌기능을 저하하는 독성 단백질 축적을 억제했을 것"이라고 말했다. 즉 더 깨어있는 시간이 길어도 편하게 버틸 수 있다는 이야기이다.

한편 일반적으로 홍차가 커피보다 카페인이 많다고 알려져 있지만 그렇지도 않다. 같은 찻잎 무게라면 홍차가 커피보다 카페인이 많다. 그러나 커피 1잔을 내릴 때는 10g을 사용하고 홍차는 커피의 1/3 수준에 불과한 2~3g을 사용한다.

〈중간 생략〉

#4. Tip 홍차를 맛있게 우려내는 법

이렇게 좋은 홍차지만 평소 접하기 어려워 조금 멀게 느껴질 수 있다. 뭐든지 첫걸음이 어려운 법이다. 그래서 차를 편하게 즐기기 위한 3가지 법칙을 준비해 봤다.

가. 자신에게 필요한 차 고르기

차를 즐기는 사람들을 늘리기 위해 지인들에게 차를 추천하는 사람들이 많다. 어디 농장의 차를 직수입해야 한다느니, 어떤 다기를 사용해야 한다느니 말이 많다. 하지만 좋은 차란 마시는 사람이 좋아하는 양질의 차를 의미한다. 최고급 차라 하더라도 마시는 사람의 취향에 맞지 않는다면 좋은 차가 될 수 없다. 평소 자신의 모습을 되돌아보며 어떤 목적으로 차를 마실 것인지 생각해야 한다.

새합이나 디비 때 깨어있기 위해 에너지 드링크를 마시는 사람에게는 브렉퍼

스트 티를 추천하고 싶다. 쌉쌀한 맛과 카페인을 제공하는 차와 단 과자로 당분을 함께 먹으면 집중도 되고 정신이 맑아진다. 카페인 드링크보다 더 건강하다는 사실은 덤이다.

물 비린내나 금속 맛 때문에 물을 마시지 않는 사람에게는 대표적인 블렌드인 얼그레이를 추천하고 싶다. 레몬과 비슷한 향을 내는 베르가못 오일을 함께 블렌딩해 물의 잡내를 잡는다. 더군다나 많은 브랜드에서 생산해 구하기도 쉽다.

녹차나 곡식 기반 차를 마시는 사람에게는 다즐링 차를 추천한다. 다른 종류의 홍차에 비해 덜 발효시켰다는 점이 특징이다. 이로 인해 맛과 향 등에서 녹차와 홍차의 중간적인 느낌이라 쉽고 거부감이 적게 홍차를 접할 수 있을 것이다.

나. 홍차 티백을 잘 우려내는 방법

합강에서 많은 자재를 보관하기 힘든 우리 학교에서는 티백을 자주 사용하게 된다(○○는 다양한 도구로 찻잎을 우리기는 하더라. 특이 케이스이니 넘어가자). 티백은 간편하지만 그래도 몇몇 조심해야 할 부분이 있다. 우선 뜨거운 물로 잔을 한 번 헹군다. 그 뒤 잔에 물을 붓고 잔의 옆쪽으로 티백을 비스듬히 넣는다. 이렇게 하는 이유는 잔에 티백을 먼저 담고 물을 부으면 물줄기의 힘에 의해 차의 떫은 맛이 우러나고 티백이 공기를 머금고 위로 올라와 제대로 우러나지 않기 때문이다. 보통 티백은 입자가 작은 찻잎을 이용해 만들기에 1~2분가량 짧게 우려내는 게 적당하다. 〈이하 생략〉

근사한 자료들이 널려 있다:
자료 수집하기

메모광으로 유명한 허영만 화백은 철저한 자료 수집가이기도 하다. 그가 웹툰으로 2년 동안 연재한 〈말에서 내리지 않는 무사〉라는 작품이 있다. 칭기즈 칸의 탄생부터 몽골 제국 군주가 되기까지의 과정을 그린 만화다.

역사극이었으니 일정 수준의 자료 수집과 고증은 필수였을 것이다. 그런데 그가 이 작품을 그리기 위해 얼마만큼의 준비를 했는지 알고 있는가? 무려 10년에 걸쳐 자료 조사를 하고 2만 킬로미터의 현장 고증을 거쳤다고 한다. [4]

---

[4] 엄지혜, 허영만 '역사극 그리면서 후회… 만화가 대신 소설가 될 걸', 〈채널예스〉 기사. http://ch.yes24.com/Article/View/21026

왜 자료 수집이 중요한가

비단 허영만 화백뿐만이 아니다. 글 쓰는 사람들은 자료 수집에 많은 공을 들인다. 그 첫 번째 이유는 자기만의 생각에는 한계가 있기 때문이다. 허영만 화백의 다음과 같은 답변은 이러한 현실을 잘 보여준다. "만화는 재미가 생명이라고 생각해요. 재미있으려면 진짜 같아야죠. 자기 생각만으로 진짜처럼 그릴 수는 없어요. 다 잘해놓고 음식 하나 잘못 그려 넣으면 독자들이 읽다가 금방 작가를 의심하게 돼요.…… 그래서 그림 한 컷, 대사 한 줄 멋대로 쓸 수 없는 거예요. 직접 현장에 나가서 사진도 찍고 인터뷰도 해야죠. 만화는 발로 그려야 합니다. 이야기는 책상에 있는 게 아니라 현장에 있어요."[5]

자료 수집이 중요한 두 번째 이유는 흔히 말하듯 글은 자료에서 나오기 때문이다. 물론 글의 출발은 '아하!' 하는 깨달음일 수 있다. 하지만 제아무리 반짝이는 생각이라 하더라도 근거 자료가 없으면 공허해진다. 구체적인 내용은 자료로만 채워질 수 있기 때문이다. 따라서 주제를 뒷받침하는 자료, 재미있고 설득력 있는 자료 수집은 글쓰기의 시작부터 끝까지 빼놓을 수 없는 작업이 된다. 자료가 많으면 글쓰기가 두렵지 않다는 말도 이런 맥락에서 이해할 수 있다.

마지막으로, 자료에서 써야 할 글의 아이디어를 얻을 수도 있기 때

---

5 박석환, 허영만 인터뷰, 문학번역원, 2008. https://parkseokhwan.com/979 [PARK SEOK HWAN]

문이다. VC경영연구소 정인호 대표가 쓴 글 〈냄비근성, 이제는 경쟁력이다!〉를 보았을 때다. 지금껏 부정적으로만 여기던 냄비근성이 경쟁력의 원천일 수 있다는 내용을 읽고, 거꾸로 생각하기와 관련된 글을 써야겠다고 마음먹었다. 2장에서 설명한 '거꾸로 생각하기'는 그렇게 해서 나온 글이다. 이처럼 마음에 드는 자료를 만나면 새롭게 글을 쓸 수도, 쓰던 글의 방향을 바꿀 수도 있다. 자료가 가진 힘 때문에 가능한 일이다.

자료 수집은 어떻게 하는가

작가들은 평소에도 습관처럼 자료 수집을 한다. 허영만 화백처럼 현장 조사를 하는 경우도 있다. 하지만 일반적인 학생이라면 그러기가 쉽지 않다. 쓸거리가 정해지고 나면 인터넷이나 책을 통해 자료 수집을 해도 충분하다.

나는 주로 인터넷을 통해 자료 수집을 한다. 기사나 사전, 논문 등을 검색할 때가 많다. 먼저 기사의 경우를 보자. 내 글은 에피소드 소개로 시작되는 것이 많다. 그런데 사용된 일화들 중 내가 처음부터 알고 있었던 것은 생각보다 많지 않다. 존 레논이나 허영만 화백의 일화 등 대부분은 쓸거리가 정해지고 난 뒤 인터넷 기사에서 찾은 것들이다. 인터넷 검색의 장점 중 하나는, 몇 시간만 투자하면 흥미로운 사건을 깔끔하게 정리된 기사로 접할 수 있다는 점이다. 이때의 핵심은 되도록 다양한 자료들을 찾은 뒤 주제에 어울리는 것을 골라

내는 것이다. 중·고등학생이 쓸거리 찾기로 활용하기에 이만큼 좋은 매체도 없는 것 같다.

좀 더 전문적인 자료를 구하고 싶을 때는 논문을 읽는다. 하지만 논문을 보는 게 쉽지 않다면 책을 참고하는 것도 좋다.

책의 장점은 아무래도 정확하고 풍부한 내용을 만날 수 있다는 점이다. 다른 자료에 비해 상대적으로 시간과 노력이 필요하기는 하지만 그만큼 얻는 것도 많다. 굳이 처음부터 끝까지 정독해야 할 이유는 없다. 필요한 부분만 찾아 읽고 틈날 때 나머지를 봐도 된다. 실질적인 도움을 줄 뿐만 아니라 책장에 꽂아두면 자극도 되니 이래저래 좋은 자료다. 그 외에 좀 더 색다른 자료가 필요하다면 설문조사를 실시할 수도, 박물관이나 전문가를 직접 찾아가 볼 수도 있다.

알아두면 좋은 몇 가지

마땅한 자료를 구하기 힘들 때는 자신의 경험 속에서 이야깃거리를 찾는 것도 괜찮다. 앞서 밝혔듯, 내 글의 들머리는 대개 일화로 시작된다. 그런데 종종 주제에 딱 맞는 이야기를 구할 수 없을 때가 있다. 그때는 주제와 관련된 경험을 떠올려 본다. 그러다 보면 오래지 않아 그럴듯한 에피소드가 떠오른다. 자기의 이야기만으로 글을 채울 수는 없다. 하지만 자기의 이야기가 전혀 없어도 안 된다. 그런 점에서 자기 속에서 길어 올린 이야기는 꽤 멋진 자료가 된다.

정보를 구했을 때는 그것이 믿을 만한 자료인지 확인하는 과정을 거쳐야 한다. 책이나 논문의 내용이라 해서 늘 옳거나 객관적인 것은 아니기 때문이다. 특히 인터넷에서 구한 자료 중에는 간혹 엉터리 정보가 섞인 것도 있으니 주의해야 한다.

출처도 정확히 밝혀야 한다. 글의 신뢰성을 높일 수 있을 뿐만 아니라 독자가 해당 내용에 관심이 있을 경우 직접 자료를 찾아보는 데 도움을 주기 때문이다. 또 다른 사람의 귀한 생각을 참고했다면 출처를 밝혀 고마움을 표하는 것이 예의다.

사례로 배우는 글쓰기

학생 글 한 편을 소개한다. 이 학생은 자기가 좋아하는 록 메탈 걸 그룹 드림캐쳐를 소개하는 글을 썼다. 앞부분에서는 이 그룹이 낯선 독자들을 위해, 멤버들의 콘셉트를 드림캐쳐의 사전적 의미와 연결지어 설명했다. 이후 대표곡들을 소개한 뒤 그들의 공연에 대한 평가 내용까지 덧붙였다. 글을 쓰기 위해 사전, 앨범, 신문기사 등 다양한 자료들을 참고했는데 그것이 글로 잘 드러났다. 여러분도 확인해 보기 바란다.

국내 유일 록 메탈 걸그룹
'드림캐쳐'에 대하여

경남과학고 허○○

국내 유일 록 메탈 걸그룹 '드림캐쳐'를 아시나요? 드림캐쳐라는 걸그룹은 사실 국내에서는 그렇게 인지도가 있다고 말할 수 없는 그룹입니다. 대한민국에서 드물게 '록 메탈 + 다크 + 여자 아이돌'이라는 신선한 조합으로 경쟁력을 가지고 있는 걸그룹이기 때문에 기존의 대한민국의 아이돌을 떠올리신다면 많이 생소하실 수 있습니다. 하지만 일부 록 마니아와 해외에서 상당한 음악적 평가를 받고 있고, 인도의 공주가 드림캐쳐의 팬이라는 것을 밝히는 것과 같이 국내보다는 해외에서 상당한 인지도를 가지고 있기도 합니다.

드림캐쳐는 실제 아메리카 원주민들이 악몽을 걸러주고 좋은 꿈만 꾸게 해준다는 의미로 만들었던 토속 장신구를 칭하는 말입니다. 그에 걸맞게 '드림캐쳐'라는 그룹의 멤버 지유는 '누군가에게 쫓기는 꿈', 수아는 '몸을 움직일 수 없게 만드는 꿈', 다미는 '상처를 입는 꿈', 가현은 '높은 곳에서 떨어지는 꿈', 한동은 '누군가가 계속 쳐다보는 꿈', 유현은 '낯선 곳을 헤매게 만드는 꿈'과 같이 총 7명이 각각 악몽이라는 독특한 콘셉트를 가지고 있습니다. 이 '악몽'을 주제로 새로운 드림캐쳐만의 세계관을 구축하고, 그 세계관 속에서 노래가 진행됩니다.

데뷔 타이틀곡 〈Chase me〉에서는 일곱 악몽의 소개와 함께 이들을 추적하는 '악몽 헌터'의 등장을 그려내 그룹의 강렬한 색깔과 앞으로 이어질 스토리에 대한 흥미진진한 서사를 소개합니다. 이어 발매된 노래 〈Good night〉에서는 악몽 헌터에게 정체를 들켜 붙잡히는 멤버들과, 숨 막히는 추격전 속 불안감, 그리고 마침내 일곱 악몽이 힘을 합쳐 이를 벗어나는 긴장감 넘치는 서사가 그려집니다. 〈중간 생략〉 그다음 곡 〈What〉에서는 앤티크 시대였던 그전까지와는 다르게 현대 시대로 오게 된 악몽을 묘사합니다. 현대 악몽의 이유를 스트레스로 규정하고 무관심과 소외, 폭력 속에서 재창조되는 불안한 현실 세계의 청춘들이 그려졌습니다. 〈You and I〉에서는 홀로 앤티크 시대에 갇히게 된 유현이 다른 악몽들과 갈등을 겪는 모습이 나타납니다. 〈중간 생략〉

　드림캐쳐는 독특한 세계관과 뛰어난 실력으로 주목을 받고 있습니다. 악몽이라는 콘셉트에 맞추어 '다리를 잡혀 끌려가는 안무', '인형처럼 뚝뚝 끊기며 춤추는 안무', '목이 졸리는 안무' 등 기괴하면서 섬뜩하고 독특한 안무가 굉장히 많습니다. 특히 칼 군무와 쉴 틈 없는 노래에도 불구하고 다소 과격한 안무가 박자들을 쪼개어 꽉 들어차 있기 때문에 상당한 춤 실력으로 인정받고 있는 그룹입니다. 또한 보컬 실력 또한 상당히 뛰어납니다. 록 메탈 장르 노래가 주이기 때문에, 후렴구는 상당히 높은 음역대로 구성되어 있는데 멤버 모두가 후렴구를 담당할 수 있을 정도로 탄탄한 보컬 실력을 가지고 있습니다.

　최근에는 음악방송에서 특별무대로 샤크라의 〈한〉을 커버하여 무대에 올랐는데 노래의 분위기를 현대적으로 잘 풀어내 레전드 커버무대였다는 평가를 받으며, 또 한 번 인지도를 높일 수 있었습니다.

　드림캐쳐의 록 메탈이라는 장르가 생소해 처음 듣는 사람들에게는 '일본 애니메이션 오프닝 노래 같다', '시끄럽다'라는 부정적인 평가를 듣기도 합니다. 하지만 록 메탈에 대한 편견이 없거나 음악 스펙트럼이 넓은 사람이라면 드림캐쳐의 매력에 금방 빠져들 수 있을 겁니다. 또 드림캐쳐의 음원이 초반과는 다르게 마니아적인 요소가 다소 빠지고 대중적인 느낌이 많이 첨가되고 있기 때문에, 그전까지의 앨범을 싫어했더라도 앞으로 계속 발매되는 노래들은 언젠가 분명 많은 사람들의 사랑을 받을 것이라 장담합니다.

이야기하듯 쓰기:

스토리텔링의 매력

채소로 오케스트라 연주하는 것을 본 적이 있다. 2017년 6월 SNS에 공개된 국내 한 가전회사의 〈냉장고: 베지터블 오케스트라〉 광고 영상을 통해서였다.

주목할 것은 이 영상이 공개된 지 4개월 만에 8,500만 뷰를 기록했다는 점이다. 이처럼 놀라운 조회 수가 가능할 수 있었던 이유는 무엇 때문이었을까? 비결은 스토리텔링에 있었다.

영상은 런던 베지터블 오케스트라 단원들의 이야기로 시작된다. 신선한 사운드를 만들기 위해 야채로 연주하는 단원들. 이들에게는 한 가지 고민거리가 있다. 신선한 야채만이 제대로 된 소리를 낼 수 있기에 연주가 있는 날이면 아침마다 장을 보러 가야 한다는 점이다. 이를 해결하기 위해 다양한 시도를 한 결과 해당 가전회사의 냉장고라는 해법을 찾았다는 것인데, 이야기를 풀어가는 과정이 꽤 재미있었다. 이 영상이 다양한 글에서 색다른 스토리텔링의 모범 사례로 꼽혔던 이유일 것이다.

왜 스토리텔링이 중요한가

위 사례에서 볼 수 있듯, 사람들은 이야기를 좋아한다. 그렇다면 스토리텔링이란 무엇인가? 상대에게 알리고자 하는 바를 재미있고 생생한 이야기로 설득력 있게 전달하는 행위다. 하지만 스토리텔링은 단순히 정보를 전달하기만 하는 건 아니다. 정보를 쉽게 이해시키고 기억하게 만든다. 정서적 몰입과 공감마저 이끌어 낸다. 그래서 미래학자 롤프 옌센(Rolf Jensen)은 다음과 같이 말하기도 했다. "세상은 이미 물질적 부가 아닌 문화와 가치, 생각을 중시하는 꿈의 사회로 들어섰다. 이런 사회에서는 브랜드보다 고유한 스토리를 팔아야 한다. 이제 스토리텔링을 모르면 사람들을 설득할 수 없게 된 것이다. 설득하지 못하면 원하는 것도 얻을 수 없다."[6]

오늘날에는 광고뿐만 아니라 신문기사, 강연, 음악, 프레젠테이션 등 우리가 실생활에서 접할 수 있는 거의 모든 것에서 스토리텔링을 만날 수 있다. 심지어 캐나다 신문 〈데일리 글리너(The Daily Gleaner)〉

---

6   위키백과사전. https://ko.wikipedia.org/wiki/%EC%8A%A4%ED%86%A0%EB%A6%AC%ED%85%94%EB%A7%81

에서는 제목을 이야기체로 만드는 타이틀텔링(titletelling)까지 시도하고 있다. 예컨대 이 신문은 자동차 산업을 육성시키려는 러시아 푸틴 총리에 관한 기사의 제목을 '푸틴, 자동차 산업 육성 추진'과 같은 딱딱한 방식 대신 '푸틴, 러시아를 운전석에 앉히다'와 같이 서술함으로써 스토리텔링을 기사 제목에까지 적용한 것이다.[7]

스토리텔링은 어떻게 하는가

사람들을 매혹시키는 이야기에는 일정한 규칙이 있다. 그런 만큼 스토리텔링을 잘하고 싶다면 플롯의 패턴이나 플롯 짜는 방법에 대해서도 알아두는 것이 좋다.[8]

하지만 그럴 만한 여유가 없다면 최소한 다음의 몇 가지 정도라도 기억해 둘 필요가 있다. 첫째, 독자가 흥미를 느낄만한 이야깃거리를 잘 골라야 한다. 독자를 이끄는 핵심 요소이기 때문이다. 둘째, 독자가 궁금증을 느끼고 빠져들 수 있도록 이야기의 얼개를 잘 짜야 한다. 이때 초점화와 배경화도 고려해야 한다. 모든 사건이 다 중요한 것은 아니기 때문이다. 초점화는 수많은 이야기 중 가장 중요한 것을 전면에 내세우는 것이고 배경화는 덜 중요한 것을 바탕에 까는 것이

---

7 김수곤, '눈이 아닌 가슴으로 쓰는 기사… 신문에 휴머니티가 흐른다', 〈동아일보〉, 2009년 9월 15일자 기사.
8 플롯의 패턴에 대해 좀 더 깊이 알고 싶다거나 소설 또는 시나리오 창작에 관심이 있다면 다음의 책도 읽어 볼 만하다. 로널드 B. 토비아스, 김석만 옮김, 《인간의 마음을 사로잡는 스무 가지 플롯》, 풀빛, 2012.

다. 이것만 잘해도 꽤 괜찮은 글을 쓸 수 있다.

예를 들어 어려움을 극복한 과정을 스토리텔링 한다고 생각해 보자. 어떻게 해야 할까? 우선 배경이 되는 상황부터 간단히 소개하면 된다. 그런 다음 초점을 맞춰야 할 대상에 집중해 이야기하는 것이다. 무엇 때문에 힘들었는지, 그때의 기분은 어땠는지, 어떻게 그 어려움을 이겨낼 수 있었는지, 그 과정에서 깨달은 점은 무엇인지에 대해 이야기하면 된다. 이때 특별히 신경 써야 할 곳은 마지막 부분이다. 이야기는 이야기 자체로 의미 있는 게 아니기 때문이다. 끝에는 항상 '아하!' 하는 무언가가 있어야 한다. 그래야 지금까지의 이야기가 생생하게 살아난다.

알아두면 좋은 몇 가지

남의 것보다는 자신의 이야기부터 해 보길 추천한다. 자기만이 할 수 있는 이야기에 진솔함까지 담을 수 있어서다. 또한 이야기에 극적인 재미를 더하고 싶다면 낯설지만 끌리는 소재, 첨예한 갈등과 긴장감, 의외의 결말, 감동 포인트 등을 적절히 섞어주면 된다.

사례로 배우는 글쓰기

학생 글 한 편을 소개한다. 중학교 2학년 때 오래달리기 학교 대표로 육상대회에 나갔던 경험을 이야기했다. 담담한 말투였지만 끝에 드러난 '아하!'가 깊은 울림을 준다.

나만의 페이스

경남과학고 문○○

중학교 1학년 때, 오래달리기 학교 대표로 육상대회에 나간 경험이 있다. 이것은 내가 우리 학교에서 운동장 열 바퀴를 도는 기초체력 측정에서 잘했기 때문이다. 나는 평소에 20분 정도 걸리는 학교까지 걸어서 다녔고, 아파트 단지 수영장에서 수영 레슨을 매일 받고 있었기 때문에 체력에 자신감이 있었다. 그래서 체육 선생님의 권유에 800m 대표로 나가게 되었다.

여름방학이 끝나고 2학기가 시작되자마자, 9월 말에 있을 대회를 위해 아침 연습에 들어갔다. 먼저, 몸을 풀기 위해 다 함께 운동장을 두 바퀴 돌고 트랙 부문 친구들은 얇은 쇠침이 박힌 육상화로 갈아 신었다. 그리고 두 명씩 짝지어 자세교정을 위해 무릎을 들어 올리며 50m 정도를 여러 번 뛰었다. 다음은 구간을 정해 전력 질주와 심호흡을 반복하며 폐활량을 기르는 연습을 했다. 이것까지 마치고 나면, 각자 자신의 종목을 한두 번씩 뛰어본 뒤 교실로 들어갔다. 땀이 나서 찝찝하고 수업 시간에 피곤하기도 했지만 평소 해 보지 못한 일을 한다는 생각에 재미있게 했던 것 같다.

이렇게 약 한 달 동안 준비한 결과는 진주시 2등이었다. 그해 우승까지 우리 학교가 차지하면서 다 함께 기뻐했다. 그리고 일 년이 지나고 2학년이 되었을 때, 나는 다시 한 번 대회에 나가게 되었다.

펑! 아, 불발이다. 심판은 머쓱한 듯 새 총알을 꺼내 갈아 끼웠고 우린 천천히 출발선으로 돌아왔다. 탕! 이젠 출발이다. 나는 선두에 들기 위해 빠르게 달려나갔다. 2등으로 한 바퀴 정도 뛰었을 때, 내 앞에 있는 친구는 더욱 속도를 붙였다. 뒤따라오는 그룹은 나를 포함한 선두 그룹과는 차이가 나 보였다. 나는 초반에 치고 나가길 잘했다고 생각하고 있었다. 1학년 때처럼 이대로만 가면

1등은 따라잡지 못해도 2등은 할 수 있을 것이라고 예상했다. 하지만 마지막 코너를 빠져나올 때 3등이던 친구가 나를 지나쳤다. 나는 속도를 내서 다시 따라잡으려고 했지만 할 수 없었다. 체육 선생님이 달리라고 손짓 하셨지만 몸에 힘이 쭉 빠져 더는 뛸 수 없을 것 같았다. 그리고 결승선까지 얼마 남지 않았을 때 4등이던 친구도 나를 지나쳐 갔다.

4등으로 들어왔을 때는 아무 생각도 들지 않았다. 물을 한 병 통째로 마신 뒤, 잔디 위에 드러누웠다. 내 숨소리가 너무 커서 다른 소리가 잘 들리지 않았다. 땀과 비가 섞여 흐르는 팔다리에 인조잔디와 검은 고무 알갱이가 들러붙었다. 다음 경기가 시작되고 나서야 주섬주섬 짐을 챙겨 우리 학교 천막으로 돌아갔다. 친구들이 수고했다며 옷과 음료수를 가져다주었지만 표정이 펴지질 않았다.

모든 경기가 끝나고 시상식까지 마친 후, 버스 안에서 곰곰이 생각해 보았다. 1학년에 비해 체력이 떨어진 걸까? 뭔가 억울했다. 선두 그룹에 드는 것만 생각해 초반에 무리한 게 문제였을까? 작년의 나에 맞추려고 한 것이 잘못이었을까? 스퍼트를 해 보지도 못하고 힘 빠진 채로 결승선에 들어오게 된 이유가 무엇이었을까?

이런저런 생각이 들고 인정하기 싫은 마음도 많았지만 집에 가까워질 때 즈음 페이스 조절에 실패했다는 생각이 들었다. 그러면서 나처럼 페이스 조절을 하지 못한 사람들이 생각났다. 뉴스와 라디오를 통해 '번아웃'된 사람들의 이야기가 들려온다. 그들은 자신의 페이스가 무엇인지 알지 못한 채, 나처럼 다른 사람이나 과거의 나에 맞추려 애쓴다. 그러다 보면 자신이 좋아하는 일을 해도 힘들어진다. 나는 몇 분 동안의 달리기였다면 그들은 인생이라는 긴 마라톤에서 아직도 달리고 있다.

나는 무엇인지 모를 느낌이 들었다. 그리고 이 느낌을 간직하기로 마음먹었다.

구체적 사례는
선택이 아닌 필수

2015년 9월의 일이다. 시리아 난민 꼬마의 시신이 터키 해변에서 발견되었다. 이름은 에이란 쿠르디, 이제 겨우 세 살이었다. 그는 가족들과 함께 시리아 내전과 IS의 위협을 피해 작은 배를 타고 그리스로 가려다 사고를 당했다.

쿠르디의 사진은 '파도에 휩쓸린 인도주의'라는 해시태그와 함께 SNS를 통해 공유되었다. 그의 주검을 본 많은 사람들은 분노했고, 이에 비례해 난민을 받아들여야 한다는 여론도 거세졌다.

왜 구체적 사례를 제시해야 하는가

유럽 내에서도 난민들을 적극적으로 수용해야 한다는 목소리는 이전부터 있었다. 하지만 반대 목소리도 만만찮았다. 외국인 범죄와

이슬람 근본주의에 대한 부정적 이미지 때문이었다.[9]

그러던 중 쿠르디의 죽음을 계기로 상황은 급변했다. 그의 주검을 담은 사진 한 장이 사람들의 감정을 깊이 건드렸기 때문이다. 덕분에 많은 난민들이 독일과 이탈리아, 그리스 등으로 옮겨가 잠시나마 위험을 피할 수 있었다.

글쓰기에서 왜 구체적 사례가 중요한가? 앞의 경우에서 보듯, 사람의 마음을 움직이는 힘은 이론보다는 사례에서 나오기 때문이다. 그래서 경제학자 스탠리 피셔(Stanley Fischer)는 "하나의 모범 사례는 1,000개의 이론만큼 가치가 있다"라고 말하기도 했다.[10]

이론은 추상적이다. 생각보다 마음에 잘 가닿지 않는다. 반면 사례는 구체적이다. 눈에 보이고 손에 잡힐 듯하다. 그만큼 호소력도 크다. 우리가 구체적 사례를 적극 활용해야 하는 이유다.

어떻게 제시할 것인가

첫째, 자신의 주장에 힘을 싣고 싶다면 전문가의 의견이나 통계자료를 근거로 제시하는 것이 좋다. 학생 글의 일부를 소개한다.[11] 이 학생은 '스트레스가 가진 반전 매력'에 대해 썼다. 그런 만큼 스트레스를 무작정 없애려 하기보다는 그것에 대한 부정적 이미지를 바꾸

---

9 문지은, 오연선, '끝나지 않은 전쟁으로 인한 시리아 난민들의 눈물', 외교부, 2017년 1월 9일자 기사.
10 강준만, 《글쓰기가 뭐라고》, 인물과사상사, 2018, 169쪽에서 재인용.
11 경남과학고 김○○ 학생의 글(스트레스의 충격적인 반전 매력을 파헤쳐보자!)에서 발췌.

는 게 좋다고 주장했다. 이를 단순히 주장만 하고 끝냈다면 설득력이 없었을 것이다. 그래서 다음과 같은 사례로 뒷받침했는데, 그 결과 설득력이 확 살아났다.

스탠포드대학교의 건강심리학자인 켈리 맥고니걸 박사가 미국인 약 3만 명을 8년 동안 추적 조사한 결과, 평상시에 스트레스를 느낀다는 사람들이 그렇지 않다는 사람들보다 43% 높은 사망률을 보였다. 하지만 놀라운 것은, 이 사실이 스트레스를 받는다는 사람들 중에서 '스트레스가 해롭다고 생각하는 사람들에게만' 적용된다는 점이다. 심지어 스트레스가 해롭지 않다고 생각하는 사람들은 스트레스를 받지 않는 사람들보다 사망률이 더 낮았다. 결국 스트레스가 사람들을 죽음으로 몰아넣은 것이 아니었다. 스트레스가 해롭다는 믿음이 이러한 결과를 초래한 것이었다.

둘째, 통계 자료라 해서 꼭 딱딱하게 제시할 필요는 없다. 감성적으로 제시하면 독자에게 훨씬 가까이 다가갈 수 있다. 제레미 도노반 (Jeremey Donovan)은 단위가 큰 통계 수치일수록 숫자를 그대로 말하기보다 생생하고 감정적으로, 상대와 관련이 있는 비유를 통해 제시하는 것이 좋다고 말했다. 그래서 "7천만 명의 미국인이 심장병을 앓고 있습니다"와 "여러분과 가까운 사람 3명만 떠올려 보십시오. 이상하게도 여러분을 포함해 4명 중 1명이 심장병을 앓고 있습니다. 그리고 언젠가는 심장병으로 죽게 될 것입니다"를 비교해 보면, 둘의 느낌이 아주 다르다는 것이다.[12] 이는 TED 강연들을 분석한 뒤 얻은 결론이지만 글쓰기에서도 충분히 참고할 만하다.

셋째, 통계 수치만이 의미 있는 것은 아니다. 개인적 경험이나 우리가 일상에서 확인할 수 있는 이야기도 좋은 사례가 될 수 있다. 쉽게 공감할 수 있기 때문이다. 학생 글의 일부를 소개한다.[13] 이 학생은 몇 가지 개인적인 사례를 들어 '아이돌은 연기를 못 한다'는 편견에 반대하는 글을 썼다. 물론 여기에 전문가의 의견이나 통계 자료까지 더해진다면 설득력은 더 높아질 것이다. 그러나 자료를 구하기 힘들다면 이 정도만 해도 충분하다.

〈앞부분 생략〉 아이돌에서 배우로 수식어를 완전히 달리하게 된 경우도 있다. 예를 들어, 임시완은 제국의 아이들 출신으로 아이돌 활동에 대한 고민과 함께 연기에 들어서게 되었다고 한다. 그의 첫 연기는 드라마 〈해를 품은 달〉의 세자 글 선생 '허염'의 아역 연기로 시작되었다. 출중한 비주얼과 그보다 더 눈에 띄는 안정적인 연기로 초반부터 시청률을 휩쓸었다. 그가 사실은 가수였다는 사실에 시청자들이 충격을 받을 정도였다. 〈해를 품은 달〉을 통해 연기력을 입증받은 그는 영화 〈변호인〉에 캐스팅되며 용공조작사건으로 억울하게 고문받는 대학생 '진우' 역할을 완벽하

---

12 제레미 도노반, 김지향 옮김, 《TED 프레젠테이션》, 인사이트앤뷰, 2012, 95-96쪽.
13 경남과학고 김○○ 학생의 글(천만 영화도 찍었는데, 연기력 인정 안 해 줄 거야?)에서 발췌.

게 연기해 관객들의 분노와 눈물을 이끌어 내었다.

그는 배우로서 다양한 활동을 보여주었지만, 그의 필모그래피 중 최고의 작품은 〈미생〉이라고 할 수 있다. 극 중에서 비정규직인 '장그래' 연기를 맡아 직장인들의 사회생활을 가감 없이 보여주어 많은 시청자들의 공감을 샀다. 더욱 놀라운 것은 〈변호인〉을 통해 1980년대 청춘을 연기한 직후 한 해도 채 되지 않아 2014년대 청춘 연기에 집중하는 모습을 보여주는 등 완전한 실력파 연기자로 거듭난 모습을 보여주었다는 것이다.

넷째, 적절히 활용된 시각 자료는 백 마디 말보다 낫다. 쿠르디의 예에서 보듯, 때로는 감정을 자극하는 사진 한 장이 복잡한 설명보다 더 큰 울림과 깨우침을 주기 때문이다. 2장의 '찌르는 이미지'에서 학생 글에 소개된 〈수단의 굶주린 소녀〉라는 제목의 사진도 마찬가지였다. 소녀와 케빈 카터에게는 비극이었겠지만, 그 사진은 세계적인 반향을 불러일으켰고, 수많은 구호 물품들이 아프리카로 향하는 계기를 만들었다.

이 외에 도표가 필요한 경우도 더러 있다. 잘 다듬어진 도표는 장황한 설명을 대신한다. 도표 하나로 일목요연한 정리가 가능하기 때문이다.

알아두면 좋은 몇 가지

사례는 구체적일수록 더 좋다. 유니세프나 세이브더칠드런 같은 구호 단체의 광고를 본 적이 있는가? 하나 같이 한 아이의 사례에 집중해 메시지를 전달한다. 그건 구체적일수록 마음을 끄는 힘도 크기 때문이다. "한 명의 죽음은 비극이지만 백만 명의 죽음은 통계"라던 스탈린의 말은 여기서도 유효하다.

자료를 멋대로 왜곡해서는 안 된다. '악마의 편집'이라는 말이 있다. 방송 프로그램에서 특정한 의도에 따라 실제 상황과 다르게 보이도록 편집하는 것을 가리킨다. 그런데 이와 같은 편집의 왜곡이 기사나 사설 같은 일상적인 글에서도 심심찮게 보인다. 이런 모습이 잠시는 설득력 있게 보일 수도 있다. 그러나 반복되면 결국 독자에게 외면당하게 된다.

이왕이면 최근의 자료가 더 좋다. 현재의 우리 삶을 더 잘 반영하기 때문이다. 그리고 앞에서 강조한 것이지만, 자료의 출처도 제대로 밝혀야 한다.

짧은 문장이 좋다

2017년의 일이다. 서울대가 신입생을 대상으로 '글쓰기 능력 평가'를 실시했다. 그런데 그 결과가 꽤 충격적이다. 무려 39%의 학생이 '글쓰기 능력 부족'이라는 평가를 받았기 때문이다. 전체 응시자의 25%는 정규수업조차 받기 어려울 정도였다고 한다. 덧붙여 신입생들의 글에서 몇 가지 중요한 문제가 지적되었는데, 그중 하나는 비문(非文)이 많다는 점이었다.[14]

사실 학생들의 글에 비문이 넘쳐나는 건 어제오늘의 일만은 아니다. 꽤 오래된 문제다. 하지만 마치 고질병처럼 잘 고쳐지지도 않는다. 비문을 극복할 수 있는 좋은 방법은 없는 것일까?

---

14 김경필, '서울대 신입생 39% 글쓰기 능력 부족', 〈조선일보〉, 2017년 4월 8일자 기사.

단문 쓰기

괜찮은 처방이 하나 있긴 하다. 문장을 짧게 쓰는 것이다. 이때의 짧은 문장은 단문을 뜻한다. 주어와 서술어가 각각 하나씩 있는 문장 말이다. 단문은 간결하다. 그만큼 중간에 문장이 꼬일 위험도 적다.[15] 그래서 수많은 글쓰기 고수들이 초보자에게 단문 쓰기를 권한다.

물론 모든 이들이 단문 중심의 글쓰기를 긍정하는 것은 아니다. 대표적인 이가 이남훈 작가다. 그는 단문 위주의 글쓰기는 초등학생의 글쓰기에 불과하다며 다음과 같이 말한다. "복문과 단문이 조화롭게 어우러질 때 리듬감이 꽃핀다. 더구나 인간의 사고 자체도 단문이 아니다. 나 자신이 생각을 어떻게 하는지 떠올려 보면 바로 이해가 갈 것이다. 누구도 '배가 고프다, 밥 먹어야 한다, 짜장면 먹자, 단무지가 많아야 할 텐데'라고 사고하지 않는다. 글쓰기라는 것이 결국 생각을 옮기는 과정이라면, 과한 단문은 종합적인 사고력을 담아내지 못할 뿐만 아니라 부자연스럽기까지 하다."[16]

설득력 있는 주장이다. 단지 짧다고 해서 좋은 문장이 되는 것은 아니기 때문이다. 그의 말마따나 글쓴이의 생각이 얼마나 선명한지, 메시지는 얼마나 명확한지 하는 것도 중요하다. 그럼에도 불구하고 나는 학생들에게 짧은 문장부터 쓰기를 권한다. 이제 막 글쓰기를 시

15 유시민, 《유시민의 글쓰기 특강》, 생각의길, 2015, 199-202쪽.
16 이남훈, 《필력: 나의 가치를 드러내는 글쓰기의 힘》, 지음미디어, 2017, 38-39쪽.

작한 학생들에겐 비문을 피하는 데 이보다 더 좋은 방법도 없어서다.

강준만 교수도 이남훈 작가처럼 지나친 단문 위주의 글쓰기에는 부정적이다. 하지만 그런 그조차도 글쓰기 특강을 할 때 장문을 여러 개의 단문으로 쪼개는 서비스를 자주 베푼다고 한다. 문장이 길수록 비문인 경우가 많기 때문이다. 그래서 초심자가 비문을 피하기 위해 일종의 훈련 과정으로 단문을 쓰는 건 바람직하다고 했다.[17]

게다가 단문 쓰기에는 장점이 많다. 잘만 부려 쓰면 문장에 힘이 실린다. 생동감이 넘치고 짧게 끊어치는 맛이 살아난다. 군더더기가 없어 깔끔하기까지 하다. 자연스레 쉽게 읽히고 이해도 잘 된다. 뜻을 분명하게 전하는 데 짧은 문장이 좋은 이유다.

단문, 어떻게 쓸 것인가

일단 자기 점검부터 할 필요가 있다. A4 용지에 10포인트 크기로 글을 쓴다고 생각해 보자. 한 문장이 두 줄을 넘어가는 경우가 많은가? 그렇다면 문장이 긴 편이다. 물론 길이 자체가 문제인 건 아니다. 문장이 길어지면서 비문도 같이 늘어나는 것이 문제다. 비문투성이에 길기까지 한 문장은 조금만 읽어도 머리가 아프고 피곤해지기 때문이다. 이런 문장은 정말 매력 빵점이다. 스스로 돌이켜 봤을 때 이와 같이 글을 쓴다면 지금부터라도 고치는 것이 좋겠다.

---

17 강준만, 《글쓰기가 뭐라고》, 인물과사상사, 2018, 105-107쪽.

방법은 간단하다. 일단은 마음 가는 대로 초고를 쓴다. 이후 끊을 수 있는 대로 문장을 다 끊어보는 것이다. 그런 다음 독백하듯이 여러 번 읽어 보면 된다. 이때 중요한 포인트는 자신의 호흡을 잘 느끼는 것이다. 호흡에 따라 쓴 글이 자연스럽고 좋은 글이기 때문이다. 짧게 끊은 문장이 호흡에 거슬리지 않고 자연스럽게 읽히면 그대로 두면 된다. 그런데 읽다 보면 짧은 문장이 도리어 어색해지는 경우가 있다. 그러면 그 부분은 길게 연결하면 된다. 요컨대 가급적 짧게 쓰되, 자연스러운 호흡에 따라 문장 길이를 조절하면 되는 것이다.

작가 강원국은 단문과 장문의 비율을 7대 3이나 8대 2 정도로 하는 것이 좋다고 했다. 숨이 가쁘지 않으면서 유려한 멋도 살아나기 때문이란다.[18] 나도 7대 3 정도의 비율이면 적당하다고 생각한다. 다만 평소 자신의 문장 길이가 다소 긴 편이라면 8대 2 정도로 문장을 짧게 쓰는 연습부터 해 보길 추천한다.

사례로 배우는 글쓰기

내가 아끼는 학생의 글에서 찾은 사례다. 문장을 짧게 끊은 뒤 중복되는 부분은 생략했다. 둘의 차이는 여러분이 직접 살펴보기 바란다.

---

18 강원국, 《강원국의 글쓰기》, 메디치미디어, 2018, 163쪽.

〈원래 글〉

인건비가 비싼 유럽이나 미국은 자국에서 발생하는 상당수의 쓰레기를 값싼 노동력이 풍부한 중국에 수출해왔고 중국은 이를 통해 많은 이득을 보면서 서로에게 충분한 이득인 것처럼 보였다. 하지만 시간이 지나자 폐기물 처리 과정에서 발생하는 쓰레기나 유해물질의 양이 엄청나서 중국의 환경을 심각하게 오염시킨다는 것을 깨닫고 재활용품 24종에 대한 수입을 중단하기 시작했다.

〈고친 글〉

유럽이나 미국은 인건비가 비싸다. 그래서 자국의 쓰레기 중 상당수를 중국에 수출해왔다. 중국은 값싼 노동력이 풍부했기 때문이다. 이는 서로에게 이득인 것처럼 보였다. 하지만 시간이 지나자 폐기물 처리 과정에서 엄청난 양의 유해물질이 발생했다. 중국은 비로소 재활용품이 환경을 심각하게 오염시킨다는 것을 깨달았다. 이후 재활용품 24종에 대한 수입을 중단하기 시작했다.

매혹적인 첫인상

'첫인상 5초의 법칙'이라는 것이 있다. 심리학자들의 연구 결과, 첫인상에 대한 판단은 대략 5초 안에 이뤄진다는 데서 나온 법칙이다.

5초. 무척 짧은 시간이다. 그럼에도 불구하고 우리 뇌에서는 그동안 상대의 외모와 표정, 전체적인 분위기를 파악하여 '이 사람은 이런 사람일 거야'라는 판단을 내린다는 것이다.[19]

그런데 첫인상 5초의 법칙이 사람에게만 적용되는 것일까? 아니다. 글에도 적용된다. 많은 경우 독자들은 처음 몇 줄을 읽고 그 글을 계속 읽을지 말지를 결정하기 때문이다. 그래서 첫 문장에 올인하라느니, 기억에 남도록 써야 한다느니 첫 줄 쓰기에 대한 조언도 많다.

---

19 http://blog.naver.com/PostView.nhn?blogId=97_09&logNo=221465713536

심지어 미국의 소설가 존 스타인벡(John Steinbeck)은 다음과 같은 말을 하기도 했다. "첫 줄을 쓰는 것은 어마어마한 공포이자 마술이며, 기도인 동시에 수줍음이다." 짐작건대 노벨문학상을 수상한 그에게도 첫 줄 쓰기는 쉽지 않았던 모양이다.

그런데 첫 줄 쓰기의 중요성과 어려움을 강조한 이와 같은 말들이 오히려 글쓰기를 더 어렵게 만드는 것은 아닐까? 물론 글로 먹고사는 프로들은 첫 줄조차 잘 써야 하겠지만 말이다.

이 책을 쓰기 전 학생들을 대상으로 설문조사를 한 적이 있다. 첫 줄 쓰기가 어려워 글을 못 쓰겠다는 학생들이 꽤 있었다. 이런 학생들에게 내가 해주는 말은 '신경 쓰지 말고 그냥 막 써라'다. 이제 겨우 글쓰기를 시작했다면, 첫 줄에 대한 부담 때문에 글을 쓰지 못할 바에야 차라리 첫 줄을 대충 쓰더라도 끝까지 쓰는 게 낫기 때문이다. 그래도 첫 줄에 대한 미련이 남는다면 초고를 다 쓴 뒤 나중에 고쳐 써도 된다. 아니면 첫 줄을 편하게 쓰는 대신 들어가는 부분 전체를 매력적으로 만드는 전략도 괜찮고 말이다.

어떻게 쓸 것인가

이 장에서는 첫 줄보다는 글의 첫인상을 매혹적으로 만드는 방법 몇 가지를 소개한다. 첫 줄 쓰기가 고민이었다면 우선 이 방법들을 따라 써보기 바란다. 잘 써야 한다는 강박은 가질 필요가 없다. 일단 써보는 것이 중요하다. 이 외에도 여러 가지 방법들이 있지만 여기에 소개하는 몇 가지만 익혀 두어도 웬만한 글은 쓸 수 있을 것이다.

하고 싶은 말을 먼저 내지르면 된다

이는 연예, 스포츠, 문화나 정치 분야 등 자신의 생각을 말하는 온갖 글쓰기에서 폭넓게 사용될 수 있다. 핵심은 정말 하고 싶은 말을 짧은 문장으로 일단 내지르는 것이다. 그 뒤 이유를 하나하나 설명하면 된다.[20]

2006년 4월 25일 발표한 고 노무현 대통령의 한일관계 입장 발표문의 일부를 소개한다. 당시 한국과 일본은 독도 영유권 문제를 둘러싸고 첨예하게 맞서고 있었다. 이때 대통령은 독도 문제는 단순한 영토 문제가 아닌 역사 문제라는 전제하에 대국민 담화를 발표했다. 가장 하고 싶었던 말을 맨 앞에 배치한 이 단순한 방법이, 얼마나 상대의 마음을 끌 수 있는지 확인해 보면 좋겠다.

존경하는 국민 여러분.

독도는 우리 땅입니다. 그냥 우리 땅이 아니라 40년 통한의 역사가 뚜렷하게 새겨져 있는 역사의 땅입니다. 독도는 일본의 한반도 침탈 과정에서 가장 먼저 병탄되었던 우리 땅입니다. 일본이 러일전쟁 중에 전쟁

---

20 유시민, 《유시민의 글쓰기 특강》, 생각의길, 2015, 84쪽.

수행을 목적으로 편입하고 점령했던 땅입니다. 〈이하 생략〉

도발적인 질문을 던지는 것도 괜찮다

흥미를 유발하고 사고를 자극하기 때문이다. 나아가 다음 내용에 몰입하게 만들기도 한다. 핵심은 첨예한 논쟁이 예상되는 질문을 던지는 것이다.

학생 글의 일부를 소개한다.[21] 이 학생은 늘 꿈꾸기를 강요하지만 정작 꿈꿀 방법을 알려주지도, 기회를 주지도 않았던 어른들에게 비판적인 질문을 던지는 것으로 글을 시작했다.

〈앞부분 생략〉 걸음마를 채 떼지도 않은 어린 아이에게 걷는 것을 요구하지는 않는다. 수영을 배운 적 없는 사람에게 바로 물로 뛰어들라고는 하지 않는다. 호흡법과 기본자세를 익히게 한 뒤 영법을 가르치는 것처럼 사소한 일이라도 기본적인 것을 먼저 가르친다.

하지만 누군가 우리에게 꿈꾸는 법을 가르쳐 준 적이 있었던가? 다들 자신의 어린 시절 경험을 떠올려 보면 그런 경험은 흔치 않을 것이다. 어른들은 우리에게 꿈의 중요성을 수없이 이야기했다. 꿈이 뭐냐는 질문, 꿈의 중요성과 꿈이 있어야 하는 이유에 대해서는 뇌리에 깊이 박히도록 들었다. 하지만 정작 그 누구도 꿈꾸는 법을 알려주거나 이를 위한 도

---

21 경남과학고 권○○ 학생의 글(꿈꿀 시간을 주지 않으며 꿈꾸길 강요하는 것은 폭력이다)에서 발췌.

움을 주는 이는 없었다. 꿈을 꾸는 것은 어린 아이가 걸음마를 떼거나 수영을 처음 배우는 것보다 훨씬 어렵다. 그러나 우리는 늘 꿈꾸는 것을 '강요'받기만 해왔다. 이것이야말로 명백한 폭력이 아닌가? 〈이하 생략〉

독자의 관심을 끌 만한 사건이나 에피소드, 경험 등을 소개한다

이 방법의 특징은 흥미진진한 이야기를 활용하는 것이다. 단, 주의할 것이 하나 있는데 소개하는 일화가 반드시 주제와 밀접한 관련이 있어야 한다는 점이다.

내가 쓴 에세이의 첫머리를 제시한다. 영화 〈라라랜드〉를 보고 난 뒤, '상처받은 예술가의 꿈과 사랑'에 초점을 맞춰 쓴 글의 일부다.

몇 년 전, 어느 연극배우의 죽음에 관한 기사를 본 적이 있다. 연기할 때가 가장 행복했기에 원양어선을 타거나 막노동을 하면서도 연극판을 떠날 수 없었던 무명의 예술가. 그는 결국 한 평 남짓한 고시원에서 영양실조와 심부전증으로 숨진 채 발견되었다. 10년 넘게 무대에 섰지만 그가 연극을 하면서 받은 돈은 한 달에 고작 20~30만 원이 전부였다고 한다.

그 몇 해 전에는 단편 영화제에서 상까지 받은 영화의 시나리오를 쓴 작가가 굶어 죽은 사실이 뒤늦게 알려져 화제가 되기도 했다. 사망 당시 그녀의 나이는 32살이었다. 〈중간 생략〉

그렇다면 어려운 삶을 이어가다 죽음에 이른 그들도 예술을 계속하는 한 자신의 삶이 나아지지 않으리란 것을 잘 알았을 것이다. 그럼에도 그들은 예술을 포기할 수 없었다. 왜 그랬던 것일까? 도대체 무엇이 그들로 하여금 죽음을 예감하면서도 끝내 꿈꾸기를 그만둘 수 없도록 만든 것일까? 〈이하 생략〉

이질적인 것들을 엮어 궁금증을 유발하는 방법도 추천한다

언뜻 봐서는 전혀 어울리지 않는 것들이 모종의 관계로 묶일 때 신선함과 충격을 주기도 한다.

기사의 일부를 소개한다.[22] '외국 기업이 한국 문화재 환수를 위해 노력한다'는 사실이 소개되어 있는데, 질문부터 흥미를 끈다.

이 회사의 본사는 캘리포니아 산타 모니카에 있습니다. 대주주는 중국의 텐센트입니다. 그런데 이 회사는 2012년부터 지금까지 한국의 문화재를 보호하는 활동을 하고 있습니다. 이 회사는 어디일까요? 아는 분들은 아시겠죠? 〈리그 오브 레전드〉(이하 롤)를 만들고 서비스하는 라이엇게임즈 이야기입니다.

라이엇게임즈는 오늘(11일)도 해외에 반출됐던 척암선생문집의 책판을 환수한 사실을 공개했습니다. 벌써 해외 반출 문화재만 3개를 가져온

---

22 김재석, '지난 8년간 당신의 스킨 값으로 라이엇게임즈가 한 일', 〈THIS IS GAME〉, 2019년 4월 11일자 기사.

것이지요. 라이엇게임즈는 그 밖에도 워싱턴 D.C. 소재의 주미 대한제국 공사관을 복원하는 일과 소설가 이상의 생가인 '이상의 집'의 재개관도 도왔습니다. 라이엇게임즈가 8년 동안 한국에서 한 문화유산 보호 활동은 정말 많습니다. 외국계 게임회사가 우리 문화유산을 지키는 이유, 무엇일까요? 〈이하 생략〉

폭로로 시작하면 독자의 시선을 잡아끌 수 있다

폭로는 언제나 관심의 대상이 된다. 또는 우리가 외면하고 싶었던 문제, 불편한 진실 등을 말하는 것도 좋다. 상식에 반하는 이야기나 숨은 진실을 통해 강렬한 메시지를 전달할 수 있어서다.

내가 쓴 영화 에세이의 일부를 소개한다.[23] 오랫동안 봐 왔다는 것과 상대에 대해 잘 안다는 것은 아무런 관계가 없음을 밝힌 게 포인트다.

언젠가 르네 마그리트(René Magritte)의 그림 중 〈연인〉 연작을 본 적이 있다. 어둡고 짙푸른 색조 속에서 천으로 얼굴을 가린 연인들이 입맞춤을 하고 있었다.

꽤 흥미로웠다. 왜 그들은 얼굴을 가린 채 입맞춤을 하고 있었던 것일까? 그들에게 사랑이란 단지 맹목에 불과했기 때문일까? 더불어 그들의

---

23 윤창욱, '내 아내의 모든 것: 아내, 얼굴을 가리운 나의 신부(新婦)', 〈교육경남〉, 2018. 통권 212호, 160-168쪽.

모습이 사랑에 빠진 우리의 은유였다면, 우리의 사랑 또한 한낱 눈먼 것에 불과한 것일까? 그래서 사랑이란 서로가 서로에게서 각기 다른 환상을 보는 것일 뿐 우리는 영원히 사랑하는 이의 진짜 얼굴을 볼 수도 없는 것일까? 〈중간 생략〉

그러고 보면 익숙하다는 것과 잘 안다는 것 역시 별개의 것임을 다시 한 번 확인하게 된다. 그럼에도 우리는 종종 착각한다. 오래 보았으니까 막연히 상대의 모든 것에 대해서도 잘 알고 있으리라고. 영화 〈내 아내의 모든 것〉에 나타난 두현과 정인의 모습이 그러했다. 〈이하 생략〉

관심도가 높은 주제에 대해 질문하거나 중요한 정보를 예고한다

건강 정보나 민감한 이슈 등 사람들이 즐겨 찾는 주제를 다룰 때 이 같은 방법을 쓰면 독자를 계속 잡아둘 수 있다.

학생 글의 일부를 소개한다.[24] 이 학생은 '비만'을 주제로 잡았다. 이후 비만 문제의 원인, 해결 방법 등을 다룰 것을 예고함으로써 독자가 계속 읽도록 만들었다.

비만은 과연 병인가? 그렇다고 할 수 있다. WHO나 여러 보건단체에서도 비만을 병이나 질환으로 보고 있으며 우리의 일상생활에서 비만이 가져오는 불편함만을 생각해 보더라도 충분히 병이라 할 수 있다. 비만

---

24 경남과학고 신○○ 학생의 글(현대 사회의 병, 비만)에서 발췌.

은 현대 사회에서 가장 큰 병 중 하나로 꼽힌다. 어른에서부터 어린아이에 이르기까지 사람들의 비만율은 점점 높아지고 있다. 비만이 되기는 쉬워도 비만에서 벗어나는 것은 매우 어렵다. 이뿐만이 아니다. 비만은 고혈압, 고지혈증, 당뇨병 등 수많은 성인병의 근원이 된다. 그런 탓에 비만은 하나의 사회 현상이 되어 가고 있다. 지금부터 비만이 무엇인지, 왜 생기는지, 해결법은 무엇인지 하나씩 알아보자. 〈이하 생략〉

처음과 끝이 서로 통하도록 적는 방법도 있다

수미상관(首尾相關)이라고도 하는데, 문학 수업 시간에 한 번쯤 들어보았을 것이다. 그런데 이는 일상의 경험을 기록한 글에도 두루 쓰일 수 있다. 특히 주제를 강조하고 싶을 때 이 방식을 쓴다.

어느 블로거가 쓴 글의 일부를 소개한다.[25] 부모의 기준으로 아이들의 삶을 이끌지 말아야 한다는 주장을 담고 있다. 이를 효과적으로 드러내기 위해 우리는 삶 앞에서 누구나 아마추어임을 글의 처음과 끝부분에 제시하였다.

〈들머리[26]〉 주위를 돌아보면, 이런 사람 꼭 있다. 어느 조직이든지 그것도 여러 명.

---

25 지성파파, 〈자식농사에 프로인 부모가 있을까?〉, 2019년 11월 브런치북. https://brunch.co.kr/@rok574/40

"내가 옛날에는 말이야, 소싯적에는 그랬었는데, 나는 너처럼 인생을 살지 않았어." 이런 투의 문장을 앞뒤 좌우 없이 내뱉는 사람들. 자신이 살아온 인생길이 마치 커다란 경험과 깨달음을 주었다거나 자신의 삶이 프로인 것처럼 말하는 부류들 말이다. 요새 요런 분들을 보고 소위 '꼰대'라 부른다. 어디선가 나를 그렇게 부를 수도 있다는 것도 팩트다.

아무리 둘러봐도, 프로인 인생은 없다

인생을 살아가는 누구도 프로가 될 수 없다. 여기서 '프로'는 인생의 전문가를 말할 수 있겠다. 반복할 수도 없는 시간 속에서 동일한 경험도 없거니와 모두에게 모든 것이 처음이기 때문이다. 태어나는 순간부터 사라지는 순간까지 아마추어로 살다가는 것이 인생이다. 자신이 잘 살아왔다고 해서 아마추어가 느닷없이 프로가 될 수는 없다. 단지 프로인 것 같은 착각만이 남을 뿐이다. 〈이하 생략〉

〈마무리〉 우리는 서투른 시행착오 끝에 비로소 우리가 원하는 부모의 원형을 갖춘다. 그런데 우리의 시행착오는 아이들이 성인이 되고 우리가 이번 생을 마감할 때까지 계속될지도 모른다. 그래서 우리가 아이들의 삶을 재단하고 부모의 기준으로 아이들의 삶을

---

26 어떤 일이나 글이 시작되는 첫머리. 비슷한 뜻을 가진 단어로 머리말, 서론 등이 있다. 이 책에서는 글의 끝부분을 뜻하는 마무리와의 어울림을 생각해 '들머리'라는 표현을 쓴다.

유도하지는 말아야 한다. 아이들이 부모들의 시행착오의 희생물이 되어서는 안 되기 때문이다.

다시 한 번 우리 자신의 삶을 돌아볼 일이다. 아마추어로서 내가 잘살아가고 있는지. 생각해 보면, 자식농사는 부모가 짓는 게 아니라 아이들 스스로 짓는 건지도 모르겠다.

적절한 인용은 들머리를 매력적으로 만든다

짧은 말을 통해 강한 인상을 심어줄 수 있기 때문이다. 또 인용을 통해 주제를 효과적으로 드러낼 수도 있다. 나의 경우, 격언이나 유명인이 남긴 말들을 정리해 둔 자료가 따로 있다. 필요할 때 적절하게 활용하면 글쓰기가 참 편해진다. 다만 인용 시 주의할 점도 있다. 글 전체의 맥락에 잘 맞아떨어지는 인용구를 찾아야 한다. 그리고 인용구와 자신의 생각을 잘 버무려야 한다. 이왕이면 인용구는 널리 알려진 것보다는 참신한 내용이 좋다. 이 조건을 만족시키는 걸 찾으려면 시간과 노력이 다소 든다. 그래도 가치 있는 투자라 생각하자.

내가 쓴 영화감상문의 일부다.[27] 들머리를 어떻게 쓸까 고민하다가 처음으로 책에서 본 구절을 인용을 해 보았는데, 나쁘지 않았다.

---

27 윤창욱, '오래된 정원: 혁명과 사랑 사이', 《마흔, 영화를 보는 또 다른 시선》, 시그마북스, 2017, 177-178쪽.

파스칼 메르시어(Pascal Mercier)가 쓴 소설 《리스본행 야간열차》의 어느 귀퉁이에서 다음과 같은 구절을 본 기억이 난다. '독재가 하나의 현실이라면 혁명은 하나의 의무다.'

이 말 속에서는 피냄새가 난다. 돌이켜보면 만만한 독재자는 단 하나도 없었고 그만큼 쉬운 혁명 또한 단 한 번도 없었기 때문이다. 혁명의 어려움은 언제나 그것을 시작하는 이들의 피와 희생 속에서만 가능할 뿐이라는 사실 속에 있었다.

그러므로 혁명은 승리의 가능성을 확인한 다음에 시작하는 싸움이 아니었다. 오히려 실패할 가능성이 높은 싸움이었고, 그 과정에서 혁명 당사자들의 삶은 대부분 참혹히 부서졌다. 혁명은 그런 줄 알면서도 시작되었기에 더 안타깝고 아름다운 것인지도 모르겠다. 〈이하 생략〉

알아두면 좋은 몇 가지

첫째, 들머리는 글 전체의 내용을 대략이라도 스케치해 둔 다음에 써야 한다. 그래야 전체 내용과 잘 어울리는 들머리를 쓸 수 있기 때문이다. 들머리를 매력적으로 구성하려는 욕심이 지나쳐 본문과 무관하거나 잘 연결되지 않는 내용을 쓰면 안 된다.

둘째, 들머리가 너무 길어서도 안 된다. 들머리의 역할은 호기심을 끄는 것이다. 또는 문제를 제기하거나 앞으로의 내용을 간단히 소개해 읽고 싶도록 만드는 것이다. 이 부분이 너무 길면 지루해진다. 자칫 글의 균형이 깨질 수도 있다. 그러니 간결하게 쓰는 것이 좋다.

울림을 주는 마무리

올림픽에서 은메달을 딴 선수와 동메달을 딴 선수가 있다. 누가 더 행복해할까? 개인차가 있어 단정 짓기는 어렵다. 그러나 대개 동메달을 딴 선수의 행복지수가 더 높다고 한다. 은메달리스트는 마지막 경기를 패배로, 동메달리스트는 승리로 기억하기 때문이다.

위와 같은 현상을 설명해 주는 것이 바로 피크 엔드 효과(Peak-End Effect)다. 행동경제학자인 대니얼 카너먼(Daniel Kahneman)의 연구에서 나온 것으로, 우리 뇌는 과거의 모든 순간을 하나하나 다 기억하는 것이 아니라 가장 극적인 순간 혹은 마지막 순간 위주로 기억한다는 이론이다.[28] 결국 이 이론에 따르면 마지막이 좋아야 좋은 이미지

---

28 https://satang77k.tistory.com/1110

로 남는다는 것을 알 수 있다.

글도 마찬가지다. 마무리가 중요하다. 독자는 글의 모든 내용을 기억하고 평가하는 것이 아니기 때문이다. 가장 감명 깊었던 부분이나 마지막 순간에 느꼈던 감정들을 기억한다. 따라서 마무리가 좋았다면 그 글도 좋은 글로 남을 가능성이 크다. 게다가 마무리는 독자의 마음을 움직일 수 있는 마지막 기회이기도 하다. 끝날 때까지 독자를 감동시킬 수 없다면 그 글은 소통에 실패한 글이 될 수밖에 없다. 울림이 있는 마무리를 위해 우리가 고심해야 하는 이유다.

어떻게 쓸 것인가

마무리에서 '아하!' 하는 깨달음을 줄 수 있다면 매우 좋다

독자에게 신선한 충격을 줄 수 있기 때문이다. 지금까지 했던 이야기들이 한 번에 정리되는 것은 덤이다. 이때의 핵심은, 하나의 대상에 대해 스토리텔링을 하다가 끝부분에 짧고 강렬한 '아하!'를 제시하는 것이다. 물론 이때의 '아하!'는 다른 분야에도 적용될 수 있어야 한다. 확장성이 있어야 울림도 극대화되기 때문이다.

칼럼의 일부를 소개한다.[29] 메이저리그의 모든 팀들이 이기는 방법 찾기에 골몰한 결과 야구의 재미가 사라지게 되었다는 내용을 담

---

[29] 이용균, '이기는 방법', 〈경향신문〉, 2019년 10월 2일자 칼럼.

고 있다. 이 속에서 드러나는 '아하!'는 무엇인지, 그 효과는 어떠한지 느껴보기 바란다.

홈런이 늘고, 삼진이 늘다 보니 모 아니면 도의 야구가 이어졌다. 야구는 지루해졌다. 승리의 길을 찾았는데, 관중 수가 줄어든다. 〈뉴욕타임스〉에 따르면 2019시즌 메이저리그 관중 숫자는 6,850만여 명 수준으로 떨어졌다. 7,000만 명 관중 수가 무너진 것은 2003년 이후 처음이다. 늘어난 중계권료 수입 등으로 여전히 돈이 넘쳐나지만 '지루해진 야구'는 미래에 대한 적신호다.

여기저기서 경고등이 켜지고 있다. 야구 칼럼니스트 롭 나이어는 책 《파워볼》에서 "야구통계전문가들이 승리를 향하는 최적의 길을 찾아냈는지는 몰라도 팬들이 보기에 즐겁고 신나는 야구는 아니다"라면서 "지난 수십 년 동안 야구뿐만 아니라 다른 모든 종목이 증명했다. 팬들이 원하는 걸 주지 못하면, 그 종목은 결국 망한다"라고 적었다.

우리 사회 모든 분야가 '이기는 것'에만 골몰하고 있다. '밀리면 끝이다'라는 공포는 '승자독식사회'가 가져다준 저주에 가깝다. 정치는 갈등을 해결하는 게 목적이지만 승리를 위한 정치공학적 계산과 수사만 난무하고 있다.

잔뜩 쌓인 문제들이 풀리지 않는다. 이기는 방법만 따지면, 결국 모든 것을 잃게 될 수도 있다.

마무리에서 '발상의 전환'을 제시하는 것도 좋다

관습에 저항하는 마무리, 편견에 맞서 익숙한 것을 뒤집는 마무리는 강한 호소력을 갖는다.

학생 글의 일부를 소개한다.[30] 이 학생은 중간 부분까지 '청소년의 꿈과 학교 교육'에 대해 비교적 예상 가능한 몇 가지 이야기를 전개했다. 그러다가 마무리 부분에 이르러 다름과 틀림의 의미를 살핀 뒤 자신의 핵심 주장을 펼쳤다. 발상의 전환은 이 과정에서 나타났다. 덕분에 그의 주장이 참신하고 설득력 있게 다가왔음은 말할 필요도 없다.

> 선생님들께서는 '딴짓하지 마라', '딴 생각 하지 마라'라는 말을 많이 하신다. 그건 어떤 학교나 마찬가지인 것 같다. 신기한 게, '행동'하고 '생각'한다는 건 부정적으로 받아들여지지 않는데 '딴'이 붙으니 행동은 '짓' 혹은 '짓거리'라는 표현으로 변해서 해서는 안 될 것들로 느껴진다. 이 말 왠지 굉장히 아이러니하지 않은가? 우리나라 사람들이 가장 많이 하는 잘못된 언어 혼용이 '다름'과 '틀림'이라고 교육을 받았는데, '다른'이라는 의미의 '딴'이 붙으니 틀렸을 때 쓰는 말이 돼버린 것 같다. 그러나 절대, '다른'은 '틀린' 것이 아니다. 학생들 개개인의 다른 노력들은 학교에서도 마땅히 존중해 줘야 한다. 왜냐하면 그 모두는 다 다르기 때문에, 그리고

---

30 경남과학고 이○○ 학생의 글('딴'의 힘: 한국 교육의 돌파구)에서 발췌.

그 노력들이야말로 진정으로 자기가 '자기'가 되도록 하는 아주 큰 힘이기 때문이다. 사실 '딴'도 별거 없다. 단지 선생님들이 생각하시기에 주류인 내신, 혹은 수능 공부 등에서 벗어났다고 하는 것을 다 '딴'으로 보시는 건데, 당연히 '다른' 것인 건 모두 인정해야 할 부분이고 틀린 게 아니라는 것도 인정해야 한다.

〈중간 생략〉 우리 미래를 위해서 학생들이 직업에 귀천이 없다는 것을 느낌과 동시에 자신에게 맞는 것이 무엇인지 알게 하는 것이 학교 교육의 참된 방향인 것 같다.

주제와 어울리는 사례로 글을 마무리한다

주제와 어울리는 사례로 마무리하면 독자에게 훨씬 친근하게 다가갈 수 있다. 나아가 색다른 느낌을 줄 수도 있다. 게다가 주제가 어렵고 추상적일수록 이야기가 주는 효과는 더욱 커진다.

학생 글의 일부를 소개한다.[31] 이 학생은 '죽음을 삶의 일부로 보고, 언제나 삶의 마지막 순간에 대비할 수 있어야 한다'는 내용으로 글을 썼다. 가치 있는 삶도, 주체적인 죽음도 이때에만 가능하리라 여겨졌기 때문이다. 다소 어려운 주제이지만 이야기가 들어가서 쉽고 재미있게 읽혔다.

---

31 경남과학고 배○○ 학생의 글(삶의 마지막 순간을 대비하라)에서 발췌.

마지막으로 한 가지 이야기를 들려주고자 한다. 미국의 자치령인 푸에르토리코에서는 현재 특이한 유행이 일어나고 있다고 한다. 바로 '테마 장례식'이라는 것이다. 이는 고인이 생전에 즐기던 일이나 좋아했던 것을 테마로 고인의 몸을 분장시키고 장례식장을 꾸미는 것이 특징인 장례식이다. 조문객들은 이러한 테마 장례식을 감상하면서 고인과의 즐거운 순간을 떠올리고 마음 편히 작별할 수 있다고 한다. 내가 이 독특한 장례문화를 소개한 이유는 푸에르토리코에서는 자신을 기억하는 이들과의 작별 순간에 이르기까지 고인의 의사가 반영되어 있음을 보여주기 위해서다.

　인생은 하나의 이야기이며 사람들은 모두 다 다른 이야기를 써 내려간다. 하지만 시작은 화려했으나 끝이 허무한 소설처럼 현재 우리 사회의 죽음은 너무 의료기술에만 매달려 획일화되고 있다. 나는 결말이 좋은 이야기가 호평을 받듯 하나의 이야기인 우리의 인생도 끝까지 자신이 주도할 수 있어야 한다고 생각한다. 그래야 본인과 본인의 소중한 사람들에게도 좋은 결말일 테니까. 따라서 이러한 우리의 모습을 되돌아보고 다가오는 마지막 순간에 대비하는 것이 옳은 자세가 아닐까 생각해 본다.

유명한 사람의 말이나 격언을 인용한다

유명인의 말은 짧지만 강렬한 마무리를 가능하게 한다. 이뿐만이 아니다. 전문가의 권위를 내 글 속으로 끌어들여 글의 설득력을 높일 수도 있다. 공감대를 넓혀 울림을 크게 할 수도 있으니 적극적으로 써 볼 만하다.

칼럼의 일부를 소개한다.[32] '실패하더라도 가능한 한 큰 꿈을 꿔야 한다'는 내용을 담고 있다. 끝에 미켈란젤로의 말을 인용함으로써 간결하고 인상 깊은 마무리를 만들 수 있었다.

○○의 또 다른 원칙은 '목표를 달성하지 못하더라도 책임을 묻지 않고 실패원인을 소중한 지식자산으로 활용하면서 누구도 걷지 않는 길을 걷도록 한다'는 것이다. 단기 성과보다 잠재력을 중시하겠다는 얘기다. 이렇게 창의적인 기술에는 '미래의 꿈'이 투영돼 있다. 60년 전 전자산업의 태동 이후 한국 경제가 급성장한 것도 '잘살아보자'는 절실한 꿈이 있었기에 가능했다.

미래 세대의 꿈은 이전 세대보다 더 커야 한다. 르네상스 미술의 거장 미켈란젤로는 "목표를 너무 높게 잡아서 이루지 못하는 것보다 목표를 낮게 잡아서 이루는 것이 더 위험하다"고 말했다.

이전까지의 내용을 요약하되 좀 더 발전적인 결론을 제시한다

맥락에 따라 내용 요약 이후 '전망'이나 '앞으로의 과제' 등을 제시하는 것도 좋다.

학생이 쓴 글의 일부를 소개한다.[33] '아이돌은 연기를 못한다'는 생

---

32 고두현, '꿈이 있어야 이뤄진다', 〈한국경제신문〉, 2019년 10월 9일자 칼럼.
33 경남과학고 김○○ 학생의 글(천만 영화도 찍었는데, 연기력 인정 안 해 줄 거야?)에서 발췌.

각이 일종의 편견에 불과함을 밝힌 뒤, 구체적인 사례를 통해 이를 증명한 글이다. 들머리에서 언급한 결론과 중간의 논의를 마무리에서 발전적으로 정리했는데 덕분에 주장이 꽤 설득력 있게 다가왔다.

〈들머리〉 '다 된 작품에 아이돌 뿌리기'. 흔히 영화 또는 드라마 상영 전 출연진을 확인하고 하는 말이다. 실제로 YouTube와 각종 SNS에서도 '아이돌 발연기'와 같은 제목으로 업로드된 영상들을 쉽게 접할 수 있다. 네티즌들 역시 "제일 문제는 저런 것들 때문에 진짜 연기에 목숨 걸고 연습하는 연기 지망생들이 단역조차 받지 못한다는 거다", "배우는 망가질 줄 알아야 하는데 아이돌 배우들은 그걸 두려워한다" 등과 같은 의견을 내놓곤 한다.

하지만 '아이돌은 연기를 못한다'는 말은 일종의 선입견이다. 〈이하 생략〉

〈마무리〉 소녀시대 윤아나 EXO 도경수의 예에서 보듯 연기를 잘하는 아이돌은 생각보다 많다. 대배우 최민식은 한 인터뷰에서 "아이돌 배우에게는 죄가 없다. 그들에게 진짜 연기를 가르쳐 준 사람이 없지 않냐. 몰라서 그런 거다. 모르는 건 죄가 될 수 없다"라고 밝혔다. 나는 아이돌이 가진 무대 위에서의 탄탄한 발성, 움직임, 표정 연기 등이 연기를 하는데 있어 굉장한 무기가 될 수 있다고 생각한다. 다만 이를 활용할 수 있는 방법을 배우지 못한 채 성급하게 시도했기 때문에 참담한 결과도 나타났을 것이다.

이미 아이돌로 성공한 친구들은 엄청난 경쟁률을 뚫고 살아남는, 굉장히 어려운 일을 해냈다. 그런 그들이 무대 위의 경험을 살려 제대로 된 연기를 배워나간다면 분명 배우들보다 훨씬 뛰어난 연기를 펼칠 가능성이 충분하다고 생각한다. 단지 아이돌이라는 이유만으로 무시하는 태도는 이제 내려놓는 게 좋지 않을까.

질문으로 마무리하는 것도 추천할 만하다

이 방법은 독자들에게 글 너머의 것에 대해 고민하도록 만들 수 있다. 또 질문은 독자들에게 '생각할 거리'를 던져주기도 한다. 이와 함께 질문의 깊이에 비례해 울림의 깊이도 깊어진다는 것을 기억해 두면 좋겠다.

내가 쓴 에세이의 일부다.[34] 영화 〈시네마천국〉을 보고, 사랑이 남긴 쓸쓸함과 아름다움에 대해 묻는 것으로 마무리해 보았다.

알베르토는 장님이 된 이후 세상이 더 잘 보인다고 했다. 소란스러운 현실의 환영들로부터 벗어남으로써 세상의 본질을 더 잘 들여다볼 수 있었기에 가능했던 일이 아닐까? 물론 열정적 사랑 속에 세속적 성공이, 그리고 현실이 또아리를 틀고 있다는 것은 슬픈 일이다. 특히나 순결한 사

---

34 윤창욱, '시네마천국: 알베르토의 선택에 대한 단상', 《마흔, 영화를 보는 또 다른 시선》, 시그마북스, 2017, 177-178쪽.

랑에 대한 욕망이 크면 클수록 우울함 또한 이에 비례해서 커진다. 하지만 이는 가볍게 무시할 수도 없는 현실로 존재한다.

깊어가는 가을, 영화 속 엔니오 모리코네의 애잔한 선율은 토토의 사랑과 더불어 슬프고 아름답다. 시간이 지날수록 더해가는 먹먹함이란, 이런 것이 아닐까?

간절한 바람으로 마무리하는 방법도 좋다

이 방법은 안타까운 사연을 가진 대상을 다루었거나 폭력적인 세계를 비판하는 글에서 널리 쓰인다. 바람 속에 슬픔에 대한 공감과 더 나은 세계에 대한 꿈을 담을 수 있어서다.

이동진 영화평론가가 쓴 글의 일부다.[35] 그는 영화 〈조제, 호랑이 그리고 물고기들〉을 두고 '한때는 삶을 바쳐 지켜내리라 결심했지만, 결국은 허겁지겁 달아날 수밖에 없었던 것들에 대한 부끄러움이 담겨 있는 작품'이라고 소개했다. 그는 이 평론을 통해, '남겨진 대상의 뒷모습이 끝까지 초라하지만은 않기를' 바라는 마음을 담았다.

모든 이별의 이유는 사실 핑계일 확률이 높습니다. 하긴, 사랑 자체가 홀로 버텨내야 할 생의 고독을 이기지 못해 도망치는 데서 비롯하기도 하지요. 그런데, 그게 어디 사랑에만 해당되는 문제일까요. 도망쳐야 했

---

35 https://blog.naver.com/lifeisntcool/130184058845

던 것은 어느 시절 웅대한 포부로 품었던 이상일 수도 있고, 세월이 부과하는 책임일 수도 있으며, 격렬하게 타올랐던 감정일 수도 있을 겁니다. 우리는 결국 번번이 도주함으로써 무거운 짐을 벗어냅니다. 그리고 항해는 오래오래 계속됩니다.

그러니 부디, 우리가 도망쳐 온 모든 것들에 축복이 있기를. 도망칠 수밖에 없었던 우리의 부박함도 시간이 용서하길. 이 아름다운 영화 〈조제, 호랑이 그리고 물고기들〉의 마지막 장면에서 처음으로 머리를 깨끗하게 묶은 조제의 뒷모습처럼, 결국엔 우리가 두고 떠날 수밖에 없는 삶의 뒷모습도 많이 누추하지 않기를.

알아두면 좋은 몇 가지

첫째, 마무리가 너무 길면 안 된다. 여운이 사라지고 강렬한 인상도 줄 수 없기 때문이다.

둘째, 글의 일관성은 끝까지 지켜져야 한다.

셋째, 마무리는 단지 기법만의 문제는 아니다. 내용의 문제이기도 하다. 마무리가 빛나려면 전체적인 내용도 좋아야 한다.

읽고 싶어지는
제목 붙이기

세계적인 경영 컨설턴트 켄 블랜차드(Ken Blanchard)의 책《Whale Done!》이 2002년 처음 국내에 소개되었다. 그때 이 책의 제목이 무엇이었는지 아는가? 'YOU Excellent!: 칭찬의 힘'이었다. 당시 이 책은 2만여 부가 팔렸다고 한다. 적지 않은 판매량이다. 그러나 출판사의 입장에서는 기대에 미치지 못했던 모양이다. 그래서 제목을 바꾸는 리마케팅을 단행하기로 한다.

결과적으로 대성공이었다. 몇 달 뒤 제목을 '칭찬은 고래도 춤추게 한다'로 바꿔 출간하자 무려 20만 부 이상이나 팔려나갔기 때문이다.[36]

---

[36] https://violet5576.tistory.com/134

왜 제목이 중요한가

독자를 끌어들이는 가장 결정적인 역할을 하기 때문이다. 많은 경우, 독자는 제목을 보고 책을 선택한다. 어느 정도냐면, '잘 지은 책 제목 하나, 열 마케팅 안 부럽다'는 말이 있을 정도다. 제목만 봐도 공감이 가는 책, 읽고 싶은 생각이 드는 책은 많은 돈을 들이지 않아도 독자를 모으는 힘이 있기에 나온 말이다. 작가와 출판사 편집자들이 팔리는 제목을 만들기 위해 고심에 고심을 거듭하는 이유다.

이는 책에만 국한된 현상이 아니다. 짧은 글도 마찬가지다. 따지고 보면, 책도 결국 짧은 글들의 집합체다. 그런 점에서 신문기사나 블로그의 제목과 본질적으로 다를 바가 없다.

글은 독자와의 소통을 위한 것이고, 독자의 입장에서 읽을 수 있는 글들은 넘쳐난다. 그 많은 글들 중에서 존재 가치를 인정받으려면 어떻게든 독자의 선택을 이끌어 내야 한다. 제목이 매혹적이어야 하는 이유다.

제목은 어떻게 정할 것인가

2014~2016년 출간된 책들을 대상으로 10인의 출판전문가들이 선정한 '제목이 좋은 책' 목록이 소개된 적이 있다. 책의 제목들도 좋지만 책 제목을 선정한 이유에서 배울 점이 많다. 관심이 있다면 여러분도 한 번 찾아 살펴보기 바란다. 여기서는 제목을 붙일 때 일반적으로 고려하면 좋은 점 몇 가지를 소개한다.[37]

독자가 하고 싶은 이야기를 대신 해주는 제목이 매력적이다

쳐다만 봐도 공감이 되기 때문이다. 이런 제목은 도발적일수록 좋다. 독자에게 강렬한 인상을 줄 수 있어서다.

- 아, 보람 따위 됐으니 야근 수당이나 주세요
- 게으른 게 아니라 충전 중입니다
- 죽고 싶지만 떡볶이는 먹고 싶어

편견과 고정관념을 깨는 제목도 좋다

상식이 뒤집히는 데서 오는 재미가 있기 때문이다. 모순처럼 보이는 단어, 어울리지 않을 것 같은 단어들을 엮어서 호기심을 자극하는 것이 포인트다. 이 속에서 삶의 진실을 드러낼 수 있으면 더욱 좋다.

- 너무 시끄러운 고독
- 만들어진 진실
- 하마터면 열심히 살 뻔했다

독자가 원하는 지식과 정보를 제공한다

독자가 원하는 지식과 정보 외에 제목 속에 타깃을 분명하게 드러

---

37 손효림, '잘 지은 책 제목 하나, 열 마케팅 안 부럽다', 〈동아일보〉, 2016년 10월 17일자 기사.

내면 콘셉트가 더욱 명확해진다.

- 십대를 위한 미래과학 콘서트
- 끌리는 말투에는 비밀이 있다
- 물어보긴 부끄럽고 검색하면 안 나오는 IT 팁 100선

질문을 통해 궁금증을 유발하는 것도 추천할 만하다
이는 호기심을 유발하는 가장 쉬운 방법이다.

- 주말 내내 잤는데 왜 월요일이 피곤할까?
- 한국은 어떻게 세계 최고 코로나 진단기술국이 됐나
- 어두운 데서 책 보면 시력 떨어진다 … 사실일까?

숫자를 활용하면 눈에 확 들어온다
숫자와 더불어 리스트를 활용하는 것도 하나의 방법이다.

- 성공한 사람들의 7가지 습관
- 살면서 꼭 해야 할 재미있는 일 10가지
- 지금 당장 당신의 SNS 계정을 삭제해야 할 10가지 이유

감정과 가치관이 느껴지는 단어와 문장으로 만든다

이때 누군가는 찬성하고 누군가는 반대할 만한 명제를 활용하면 호소력이 커진다.

- 아프니까 청춘이다
- 꿈꿀 시간을 주지 않으면서 꿈꾸길 강요하는 것은 폭력이다
- 나는 나로 살기로 했다

담백하게 위로를 담은 제목도 마음에 와 닿는다

지나친 경쟁 속에서 상처받은 사람, 외로움에 시달리는 사람들이 생각보다 많다. 핵심은 솔직하게 다가가는 것이다. 화려하지 않아도 된다. 울림은 진솔함에서 나오는 법이다.

- 나, 지금 이대로 괜찮은 사람
- 말 때문에 상처받지 마라
- 평범해서 괴로운 사람들에게

감상문을 쓸 때는 대상 작품의 제목을 활용할 수도 있다

- 타인이 지옥이 되지 않으려면: 드라마 〈타인은 지옥이다〉에 대한 감상문

'아하!' 하는 깨우침은 제목에서도 유용하다.

- 생각대로 살지 않으면 사는 대로 생각하게 된다

알아두면 좋은 몇 가지

첫째, 제목 짓는 연습도 꾸준히 해 봐야 실력이 는다. 처음부터 제목 짓기가 어렵다면 일정 단계까지는 마음에 드는 제목들을 모방해 보길 추천한다. 모방 또한 좋은 공부이기 때문이다. 자기 것만 고집해 늘 같은 자리에 맴도는 것보다는 모방을 통해 배우고 나중에 모방의 대상마저 뛰어넘는 게 더 낫다. 실제로 많은 이들이 모방을 통해 자기 것을 창조해 냈다. 자기의 색깔을 입혀 개성 넘치는 제목을 만드는 것은 기본만 갖추어지면 언제든 가능하다.

둘째, 제목 낚시질은 하지 말아야 한다. 자기 글에는 책임을 져야 하기 때문이다. 인터넷 뉴스를 검색하다 보면 제목과 내용이 딴판인 경우가 많다. 제목에 속아 알맹이 없는 글을 본 적이 있다면 알 것이다. 그때 얼마나 불쾌해지는지. 넘쳐나는 기사들 속에서 선택받기 위해 자극적인 제목을 내놓는 상황이 이해는 간다. 하지만 눈길을 끄는 제목을 달았다면 그에 어울리는 내용도 담아야 한다. 그렇지 못하면 그 글은 결국 독자를 속이는 것이 된다. 그렇게 글을 쓰다 보면 결국 독자에게 외면당할 수밖에 없다. 기억하자. 제목은 핵심 내용과 주제를 잘 담고 있어야 한다는 것을.

셋째, 제목 짓는 시기는 따로 정해진 게 없다. 자기가 짓고 싶을 때 지으면 된다. 글쓰기로 유명한 사람들도 제각각이다. 예컨대 강원국 작가는 글을 다 쓴 뒤 제목을 붙인다고 한다. 그런가 하면 강준만 교수는 제목을 먼저 정한 뒤에 글을 쓴다고 한다. 제목을 붙이려고 궁리하다 보면 글의 전반적인 구조와 흐름까지 생각할 수 있기 때문이란다. 나도 제목부터 먼저 쓰는 편이다. 제목 속에 글을 처음 쓰려던 순간의 아이디어와 글의 방향이 담길 때가 많아서다. 물론 글을 다 쓴 뒤에는 제목을 고치는 경우도 많지만 말이다.

넷째, 마음에 드는 제목이 잘 떠오르지 않을 때는 자기가 쓴 글을 다시 읽어 보는 것도 좋다. 여러 번 읽다 보면, 그 속에서 눈길을 끄는 문장이나 구절을 발견할 때가 있다. 그것을 잘 활용하면 의외로 멋진 제목이 나온다.

다섯째, 두 개의 매력적인 제목 중에서 무엇을 골라야 할지 고민에 빠질 때가 있다. 그러면 하나는 제목으로 삼고 다른 하나는 부제로 삼는 방법도 있다. 특히 제목이 글의 내용을 충분히 담아내지 못할 때 부제로 보충하면 좋다.

진심, 마음을 움직이는
가장 큰 힘

1970년 12월 7일. 빌리 브란트(Willy Brandt) 서독 총리는 폴란드 바르샤바의 한 위령탑 앞에 섰다. 나치에 저항하다가 희생된 5만 6천여 유대인들의 넋을 달래기 위해서였다.

그가 탑 앞에 섰을 때 많은 이들은 의례적인 추도사 정도를 예상했다고 한다. 하지만 이어진 행동은 현장에 있던 사람들을 당황케 했다. 비가 흩뿌리던 추운 겨울날, 갑자기 그가 콘크리트 바닥에 무릎을 꿇더니 한참 동안 고개를 숙이고 있었기 때문이다.

훗날 당시의 상황에 대해 그는 다음과 같이 회고했다. "처음부터 그럴 생각은 아니었습니다. 하지만 아침에 길을 나설 때 진심을 전달할 수 있을 무엇인가를 표해야 한다고 생각했습니다. 독일의 숨길 수 없는 악행의 역사를 증언하는 장소에서 나치에 목숨을 잃은 수많은 영령들을 대하는 순간 저는 할 말을 잃었습니다. 그래서 저는, 사람이 말로는 표현할 수 없을 때 할 수 있는 행동을 했을 뿐입니다."[38]

왜 진심을 담아야 하는가

마음을 움직이는 가장 큰 힘이기 때문이다. 빌리 브란트 총리가 폴란드에 처음 갔을 때만 해도 폴란드인들의 독일인에 대한 감정은 매우 좋지 않았다고 한다. 과거의 영토 분쟁과 나치 때문에 입은 피해가 너무 컸기 때문이다. 하지만 그의 진심 어린 사죄 앞에서 폴란드인들은 마음을 열기 시작했다. 나치 강제수용소 생존자이기도 했던 유제프 치란키에비치(Józef Cyrankiewicz) 폴란드 수상은 다음 장소로 이동하던 차 안에서 브란트 총리를 끌어안고 "용서한다. 하지만 잊지는 않겠다(Forgivable, but Unforgettable)"며 통곡했다고 하는데, 아마도 많은 폴란드인들의 심정이 그와 같지 않았을까 싶다.

진심이 마음에 가닿은 사례는 이뿐만이 아니다. 찾아보면 수도 없이 많다. 그중 한 가지만 더 소개한다. 2020년 2월, 코로나19로 온 나라 사람들이 공포에 휩싸였을 때다. 특히 대구 지역이 심했다. 이때 한 의사는 '생명이 위독한 중환자를 보아야 하는 응급실은 폐쇄되고 선별검사소에는 불안에 휩싸인 시민들로 넘쳐난다. 의료인력은 턱없이 모자라 신속한 진단이 어렵고 확진 환자들조차 병실이 없어 입원

---

[38] http://blog.daum.net/gmania65/447

치료 대신 자가격리를 하고 있다'며 의료진은 지금 당장 대구로 와 달라는 내용의 호소문을 썼다.[39] 제일 위험하고 힘든 일은 자신이 먼저 하겠으니 '단 한 푼의 대가, 한마디의 칭찬도 바라지 말고 피와 땀과 눈물로 시민들을 구하자'고 했다. 그의 글이 알려지자마자 전국 각지에서 수백 명의 의사, 간호사, 행정직이 의료봉사에 자원했음은 말할 필요도 없다.

그중에는 결혼한 지 얼마 안 된 새신랑도, 가족과 친구들의 만류에도 불구하고 길을 나선 사람들도 있었다. 한 공중보건의는 "지금 대구가 많이 힘드니까 어서 도와야겠다는 생각에 손들었는데 어머니가 막 우시더라" 하면서도 "대구에서 코로나19가 더 확산하지 않도록 하는 데 도움이 되고 싶다"는 뜻을 밝히기도 했다. 그런가 하면 "난 의사니까 가야 한다", "코로나 전장에 후배들만 보낼 수 없다"고 말한 이들도 있었다. 이들의 말은 하나같이 묵직한 울림을 준다. 무엇 때문일까? 그 속에 자리한 진심 때문이다.

이처럼 진심은 힘이 세다. 마음속 깊은 곳을 건드린다. 그래서였을까? 김대중 전 대통령은 진심으로 대하는 것을 대화의 제1원칙으로 삼았다고 한다. 그런 점에서 그분의 다음과 같은 말도 기억해 둘 만하다. "모든 대화에서 가장 중요한 것은 인간적 신뢰를 쌓는 것이

---

39 김민제 외, "대구 와달라" 한 의사의 호소… 전국서 250명이 응답했다, 〈한겨레〉, 2020년 2월 26일자 기사.

다. 입장이나 의견 차이가 없을 수는 없다. 하지만 진심으로 대하면 신뢰가 생기고, 신뢰가 쌓이면 모든 문제는 풀 수 있다. 진정성이 상대의 마음을 움직인다. 진정성 있는 대화는 그 시작은 힘들지만, 한번 시작되면 쉽게 깨지지 않는다."[40]

알아두면 좋은 몇 가지

첫째, 진심은 행동으로 이어질 때 비로소 온전해진다. 둘째, 글 속에 간절한 소망을 담으면 진심이 더 잘 느껴진다. 셋째, 진심을 담은 글이 화려해야 할 필요는 없다. 소박하고 서툴러도 된다. 문제는 얼마나 솔직담백하게 자신의 마음을 담아내느냐 하는 것이다.

사례로 배우는 글쓰기

진심은 거대한 사회 문제를 다룬 글에만 담기는 것이 아니다. 친구에게 쓴 편지나 자신을 돌아보는 글과 같이 지극히 개인적인 글에도 담긴다.

우연히 책을 뒤지다 아주 오래전 아내가 대학 시절 썼던 글 한 편을 발견했다. 주자청(朱自淸)의 수필 《아버지의 뒷모습》을 읽은 뒤 쓴 감상문이다. 아버지를 생각하는 마음이 잘 나타나 있어 하나의 예로 소개한다.

---

40 강원국, 《대통령의 글쓰기》, 메디치미디어, 2014, 192쪽.

　　　　아버지의 뒷모습

책장을 덮고 기차역에 서 있는 지은이와 그의 아버지의 모습을 가만히 그려 봅니다. 아들이 외지로 공부하러 가는 것이 모두 자신의 탓인 양, 떠나는 아들이 못내 안쓰러워 바쁜 일을 제쳐 두고 역에 나오신 아버지. 그래도 무언가 못 미더워 스무 살이나 된 아들의 일을 하나에서 열까지 챙겨주시는 아버지. 아들에게 줄 귤 몇 알을 사기 위해 힘겹게 플랫폼 벽을 기어오르시는 아버지. 그런 아버지의 뒷모습을 볼 때 눈시울이 젖어왔다던 아들. 정말 아름다운 그림입니다. 모르는 사이 저의 눈에도 눈물이 맺혀 가고 있었습니다. 아마도 우리 아버지의 모습이 떠올랐기 때문인 것 같습니다.

고등학교 2학년 때의 일입니다. 어머니의 심부름으로 아버지가 일하시는 곳에 간 적이 있습니다. 현장 소장이라는 허울 좋은 이름이 있긴 했지만, 실상 아버지가 하시는 일이란 공사장의 온갖 힘든 일을 도맡아 하시는 것이었습니다. 그날도 아버지는 먼지에 찌든 작업복을 걸치고 야윈 아버지의 몸보다 더 크게 보이는 망치 같은 것을 들고 무언가를 힘겹게 파고 계셨습니다.

저는 그런 아버지의 모습이 싫었습니다. 그래서인지 우리 아버지도 다른 친구들의 아버지처럼 하얀 와이셔츠에 깨끗한 양복, 멋있어 보이는 서류 가방을 들고 다니셨으면 하는 생각을 한 적이 한두 번이 아니었습니다.

그날도 저는 '아는 사람이 나를 보면 어쩔까' 하는 바보 같은 생각으로 모기만 한 목소리로 아버지를 퉁명스럽게 불렀습니다. 아버지는 놀라움 반, 반가움 반으로 저를 맞아 주셨습니다. "우리 막둥이가 여기는 웬일이고? 그러나저러나 다칠라, 절로 나가서 보자" 하시며 저를 공사장 밖으로 데리고 나가셨습니다. 저는 가지고 온 물건을 얼른 건네 드리고 집으로 돌아가고 싶은 생각밖에는 없었습니다.

하지만 아버지는 저의 이런 못된 마음을 아시는지 모르시는지, "조금만 기다리면 일이 끝날기다. 그러면 아버지가 맛있는 짜장면 사줄게"라고 말씀하셨습니다. 그리고 기다리는 동안 당신의 막내딸이 심심할까 봐 점심 때 받아두신 사과 한 알을 가져다주셨습니다. 그것도 유난히 사과를 좋아했던 막내딸을 위해 챙겨두신 거라며……. 〈중간 생략〉

그날 저녁 저는 아버지와 함께 짜장면 곱빼기 한 그릇을 깨끗하게 먹어 치웠습니다. 배가 부르긴 했지만 아버지가 흐뭇해하시는 모습이 보고 싶었기 때문입니다. 짜장면 곱빼기 한 그릇을 깨끗하게 비워내는 저를 보고 계시다가 "나는 우리 막둥이 묵는 거만 봐도 배가 부르다. 니 아버지 것도 더 묵어라" 하시며 당신의 그릇을 내미시던 아버지. 그날 이후 저는 한 번도 아버지를 부끄러워한 적이 없었습니다. 아니 할 수 없었습니다. 항상 제 곁에 계시던 아버지셨지만, 아버지의 사랑을 한 번도 제대로 보지 못했던 제가 그제야 아버지의 사랑을 볼 수 있었기 때문입니다.

이제는 쉰하고 다섯을 훨씬 넘겨 버리신 아버지. 학교 다닌다는 핑계로 제대로 찾아뵙지는 못하지만 때때로 집에 내려갈 때면 아버지의 모습이 예전과는 다르다는 것에 마음이 상합니다. 언제라도 크고 탄탄할 것만 같았던 아버지의 어깨가 좁고 약해 보일 때, 그리고 간혹 찾을 수 있던 흰머리가 이젠 검은 머리보다 훨씬 많아져 염색을 해드려야만 하는 아버지의 모습을 볼 때는 더욱 그러합니다. 저의 키가 크고 머리가 굵어지는 동안 아버지도 그렇게 늙어가셨던 것입니다.

하지만 자식을 향한 아버지의 크고 깊은 사랑만큼은 아직 여전하신 아버지. 감히 제가 당신의 사랑을 다 안다고 말씀드리지는 못합니다. 하지만 아버지가 저를 아끼고 사랑하는 것처럼 저도 아버지를 누구보다도 사랑하고 존경한다는 말씀 꼭 드리고 싶습니다. 아버지 오래 사세요.

글을 쓰기 전에는 항상 내 앞에 마주 앉은 누군가에게
이야기해주는 것이라고 상상하라. 그리고 그 사람이
지루해서 자리를 뜨지 않도록 설명하라.

·

제임스 패터슨_*James Patterson*, 소설가

4장

글쓰기 특강 3:
생각 펼치기

개요 쓰기에 대한
새로운 제안

개요와 관련된 오래되고 익숙한 비유가 하나 있다. 글이 한 채의 아름다운 집이라면 개요는 그 집을 짓는 데 필요한 설계도라는 것이다. 식상하다. 하지만 아무리 생각해 봐도 이보다 더 적절한 비유가 떠오르지는 않는다. 설계도가 있어야 애초 의도했던 집을 지을 수 있듯 개요가 있어야 처음 의도했던 글을 정교하고 짜임새 있게 쓸 수 있기 때문이다.

설문조사를 해 보면 학생들의 경우 글을 쓸 때 개요를 짜지 않는 경우가 많다. 귀찮기 때문일 것이다. 글 쓸 일이 별로 없다거나 쓴다 해도 개요가 있건 없건 별 차이를 느끼지 못해서일지도 모른다. 하지만 친구에게 보내는 쪽지처럼 단 몇 줄로 끝낼 것이 아니라면 개요는 작성하는 것이 좋다. 특히 자기소개서 같이 분량이 제한된 글을 써야 한다면 개요 쓰기는 필수다. 말의 낭비를 줄일 수 있기 때문이다.

물론 개요를 꼼꼼하게 짜는 것에 대해 반감을 가진 사람들도 있다. 《힘 있는 글쓰기》의 저자 피터 엘보(Peter Elbow) 같은 경우가 대표적이다.[1] 그는 개요에 맞춰 쓰는 것보다는 자유롭게 쓰는 것을 중시한다. 그래서 쓰는 동안은 내용이 아무리 유치하고 논리가 부족해 보이더라도 멈추지 말고 계속 쓰기를 권한다. 걸리적거린다면 개요 같은 건 무시해도 된다는 식이다. 설득력은 있다. 틀에 얽매이게 되면 자유로운 생각이 막히고 그만큼 자신이 강조하는 '힘 있는 글쓰기'도 어려워지는 측면이 있기 때문이다. 하지만 한 가지는 짚어야겠다. 그런 그마저도 치열한 고쳐 쓰기를 통해 글에 통일성을 세우고 필요 없는 것들을 정리해야 한다는 점에는 동의한다는 사실을 말이다.

개요를 짜는 것은 다분히 글 쓰는 사람의 성향과 기질에 달린 측면이 있다. 그런 만큼 틀에 매이기를 유독 싫어하는 사람에게까지 자세한 개요 짜기를 억지로 권할 수는 없다. 하지만 그 외의 사람에게는 확실히 개요가 있는 것이 좋다. 더구나 자유로운 쓰기를 지향한다 해도 결국 글 자체는 소통을 위한 것이다. 따라서 말하고 싶은 바가 무엇인지는 분명히 제시해야 한다. 그리고 말하려는 의도에 맞게 말하려면 최소한 자신이 무엇을 어떻게 이야기하고 있는지 정도는 알아야 한다. 그러므로 개요를 치밀하게 짜는 것에 큰 의미를 두지 않는

---

1   피터 엘보, 김우열 옮김, 《힘 있는 글쓰기》, 토트출판사, 2014.

사람이라 하더라도 대략의 얼개 정도는 가지고 글을 쓰는 게 좋다.

개요 쓰기의 예

학교 교육에서는 대체로 개요 짜기를 중시하는 편이다. 그래서 어느 작문 교과서에서든 개요 짜기는 꽤 비중 있게 다룬다. 중·고등학교에서만 그런 것이 아니다. 대학교도 마찬가지다. 《대학인의 글쓰기》 같은 책들을 보면 무척 정교하고 복잡한 개요 예시들을 소개한 경우가 많다. 개요로만 3쪽을 넘기는 경우도 있다. 쓰고자 하는 글이 복잡하기에 개요도 그만큼 복잡해진 것으로 여겨진다.

하지만 늘 그처럼 정교하고 복잡한 개요를 짤 필요는 없다. 일상적인 글쓰기에서는 부담 없이 짜는 개요가 오히려 더 효과적일 수도 있다. 그래서 여기서는 내가 최근까지 사용하고 있는 글쓰기 개요 짜는 방법에 대해 소개하고자 한다. 순서는 다음과 같다.

- B4 용지를 준비한다.
- 쓸거리가 정해지면 글을 다섯 토막 내외로 나누어 소제목을 적는다.
- 하루 또는 이틀 정도 여유를 두면서 쓸거리와 관련된 아이디어가 떠오를 때마다 해당되는 토막의 여백에 메모한다.

글만으로는 이해가 잘되지 않을 것이다. 그래서 내가 직접 만들었던 개요의 사진을 첨부한다.

사진을 보고 여러분이 느꼈으면 하는 것이 하나 있다. 그것은 개요를 보기 좋게 짤 필요가 없다는 것이다. 개요는 글을 쓰는 데 도움을 주는 하나의 장치일 뿐이다. 그러니 이 작업에 지나치게 많은 시간과 공을 들일 필요는 없다. 그냥 생각나는 대로 막 쓰면 된다. 그러나 없는 것보다는 있는 게 훨씬 낫다는 점도 밝혀 둔다.

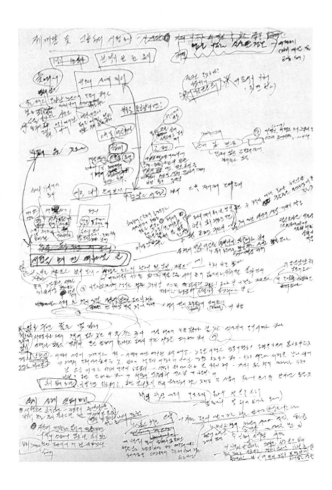

개요 쓰기에 덧붙이는 설명

B4 용지를 준비하는 이유는 다소 큰 종이라야 메모를 여유 있게 할 수 있기 때문이다. 모든 메모가 다 중요한 것은 아니다. 시간이 지나다 보면 쓸모없어 보이는 메모도 생긴다. 그러면 그것들은 지우고 다른 것들로 채워야 한다. 이 때문에 메모할 여백은 많으면 많을수록 좋다. 그래서 나는 A4 용지보다는 B4 용지로 개요 쓰기를 즐기는 편이다.

소제목은 중간에 얼마든지 바꿀 수 있다. 실제로 나의 경우, 처음 썼던 소제목이 끝까지 가는 경우가 생각보다 많지 않다. 메모를 하다 보면 쓸 게 자꾸 생기고 그만큼 처음의 생각도 계속 바뀌기 때문이다. 소제목도 상황에 따라 바꾸면 된다.

그리고 며칠 시간이 지나 종이가 메모로 가득해지면 다시 메모들을 여러 번 읽는다. 이때 눈에 잘 들어오지 않는 메모들은 무시한다. 그것들이 눈에 들어오지 않는 이유는 별로 중요하지 않았기 때문이다. 그렇게 여러 번 읽다 보면 다시 지울 게 생기고 더 채워야 할 것들도 보인다. 이런 과정을 거쳐 어느 정도 가닥이 잡히면 글을 쓴다.

쓰는 순서는 정해져 있지 않다. 나는 분량이 많이 채워진 부분부터 쓴다. 그래서 중간부터 쓰는 경우도 제법 많다. 물론 처음부터 쓰는 경우도 있다. 어쨌든 무엇을 먼저 쓸 것이냐 하는 것은 오로지 쓰는 사람의 마음에 달렸다. 그때그때 필요한 것들을 썼다가 레고 조립하듯 쓴 것들을 갖다 붙이면 된다.

이렇게 해서 한 편의 초고가 완성되고 나면 마음이 편해진다. 이제 초고를 반복해 읽으며 고치고 싶은 부분들만 고치면 한 편의 글이 완성되기 때문이다. 이 재미가 쏠쏠하다.

개요 짜기는 생각보다 어렵지 않다. 번거롭지도 않다. 몇몇 학생들에게 이 방법을 권했더니 나름 재미도 있다고 했다. 그러니 여러분도 한 번 시도해 보면 좋겠다.

다음에 나오는 생각 펼치기의 글들은 '개요 짜기'와 '실제 쓰기'가 결합된 것이다. 여기 소개된 글쓰기 틀 이용 방법 하나를 소개한다. 개요 짜기가 아직 어색하다면 각 틀을 구성하는 요소에 따라 글의 토막을 나눈 뒤 적절한 소제목을 붙이는 것이다. 예를 들어 영화감상문을 쓴다면 '들어가는 이야기 – 작품 소개 – 잊히지 않는 하나의 장면 – 감상' 네 부분으로 글을 나눈 뒤 해당 부분에 적절한 소제목을 붙이면 된다. 그리고 그 틀에 맞춰 메모를 작성하다가 어느 정도 분량이 차면 글을 쓰는 것이다. 한 번 해 보라. 글쓰기가 훨씬 쉬워질 것이다.

**내가 좋아하는 것,
그래서 너와 나누고 싶은 것 1:**

나열 구조를 활용한 글쓰기

한 학기 동안 쓰기 수업을 진행한 적이 있다. 학생들에게 모두 세 가지 테마에 대해 쓰도록 했다. 하나는 '내가 좋아하는 것, 그래서 너와 나누고 싶은 것'이었고, 다른 하나는 '나를 화나게 하는 것, 혹은 바꾸고 싶은 현실들'이었다. 그리고 마지막으로 앞의 두 가지를 제외한 10가지 테마 중 하나를 골라 쓰게 했다.

위 테마들 중 학생들이 가장 재미있게 작업한 것은 무엇이었을까? 바로 '내가 좋아하는 것, 그래서 너와 나누고 싶은 것'이었다. 사실 어느 정도 예상한 결과이기는 했다. 누구나 자기가 좋아하는 것 하나쯤은 있고 그것에 대해서는 할 말도 많기 때문이다.

'내가 좋아하는 것, 그래서 너와 나누고 싶은 것'은 정보 전달하는 글쓰기에 해당된다. 이와 관련지어 교과서에서 소개하는 내용 조직 틀은 대개 다섯 가지 정도다. 나열 구조, 순서 구조, 인과 구조, 비교·대조 구조, 문제 해결 구조 등이 그것이다.

수업을 진행해 보니 다섯 가지 중 학생들의 선호도가 가장 높았던 것은 나열 구조였다. 다소 의외였다. 별로 눈에 띄지 않는 구조였기 때문이다. 하지만 생각해 보니 그럴만한 이유가 있었다. 우선 구조가 단순해서 활용하기가 쉽다. 동시에 굉장히 많은 이야기들을 담을 수 있다. 그래서인지 우리가 일상에서 접하는 기사들 중에는 이 구조를 활용한 것이 많다. 예를 들어 여행지를 소개하는 글이나 영화나 음악 등을 추천하는 글, 건강 정보를 제공하는 글들을 보라. 대개 이 틀을 이용하고 있다. 한마디로 써먹기 참 쉬운, 가성비 만점의 틀인 것이다. 그러니 여러분도 익혀서 활용해 보는 것은 어떨까?

어떻게 쓸 것인가

먼저 쓸거리를 준비해야 한다. 한 학생은 "나 혼자 보기엔 너무 아까운 드라마"라며 〈멜로가 체질〉이라는 드라마를 소개하는 글을 썼다. 이때 초점을 맞춘 것은 '이 드라마에 반하게 된 이유'였다. 이 드라마만이 가진 독특한 매력 포인트로 명대사와 사랑스러운 캐릭터를 꼽은 뒤 그것들이 얼마나 매력적인지 구체적인 예를 통해 보여주었다(218쪽 사례 참조).

또 다른 학생은 '가을 진해 여행지'를 추천하는 글을 썼다. 경화역, 환경생태공원, 숨은 맛집 등에 대해 소개했다. 하나하나의 공간들이 가진 독특한 매력 포인트는 무엇인지, 왜 그곳에 가 봐야 하는지에 대해 썼다(220쪽 사례 참조).

이처럼 정보를 나누고 싶은 대상만 있다면 글의 절반은 쓴 것이나 다름없다. 그것이 가진 독특한 매력 포인트를 쓸거리로 정한 뒤 독자도 나처럼 그것에 빠져들도록 구체적인 내용들을 나열하면 되기 때문이다. 그리고 끝에는 '알아두면 좋은 점' 등으로 간단히 마무리하면 된다. 이를 그림으로 나타내면 다음과 같다.

알아두면 좋은 몇 가지

이 틀은 글쓰기를 이제 막 시작하는 사람들이 활용하기에 좋은 틀이다. 구조가 간단하고 다룰 수 있는 내용도 무척 폭넓기 때문이다. 그러니 글쓰기에 어려움을 느끼는 사람들은 먼저 이 틀에 따라 쓰기를 시도해 보는 것도 좋다.

다만 이 틀은 쓸거리를 다른 틀보다 좀 더 신경 써서 고를 필요가 있다. 틀 자체가 다소 밋밋하기 때문이다. 그만큼 단순한 틀이다. 하지만 쓸거리만 좋다면 나열 구조를 가지고도 얼마든지 멋진 글을 쓸 수 있다.

이 테마의 핵심은 '나는 알지만 당신은 모르는 무언가의 빛나는 매력'을 알려주는 데 있다. 그런 만큼 나누고 싶은 대상의 장점에 대해 명확하게 알고 있어야 한다. 더불어 매력 포인트라 해서 모두 알릴 필요는 없다. 가장 매혹적인 부분 서너 가지 정도만 잘 적어도 충분하다. 물론 쓸 거리에 따라 소개하고 싶은 게 많다면 더 쓸 수도 있지만 말이다.

사례로 배우는 글쓰기

앞서 언급한 두 편의 글을 소개한다. 하나는 드라마에 대한 소개 글이다. 대상이 가진 장점들을 나열하되 한 편의 에세이처럼 적었다. 자연스러운 줄글을 선호한다면 이런 방식도 좋다. 다른 하나는 여행지를 추천하는 글이다. 각각의 여행지를 핵심 포인트 위주로 나누어 적었다. 다소 개별적인 정보들을 구분해 소개하고 싶다면 이와 같은 방식이 어울린다.

다양한 사진이 첨부되면 글이 더욱 그럴듯해 보인다는 점도 덧붙여 둔다. 물론 저작권 침해 소지가 있는 것은 함부로 실어서는 안 되지만 말이다.

드라마 〈멜로가 체질〉

경남과학고 박○○

〈멜로가 체질〉이라는 드라마를 아는가? 이 드라마는 최고 시청률이 고작 1.8%인 JTBC 드라마이다. 시청률이 저렇게나 안 나오는 드라마를 왜 보냐고? 재밌으니까. 로맨틱코미디 장르의 〈멜로가 체질〉은 실제 방송보다 재방송에서 더 인기를 얻고 있다. 시청률이 1.8%이지만 〈멜로가 체질〉의 체감 시청률은 훨씬 더 높고, 이 드라마에 깊게 빠져버린 팬들도 있다. 시청률이 낮은 이유는 우리가 흔하게 보는 드라마들과는 조금 다르기 때문일 거라 생각한다. 여자 주인공 세 명을 중심으로 벌어지는 일을 그려놓았으며, 이들의 상처와 아픔을 보여주면서도 스토리가 코믹하게 진행된다. 드라마가 취향을 타긴 하나, 나 혼자 보기엔 너무 아까운 드라마이기 때문에 모두 보고 즐겼으면 좋겠다는 생각이다.

〈멜로가 체질〉의 첫 번째 장점은 바로 명대사들이다. 너무 명대사가 많은 탓에 뭔가 하나를 꼽기도 힘들다. 그래도 명대사를 몇 가지만 적어보겠다. "그래, 꽃길은 사실 비포장도로야.", "괜찮아, 사랑했던 사람은 원래 평생 신경 쓰이는 사람으로 남는 거니까.", "우리 떨어져서 일하고 서로 바빠지더라도 이해해주고 배려해주고…… 개뿔, 그러지 말자. 매일 보는 거야. 싸우더라도 얼굴 보고 시원하게 멱살 잡고 매일 보는 거야, 매일." 이런 명대사들을 볼 때마다 격한 공감을 하곤 한다. 나는 마음속에서만 말하고 있는 대사들인데, 배우들이 직접 쳐주니까 참 시원하기도 하고 웃기기도 하다. 현실에서는 치지 못하는 대사들을 드라마에서만 하니 현실과 괴리감을 느낄 수도 있다. 그럼에도 불구하고 그 명대사들은 매일 적고 싶을 정도로 새롭고 상큼하다. 매번 예상치 못한 대사가 나오는 까닭에 대사를 추측할 수 없어서 더 기대되는 작품이다.

〈멜로가 체질〉의 두 번째 장점은 캐릭터이다. 극 중 캐릭터들이 너무 하나같이 매력 있고 사랑스러워서 빠질 수밖에 없다. 먼저 여자 주인공 진주(천우희)는 작가로 7년 사귄 남친과 헤어진 상태이다. 엄청난 말발로 논리 정연하게 말하는 것 같지만 사실 의식의 흐름대로 말하고 있다. "노력해서 얻는 게 그 정도뿐이라는 걸 예상하지 못했듯이 가만히 있는데 예상치 못한 명품 가방이 떨어질지도 모를 일이죠. 어차피 이상한 세상인데 한 번쯤 낮은 가능성에 기대를 걸어보는 것. 이것이 저의 오늘에겐 마땅한 명분입니다." 이런 대사를 친 다음에 하루 종일 꼼짝 않고 앉아있기만 한다. 또 어느 날 밤에는 "이제 겨우 서른인데, 감성 타고 지난 시간 돌아보지 말자. 귀찮아. 마흔 살 돼서 돌아볼래. 좀 그래도 되잖아. 과거를 돌아보지 말고, 미래를 걱정하지 말고. 우리 당장의 위기에 집중하자." "어떤 위기?" "라면이 먹고 싶어." 이렇게 라면 먹고 싶다는 말을 멋있게 말하기도 한다. 〈중간 생략〉

더 많은 것들을 소개하고 싶지만 스포는 더 이상 하지 않겠다. 이렇듯 설렘과 병맛을 동시에 느끼고 싶다면 한 번쯤 시간이 날 때 〈멜로가 체질〉을 보는 것을 추천한다.

가을 진해 여행지 추천

경남과학고 오○○

　요즘 가을 낙엽은 떨어지고 날씨는 점점 쌀쌀해지고 있다. 이런 날에는 따뜻한 커피 한 잔과 함께 가을 단풍으로 가득한 숲을 걸어보고 싶어진다. 단풍이 대부분 떨어져 겨울이 성큼 다가오고 있는 지금 아직 단풍이 진하게 남아있는 도시가 있다. 가을 바다와 단풍 숲속을 걸을 수 있는 곳. 바로 벚꽃으로 유명한 진해이다. 늦가을 단풍여행을 하고 싶은 분들에게 진해 사람이 추천하는 진해 여행지 5곳을 추천하고자 한다.

1. 경화역

　봄에는 벚꽃 터널, 가을에는 붉은 단풍 터널이다. 사람들은 잘 모르는 진해의 숨은 가을 정취 되겠다. 쌀쌀한 날씨에 커피 한 잔 마시며 천천히 걷다 보면 시끄럽고 바쁜 일상을 잠시나마 잊을 수 있다. 주변에 규모가 제법 큰 오일장(3일, 8일)이 열리므로 날짜를 잘 맞춰 가면 볼거리와 먹거리도 많으므로 참고하면 좋다. 길지 않은 한적한 철길을 혼자, 혹은 좋아하는 사람들과 함께 걸어보는 것은 어떨까?

2. 환경생태공원

　진해 도시 속 작은 호수를 중심으로 아름다운 공원이 하나 있다. 호수 주변에 억새와 단풍이 아름답게 어우러져 있는 곳이다. 천천히 걸으면 30분 정도면 둘러볼 수 있는데 경치가 정말 아름다워서 주민들의 사랑을 받는 곳이다. 도심에서 약간 벗어난 곳에 있어 정말 조용하다. 호수를 걷다 보면 옆길이 나 있는데, 그리 깊게 들어가지 않으니 한 번 들어가 보는 것도 추천한다. 돗자리를 펼 수 있는 곳이 있어 단풍놀이도 가능하고 사람들이 잘 들어오지 않아 한적한 오후를 보내기에는 안성맞춤이다.

3. 진해루

버스를 타고 종점까지 가면 바다가 펼쳐진다. 해안도로를 따라 드라이브해도 좋고, 걷기에도 좋다. 해안도로를 따라 걷다 보면 멀리 큰 누각 하나를 볼 수 있다. 그 누각이 바로 진해루다. 야트막한 진해루에 올라서면 넓은 바다 경치와 시원한 바닷바람을 느낄 수 있다. 진해루는 따뜻한 차나 음료를 마시며 지친 하루를 마감하기에는 안성맞춤인 장소이다.

4. 돼지 분식

금강산도 식후경이라고 가을 단풍 구경한들 여행에서 먹을 게 빠질 순 없다. 진해에서 주변 사람들만 안다는 추억의 분식집을 소개하고자 한다. 중앙시장 골목 어귀에 있는 돼지 분식은 부모님 세대에서부터 내려오는 분식집이다. 테이블은 3개밖에 없고 메뉴도 6개뿐이지만 맛과 양은 모두 보장한다. 허름한 분식집은 음식에 추억이라는 조미료를 솔솔 뿌려주는 것 같다.

메뉴를 추천해 보자면 우동볶이와 김밥 그리고 우동을 추천한다. 우동볶이는 약간 라면수프 맛이 나는 옛날 분식 맛을 가지고 있다. 조금 짤 수도 있는데 김밥과 같이 먹으면 정말 맛있다.

5. 승리 순대국밥

진해는 원래 해군사령부와 사관학교, 해병대 교육소, 육군사관학교가 있는 이름 그대로의 군사도시였다. 군인들은 훈련에 들어가기 전, 휴가를 나와서 뜨끈한 국밥 한 그릇을 통해 몸을 녹였다.

진해에는 알 사람은 다 아는 국밥집 3곳이 있는데 그중 필자는 승리 순대국밥집을 추천한다. 주택가 골목에 숨어 있는 이 국밥집은 2대째 국밥(1대는 아쉽게도 문을 닫았다.)을 만들고 있고 28년 동안 영업하며 진해의 역사와 함께한 국밥집이다. 진한 국물맛으로 유명하고 무엇보다도 고기를 엄청 많이 넣어주신다. 국밥을 먹고 나면 한겨울이라도 외투를 벗으면 춥지 않고 시원하다는 생각을 들게 하는 집이다. 오랫동안 밖을 돌아다니다 보면 추위에 몸이 얼 수밖에 없을 텐데 국밥 한 그릇으로 얼었던 몸을 녹이며 수십 년간 변하지 않았던 진해의 역사와 함께한 국밥의 맛을 느껴보는 것은 어떨까?

내가 좋아하는 것,
그래서 너와 나누고 싶은 것 2:

순서 구조를 활용한 글쓰기

어릴 때부터 고등어조림을 좋아했다. 그래서인지 요즘도 시장에서 싱싱한 고등어를 볼 때면 칼칼한 조림 생각에 군침이 돌곤 한다. 아내도 그런 내 식성을 잘 안다. 날씨가 추울 때면 종종 맛깔난 고등어조림이 밥상에 올라오는 이유다. 하지만 조리 과정은 꽤 번거롭다. 먹으면서도 미안할 정도다. 그래서 내가 직접 고등어조림을 만들어 보려 한다.

이때 내게 가장 큰 힘이 되는 것은 무엇인가? 요리책이다. 고등어, 무, 양파, 대파, 간장, 물엿 등은 얼마만큼의 비율로 준비해야 하는지, 준비된 그것들을 어떤 순서로 조리해야 하는지를 알려주는 고급 정보들을 가득 담고 있기 때문이다.

그러고 보면 순서 구조만큼 우리 삶에 실질적인 도움을 주는 글쓰기 틈도 없는 것 같다. 오랜 시행착오를 거쳐 완성된 비법이나 독특한 노하우 같은 정보를 나누는 글들은 대개 순서 구조를 가지고 있기 때문이다.

게다가 순서 구조는 글쓰기와 관련지어서도 한 가지 미덕을 가지고 있다. 바로 쓰기에 대한 부담을 떨치는 데 도움을 준다는 점이다. 많은 경우, 학생들에게 글을 쓰라고 하면 그다지 좋아하지 않는다. 지면을 빽빽이 채워야 한다는 부담감 때문이다. 하지만 이는 편견이다. 글을 쓴다고 해서 꼭 지면 가득 글을 채워야 할 필요는 없다.

시중에 나와 있는 요리책들을 보라. 글자가 별로 없다. 인형이나 옷, 드라이플라워 만드는 방법을 설명한 책들도 마찬가지다. 지면의 대부분을 차지하는 것은 사진이다. 예쁘게 완성된 사진, 만드는 중간중간의 과정을 보여주는 사진들로 가득하다. 여기서 글자는 거들 뿐 사진이 주인공 같은 느낌마저 든다. 하지만 명심하자. 이 또한 훌륭한 글이라는 것을. 그러니 부담 없이 글쓰기에 흥미를 붙이려면 순서 구조를 활용한 글쓰기부터 시작해 보는 것도 좋은 방법이다.

어떻게 쓸 것인가

먼저 정보를 나누고 싶은 대상에 대해 간단히 소개한다. 이후 각 단계마다 빼먹어선 안 될 절차나 노하우를 설명하면 된다. 이때 중요한 포인트는 설명에 꼭 필요한 핵심 단계들을 잘 나누어야 한다는 점이다. 그리고 단계마다 번호를 붙이는 것이 좋다. 알아보기 쉽기 때문이다. 이를 그림으로 나타내면 다음과 같다.

한 학생은 편의점에서 '라면 볶음밥/죽' 만드는 방법에 대해 글을 썼다. 이를 위해 만드는 과정을 6단계로 나누었다. 그리고 각 단계마다 해야 할 일, 중요한 팁 등을 간단히 설명했다. 여기에 사진 한 장 덧붙이니 꽤 그럴듯한 글이 완성되었다(227쪽 사례 참조).

또 다른 학생은 '일본식 계란말이' 만드는 방법을 옆에서 이야기하듯 들려주기도 했다(228쪽 사례 참조). 이 글들을 보니 나도 두 가지 음식을 만들어 봐야겠다는 생각이 들었다. 여러분도 한 번 시도해 보라. 정보를 나누고 싶은 대상과 그것에 대한 노하우만 있으면 된다. 순서 구조를 활용해 글을 쓰는 건 어려운 일이 아니다.

알아두면 좋은 몇 가지

각 과정마다 사진을 잘 찍어둘 필요가 있다. 사진도 하나의 언어이기 때문이다. 특히 이 틀에서 사진의 역할은 글자를 넘어설 때가 많다. 직관적으로 다가가기 때문이다. 수많은 말로도 설명할 수 없었던 문제들이 사진 한 장을 통해 간단히 해결되기도 한다.

정보 간격도 잘 고려해야 한다. 노하우를 알려주는 것이 핵심이기 때문이다. 꽤 많은 학생들이 자기가 잘 아는 것은 상대도 어느 정도 알고 있으리라 생각한다. 그래서 꼭 필요한 정보인데도 빼버리고 대충 설명하는 경우가 있다. 하지만 노하우와 관련된 것들은 간단히 전하기 어려운 것이 많다. 상대가 내가 이야기하는 대상에 대해 잘 모를 수도 있고 말이다. 그러니 예상 독자와 글 쓰는 사람 사이의 정보 간격을 잘 고려해 설명하도록 하자.

사례로 배우는 글쓰기

앞서 언급한 학생 글 두 편을 소개한다. 하나는 '라면 볶음밥/죽'을 만드는 방법에 관한 글이다. 간결하게 순서 위주로 적었다. 그래서 흔히 보는 요리책 느낌이 난다. 이와 같은 방식도 좋다.

다른 하나는 '일본식 계란말이' 만드는 법에 대해 설명한 글이다. 이 글은 에세이 느낌이 강하다. 번호를 붙여 단계를 설명하는 것에 거부감이 있다면 이와 같은 방식도 괜찮다.

　　　　　　편의점 요리

경남과학고 이○○

중학교 때 학원 근처에서 저녁을 때워야 할 때가 많았다. 자연스럽게 근처 요릿집을 들르게 되었다. 다만 제대로 된 음식점은 한 끼 배부르게 먹으려면 거의 만 원은 필요했다. 너무 지출이 컸다. 그렇다고 매끼 라면으로 때우기는 뭔가 심심하고… 그러다 보니 자연스럽게 싸고 뭐가 많은 편의점에서 여러 가지를 섞어 먹기 시작했다.

생각보다 편의점에는 먹을 게 많다. 물론 건강에는 안 좋겠지만 맛있으면 0칼로리니 상관없지 않을까. 그래서 이 글에서는 내가 자주 해 먹었던 레시피 몇 가지를 소개하고자 한다.

★ 라면 볶음밥/죽

1. 먼저 컵라면을 선택한다. 이때 볶음 라면은 안 되고 국물이 구수하거나 달달한 맛이 있는 라면이 좋다. 본인은 진라면과 삼양라면을 애용하였다.

2. 햇반을 하나 산다. 그리고 컵라면을 열어 면을 덜어내고 그릇 안에 햇반 내용물을 모두 넣는다. 그리고 그 위에 라면수프를 모두 털어 넣는다. 마지막으로 면을 적당히 조각내서 넣는다.

3. 그럼 그 위에 물을 넣는다. 이때 물의 양은 면이 1/3까지 담길 정도로 넣는다. 그리고 전자레인지에서 1분 30초간 돌린다.

4. 그 후 꺼내면 밑에 밥이 애매하게 익어 있을 것이다. 이때 숟가락으로 적당히 면과 밥의 위치를 바꿔준다. 면이 국물

에 모두 잠겨있다면 성공한 것이다.

5. 그 후 2분간 더 돌린다(이 시간을 유동적으로 설정해 죽이 될 수도 있고 밥이 될 수도 있다. 죽이 더 맛있긴 하다).

6. 맛있게 먹고 살찐다. 〈이하 생략〉

✎ 좋은 글쓰기의 예   **일본식 계란말이**

경남과학고 노○○

요리를 해 보신 적 있으십니까? 아마 요리를 시도해 보지 않으셨더라도 Facebook이나 Youtube 등에서 요리 영상은 보셨을 겁니다. 재료 손질부터, 여러 개의 투명 용기에 담긴 정량의 소스들, 오븐이나 찜기 같은 고급 조리 기구까지. 복잡해 보였을 겁니다. 〈중간 생략〉

그런 저에게 "요리? 복잡하게 생각하지 마. 별 거 아니야"라는 생각을 전해준 사람이 있었습니다. 그 사람은 설거지의 최소화와 빠른 조리시간을 우선으로 생각했고, 어떤 재료도 정량을 가르쳐 주지 않았습니다. 정말 고급스러워 보이는 요리도 가스레인지나 전자레인지 이상의 조리 기구를 사용하지 않았습니다. 그 사람의 요리방식은 편해 보였고, 재밌어 보였습니다. 〈중간 생략〉

아주 간단한 계란 요리를 알려드릴까 합니다. 첫 번째는 卵焼き. 타마고야키라고 부르는, 일본식 계란말이입니다. 초밥집에서 가장 싼 계란초밥 위에 있는 계란이 바로 타마고야키입니다. 한 번이라도 보셨던 분들은 아시겠지만, 양파, 당근 등이 잘게 썰려 두텁게 말린 한국식 계란말이와는 다르게 아주 순수하고 촉촉합니다.

재료라고는 계란밖에 없어 보이는 노랗기만 한 타마고야키가 맛있는 이유는 계란에 가쓰오 육수, 혹은 다시마 육수를 혼합하여 만들기 때문입니다. 수분이 많아져 훨씬 촉촉한 것이죠. '물이 들어가는데 계란이 흐물흐물하지 않고 익을까?'라는 생각을 하실 수도 있겠지만, 애초에 계란의 75%가 물입니다. 잘 익어요.

하지만 가쓰오 육수나 다시마 육수를 만들기는 아주 귀찮습니다. 제가 추천드리는 것은 아지노모도사의 '혼다시'라는 분말조미료입니다. 물을 가쓰오 육수로 만들어 주는, 가쓰오부시 특유의 감칠맛을 냅니다. 어떤 인터넷 쇼핑몰에 가더라도 쉽게 구할 수 있습니다.

그릇에 계란을 몇 개 풀고, 소금, 설탕, 혼다시를 넣어줍니다. 전 계란 세 개에 혼다시 한 밥스푼 정도 넣습니다. 소금과 설탕은 알아서 넣으시되 한 밥스푼 정도는 과한 것 같습니다. 섞어줍니다. 아주 맛있는 계란물 완성. 약하게 달궈진 프라이팬에 계란물을 균일하게 부어줍니다. 부어준 계란물의 바닥만 익었을 때 끝부터 시작해서 말아줍니다. 다 말린 상태로 어느 정도 더 익혀줍니다. 덜 익은 거 좋아하면 안 익혀도 됩니다. 끝. 한국식 계란말이와는 다르게, 아주 부드럽고 크리미한 식감을 느끼실 수 있습니다. 극상의 부드러움을 느끼고 싶으시다면 앞서 만들었던 계란물에 계란물의 절반 정도의 물을 넣으면 좋습니다. 〈1,2번째 사진〉

글을 여기까지 읽으셨다면 요리에 대한 관심이 있으신 것 같으니 더 어려운 요리를 하나 알려드리겠습니다. 앞서 만들었던 계란물을 응용한 요리입니다. 추가 재료는 양파입니다. 먼저 달궈진 프라이팬에 양파를 볶습니다. 아주 흐물

흐물해질 때까지 볶아줍니다. 양파가 거의 갈색으로 변해 죽어버린 것 같으면 소금과 설탕을 넣고 버무려질 정도로만 살짝 더 볶아줍니다. 여기에 계란물을 붓고 앞에서처럼 말아주면 됩니다. 크리미한 식감에 크리미한 양파볶음까지. 정말 맛있습니다. 〈3번째 사진〉

혹시 제가 쓴 짤막한 레시피를 읽고 '소금은 어느 정도 넣어야 하지? 설탕은? 익히는 건 어느 정도 불에서 몇 분 익혀야 하지?'라는 생각이 드셨나요? 이런 생각보다 중요한 건 주방 앞에 서서 소금과 설탕을 서랍에서 꺼내는 겁니다. 한 명 한 명 다른 입맛에 꼭 맞는 요리. 직접 해 봐야 만들 수 있습니다.

잊히지 않는 하나의 장면:

영화감상문 쓰기

데이미언 셔젤 감독의 영화 〈라라랜드〉를 보았다. 애초 큰 기대를 가지고 본 것은 아니다. 하지만 결과적으로 깊은 감명을 받았다. 환상적인 장면과 음악들, 그리고 따뜻한 이야기에 보는 내내 행복했다. 때로는 가슴도 저릿했다. 특히나 엔딩 장면에서 보았던 주인공들의 헤어짐은 오랫동안 잊히지 않을 정도로 울림이 컸다. 이 멋진 영화를 혼자만 알고 있기엔 너무 아깝다. 친구들과 감동을 나누고 싶다. 어떻게 하면 좋을까?

감상문 쓰기를 추천한다. 물론 그냥 막 써도 된다. 하지만 늘 그렇듯 더 좋은 글을 쓰려면 약간의 사전 작업이 필요하다.

글쓰기에 앞서 준비할 사항

두 가지를 제시한다. 하나는 가장 인상 깊었던 장면과 관련지어 쓸 거리를 마련해 두는 것이다. 어려울 것 없다. 영화를 보고 난 뒤 다음 의 몇 가지 질문에 대해 생각하면서 메모해 두면 된다.

- 가장 울림이 컸던 장면, 잊히지 않는 단 하나의 장면은 무엇인가?
- 왜 그것이 잊히지 않았을까? 그것과 관련된 개인적인 사연 또는 기억 이 있었나?
- 그 장면 속에 담겨 있는 의미는 무엇이었을까?
- 그 장면이 우리 삶과 어떤 점에서 닮았나? 혹은 우리 삶 속에 그 장면 과 비슷한 모습들이 종종 나타나는가?
- 어떻게 하면 독자와 함께 이 장면의 매력을 나눌 수 있을까?

다른 하나는 들어가는 이야기나 작품 소개에 쓸 자료들을 미리 준 비해 두는 것이다. 다음 도표에 나오는 항목들 중 영화 소개에 도움 이 될 만한 것들에 대해 조사하면 된다.

어떻게 쓸 것인가

쓰는 방법은 정말 다양하다. 하지만 다음의 네 단계에 따라 쓰는 것도 하나의 방법이 될 수 있다.

다음 도표에 나와 있는 것들은 각 단계에 쓸 것들의 예다. 따라서

들어가는 이야기	작품 소개	잊히지 않는 하나의 장면	감상
• 신화나 전설 • 개인적 경험 • 영화감상 후 떠오르는 의문 • 인터넷 기사 등	• 줄거리 • 감독 • 작품 제작 배경 • 유사한 작품 • 음악, 미술 등	• 상황 • 인상적인 대사 • 인물의 표정 • 독특한 분위기 • 배경 음악 등	• 끝에 드는 느낌 • 안타까웠던 점 • 같이 생각해 볼 문제 • 관련되는 현실 • 깨닫게 된 점 • 기억해야 할 것 • 결말, 소망 등

제시된 모든 것을 다 이야기할 필요는 없다. 글을 쓰는 상황이나 하고 싶은 이야기에 맞춰 필요한 것만 선택해 쓰면 된다.

예컨대 〈라라랜드〉를 보고 가난한 예술가의 삶이 떠올랐다 하자. 그러면 들어가는 이야기에 인터넷 기사에서 본 가난한 예술가의 이야기를 언급하는 것이다. 그러고는 작품 소개로 넘어가면 된다. 줄거리는 기본적으로 조금이나마 적어주는 것이 좋을 것이다. 그리고 음악이나 춤 등이 인상적이었다면 그것에 대한 이야기를 추가할 수도 있다. 이어서 잊히지 않는 하나의 장면에 대해 이야기하면 된다. 나의 경우에는 끝부분, 미아와 세바스찬의 재회 장면이 가장 인상 깊었다. 헤어진 지 5년이 지났고, 성공한 배우가 된 미아는 어느 날 세바스찬의 클럽에 불시착하듯 들른다. 남편과 함께 말이다. 한때 연인이었던 미아를 보고 침묵하던 세바스찬. 그는 조용히 그녀를 위한 피아노곡을 연주한다. 그 속에 지난날의 기억도, 이루지 못한 소망들도 따라 흐른다. 이처럼 잊히지 않는 장면의 상황이나 분위기, 그때 흐르는 음악 등에 대해 묘사한 뒤 마지막으로 감상을 제시한다. 상처받은 예술가의 꿈과 사랑에 대해, 이들의 쓰라린 삶에 보내는 먹먹한 위로에 대해, 또는 간절히 원했지만 끝내 놓쳐버린 사랑의 안타까움에 대해 이야기할 수 있을 것이다. 이후 영화의 결말과 관련된 간단한 소망으로 글을 마무리하면 된다.

알아두면 좋은 몇 가지

들어가는 이야기에 나오는 신화나 전설, 개인적 경험, 인터넷 기사 등은 어떤 방식으로든 반드시 대상 영화와 관련되어야 한다.

더불어 감상문을 쓸 때는 잊히지 않는 장면 하나에만 집중해도 충분하다. 모든 것을 다 쓰려다 아무것도 못 쓸 수도 있기 때문이다. 그러니 작품을 보면서 가장 마음이 따뜻했던 장면, 울컥하거나 안타까웠던 장면, 자꾸만 떠오르는 장면, 아름다웠거나 인상 깊었던 장면에 집중해서 써 보자.

좀 더 눈길을 끄는 감상문을 쓰고 싶다면 새로운 해석을 시도해 보는 것도 좋다. 뻔한 감상이나 해석을 넘어 작품의 이면에 숨겨진 모습들을 보여줄 때 독자들은 빠져들기 때문이다. 방법은 간단하다. 수수께끼 같았던 장면에 집중하면 된다. 인물의 이해할 수 없었던 말이나 행동, 어울리지 않는 장면의 연결에 집중해 그 이유를 고민해 보는 것이다. 이후 머릿속에 떠오르는 '아하!'가 있다면 그것을 글로 표현하면 된다.

하나의 작품은 다른 작품과 대화를 나눈다. 그러니 가능하다면, 비슷한 주제나 표현 기법, 시대 상황 등을 가진 작품과 엮어 읽기를 시도해 보는 것도 괜찮다. 이때는 비교·대조를 활용하면 된다. 쓸거리가 훨씬 풍부해질 것이다.

마지막으로 잊히지 않는 하나의 장면을 가지고 감상문을 쓰는 것은 영화뿐만 아니라 소설 감상문을 쓸 때도 충분히 활용할 수 있다. 그러니 다양하게 활용해 보자.

사례로 배우는 글쓰기

학생 글 한 편을 소개한다. 봉준호 감독의 영화 〈기생충〉을 보고 난 뒤 쓴 감상문이다. 여러분도 영화를 보고 난 뒤, 기억에 남는 장면을 중심으로 감상문 한 편 써보는 것은 어떨까?

　　　　　영화 〈기생충〉

경남과학고 이○○

　2019년 우리나라에서 가장 인기 있었던 영화를 꼽으라고 하면 사람들은 다양한 영화를 언급할 것이다. 히어로 영화를 좋아하는 사람이라면 〈어벤져스: 엔드게임〉을 고를 것이고, 디즈니를 좋아하는 사람이라면 〈알라딘〉을 꼽을 것이다. 하지만 나는 올해 최고의 영화를 말하라고 하면 주저 없이 봉준호 감독의 〈기생충〉을 선택할 것이다.

　〈기생충〉은 전원 백수인 기택(송강호)네 장남 기우(최우식)가 가족들의 기대를 한 몸에 받으며 박 사장네 과외선생 면접을 보러 가면서 시작되는 이야기를 그린 영화다.

　이 영화는 빈부격차를 소재로 하고 있는데 보통 이러한 소재를 이용한 영화들은 가난하지만 착한 시민과 부패한 상류층이 싸우는 구도로 흘러가는 게 많다. 또 〈변호인〉과 같이 정치적인 요소가 풍부하게 들어가는 경우도 많다. 하지만 〈기생충〉은 그렇지 않았다. 보통 일반적인 블랙코미디 영화의 경우에는 항상 정치인을 비판하거나 정치에 어느 정도 관심을 가져야지만 이해가 되는 유머들이 많지만 〈기생충〉의 경우 치밀한 각본과 연출을 통해 이를 재미있게 풀어나갔다.

　그리고 이 영화에서는 상류층이나 하류층과 같이 계급에 대한 연출을 많이 사용하는 것이 인상 깊었다. 특히 상하 구도에 관한 연출이 기억에 남는다. 기택의 가족이 박 사장 가족의 집으로 갈 때는 계단을 올라가는 연출을, 그리고 사건이 있은 후 비가 내릴 때는 반지하로 내려가는 구도의 연출을 계속해서 보여준다. 즉, 신분 상승과 하락의 개념을 이러한 연출을 통해서 표현하는 것이다. 그 이외에도 보통 사람들과 같이 중간 계층에 있는 사람들도 충분히 공감할 만한 wifi와 같은 요소를 잘 배치하여 사람들에 대한 공감을 높였다.

중간에 비가 오면서 시작되는 스토리의 반전을 통해 소름 돋게 영화를 연출해 나간 것도 내가 영화를 보면서 재미있게 느꼈던 요소 중 하나였다.

봉준호 감독이 〈기생충〉에서 말하고자 하는 바는 무엇일까? 메달을 딸 정도의 실력을 갖춘 운동선수였던 아내, 커브 길을 돌면서도 커피가 흘러내리지 않게 운전하는 실력을 갖춘 기택, 미술과 관련된 전문적인 지식을 가진 기정, 뛰어난 영어 실력을 갖추고 있는 기우. 이 사람들이 과연 노력을 안 해서 이렇게 빈곤한 삶을 사는 것일까?

어떻게 보면 봉준호 감독은 '우리 사회에 아무리 노력해도 올라갈 수 없는 벽, 개천에서 용 나는 일이 불가능해진 현실을 비판하기 위해 영화를 만든 것이 아닐까?' 하는 생각이 들었다.

예전 우리나라에는 사법고시로 불리는 판사, 검사, 변호사를 뽑는 시험이 있어서 비록 출신은 가난하더라도 공부를 열심히 하면 신분 상승을 이뤄낼 수 있었다. 하지만 현재는 로스쿨 제도에서 보듯 부익부 빈익빈 현상이 훨씬 더 심각해졌다. 〈기생충〉은 이런 현실을 비판하기 위해 만든 영화는 아닐까?

〈기생충〉은 다른 상업적인 용도로 만들어진 영화와 달리 내게 많은 생각을 해 보게 한 영화였다. 앞으로 내 인생 영화로 남지 않을까 싶다.

책으로 나누는 실생활 정보:
서평 쓰기_자기계발 및 교양 도서

우리는 관계 속에서 살아간다. 그런 까닭에 관계 속에서 위안을 얻지만 때로는 이 때문에 상처받기도 한다. 한 학생이 자신을 둘러싼 관계에 대해 고민하던 중 우연히 《미움받을 용기》라는 책을 읽었다. 그리고 비로소 자신이 지금껏 다른 사람의 평가에 지나치게 신경 쓰며 살아왔다는 사실을 알게 되었다.

'타인의 인정만 바라고 살다 보면 끝내는 타인의 삶을 살게 된다.' 이 같은 깨달음을 책의 내용과 함께 나누고 싶다. 어떻게 하면 좋을까?

서평을 쓰면 된다. 서평은 책의 내용에 대해 평가한 글이다. 흔히 책을 많이 읽은 전문가가 쓰는 글쯤으로 알려져 있다. 하지만 꼭 그런 것만은 아니다. 인터넷 검색을 해 보면 의외로 서평이 넘쳐난다. 게다가 요즘에는 학교에서 '한 학기 한 권 읽기'를 하면서 학생들에게 서평 쓰기를 과제로 내주는 경우도 많다. 그러니 한 번 써보자. 별로 어려울 것도 없다.

글쓰기에 앞서 준비할 사항

먼저, 포인트를 선명하게 잡아야 한다. 이를 위해서는 선택과 집중이 필수다. 서평이라 해서 책의 모든 것을 다 이야기할 수는 없다. 읽으면서 재미를 느꼈던 부분, 공감이 많이 갔던 부분, 그래서 독자와 같이 나누고 싶었던 부분들 위주로 책에서 쓸거리를 미리 찾아 두되 포인트와 관련된 것들 위주로 찾아야 한다.

자신의 관점도 분명히 해야 한다. 책의 내용이 좋은지 아니면 싫은지, 좋다면 왜 좋고 싫다면 왜 싫은지를 구체적으로 밝혀야 한다. 그래야 서평을 읽는 독자에게 도움이 될 만한 정보를 줄 수 있다.

책의 핵심 개념 또한 정확하게 파악해야 한다. 좋은 책은 복잡한 현실에서도 어떤 법칙을 찾아낸다. 이를 통해 현실의 삶을 명쾌하게 설명한다. 때로는 삶을 바라보는 시선을 바꾸기도 한다. 따라서 책이 제시한 핵심 개념이나 용어를 제대로 밝히는 것은 무척 중요하다.

나아가 책이 나온 배경이나 작가에 대한 정보 등 책을 객관적으로 소개하는 데 필요한 자료들도 찾아 정리해 두면 좋다. 서평은 감상문과는 다르다. 주관적 감성보다는 객관적 이해가 좀 더 중시된다. 그러므로 자신의 생각 외에도 이를 뒷받침할 자료 조사가 필요하다.

어떻게 쓸 것인가

준비가 되었다면 이제 본격적으로 서평을 쓸 차례다. 핵심은 책 소개를 한 뒤 평가를 제시하는 것이다. 이를 좀 더 세분화하고 싶다면 다음의 도표를 참고해 쓰면 된다.

책 소개	평가
• 핵심 내용 요약 및 분석 • 인상 깊은 구절 • 작가 소개 또는 책이 나온 배경 소개	• 책에 대한 평가(장·단점) • 새롭게 느끼거나 배운 점 • 추천 사유

예를 들어 보자. 앞서 언급한 《미움받을 용기》에 대해 서평을 쓰고 싶다. 어떻게 하면 될까? 먼저, 핵심 내용을 요약하거나 분석해서 제시하면 된다. 이 책은 모든 것은 용기의 문제라고 말한다. 자유나 행복도 용기의 문제일 뿐 환경이나 능력의 문제가 아니라는 것이다. 우리 안에 변하고자 하는 용기, 기꺼이 미움받을 수 있는 용기가 있다면 인간관계도 한순간에 달라져 행복에 이를 수 있다는 메시지를 전한다. 이와 관련된 내용을 몇 가지 정리해 독자에게 전하면 된다.

다음으로, 인상 깊었던 구절을 제시한다. 예컨대 "인간은 변할 수 있고 누구나 행복해질 수 있다. 단, 그러기 위해서는 용기가 필요하다"라는 구절이 마음에 들었다고 하자. 그러면 이 구절을 제시한 다음 자신의 생각이나 경험 등을 덧붙이면 되는 것이다.

그리고 작가나 책이 나온 배경 등을 소개한다. 이 책은 기시미 이

치로와 고가 후미타케가 아들러 심리학을 비교적 쉽고 재미있게 풀이한 것이다. 그러므로 이들이 아들러 심리학에 대한 책을 쓰게 된 이유, 이 책이 가지는 의미 등에 대해 이야기하면 된다. 단, 작가 소개는 책과 관련된 것만 간단히 언급하는 게 좋다.

책에 대한 평가는 장·단점 위주로 느낀 바를 있는 그대로 적으면 된다. 어떤 책이든 사람에 따라 좋아할 수도 싫어할 수도 있다. 남들이 좋아하는 책이라 해서 자신도 억지로 좋아할 필요는 없다. 이 부분의 포인트는 솔직함에 있다. 이 외에 새롭게 느끼거나 배운 점, 추천 사유 등도 덧붙이면 좋다. 이는 선택 사항이다. 없어도 큰 문제는 없지만 때로 있으면 글이 훨씬 빛난다.

알아두면 좋은 몇 가지

서평 쓰기가 어렵다는 편견을 버리자. 서평 쓰기를 어렵게 여기는 사람이 의외로 많다. 작가 임정섭은 사람들이 서평에서 멀어진 이유로 그동안의 서평이 전문비평가나 문화부 기자의 몫이었기 때문이라고 지적한다. 그래서 심지어 책보다 서평이 더 어려운 경우도 있었다는 것이다.[2] 이 주장에 격하게 공감한다. 서평이 굳이 어려워야 할 이유는 없다. 그냥 자신이 읽은 책을 친구에게 이야기하듯 쓰면 된다.

여기 소개한 틀도 단지 하나의 방법 정도로만 여기자. 서평을 읽어 보

---

2 임정섭, 《글쓰기 훈련소》, 경향미디어, 2009, 234-235쪽.

면 알 것이다. 그 형식이 정말 다양하다. 하나의 틀로 묶는 것이 불가능할 정도다. 그러니 틀을 익힌 뒤에는 자신의 색깔을 살려 다양한 방식으로 서평을 써 보자.

자신의 경험을 엮어 책에 대해 이야기하면 서평 속에 스토리가 담긴다. 글에서 진정성이 느껴지고 읽기도 쉬워진다. 그만큼 독자가 편하게 접근할 수 있다. 그러니 인상 깊었던 구절이나 장면이 있다면 그것과 관련된 자신의 경험이나 생각, 느낌 등도 곁들이자.

마지막으로, 읽기 쉽게 쓰자. 이왕이면 쉬운 단어로 쓰자. 글에서 자신의 목소리가 들리듯 쓰면 독자들도 훨씬 쉽게 공감할 것이다.

사례로 배우는 글쓰기

글을 쓰기 시작하면서부터 책을 읽고 난 뒤 핵심 내용을 정리하는 버릇이 생겼다. 처음에는 단순 요약만 했다. 그러다 점점 발전했다. 핵심을 정리한 다음에는 그것을 현실 세계와 연결시키고 나름의 평가까지 덧붙이게 되었다. 일종의 소박한 서평이 시작된 셈이다.

그랬더니 예상치 못한 결과들이 뒤따랐다. 필요할 때 언제든 참고할 수 있었다. 책의 내용이 기억에 잘 남았다. 이 속에서 깨닫게 되었다. 서평 쓰기는 독자를 겨냥한 활동이었지만 가장 큰 수혜자는 나라는 것을. 책은 서평 쓰기를 통해 내 속에 가장 확실하게 자리 잡았기 때문이다. 학생 글 한 편을 소개한다. 여러분도 이처럼 서평 쓰기를 해 보면 도움이 될 것이다.

《자존감 수업》서평

경남과학고 박○○

"불 꺼진 방안에서 숨죽여 울어도 괜찮다. 약해서가 아니다. 인간이라 그렇다. 어떤 순간에도 잊지 말자. 당신은 밀림의 왕이다. 세상의 중심이다. 당신은 세상에서 단 하나뿐인 소중한 존재다."

- Epilogue 중에서.

사람은 누구나 자존감이 낮아질 때가 있다. 자존감이 낮아지면 나 자신과의 관계 안에서 문제가 생긴다. 나와 다른 사람을 비교하고, 스스로를 평가절하하고 때로는 비난하거나 자책하기도 한다. 그렇게 스스로 상처를 주며 살아간다.

한때 나는 자존감이 낮은 사람과 높은 사람이 정해져 있다고 생각했다. 그런 성향을 변화시키는 건 힘든 일이라고 생각했다. 그리고 나는 자존감이 낮은 사람이라고 생각했다. 내 자존감에 크게 문제가 있다고 생각했기 때문에 뭘 하든 다른 사람들과 비교하고 못난 내 모습을 부끄러워하고 숨기기 바빴다. 스스로를 깎아내리는데 많은 감정과 에너지를 썼고, 내가 나를 싫어하게 된 탓에 나에게 상처 주는 사람들을 이해하게 되는 과정까지 이르기도 했다.

이런 나를 알게 되었을 때 더 이상 이렇게 살 수만은 없다고 생각했다. 이 세상에 내가 아니면 누가 이런 내 모습까지 사랑해 줄 수 있을까 하는 생각이 들었다. 그래서 처음 이 책을 접하게 되었다.

이 책은 자존감이 낮아지면 생기는 감정에 대해 주로 이야기한다. 연애하며 생기는 자존감을 깎아내리는 생각들, 인간관계 속에서 생기는 문제들에 대해 이야기한다. 또 창피함, 공허함, 자기 혐오, 자기 연민, 자기애, 실망, 냉소, 무관심 등 다양한 감정에 대해 자존감과 연관지어 설명하고 이를 다루는 방법에 대해 소개하거나, 무기력, 열등감, 회피, 예민함 등 자존감을 위해 버려야 하는 마음에 대해 이야기한다. 다른 책들과는 다르게 각 장마다 다양한 감정, 심리에 대해 이야기하고 이를 다스리기 위해 실천할 수 있는 작은 해결 방법을 제시한다.

이 책을 접하고 가장 충격적이었다고 할 수 있는 건 자존감이 높은 사람과 낮은 사람이 정해져 있는 게 아니라는 사실이었다. 사람은 누구나 자존감이 낮아질 때가 있고 스스로 만족하지 못하는 순간이 있기 마련이라는 것이었다. 그리고 반대로, 아무리 자신을 싫어한다고 생각하더라도 자신이 자랑스러워지는 순간이 있기 마련이라는 것이었다. 이 사실을 알게 되는 것만으로도 나는 크게 바뀔 수 있었던 것 같다. 내가 보는 나는 만족스럽지 못한 부분이 있을 수는 있지만, 그렇다고 그런 모습으로만 가득한 사람은 아니라는 생각이 들었기 때문이다. 또 자존감을 방해하는 감정이 생길 때는 그 감정에 대한 이야기를 보고 마음을 가라앉히기도 했다. 나를 사랑하는 방법은 간단하지만 어려운 일이었다.

이 책을 읽는다고 해서 갑자기 나를 사랑하게 되거나 자존감이 늘 높은 상태로 유지되는 것은 아니다. 하지만 이 책을 읽음으로써 자존감이 낮아졌을 때 스스로에게 큰 상처를 주지 않고 극복해 나갈 수 있는 방법에 대해 알 수 있다. 그리고 이 방법을 통해 다른 사람의 말이나 관계 속에서 쉽게 상처받고, 자존감이 낮아지는 일을 줄일 수 있을 것이다. 사람이라면 누구나 자존감이 높아지기도 하고 낮아지기도 하는 때가 있는 법이다. 그렇기에 이 책을 통해 그런 방법들을 익혀 둔다면 스스로를 싫어하게 되는 순간들에 잘 대처해 나갈 수 있을 것이라 생각한다.

문제가 있으면 해결책도 있다:

문제와 해결 구조의 글쓰기

"당신의 소년에게 투표하세요!"라는 문구로 10대와 20대 시청자들에게 폭발적인 사랑을 받은 TV 프로그램이 있다. 〈프로듀스 101〉이다. '국민 프로듀스의, 국민 프로듀스에 의한, 국민 프로듀스를 위한 글로벌 아이돌 육성 프로젝트'라는 콘셉트로 〈프로듀스 101〉은 기존 오디션 프로그램과는 차별화된 모습을 보여주었다. 101명의 연습생 중 11명을 뽑아 아이돌로 데뷔시키는데, 최종 선정은 오직 '국민 투표'로만 결정하겠다는 것이었다.

국민 프로듀스가 된 시청자는 자신이 노력만 하면 좋아하는 연습생을 아이돌로 만들어 줄 수 있다는 기대에 부풀었다. 그래서 유료 투표를 했다. 음원도 다운로드 받았다.

그러나 기대가 컸던 만큼 실망과 분노도 컸다. 마지막 투표 결과,

아이돌로 데뷔할 거라 예상했던 연습생들이 탈락하는가 하면 의외의 연습생들이 최종 명단에 올랐기 때문이다.

팬들은 즉각 원본 데이터 공개를 요구했다. 그러나 방송국 측은 이를 거부했다. 원본을 공개하면 또 다른 오해를 불러일으킬 수 있다는 것이 이유였다.

어떻게 쓸 것인가

실제로 방송국이 투표 조작을 했는지에 대해서는 재판을 통해 밝혀졌다. 하지만 논란이 제기된 초기, 꼬리에 꼬리를 무는 의혹에 비해 방송국 측의 해명이 너무나도 부실했다는 것만은 분명하다. 그래서 '의혹 해소를 위해 방송국 측은 투표 데이터 원본을 공개해야 한다'는 내용의 칼럼을 쓰고 싶다. 내용을 어떻게 구성하면 좋을까?

이때에는 '문제와 해결 구조'의 글쓰기 틀을 참고할 만하다. 마음에 들지 않는 상황을 바꾸고 싶을 때 효과적이기 때문이다. 핵심은 문제 상황을 소개한 뒤 원인과 그에 따른 해결책을 제시하는 것이다. 글을 조금 더 세련되게 만들고 싶다면 기대 효과를 더하면 된다. 이를 그림으로 나타내면 다음과 같다.

이 틀을 활용하는 방법은 간단하다. 먼저 문제 상황을 언급한다. 투표 조작을 의심할 수밖에 없는 몇 가지 정황이 있다는 점, 이로 인해 팬들과 연습생 모두 분노하고 있다는 점, 더구나 방송국 측의 해명에도 불구하고 그 의혹은 더 커지고 있다는 점 등을 제시하는 것이다. 다음으로 이러한 현상의 원인은 방송국 측의 무성의한 태도에서 비롯되었음을 밝힌다. 의혹의 크기에 비해 해명이 너무 부실했음을 짚으면 된다. 구체적으로는 원본 데이터나 집계 과정에 대한 투명한 정보 공개가 이루어지지 않은 점, 공정성을 확인할 수단이 없다는 점 등을 지적할 수 있다. 따라서 해결 방안으로는 원본 데이터 및 집계 과정의 투명한 공개, 차후 이런 일이 일어나지 않도록 조작 방지 시스템 구축 등의 대안을 제시할 수 있다. 그리고 해결 방안대로 문제를 처리했을 때 우리에게 다가올 바람직한 모습을 기대 효과로 제시하면 된다.

이 틀을 익혀두면 좋은 이유

가성비 만점의 틀이다. 칼럼이나 보고서, 건의문, 논술문, 프레젠테이션 등 다양한 상황과 주제에 활용할 수 있다.

또한 이 틀은 현실을 바꾸는 강력한 도구이기도 하다. 마음에 들지 않는 상황을 바꾸는 데 이처럼 효과적인 글쓰기 틀도 없다.

결정적으로, 우리가 자기 삶의 주인이 되는 데 도움을 준다. 현실을 바꾸는 것은 침묵이 아니라 표현이다. 잘못된 현실 앞에서 자신의 목소리를 내고 무언가를 바꿔 가는 것, 이것은 우리 삶을 주체적으로 만든다. 무엇이건 바꾸고 싶은 게 있는가? 그렇다면 이 틀을 바탕으로 글을 써 보라. 선생님에게도 좋고 관공서 홈페이지 민원란에도 좋다. 이와 같은 행동들은 우리 삶을 더 나은 방향으로 이끈다. 자신의 글과 함께 변화되어 가는 현실을 보면 자존감도 높아질 것이다.

얼마 전 우리 학교에서 있었던 일이다. 한 학생이 이 틀을 이용해 교장 선생님에게 편지를 썼다. 기숙사 샤워실을 사용할 때 약한 수압과 고장 난 샤워기, 오래된 배관 때문에 불편하다는 내용의 글이었다. 문제의 원인과 함께 해결 방안, 기대 효과까지 같이 제시하였다. 해당 글이 교장 선생님에게는 꽤 인상 깊었던 모양이다. 편지는 전체 모임에서 공개되었고 고장 난 샤워기는 교체가 결정되었다. 몇 달 뒤 방학 때 본격적인 공사를 할 계획이며 이미 예산까지 마련된 상태다. 우리가 이 틀을 익히고 활용해야 할 이유가 아닐까?

알아두면 좋은 몇 가지

이 틀이 늘 고정된 것은 아니다. 쓸거리에 따라 틀은 변할 수 있다. 예컨대 '집배원들의 과로사'와 같이 문제의 원인을 누구나 쉽게 짐작할 수 있는 경우 억지로 원인을 제시하는 것이 더 어색할 수도 있다. 이 경우 차라리 참신하고 설득력 있는 해결책에 집중하는 편이 더 낫다. 그래서 문제-해결 구조를 가진 글 중에는 원인이 빠진 경우도 많다. 그러나 학교 폭력과 같이 복잡하고 다양한 원인을 찾을 수 있는 문제는 원인 분석을 제시해야 한다. 그래야 제대로 된 해결책을 찾을 수 있기 때문이다. 이때는 원인 분석과 해결 방안이 일대일로 연결되는 것이 좋다.

때로는 원인 분석이 해결책보다 더 중요한 경우도 있다. 깊이 있는 원인 분석이 이루어진다면 해결책도 자연스레 나오기 때문이다. 물론 간혹 해결책을 찾기 어려운 경우도 있다. 하지만 이런 문제조차도 원인 분석이 치밀하게 제시된다면 다 같이 해결책에 대해 고민해 볼 수 있다는 점에서 나름의 가치는 있다.

기대 효과는 글에 따라 생략된 경우가 제법 보인다. 굳이 들어가지 않아도 될 때가 있어서다. 하지만 기대 효과가 들어가면 독자의 마음을 더 잘 움직일 수 있는 것은 분명하다. 해결책을 실천해야 하는 이유를 선명하게 보여줄 수 있기 때문이다. 다만 바람직한 모습을 보여주되 터무니없어서는 안 된다.

사례로 배우는 글쓰기

학생 글 한 편을 소개한다. 이 글을 쓴 학생은 〈프로듀스 101〉에 출연했던 한 연습생의 팬이다. 학생이 응원했던 연습생은 최종 단계에서 결국 아이돌이 되지 못했다. 그때까지만 해도 아쉽지만 어쩔 수 없는 일로 여겼다 한다. 하지만 나중에 투표 조작 의혹이 불거지자 방송의 신뢰성에 심각한 의문을 품게 되었다. 그리고 이 글을 쓰기에 이르렀다.

대국민 사기 프로젝트:
당신의 소년, 소녀에게 투표하라?

경남과학고 조○○

"안녕하세요! 국민 프로듀서님!"

꿈을 향한 연습생들의 성장을 담은 대국민 프로젝트 프로그램 〈프로듀스 101〉은 국민의 사랑을 듬뿍 받으며 시즌 4까지 방영되었다. 그러나 프로듀스 시즌 4 최종 데뷔 멤버 발표 시간, 꾸준히 상위권을 차지하고 있던 멤버는 탈락하게 되고 예상치 못한 멤버가 데뷔 조에 들어가게 되는 사태가 벌어졌다. 실시간 SNS상에서는 '해당 연습생 이름'과 '프로듀스 조작'이 인기 키워드로 모든 순위를 차지했고, 응원하던 연습생이 영문도 모른 채 갑자기 탈락하게 되어 화가 난 팬들은 투표수 조작이라는 의심을 거두지 못했다.

매 시즌 논란이 되었던 터라 곧 사그라들 줄 알았다. 하지만 네티즌들은 방송 화면에 잠깐 스쳐 가듯 나왔던 득표수들을 캡처하여 등수 간 차이가 29,978표로 같다는 점을 밝혀내었고, 수많은 사람이 이를 공유하며 순식간에 투표 조작에 대한 의문이 공론화되었다. 도대체 왜 이런 문제가 생기게 된 것일까?

전 국민을 대상으로 했음에도 불구하고 프로그램의 투표 과정이 투명하게 공개되지 않았기 때문이다. 나아가 팬들의 의혹 제기에도 제작진이 소극적으로 대응했기 때문이다.

투표 방식은 온라인 투표와 문자 유료 투표로 진행되었다. 투표수에 따라 연습생들의 탈락 여부가 결정되기 때문에 프로그램 내에서 '투표'는 아주 큰 영향력을 미친다. 실제로 초·중·고등학교 복도에서 자신이 응원하는 연습생들의 사진을 내걸어 홍보하는 모습을 쉽게 찾아볼 수 있었다. 최종회가 방송될 때는

SNS상으로 '투표를 인증하면 기프티콘을 선물해주겠다'라는 게시물도 허다할 정도로 프로듀스의 인기는 어마어마했다. 그렇지만 투표만 할 수 있을 뿐, 집계 현황을 실시간으로 확인하거나 어떻게 집계가 진행되는지 전혀 알 수 없었다.

의혹이 불거지자 사람들은 연습생들이 매회 얻어온 투표수 원본 파일을 공개할 것을 프로그램 제작사 측에 요구했지만, 제작진은 더 큰 논란을 방지하기 위함이라는 이유로 공개를 거부했다. 정확한 해명도 내놓지 않은 채, '투표수 조작을 절대 하지 않았다'라며 두리뭉실한 기사로 대응했을 뿐이다. 결국 문제의 근본 원인은 불투명한 투표 시스템과 제작진의 무성의한 태도에 있었던 것이다.

그렇다면 이와 같은 문제를 해결하기 위해 앞으로의 프로그램은 어떻게 바뀌어야 할까? 프로듀스에 이어 여러 오디션 프로그램들이 조작 의혹을 받으며 사람들은 이미 제작사에 대한 신뢰를 잃었다. 그러므로 사람들이 프로그램에 대해 신뢰할 수 있는 환경을 만들어 주는 것이 가장 필요하다고 생각한다.

이를 위해서는 먼저 투명한 투표 시스템을 만들어야 한다. 실시간으로 투표수 변화를 볼 수 있도록 하여 집계 과정을 많은 사람이 지켜보게 하는 것이다. 자신의 투표수가 잘 반영이 되었는지 갑자기 의심스러운 변화가 생기지는 않았는지 사람들이 직접 지켜볼 수 있게 한다면 사람들의 신뢰도 얻을 수 있고, 제작사 입장에서도 쉽게 조작할 수 없게 될 것이다. 또 의혹이 제기되었을 때 언제든지 원본 파일을 공개할 수 있도록 관리해야 한다. 투명한 투표 시스템에도 한계가 있으므로 사람들의 의혹을 피할 수는 없을 것이다. 그럴 때마다 제작사 측에서 조작이 아님을 인증할 수 있는 명확한 원본 데이터가 필요하다는 것이다.

이런 노력을 통해 사람들의 신뢰를 다시 얻게 된다면 연습생들은 비리 걱정 없이 꿈을 향해 정정당당히 도전할 수 있을 것이다. 나아가 프로그램의 취지에 맞는 국민 아이돌의 탄생도 바랄 수 있게 될 것이다.

결론 먼저 밝히고 논증하기:

논증하는 글쓰기의 모범 사례

2019년 7월 1일, 일본 정부는 불화수소와 폴리이미드 등 반도체를 만들 때 사용되는 핵심 소재 세 가지에 대한 수출 규제를 발표했다. 그러고는 한국을 화이트리스트에서 제외했다.

이러한 조치의 배경을 두고 다양한 해석이 존재한다. 그중 대표적인 것은 징용 피해자에 대한 대법원의 판결 때문이라고 보는 견해일 것이다.

실제로 2018년 10월, 우리 대법원에서는 징용 피해에 대한 배상 조치로 미쓰비시중공업과 신일본제철 등 책임 있는 기업이 피해자들에게 1억 원씩 지급할 것을 명령하는 판결을 내렸다.

일본 정부는 즉각 반발했다. 특히 고노 다로 당시 일본 외상은 한 연설에서 "1965년 한일청구권협정을 맺으며 일본은 한국에 5억 달러를 지급했다. 이로써 징용 피해자들에 대한 배상은 완전하게 끝났다. 따라서 피해자들에 대한 배상도 한국 정부가 책임지고 해야 한다. 이것이야말로 서로가 지켜야 할 국가 간 약속이다"라는 주장을 펼치기도 했다.

어떻게 쓸 것인가

앞에서 언급한 고노 외상의 발언에 반박하는 글을 쓰고 싶다. 어떻게 생각을 펼쳐야 할까? 이때 참고할 만한 것이 '결론 먼저 밝히고 논증하는 방식'의 글쓰기 틀이다. 이 틀의 핵심은 하고 싶은 말을 먼저 내지른 다음 간단한 이유와 구체적 근거를 제시하는 것이다. 그리고 끝에 결론을 다시 한 번 강조하면 된다. 이를 그림으로 나타내면 다음과 같다.

그러면 구체적으로 어떻게 적용해 볼 수 있을까? 첫머리에서 그의 발언이 '왜곡된 사실에서 비롯된 잘못된 주장'이라는 결론을 먼저 밝히면 된다. 이후 앞서 제시된 결론이 타당한 것임을 증명할 이유와 핵심 근거 몇 가지를 제시하는 것이다. 예컨대, 간단한 이유로는 '일본 내에서조차 1965년 협정으로 징용 피해자에 대한 모든 배상이 끝났다는 주장에 대한 비판이 있음'을 밝힌다. 그리고 구체적 근거로 시이 가즈오 일본 공산당 위원장이나 야나이 순지 당시 외무성 조약국장의 발언을 인용한다. 그래서 '1990년대까지만 해도 일본 정부가 징용 피해자들의 개인 청구권이 살아있음을 인정한 사실'을 제시하는 것이다. 그리고 끝에 다시 한 번 결론을 강조한다. 이렇게 하면 설득력 있는 글쓰기가 완성된다.

이 틀을 익혀두면 좋은 이유

먼저, 다양한 상황에서 자신의 목소리를 내는 데 효과적이다. 앞에서 고노 외상의 발언에 반박하는 글을 쓰는 경우를 잠깐 살펴보았다. 단지 틀대로 썼을 뿐인데 이렇게만 해도 글의 설득력이 높아지는 마법 같은 효과를 볼 수 있다. 이 틀이 논증하는 글쓰기에서 널리 쓰이는 이유다. 그래서 임정섭 작가는 이 같은 쓰기 방식을 두고 '비즈니스 라이팅의 기본'이라고 했다.[3] 또한 송숙희 작가는 《150년 하버드 글쓰기 비법》에서 온갖 글쓰기를 가능케 하는 마법 공식으로 오레오 맵이라는 것을 소개했는데, 그 역시 이 틀과 맥락이 비슷하다. 그런 만큼 자신의 생각을 누군가에게 힘 있게 전달하고 싶다면 이 틀부터 익혀두는 것이 좋을 것이다.

다음으로, 토론이나 발표 등 다양한 말하기 상황에서도 활용할 수

---

3   임정섭, 《글쓰기 훈련소》, 경향미디어, 2009, 293쪽.

있다. 말과 글이 애초부터 별개의 것이 아니기에 가능한 일이다. 구체적 사례를 확인하고 싶다면 TV 토론 프로그램을 보면 된다. 거기서 토론자들이 말하는 방식을 눈여겨보라. 자신의 주장을 먼저 밝히고 왜 그 주장이 옳은지 다양한 예를 들어 증명하는 경우를 자주 보게 될 것이다. 그와 같은 말들을 그대로 글자로 옮기면 이 틀에 따라 쓴 글이 된다. 발표할 때에도 마찬가지 방법으로 활용이 가능하다.

게다가 틀이 간단해 배우기도 쉽다. 전달 효과마저 좋으니 가성비 만점의 틀이다. 재미 삼아 칼럼 쓰기 할 때 활용해 보라. 굳이 거창한 주제가 아니어도 된다. 최근 뉴스에서 본 이야기 정도면 적당하다. 아이돌, 힙합, 드라마, 영화 등 대중문화 전반에 대한 칼럼도 좋다. 자신이 좋아하는 분야 하나를 잡아 몇 번 써 보면 금방 익숙해질 것이다.

알아두면 좋은 몇 가지

실제 학생들의 글을 보면 꼭 이 틀에 따라 쓰지 않는 경우도 많다. 대개 이유와 근거를 하나로 묶는다. 그게 편하다면 굳이 앞의 틀대로 하지 않아도 된다. 아래와 같은 변형도 권장할 만하다. 변형의 핵심은 간단한 이유와 구체적 근거 및 사례를 하나로 묶고 세 번 정도 반복하는 것이다. 이를 그림으로 나타내면 다음과 같다.

결론	이유 1	구체적 근거 및 사례 1	발전적 결론
	이유 2	구체적 근거 및 사례 2	
	이유 3	구체적 근거 및 사례 3	

이때 세 가지만 알아두자. 첫째, 맨 처음에 제시되는 결론 부분은 정말 결론만 제시해도 된다. 오히려 그렇게 할 때 주장은 훨씬 더 강력해진다. 물론 배경 설명이 필요하다면 간략하게 제시하는 것도 나쁘지는 않다.

둘째, 이유와 구체적 근거 및 사례의 경우 세 가지 정도만 제시해도 충분하다. 구구절절 이유가 많다고 설득력이 더 높아지는 것은 아니기 때문이다. 이유가 너무 많으면 기억하기만 힘들 뿐이다.

셋째, 끝에 제시되는 결론은 단순한 반복보다는 좀 더 발전적인 형태가 좋다. 아무래도 이 결론은 지금까지의 논의를 종합한 결론이기 때문이다. 그러니 멋진 구절을 인용하거나 기타 의견을 더해서 좀 더 발전된 결론, 구체적이고 울림 있는 결론을 마련해 보자.

사례로 배우는 글쓰기

학생 글 한 편을 소개한다. 이유와 근거가 함께 제시된 형태이다. 문단 구조에 유의하며 읽어 보기 바란다.

✏️ 좋은 글쓰기의 예

과거사에 대한 사죄는 국가 차원에서 이루어져야 하는가?

경남과학고 백○○

2013년 12월 26일, 아베는 일본 총리직에 오른 이후 처음으로 야스쿠니 신사를 참배했다. 잘 알려졌다시피 야스쿠니 신사는 태평양 전쟁의 전범들을 안치한 사당이다. 그가 총리 신분으로 이곳을 참배했다는 것은 일본이 여전히 자신들의 만행을 뉘우치지 않고 있음을 뜻한다.

과거사 청산 문제를 둘러싼 국가 간 논쟁은 하루 이틀의 일이 아니다. 이는 피해자와 가해자 간의 개인적 갈등부터 국가 정치 상황과 외교관계에 이르기까지 크고 작은 문제가 얽히고설킨 난제이기 때문이다. 그러나 문제의 해결이 어렵다고 문제에서 손을 놓는다면 문제는 영영 풀지 못한다. 실천을 통해 시행착오를 겪고, 수정과 보완을 거쳐야만 비로소 발전된 방향의 해법을 찾을 수 있다. 그렇기에 필자는 '과거사에 대한 사죄는 국가 차원에서 이루어져야 함'을 주장한다. 그 이유는 다음과 같다.

첫째, 과거사에 대한 사죄는 피해자들의 상처를 치유할 수 있는 가장 확실한 길이기 때문이다. 예컨대 1970년 12월, 당시 서독 총리이던 빌리 브란트는 폴란드 바르샤바에 있는 전쟁 희생자 추모비 앞에서 헌화를 하고 있었다. 차갑게 내리던 겨울비 속에서 우산도 쓰지 않고 서 있던 빌리 브란트. 그는 갑자기 무릎을 꿇고 한참을 묵념했다. 나치 정권에 희생된 사람들에게 마음을 다한 사죄를 하기 위함이었다. 뒷날 "인간이 말로써 표현할 수 없을 때 할 수 있는 행동을 했을 뿐"이라 밝혔던 그의 행동 때문이었을까? 그 모습을 본 폴란드 사람들은 감동했다. 그리고 독일에 대한 그동안의 분노를 씻어내기 시작했다. 이것이야말로 진심어린 사죄가 가진 힘이다. 일본의 경우도 다르지 않을 것이다. 과거사에 대한 국가 차원의 사과가 제대로 이루어진다면, 그들에게 피해 입었던 사람들의 상처 또한 폴란드인들처럼 치유될 수 있을 것이다.

둘째, 과거사 갈등으로 인해 발생하는 국가 간의 협력 장애를 극복할 수 있기 때문이다. 예컨대 최근 한국 대법원의 징용공 배상 판결에 따른 일본과 한국의 상호 경제적 보복 및 불매운동 역시 이와 맥락을 함께한다. 사실 일본은 1945년 패망 이후 통계적으로 많은 사과와 배상을 치러왔다. 대표적인 것이 위안부 문제를 일본 정부 측에서 공식적으로 인정한 '고노담화'다. 그럼에도 불구하고 한국과 중국 등 일제 피해국들이 일본의 사과가 부족하다고 주장하는 이유는 일본의 태도 때문이다. 때로 유감을 표하긴 했지만 아베는 '위안부는 인신매매 피해자'라는 망언을 일삼았고, 야스쿠니 신사를 참배했다. 이와 같은 기만적 태도가 피해국의 분노를 불러일으키는 것이다. 이 때문에 역사 분쟁으로 일본과 중국, 한국 등이 국가적 협력에 차질을 빚는 것은 부정할 수 없는 사실이다. 이렇듯 무의미하게 낭비되는 사회적 비용을 막고 각국의 협력을 통한 공동 발전을 위해서도 잘못된 과거사에 대한 사과는 필수다.

셋째, 과거사 반성을 통해 국가 이미지를 쇄신할 수 있기 때문이다. 나아가 국민들에게 있어서도 조상의 과오에 의한 개인의 죄책감을 덜 수 있는 측면이 있다. 물론 이에 대한 반론도 많다. 잊고 있던 과거의 죄를 들추는 것은 오히려 국가의 위신을 떨어뜨리는 일이며 국민들의 애국심에도 큰 영향을 미칠 수 있다는 견해도 존재한다. 하지만 계속된 사과와 참회 끝에 지금은 제2차 세계대전의 전범국이라는 오명을 벗고 유럽연합 5대 주축국 중 하나로 자리매김한 독일을 보라. 죄를 덮고 그 속에서 상처받았던 피해자들을 방치하는 국가와 자신의 죄를 인정하고 당당히 국제사회에 발을 딛는 국가 중 어떤 국가가 진정으로 국민을 생각하는 국가인가? 답은 이미 나왔다.

청산해야 할 역사란 무엇인가. 그것은 가해국가가 져야 할 책임이자 의무이다. 따라서 잘못된 과거사는 지금 해결하지 않는다면 언젠가 다시 돌아오는 '채무'와 같다. 지난 일에 현재의 우리가 발목 잡혀 서로 갈등하고 싸우는 것만큼 소모적인 일이 또 있겠는가. 지금 일본과 한국이 벌이고 있는 싸움처럼 말이다. 물론 과거사에 대한 사과는 힘들고 많은 제약과 손해를 감수해야 하는 측면이 있다. 하지만 그렇다고 해서 하지 않아도 되는 일은 아니다. 오히려 과거사 문제를 올곧게 바라보며 해야 할 일을 실천해 나갈 때, 비로소 국가 간의 완전한 문제 해결과 협력이 이루어질 것이다. 그러므로 잘못된 과거사에 대한 사죄는 반드시 국가 차원에서 이루어져야 한다.

의문과 편견을 깨는 방법:
팩트 체크 글쓰기

'호날두 노쇼' 사건으로 축구팬들 사이에서 논란이 인 적이 있다. 사건의 전말은 이렇다. 2019년 7월, 크리스티아누 호날두의 소속팀과 K리그 올스타팀의 친선경기가 서울 월드컵 경기장에서 열리게 되었다. 특별한 경기였던 만큼 푯값도 비쌌다. 그럼에도 불구하고 표는 단 두 시간 만에 모두 팔렸다. 이유는 오직 하나. 크리스티아누 호날두를 보기 위해서였다. 그가 45분간 출전한다는 소식에 팬들은 열광했고 아낌없이 지갑을 열었다.

그러나 결과는 좋지 못했다. 경기는 50분이나 늦게 시작되었고 6만 관객들의 열렬한 부름에도 호날두는 단 한 순간조차 운동장에 나타나지 않았기 때문이다. 심지어 그는 경기가 끝나자마자 벤치를 떠나버렸다. 팬 사인회에 불참한 것은 말할 것도 없다.

하지만 팬들을 더욱 화나게 만든 것은 이후의 행보다. 그가 경기에 나서지 않았던 공식적 이유는 근육 피로로 인한 부상 우려 때문이었다. 그랬던 그가 다음날 이탈리아에 도착하자마자 러닝머신에서 운동을 한 것이다. 그러고는 이를 SNS에 올리기까지 했다. 전날 중국에서는 각종 경기와 행사에 빠짐없이 참석했던 호날두. SNS에 '중국을 보는 것은 늘 기쁘다'는 글까지 남겼던 그의 이처럼 상반된 태도에 국내 팬들은 참을 수 없었다. 그래서 경기 주최 관계자와 유벤투스, 호날두를 사기 혐의로 고소하기에 이르렀다.

어떻게 쓸 것인가

노쇼 사건을 두고 가만히 보면 궁금한 게 꽤 많다. 호날두는 왜 끝내 운동장에 나타나지 않았던 것일까? 그가 45분간 뛰기로 계약했다는 것이 과연 사실이었을까? 계약상 문제가 있었던 것은 아니었나? 경기 일정을 왜 그토록 무리하게 잡았던 것일까? 호날두를 고소한다고 그를 우리나라 법정에 세울 수 있을까?

글쓰기를 통해 위와 같은 의문에 답을 찾아보고 싶다. 어떻게 하면 좋을까? 이때는 팩트 체크 글쓰기 틀을 활용하면 된다. 핵심은 팩트 체크하고 싶은 대상에 대해 간단히 소개한 다음 몇 가지 의문을 제시하는 것이다. 그리고 그 의문 하나하나를 구체적 근거를 통해 검증해 나가면 된다. 이를 그림으로 나타내면 다음과 같다.

좀 더 구체적으로 짚어 보자. 팩트 체크 대상으로는 주로 어떤 것이 선택되는가? 사회적 편견이나 미신, 왜곡된 보도, 계속해서 논란과 의문을 불러일으키는 사건 등이 해당된다. 예컨대 '호날두 노쇼' 사건을 두고 의문이 증폭된다면 이를 글쓰기 대상으로 삼으면 된다. 이후 궁금한 점들을 몇 가지 선정해 질문을 만든다. 이를테면 앞서 제시한 몇 가지 의문(그가 45분간 뛰기로 계약했다는 것이 과연 사실이었는지 등)을 팩트 체크 항목으로 삼는 것이다. 그리고 구체적 팩트들을 바탕으로 해당 질문에 답을 하는 방식으로 글을 쓴 뒤 마지막에 결론을 제시하면 된다.

이 틀을 익혀두면 좋은 이유

일종의 진실게임이 벌어졌을 때 문제 해결에 도움을 줄 수 있다. 예를 들어 보자. 아프리카 돼지 열병이 무섭게 확산될 때였다. 백신도 치료제도 없다고 한다. 서울대 어느 교수는 "한반도 남쪽에 지옥문이 열렸다. 지금의 방역 방식으론 돼지는 절멸의 상태로 들어갈 것이 거의 확실해 보인다"라며 SNS에 글까지 올렸다. 그러자 SNS를 중심으로 우리나라 돼지 씨가 마를지도 모른다는 주장이 확산되었다. 물론 반대 주장도 만만치 않았지만 말이다. 과연 어느 쪽이 맞는 말일까? 팩트 체크 글쓰기는 이와 같은 진실게임 상황에서 사태를 냉정히 짚어 정확한 판단을 하도록 돕는데 유용하게 쓰일 수 있다.[4]

더불어 이 틀은 널리 퍼진 편견에 반론을 제기할 때도 유용하게 쓰인다. 우리가 매일 접하는 뉴스는 대개 객관적인 것처럼 여겨진다. 하지만 따지고 보면 그것 또한 일정 부분 주관적일 수밖에 없다. 공정 보도를 내세우는 주류 언론도 그럴진대 간혹 보이는 가짜 뉴스는 말할 필요도 없다. 문제는 이 속에서 왜곡된 주장이나 편견이 사실처럼 유통되는 경우도 있다는 것이다. 단지 매체에서 자주 언급되었다는 이유로 말이다. 따라서 널리 퍼져 있다는 것과 그것이 진실이라는 것은 서로 무관하다. 그렇다면 진실은 어디에 있는 것일까? 정확한 근거 속에 있을 가능성이 높다. 그러므로 정확한 팩트를 무기로 삼는 이 틀은 널리 퍼진 편견을 뒤집어 진실을 드러내고자 할 때 특히 효과적이다.

나아가 이와 같은 형태의 글은 독자를 끌어들이는 힘이 크다. 읽기 과정이 곧 궁금증을 풀어가는 과정이기 때문이다. 게다가 자연스레 여러 개의 소주제로 단락이 나뉘기 때문에 읽고 이해하기도 쉽다. 그러니 몰입감을 높이고 싶다면 이 같은 방식의 틀을 활용하는 것도 좋다.

---

4   이명철, '[팩트체크] 韓돼지 절멸?…아프리카돼지열병은 막을 수 없는 재앙일까?', 〈이데일리〉, 2019년 9월 30일자 기사.

알아두면 좋은 몇 가지

이 틀에 따른 글쓰기에서는 '핵심을 정확히 짚은 질문' 자체가 매우 중요하다. 질문이 정확해야 의미 있는 답이 나올 수 있기 때문이다.

다음으로, 자료 조사를 철저히 해야 한다. 가급적 정확한 통계를 구하는 것이 좋다. 그게 어렵다면 전문가 집단의 의견도 괜찮다. 예를 들어 보자. 보건복지부에서 '담뱃갑에 인쇄된 경고 그림 크기를 확 키우겠다'는 발표를 한 적이 있다. 그러자 국내 한 온라인 흡연 동아리에서 '흡연자 84%가 별 효과 없을 것'이라고 답했다는 자체 조사 결과를 내놓았다. 과연 경고 그림 키우기는 효과가 없는 것일까? 답은 자료 속에 있었다. 정부가 실시한 국민 흡연 실태 조사에 의하면, 흡연자들의 경우 실제 동호회에서 조사한 것처럼 경고 그림에 큰 영향을 받지 않고 계속 흡연했다. 하지만 비흡연자의 경우 성인의 81.6%, 청소년의 77.5%가 경고 그림을 보고 앞으로도 담배를 피우지 말아야겠다는 생각을 했다고 한다. 즉 경고 그림은 비흡연자를 대상으로 했을 때 예방 효과가 무척 큰 것으로 드러난 것이다.[5] 이는 동호회의 조사 결과와 상반된다. 이처럼 깊이 있는 자료 조사는 글의 신뢰성은 물론 정확한 현실 이해를 높이는 데 도움을 준다.

끝으로, 팩트 체크의 수는 하고 싶은 질문에 따라 달라진다. 고정된 틀

---

5 이가혁, '[팩트 체크] 흡연자 84%, 담뱃갑 경고 그림 효과 없다?', 〈JTBC 뉴스룸〉, 2019년 9월 19일자 방송.

은 없다. 그러니 틀 자체에 매여 억지로 질문을 만들 이유도 없다. 필요한 만큼만 하면 된다.

사례로 배우는 글쓰기

학생 글 한 편을 소개한다. 이 학생은 비닐봉지 남용이나 분리수거 문제 등 우리가 일상에서 흔히 접할 수 있는 문제와 관련지어 상식에 반기를 드는 글을 썼다. 물론 여기 소개된 글의 형식이 팩트 체크 글쓰기의 가장 전형적인 형태를 보여주는 것은 아니다. 하지만 팩트 체크 내용 및 글의 전개 방식에 초점을 맞춰 읽어 본다면 충분히 참고할 만하다.

비닐봉지를
에코백으로 대체하자… 정말?

"비닐봉지를 에코백으로 대체하자.", "여름철 에어컨 적정온도는 28도.", "분리수거가 정확히 이루어지지 않는다."

21세기 한국을 살아가는 사람 중 이러한 구호들을 처음 본 사람은 없을 것이다. 개개인의 노력을 모아 다른 생명을 구원한다는 것은 얼마나 이타적이며 최소한의 노력으로 친환경적인 지구를 만드는 것은 얼마나 효율적인가. 물론 절대 이러한 문구들이 틀리거나 잘못된 것은 아니다. 다만 우리는 이 문구들을 좀 더 자세히 들여다볼 필요가 있다.

비닐봉지를 에코백으로 대체하자?

2007년 영국의 저명한 디자이너 안야 힌드마치는 'I'm Not a Plastic Bag'이라는 문구를 원단에 프린트한 에코백을 5파운드에 판매하기 시작했다. 대중은 비닐의 무분별한 사용을 줄여 환경 보호에 동참하자는 그녀의 취지에 공감했고, 한정판으로 제작된 2만 개의 에코백은 1시간 만에 완판되며 에코백 붐의 시작을 알렸다. 12년이 지난 지금도 에코백은 비닐봉지의 대체품으로 자리 잡으며 엄청난 인기를 지속하고 있다.

에코백은 낮은 단가와 로고를 프린트하기 쉬운 특징을 갖고 있으며, 기업의 친환경적인 이미지까지 얻을 수 있다는 이유로 가성비 좋은 최고의 마케팅 상품으로 이용되고 있다. 이뿐만 아니라, 꾸준히 패션 아이템으로 여전히 사랑받기도 한다. 그러나 이러한 에코백은 홍보 문구나 유행 지난 디자인 등의 이유로 자주 사용될 확률이 매우 낮다. 그러다 보니 가정집에는 에코백이 쌓이기 시작하고 결국 안 쓰는 에코백을 담기 위한 에코백이 생기기도 한다. 비닐봉지의 대체품으로 자리 잡은 에코백이 과잉 생산 때문에 비닐봉지처럼 변하기 시작한 것이다.

심지어 에코백은 이름처럼 100% '에코'하지는 않다. 물론 비닐과 달리 자연분해되고, 동물의 가죽을 사용하지 않으며, 무엇보다 비닐봉지의 사용량을 줄일 수 있다는 것은 엄청난 장점이다. 그러나 에코백의 주원료인 면의 생산 과정을 살펴보면 에코백의 이름을 계속 유지해도 되는지 의문점이 생기기 마련이다. 목화 1kg을 생산하기 위해서는 7,000~29,000ℓ라는 엄청난 물이 사용된다. 이는 1kg당 900ℓ의 물을 사용하는 밀이나 2,000ℓ의 물을 사용하는 콩과 비교하면 얼마나 많은지 예측할 수 있다. 또한 화학비료나 살충제, 농약 등 수많은 화학물질이 필요한데, 전 세계 살충제 사용량의 무려 24%가 목화 재배에 사용된다. 심지어 비닐봉지 하나의 이산화탄소 배출량은 1.6kg인데 비해 에코백의 배출량은 270kg이다. 최근 덴마크에서 나온 연구에 따르면 일회용 비닐봉지를 만들 때 환경에 미치는 영향이 너무 미미해서 면 재질 가방 하나를 7,100번 정도 사용해야 겨우 비닐봉지보다 환경에 더 적은 영향을 미치는 수준이라고 한다. 과연 에코백이 비닐봉지의 대체품 역할을 잘 수행한다고 말할 수 있을까?
〈중간 생략〉

분리수거가 정확히 이루어지지 않는다?

2018년, 갑자기 다양한 재활용 폐기물 수거 업체들이 플라스틱이나 비닐 등을 수거하지 않겠다고 나섰다. 그들이 주장하는 표면적인 이유는 '음식물과 같은 이물질이 붙은 비닐 등은 재활용 대상이 아니다'라는 것이다. 또 비닐 쓰레기는 이물질이 붙은 것이 대다수라 상품성이 없다며 폐비닐 수거를 거부했다. 물론 틀린 말은 아니지만 약간은 비판적으로 바라보아야 한다.

분리수거 대란은 왜 일어난 것일까? 재활용 폐기물 처리는 경제논리에 따라 굴러가는 산업이다. 그들이 비닐이나 플라스틱 수거를 거부하는 것도 단순히 이윤이 나지 않기 때문이다. 사실 이 사태는 어느 정도 예견된 일이다. 2017년까지 중국은 재활용 폐기물의 절반 가까이를 수입해왔다. 같은 플라스틱이더라도 재질이나 색상에 따라 다르게 분류해야 하기 때문에 폐기물 분류 작업은 사람이 일일이 하는 방법 외에는 딱히 없다. 인건비가 비싼 유럽이나 미국은 자국에서 발생하는 상당수의 쓰레기를 값싼 노동력이 풍부한 중국에 수출해왔고 중국은 이를 통해 많은 이득을 보면서 서로에게 충분한 이득인 것처럼 보였다. 하지만 시간이 지나자 폐기물 처리 과정에서 발생하는 쓰레기나 유해물질의 양이 엄청나서 중국의 환경을 심각하게 오염시킨다는 것을 깨닫고 재활용품 24종에 대한 수입을 중단하기 시작했다. 돈 때문에 세계의 재활용 처리장 역할을 해왔지만 그러느라 파괴된 환경에 대한 비용이 훨씬 더 크다는 것을 알게 된 것이다.

전 세계가 이 조치에 대해 긴급한 조치를 세우고 있었지만, 한국 정부는 사실상 아무 대책이 없었다. 한국은 재활용 폐기물에 대한 중국 의존도가 낮아 영향이 크지 않을 것이라 생각했기 때문이다. 하지만 손을 놓고 있는 사이 사태는 생각보다 심각해졌다. 중국 수출이 막힌 유럽의 여러 나라는 한국으로 폐지나 폐플라스틱 등을 수출하기 시작한다. 국내에 들어온 물량이 많아지다 보니 국산 재활용 폐기물 가격이 폭락했다. 그래서 사정이 어려운 재활용 업체들은 수익이 안 나는 비닐이나 플라스틱을 수거하지 않겠다고 나선 것이다. 다양한 업체에서는 분리수거 대란의 원인으로 시민의식을 지적하곤 한다. 음료가 들어있는 일회용 컵이나 병을 그대로 버리거나 용기에 담뱃재 같은 것을 넣는 행위는 분리수거를 어렵게 만든다. 그렇지만 이는 절반만 맞는 이야기라고 할 수 있다. 한국의 분리수거율은 세계 2위이다. 물론 일부 비양심적인 사람들이 분리수거를 제대로 하지 않는 것은 분명 사실이지만 여태 국내에서 행해오던 분리수거가 전부 쓸모없는 행위라고 비난하는 일각의 주장은 물타기에 불과하다고 봐야 한다.

결국 가장 근본된 문제점은 사전에 관련 정책을 제시하지 않고 문제가 터지자 그제야 움직이기 시작한 정부와 지역자치단체에 있다. 중국은 2017년 7월부터 수입 중단을 사전 통보해왔고, 2018년 수출길이 막힌다는 것을 알면서도 정부는 모르쇠로 일관했다. 당장 대란이 대두되자 부랴부랴 개정안을 입법하기로 했지만 이미 늦은 뒤였고, 늑장대응의 결과는 CNN에서 120만 톤이 넘는 한국의 쓰레기 산을 취재하러 올 정도로 심각해져 버렸다. 결국 분리수거를 정확히 하는 것은 근본적인 문제 해결이 아니다. 우리는 재활용 폐기물의 양 자체를 줄여 재활용 폐기물의 가치가 떨어지는 것을 막아야 하는 것이다. 대만은 2030년부터 요식업계에서 플라스틱 사용을 전면 금지하기로 했고, 유럽연합도 2030년까지 모든 비닐 포장지를 재활용 포장지로 바꾸고 일회용 컵 사용을 금지하기로 했다. 우리도 어떻게 하면 재활용 폐기물을 줄일지를 고민할 때이다.

앞서 비닐봉지의 남용 문제, 전기 절약의 문제, 분리수거 문제를 흔히 접할 수 있는 구호를 중심으로 살펴보았다. 단순히 생각하면 합리적인 내용이었고 사실 틀린 내용은 거의 없다. 하지만 이런 문구들은 구조적인 문제인 환경 문제가 마치 개개인의 몰상식한 시민의식 때문이라는 인식을 심어준다. 또한 최소한의 노력으로 지구를 지키는 중이라고 스스로를 자위하게 만든다. 그러나 이런 구호의 이면에는 특정 기업의 마케팅이나 관례적인 행위, 또는 정부 시스템의 문제 등이 존재했다. 사실 이러한 환경 문제의 해법에는 국가적인 움직임이 필요하다. 국가적인 움직임은 대중들의 지지가 필요하고, 그러기 위해서는 대중들도 이러한 구호 이면의 것들을 파악할 수 있어야 한다. 주변에서 이러한 문구를 듣는다면 다시 한 번 생각해 보자. "정말?"

무엇이 같고 무엇이 다른가:
비교·대조를 활용한 글쓰기

한 번씩 〈백종원의 골목식당〉이라는 TV 프로그램을 본다. 폐업 위기를 맞았던 식당이 백종원 대표의 솔루션을 통해 인기 가게로 거듭나는 과정이 재미있어서다.

섭외 초기, 식당들은 한 가지 공통점을 보인다. 손님은 없고 그런 만큼 해법이 필요한데 정작 사장님들은 무엇이 문제인지를 모른다는 점이다. 그러면 백종원 대표는 종종 '다른 식당에 가본 적이 있는지'를 묻곤 한다. 감자탕집이라면 장사가 잘되는 다른 감자탕집, 피자집이라면 다른 유명 피자집에 가봤냐고 묻는 것이다.

왜 그럴까? 견주기 위해서다. 맛, 재료의 신선도, 손님 접대 방식에서 메뉴 구성에 이르기까지. 무엇이 같고 무엇이 다른지 견줄 대상이 있을 때 비로소 문제의 원인도 보이기 때문이다.

비교·대조는 언제 필요한가

비교·대조란 설명하려는 대상들의 공통점이나 차이점을 바탕으로 대상의 특성을 알려주는 방법이다. 공통점을 중심으로 설명하면 비교, 차이점에 초점을 맞추면 대조가 된다. 그러면 글쓰기에서는 언제 비교와 대조를 활용하는가?

헷갈리는 개념이나 상황을 명료하게 제시하고 싶을 때다. 신화와 전설, 속도와 속력, 얼음과 드라이아이스처럼 비슷해 보이는 것들을 구분해 설명하려 한다. 어떻게 하면 좋을까? 비교·대조를 활용하면 된다. 체계가 잡히고 이해도 쉬워지기 때문이다. 예컨대 신화와 전설의 경우를 보자. 둘은 주인공이 영웅이라는 점에서는 같다. 하지만 신화는 승리한 영웅, 전설은 패배한 영웅의 이야기라는 점에서 다르다. 이를 구체적인 예와 함께 설명하면 개념이 깔끔하게 정리되는 것이다.

이 외에 차이점을 드러내어 주장의 설득력을 높이고 싶을 때도 비교·대조를 활용한다. 한 학생은 셧다운제의 부당함을 주장하기 위해 외국과 우리나라의 사례를 비교·대조해 글을 썼다. 그런가 하면 우리나라 청소년들의 수면부족 실태를 실감나게 보여주기 위해 OECD 국가 청소년들의 평균 수면 시간과 우리나라 청소년들의 평균 수면 시간을 비교·대조한 학생도 있었다. 모두 비교·대조를 활용해 글의 설득력을 높인 사례다.

이처럼 비교·대조를 활용하면 장점이 많다. 개념을 명확하게 제시할 수도, 차이를 통해 어떤 상황의 문제점을 구체적으로 드러내 보여줄 수도 있다. 백종원 대표가 골목식당의 문제점을 찾기 위해 같은 분야의 유명한 식당과 견주려 했던 이유이자 우리가 글쓰기에서 비교·대조를 활용해야 하는 이유다.

어떻게 쓸 것인가

공통점과 차이점을 균형 있게 제시할 수도, 차이점 위주로 내용을 조직할 수도 있다. 맥락에 따라 비교·대조의 구조는 다양하게 변형된다. 여기서는 내가 자주 쓰는 틀을 소개하겠다.

핵심은 비교·대조할 요소를 몇 가지 정한 뒤 사례 중심으로 서술하는 것이다. 예컨대 '남녀의 대화 방식'에 대해 글을 쓰고 싶다면 먼저 둘의 공통점을 간단히 언급하는 것이다. 그 다음 둘의 차이점을 나열하면 된다. '남성은 해결책, 여성은 공감 위주의 대화를 선호하는 경향이 있다'와 같이 구체적인 내용을 제시하는 것이 좋다. 이후 '원만한 소통을 하고 싶다면 서로의 차이를 잘 이해해야 한다'와 같은 결론을 제시하면 된다. 이와는 별도로, 차이에 초점을 맞추면서 좀 더 간단하게 쓰고 싶다면 다음과 같은 변형도 괜찮다.

알아두면 좋은 몇 가지

비교·대조는 칼럼, 감상문, 보고서 등 다양한 종류의 글에서 부분적으로 활용되기도 한다. 정보를 쉽고 구체적으로 전달하는데 이만큼 효과적인 것도 없기 때문이다.

또한 공통의 기준이 있어야 한다. 비교·대조 구조를 사용할 때는 '기차는 느리고 비행기는 빠르다'와 같이 하나의 공통 기준을 적용해야 한다.

마지막으로 비교·대조의 대상은 같은 범위에 속해야 한다. 연필과 볼펜(필기구), 콜라와 사이다(음료수)처럼 범위가 같아야 비교·대조를 할 수 있다.

사례로 배우는 글쓰기

학생 글 한 편을 소개한다. 이 학생은 '열정적이었던 프로그래머가 치킨집 사장이 되고 마는 현실'을 비판하는 칼럼을 썼다. 특히 한국의 프로그래머가 처한 열악한 근무 환경에 대해 보여주고자 했다. 이를 위해 우리나라와 미국의 현실을 비교·대조했다. 참고로 글쓰기 틀은 두 번째 것을 사용했다.

치킨집 프로그래머

경남과학고 박○○

프로그래머라고 하면 국제 사이버 전쟁에서 상대의 군사 기밀을 해킹하고, 사람과 같이 생각할 수 있는 인공지능을 만드는 매력적인 직업이라는 생각이 들지도 모른다. 하지만 대한민국 프로그래머들의 대부분은 낮에는 노동자, 밤에는 치킨집 배달원, 노후에는 치킨집 사장님이라는 슬픈 커리큘럼에 따라 생활하고 있다. '햄버거나 컵라면으로 3분 안에 끼니를 때운 뒤 믹스커피와 박카스를 페트병 용량으로 들이키는 국내 개발 환경', 실제 대한민국의 IT업계에서 근무했던 프로그래머의 한국 IT 근무 환경에 대한 평이다. 실제 한국 개발자들은 프로젝트 마감 기한을 맞추기 위해 야근 수당, 휴일 수당도 없이 밤늦은 시간까지 코딩하고, 주말에도 출근하는 경우가 대부분이다. 이처럼 휴식이 배제된 근무 환경 속에서 프로그래머들은 학창 시절 가지고 있었던 정보 분야에 대한 열정을 잃고 '코딩하는 기계'로 전락하게 된다.

열악한 환경에서 노동하며 20~30대를 보낸 프로그래머들에게 기다리고 있는 것은 40대 퇴직이다. 한국에서는 40대가 넘어간 개발자를 꺼리는 경향이 있다. 나이 어린 친구들에 비해 첨단 기술에 대한 감각이 둔하고, 체력이 부족하기에 생산성이 떨어진다는 것이 그 이유다. 20년 넘게 프로그래머로서 쌓아온 경력과 경험은 무시된 채, 나이 들었다는 이유로 버려진 개발자들은 퇴직금으로 치킨집을 운영하게 된다. '프로그램을 개발하다 모르는 게 생기면 치킨집으로 가라. 사장님은 모든 것을 알고 있다'와 같은 IT업계의 명언처럼, 우리 주변의 치킨집 사장님은 사실 IT 개발 분야의 숨은 실력자일지도 모른다.

한국의 근무 환경과는 대조적으로, 미국 실리콘밸리에서는 프로그래머가 '신의 선택을 받은 직업'으로 여겨지고 있다. 그곳에서는 프로젝트를 수행하기 위해 프로그래머를 고용하는 것이 아니라, 프로그래머의 독창적인 사고와 아이디어를 바탕으로 프로젝트가 진행된다. 정해진 주제로 진행되는 활동에서도, 개발자의 의견과 생각에 따라 다양한 방향으로 수정이 이루어진다. 프로그래머의 창의력을 중요시하는 이러한 환경에서, 개발자들은 동호회 활동이나 해외여행을 자유롭게 다니며 프로젝트에 필요한 아이디어를 얻기도 한다.

나이가 숫자에 불과하다는 것도 한국과는 다르다. 40대가 되면 어김없이 속세로 떠나는 한국의 개발자와는 달리, 60세가 넘은 사람들과 함께 프로젝트를 진행하고, 심지어 70~80대의 노인분들 또한 현역에서 코딩하는 경우도 있다. 20세가 갓 넘은 신입 사원이라도 능력만 있다면 대형 프로젝트를 주도적으로 진행할 수 있고, 40대의 상사와 20대의 인턴이 개발 활동에서 생긴 문제를 해결하는 방법을 자유롭게 토론하기도 한다. 나이 많고 직책 높은 사람의 말을 무조건 수용해야 하는 한국의 환경과는 큰 차이가 있다.

이처럼 한국 IT 개발자들은 실리콘밸리의 개발자들과 달리 열악한 근무 환경에서 착취당하며 일하고 있다. 몇몇 기업에서 개발자들의 대우를 개선하고 있으나, 여전히 한국 IT업계에서는 개발자를 단순 노동자로 보는 경향이 강하여 근본적인 해결책은 되지 않고 있다. 이러한 문제는 한국의 프로그래밍 전문 인력이 미국으로 유출되는 현상을 일으켜 한국에서는 4차 산업혁명 시대에 꼭 필요한 IT분야 인력이 심각하게 부족한 상황이다.

우리나라가 앞으로도 IT 강국으로 남기 위해서는, 프로그래머에 대한 근무 환경 개선이 시급하다. 그 누구도 수천 잔의 커피를 마시며 노동한 뒤 40대에 치킨집 사장님이 되어 살아가는 인생을 살고 싶지는 않을 것이다. 나이나 직책이 아닌 실력에 맞는 대우를 하고, 프로젝트 진행 시 개발자의 창의적인 생각을 우선시하고, 40대에도 프로그래밍으로 먹고살 수 있도록 하는 등 대한민국 프로그래머의 근무 환경을 개선하는 것이 시급하다.

입학사정관에게 보여주고 싶은 내 모습:
자기소개서 쓰기

우리는 저마다 다른 빛깔을 지녔다. 그래서 좋아하는 것도, 싫어하는 것도, 가지고 있는 이야기도 하나같이 다르다. 이 때문일 것이다. 자기소개서를 쓰려다 보면 한 번쯤 다음과 같은 의문과 만나게 된다. '자기를 소개하는 글을 쓰는데도 갖추어야 할 형식이 있을까?'

대답은 글을 쓰는 목적에 따라 달라진다. 스스로를 돌아보거나 수업 중 친구에게 자신을 알리는 게 목적이라면 꼭 지켜야 할 규칙 같은 건 없다. 자유롭게 쓰면 된다. 하지만 대학 입학과 같이 시험을 염두에 둔 글이라면 지켜야 할 형식이 있다. 글을 읽는 사람과 그가 글을 통해 확인하고 싶어 하는 내 모습이 분명하게 정해져 있기 때문이다.

어떻게 쓸 것인가[6]

과학고에 10년간 근무하면서, 자기소개서에 쓸 게 없다며 하소연하는 학생들을 자주 만났다. 그런데 막상 마주 앉아 이야기 나누다 보면 오래지 않아 학생 스스로 근사한 쓸거리를 찾아내곤 했다. 쓸거리가 없는 게 아니라 쓸거리를 찾지 못한 게 문제였던 셈이다. 그런가 하면 대여섯 줄 이상으로 자세히 써야 할 것을 한두 줄로 적고 말거나, 빼도 될 것을 서너 줄씩 적은 경우도 많이 봤다. 자기소개서 문항이 무엇을 묻는지, 어떻게 써야 하는지를 몰랐기에 생긴 일이다.

여기서는 대표적인 틀을 중심으로 자기소개서 쓰는 방법에 대해 살펴보려 한다. 물론 몇 개의 틀만으로 자기소개서 쓰는 방법을 설명하기에는 무리가 따른다. 다양한 가능성을 단지 몇 개의 틀로 제한하는 잘못을 저지를 수 있기 때문이다. 그럼에도 불구하고 이를 시도하는 이유는, 문항을 처음 봤을 때의 막막함과 불필요한 시행착오를 줄이기 위함이다. 그러면 이제 문항을 검토해 보자.

공통문항 1. 고등학교 재학 기간 중 자신의 진로와 관련하여 어떤 노력을 해왔는지 본인에게 의미가 있는 학습 경험과 교내 활동을 중심으로 기술해 주시기 바랍니다. (띄어쓰기 포함 1,500자 이내)

---

6 2022학년도 대입개편안에 따라 자기소개서 양식에도 변화가 생겼다. 문항 수가 4개에서 3개로, 쓸 수 있는 글자 수도 5,000자에서 3,100자로 줄었다. 이 같은 변화에 맞춰 자기소개서 쓰는 법을 살펴보겠다. 아울러 한 가지 밝혀둘 것이 있다. 여기 소개된 학생들의 예문은 내가 직접 지도하고 검토한 글의 일부다. 아쉬운 점은, 지도한 지 오래되어 누가 쓴 글인지 알지 못해 글의 수록 동의를 온전히 구하지 못한 글도 있다는 점이다. 하지만 글이 좋아 고심 끝에 실었다. 너그러운 이해를 바란다.

왜 이 문항을 제시했을까

지원 분야와 관련지어 이루고 싶은 꿈이 있는지, 열정은 어느 정도 인지를 확인하기 위함이다. 많은 학생들이 꿈보다는 성적에 맞춰 대학을 선택한다. 하지만 대학은 자신의 꿈을 좇아 진로를 선택한 학생을 좋아한다. 이런 학생들일수록 발전 가능성도 크기 때문이다.

무엇을 써야 할까

오랫동안 노력한 사례를 적으면 된다. 자신이 한 말의 진정성은 그동안 기울인 노력으로 증명되기 때문이다. 과제 연구나 그룹 스터디를 한 사례도 괜찮고, 자기 주도적으로 학습한 경험을 적어도 좋다.

남과 다른 특별한 사례가 없다고 기죽을 필요는 없다. 중요한 것은 활동 자체가 아니다. 활동과 관련지어 얼마나 열심히 노력했는지, 그 과정에서 무엇을 배우고 느꼈는지, 나아가 자신이 얼마나 성장했는지를 보여주는 것이 중요하다. 따라서 특별히 내세울 만한 활동이 없다면, 평범해 보이는 데서 특별한 의미를 끄집어내면 된다.

어떻게 써야 할까

두 가지 방식을 생각해 볼 수 있다. 하나는 다양한 학습 경험이나 활동을 중심으로 쓰는 것이다. 이는 자신의 진로 활동과 관련지어 이것저것 보여줄 게 많을 때 사용하면 좋다. 다른 하나는 한두 가지 두드러진 학습 경험에 초점을 맞춰 서술하는 것이다. 이는 어느 하나에

몰두한 경험이 있을 때 쓰면 좋다. 전자의 경우부터 살펴보자.

○ 다양한 학습 경험이나 활동을 중심으로 쓸 때

쓸거리부터 찾는 게 먼저다. 쓸거리를 찾는 쉬운 방법은 모집 단위와 관련지어 성공한 인재가 갖춰야 할 능력에는 무엇이 있는지 생각해 보는 것이다. 예컨대 디스플레이 개발자가 꿈이라면 탁월한 디스플레이 개발자가 가질 만한 능력을 꼽아 보는 것이다. 이때 탄탄한 화학 실력이 중요하다면 그것을 기르기 위해 기울인 노력(교과공부나 스터디, 동아리, 과제연구 활동 등)이 쓸거리가 된다. 그 외에 최근의 동향을 알기 위해 정보 탐색(전문서적이나 논문 읽기, 스크랩 등)을 하거나 관련 책을 읽은 것 등을 추가해도 좋다. 이상의 내용을 바탕으로 글쓰기 틀을 제시하면 다음과 같다. 핵심은 자신의 꿈을 소개한 뒤, 진로를 위해 기울인 노력을 나열하는 것이다.

학생 글 한 편을 소개한다. 내용이 어떻게 구성되어 있는지 살펴보기 바란다. 덧붙여 지금부터 소개하는 예문은 참고 자료로만 활용해야 한다. 틀을 따라 쓰는 것은 괜찮지만 구체적인 문장이나 구절까지 베껴 쓰면 표절의 위험이 있기 때문이다.

제 꿈은 뛰어난 디스플레이 개발자가 되는 것입니다. 이
는 우수 고교생 초청 이공계학과 대탐험에 참여해 신소재에
대해 더 자세히 알게 됨으로써 구체화되었습니다. 〈중간 생략〉

▶ 진로 관련 자신의 꿈 소개

이를 계기로 여러 대학교의 신소재공학과 연구실을 검
색하고, 이슈가 되는 신소재에 대해 많은 정보를 수집하였
습니다. 마침 경상대학교와 일본의 Toho University가 주
최하는 화학심포지움에 참여하게 되었습니다. 특히 유기합
성 및 유기반도체 소재를 다룬 경상대학교 김윤희 교수님의
'Organic Semiconducting Materials'에 대한 연구에 큰 관
심을 가졌습니다. 이후 OLED와 같은 디스플레이의 신소재
에 대해 차세대 디스플레이의 기초부터 기술적 배경에 대한
책과 디스플레이의 종류, 작동 원리 및 한계점 등에 관한 내
용까지 인터넷을 통해 자세한 지식을 얻음으로써 진로를 준
비하는 시간을 가졌습니다.

▶ 노력 1. 자료 검색 및 진로 준비

또한 신소재공학을 연구하는데 있어 화학이 무엇보다 중
요한 과목이라 생각되어 이를 깊이 있게 공부할 필요성을
느꼈기 때문에 화학 학술동아리 활동에 더욱 열심히 참여하
였습니다. 선발시험을 통과하여 뽑힌 저희 동아리의 우수한
친구들과 함께 화학에 관련된 토론과 문제풀이를 하며 심도
있는 화학 공부를 하였습니다. 헷갈리기 쉬운 개념에 대해
문제를 제시하여 토론을 하거나, 공부하면서 중요하다고 생
각되는 문제들을 모아 서로에게 가르쳐 주고 배울 수 있는

▶ 노력 2. 동아리 활동

기회를 가질 수 있었습니다. 이러한 스터디 활동으로 실력을 쌓음으로써 저의 꿈에 한층 가까워질 수 있었습니다.

저에게 특히 의미 있었던 활동은 과제연구 활동이었습니다. 저는 산화되어 파손된 장서를 보관하는데 사용하는 보존 방법에 대한 연구를 진행하였습니다. 과거에 종이를 보존하였던 방법인 배접에 대해 조사하던 중, 배접을 하는 방법과 조건에 대해 알아보는데 어려움을 겪었습니다. 이를 극복하기 위해 국립박물관에 찾아보거나 표구사에 문의하기도 하였습니다. 정확하고 심도 있는 지식을 얻기 위해 한국에서 가장 유명하고 실력 있는 표구사를 찾고자 하였고, 이를 통해 이곳의 주인이신 인간문화재 김표영 배첩장님에게 전화와 방문을 통해 자문을 구할 수 있었으며, 이를 연구까지 발전시켜나갈 수 있었습니다. 더하여 제지, 지류 문화재 분야의 교수님들과 메일이나 만남을 통해 도움을 얻었고, 실험실을 빌려 귀교시간에 대한 학교의 동의를 구한 후 새벽 늦게까지 종이를 만들기도 하였습니다. 연구 활동에서 열정을 펼칠 수 있는 기회를 가질 수 있었으며, 종이와 관련된 의미 있는 경험을 할 수 있어 뿌듯했습니다. 〈이하 생략〉

▶ 노력 3. 과제 연구 구체적이고 자세하게 내용을 제시했음. 이로써 과제 연구에 얼마나 많은 열정을 보였는지를 드러낼 수 있었음.

▶ 이후 내용은 종이와 디스플레이의 관련성에 대해 설명하고 있음.

○ 한두 가지 두드러진 학습 경험을 중심으로 쓸 때

이때는 진로와 관련지어 노력의 과정이 구체적으로 드러나도록 쓰는 것이 중요하다. 특히 쉽게 해결이 안 되는 문제를 오랫동안 물고 늘어지거나, 자신이 할 수 있는 온갖 노력을 통해 결국 그 문제를 해결한 사례를 구체적으로 보여주는 것이 포인트다. 이 속에서 과제집착력을 보여줄 수 있기 때문이다. 또 대학은 학문을 탐구하는 곳이니 지적호기심과 열정이 잘 드러나도록 적는 것도 좋다. 참고할 만한 글쓰기 틀은 다음과 같다.

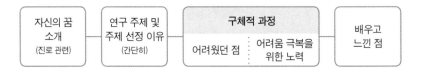

더불어 다음의 세 가지 사항도 유의하는 것이 좋다. 첫째, 사례는 두 가지 정도면 충분하다. 의미 있는 활동을 구체적으로 보여주기에 좋기 때문이다. 물론 소개할 게 많다면 세 가지를 써도 괜찮고, 쓸 거리가 별로 없다면 한 가지만 제대로 적어도 된다. 둘째, 단락 구분을 해야 한다. 1,500자 기준이라면 최소 다섯 단락 이상으로 나누는 것이 좋다. 셋째, 서론 없이 본론으로 바로 들어가야 한다. 1,500자 속에 서론까지 쓸 여유는 없기 때문이다.

학생 글의 일부를 소개한다. 다음과 같이 두 가지 사례만 연결해도 한 편의 글이 쉽게 완성된다. 직접 확인해 보기 바란다.

저의 꿈은 생명공학연구원이 되는 것입니다. 생명과학 이론을 실생활에 적용함으로써 우리의 삶을 더욱 풍요롭게 만들고 싶기 때문입니다. 이 꿈을 이루기 위해 오랫동안 과제 연구에 매달려왔습니다. 1학년 때 균근이 식물의 생장에 도움을 준다는 말을 듣게 되었습니다. 이에 착안, 균근이 척박한 땅을 개척하여 식물이 자라게 도울 수 있다는 생각에 '인산이온의 농도에 따른 내생균근과 비료가 식물의 생장에 미치는 영향 비교'라는 연구를 진행했습니다.

▶ 진로 관련 자신의 꿈 소개

▶ 노력한 내용 간략히 소개: 과제 연구

▶ 연구 주제 및 주제 선정 이유

식물의 생장에 필수적인 유효인산의 농도를 기준으로 식물의 생장을 비교했지만, 그 당시 토양의 유효인산 농도를 맞추는 방법과 용액의 농도 설정 방법이 같다고 잘못 생각해 농도 조절에 실패했습니다. 대조군 설정도 잘못하여 결과 해석에 어려움을 겪었습니다.

▶ 연구 과정에서 겪었던 어려움

연구가 잘 진행되지 않은 이유는 생명과학 실험 방법에 대한 이해 부족 때문이라고 생각했습니다. 그래서 팀원들과 함께 각종 생물 실험 책을 읽으며 실험의 기초를 쌓았고, 지난 연구에서 실수했던 점을 논의하면서 개선 방안을 탐구일지에 적어 부족한 점을 채워나갔습니다. 농도 설정에서 아쉬웠던 부분은 농촌진흥청에 질문하여 토양분석에 사용되는 Lancaster 방법을 배우고, 이를 적용하여 토양 속 유효인산 함량을 제대로 알아낼 수 있었습니다.

▶ 어려움 극복을 위한 노력

이로써 팀원들과 적극적인 의견 나눔은 서로의 한계점을 보완하고 공동의 문제를 해결하는 데 큰 도움이 됨을 알게 되었습니다. 나아가 동료와의 협력은 연구자의 필수적인 자질임도 깨닫게 되었습니다.

▶ 배우고 느낀 점

2학년 때는 '버려지는 농작물을 이용한 친환경 중금속 제거제로서의 가능성 연구'를 진행했습니다. 〈이하 생략〉

▶ 새로운 과제 연구에 대한 이야기 시작

고등학교 재학 기간 중 타인과 공동체를 위해 노력한 경험과 이를 통해 배운 점을 기술해 주시기 바랍니다. (띄어쓰기 포함 800자 이내)

왜 이 문항을 제시했을까

공동체 의식과 더불어 사는 능력을 확인하기 위함이다. 흔히 성공이란 개인의 탁월한 재능과 끈질긴 노력 덕분이라 생각하기 쉽다. 하지만 이는 한 부분일 뿐이다. 공동체의 도움이 없었더라면 빛나는 재능을 가진 그 누구도 자신의 능력을 제대로 펼치지 못했을 것이기 때문이다. 가진 게 많을수록 자기가 받은 혜택을 사회에 돌려주어야 하는 이유도, 대학이 타인과 공동체를 위해 노력하는 학생을 뽑고자 하는 이유도 바로 이 때문이다.

무엇을 써야 할까

말 그대로 타인과 공동체를 위해 노력한 사례를 쓰면 된다. 이왕이면 일회적 활동보다는 지속적인 활동이 더 좋다. 진정성은 지속되는 활동 속에서 잘 드러나기 때문이다.

어떻게 써야 할까

진솔하되 마음에 울림을 주도록 쓰는 게 포인트다. 또 봉사활동에 대해 쓴다면 일방적으로 베푼 것보다는 봉사를 통해 자신도 같이 성장한 모습이 잘 드러나게 하는 것이 좋다. 추천하는 틀은 다음과 같다.

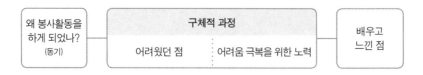

여기서 유의할 점은 세 가지다. 첫째, 800자 이내로 적어야 하기에 지나치게 많은 활동을 나열하는 것은 피하는 것이 좋다. 두 가지 정도가 무난하고, 특별히 의미 있는 활동이 있다면 한 가지만 제대로 적어도 된다. 둘째, 활동 과정에서 어려웠던 점과 어려움 극복을 위한 노력을 잘 적어야 한다. 이 두 가지가 특별했다면 뒤따르는 배운 점 또한 평범할 리 없기 때문이다. 셋째, 배우고 느낀 점을 잘 적어야 이야기에 울림이 생긴다. 이 문항에서는 학생들이 비슷비슷한 경험을 이야기할 가능성이 높다. 그런데 같은 사건을 겪더라도 거기서 배우고 느낀 점은 모두 다를 수밖에 없다. 어려웠던 점과 어려움 극복을 위한 노력을 구체적으로 이야기한 뒤 그것에서만 배우고 느낄 수 있는 점을 적어야 하는 이유다.

학생 글 한 편을 소개한다. 이 학생은 육아원에서 봉사활동한 것에 대해 적었다. 하나의 활동을 적었을 뿐이지만 이 속에서 다양한 갈등과 극복 노력을 보여줌으로써 울림을 준다.

학교 봉사 동아리 부회장으로서 많은 활동을 했습니다.

특히 의미 있었던 것은 기독육아원 아이들을 위해 과학 실험 교실을 진행했던 것입니다.

▶ 타인과 공동체를 위한 노력: 봉사활동 소개

첫 봉사활동 때 아무런 준비 없이 중학교 교과서 실험을 준비해 갔는데 아이들이 흥미를 느끼지 못해 놀자고 매달리고 실험 원리를 이해하지 못해 힘들었습니다. 그래서 봉사 전 주 수요일마다 부원들과 모여 각자의 아이디어를 교류하고 좋은 아이디어를 선정해 구체화시키려 노력했습니다. 특히 주말에는 실험 진행, 아이들 눈높이에 맞는 과학 원리 설명, 안전에서의 유의사항 등에 대해 토론하며 학습지를 만든 뒤 봉사활동 이틀 전까지 예비 실험과 실험 기구를 준비했습니다. 많은 시간과 노력이 필요했지만 좋은 아이디어를 많이 만들 수 있었습니다. 이렇게 준비한 실험들에 아이들도 적극적으로 참여해 유익한 시간을 선물해 줄 수 있었습니다.

▶ 봉사활동 과정에서 겪었던 어려움

▶ 어려움 극복을 위한 노력

이러한 경험은 과학자로서 대중과 소통하는 방법을 알려주었습니다. 저희들이 준비가 부족했을 때 아이들이 어려운 실험 내용에 관심을 갖지 않아 준비한 내용을 제대로 전달하지 못했듯, 과학자 사회가 대중과 소통하며 정보를 전달하기 위해서는 대중에 대한 이해와 배려가 필요하다는 것을 알게 되었습니다. 그리고 대중의 관심을 이끌어 내기 위

▶ 배우고 느낀 점

해서는 단순히 전문적 지식을 늘어놓아서는 안 되며 실생활에 밀접한 내용을 누구나 이해할 수 있도록 전달해야 한다는 것을 이해할 수 있었습니다.

그러나 이처럼 세밀한 준비는 학업 시간을 많이 빼앗기 때문에 불만을 이야기하는 부원도 생겼습니다. 그래서 모임 시간에 빠지려 하거나 여러 가지 문제로 갈등이 일어날 때면 부회장으로서 소통의 자리를 만들어 원만한 해결을 이끌었습니다. 시간이 걸리고 힘들었지만 의견을 교환하는 것은 오해를 줄이고 화합을 도모하는 좋은 길이었습니다. 〈중간 생략〉 자신이 낸 실험 아이디어가 선정되거나 선정 과정에서 기여를 하면 혜택을 주는 방법으로 부원들의 적극적 참여를 유도해 문제를 해결했습니다.

▶ 다시 나타난 갈등: 어려움
▶ 어려움(갈등) 극복을 위한 노력

갈등을 해결하면서 사람과의 소통에 대해 알게 되었으며 리더로서의 갈등 관리에 대해 많은 것을 배울 수 있었기 때문에 리더가 되었을 때 이러한 경험들이 많은 도움을 줄 것이라 생각합니다.

▶ 배우고 느낀 점

자율문항(예상). 지원 동기와 대학 입학 후 학업 및 진로 계획에 대해 기술해 주시기 바랍니다. (띄어쓰기 포함 800자 이내)

자율문항은 각 대학이 자율적으로 출제하는 문항이다. 그런 만큼 대학에 따라 다양한 문항이 출제될 수도 있다. 하지만 기존의 문항들을 참고했을 때 대개는 지원 동기와 대학 입학 후 학업 및 진로 계획에 대해 물을 가능성이 높다. 따라서 여기서는 이 두 가지 작성법에 대해 살펴본다.

지원 동기

어떤 집단이든 그 속에 소속되길 간절히 원하는 사람을 선호한다. 따라서 지원 동기의 경우, 지원 대학이나 학과에 들어가길 얼마나 절실하게 원하는지, 왜 그곳이 아니면 안 되는지를 보여주는 게 포인트다. 이를 위해 먼저 자기의 꿈을 간단히 밝힌 뒤, 꿈의 실현을 위해 그 대학이 아니면 안 되는 이유를 적는 것이 좋다. 멘토로 삼고 싶은 교수, 연구 실적, 연구팀, 학과 분위기, 연구 및 실험 환경 등 내적이고 지적인 이유를 바탕으로 서술하면 된다. 분량은 800자 기준으로 볼 때, 300~400자 정도면 무난할 것이다.

학생 글의 일부를 소개한다. 관심 분야의 권위자(교수진), 대학원과의 연계, 다양한 교육 프로그램 등을 활용해 자신이 왜 그 대학에 입학해야만 하는지를 설명했다. 다만 여기에 지원 학과가 이룬 구체적인 실적은 빠져 있는데, 그것이 추가되었더라면 더 좋지 않았을까 하는 생각이 든다.

제가 ○○대 진학을 희망하는 가장 큰 이유는 EE** 대학원에서 공부하고 싶기 때문입니다. 신소재공학과와 EE** 대학원에 함께 소속되어 수소, 태양전지, 나노 소재에 관해 연구하고 계신 강○○ 교수님처럼 저도 EE** 대학원에서 공부하여 미래 환경 및 에너지 문제에 신소재공학 전문가로서 문제 해결에 대한 아이디어를 제시하고 싶습니다. 또 먼저 진학한 선배들이 연구 역량을 크게 기를 수 있는 ○○대의 다양한 프로그램에 대해 설명해 주며 ○○대를 강력히 추천하였습니다. 따라서 ○○대 진학이 제 꿈을 이룰 수 있는 가장 좋은 길이 될 거라는 확신 때문에 지원하게 됐습니다. 〈이하 생략〉

대학 입학 후 학업 및 진로 계획

이 항목은 입학 후 얼마나 열심히 공부할 것인지를 살펴보기 위한 것이다. 따라서 학문에 대한 열정과 진정성, 비전을 보여주는 것이 포인트다. 또한 지원 대학의 교육 과정에 대한 기본적인 이해는 필수다. 학업 과정에서 예상되는 역경은 무엇이며 그것을 어떻게 넘어설 것인지를 구체적으로 밝히는 것도 좋다. 분량은 800자 기준, 400~500자 정도면 무난할 것이다.

학생 글의 일부를 소개한다. 이 학생은 학년별로 나누어 자신의 학업 및 진로 계획을 서술했는데 이런 방법도 괜찮다.

1학년 때는 공학설계수업을 통해 최적설계방법에 대해 공부할 계획입니다. 로봇에 관심이 많아 로봇과 관련된 수업을 통해 로봇의 움직임, 요소 등을 공부해 보고 싶습니다. 2학년 때에는 부전공으로 정보과학기술대학의 전기 및 전자공학과를 선택하여 로봇 내부에 들어가는 전자회로와 제어방법에 대해 공부하고 싶습니다. 제가 정말 하고 싶었던 공부이기에 창의적인 생각을 가지고 즐겁게 공부할 수 있을 것입니다.

3학년 때는 URP Program을 통하여 교수님 지도하에 학부생으로서 연구 활동에 참여하여 연구역량을 키우겠습니다. 나아가 로봇동아리인 'M*'에 가입하여 제 꿈에 한 걸음 더 다가갈 수 있는 바탕을 마련하겠습니다.

학부과정을 마친 후에는 'Hubo l**'에서 휴머노이드 로봇이 농구와 같은 운동을 할 수 있는 'Jumping이 가능한 이족보행 로봇 연구'라는 주제를 가지고 연구하고 싶습니다. 〈이하 생략〉

알아두면 좋은 몇 가지[7]

문항의 의도를 잘 파악해야 한다. 생각보다 많은 학생들이 문항의 의도를 제대로 파악하지 못한 채 자기소개서를 작성한다. 동문서답이 나오는 이유다. A에 대해 물었다면 A에 대해 답해야 한다. 내가 하고 싶은 이야기보다는 평가자가 중요하게 여길 만한 이야기를 들려주는 게 먼저다. 이를 위해서는 문항 분석이 필수다.

대필 유혹에 빠져서는 안 된다. 그 누구도 나만의 경험과 느낌을 대신 써줄 수 없다. 자기소개서는 지원자의 개인적인 생각과 경험을 직접 듣기 위한 것이다. 그러니 자기 자신을 잘 돌아본 뒤 지속적으로 노력하고 많은 시간을 쏟은 일을 중심으로 직접 써야 한다.

진솔하게 써야 한다. 간혹 자기소개서를 문학적인 글쓰기로 착각해 화려한 수식어로 지면을 채우는 학생을 볼 때가 있다. 이는 글자 낭비에 불과하다. 아름다운 문장보다는 쓸거리 자체가 중요하기 때문이다. 사정관들은 개성이 담긴 글, 고등학생이 쓸 수 있는 진솔한 글을 좋아한다.[8]

학문에 대한 열정과 진정성은 기본이다. 생명과학과에 지원한 어떤 학생은 자신이 사는 지역에서 7개월 동안 까마귀를 관찰한 사례를

---

7 여기 소개한 몇 가지 사항은 여러 가지 자료를 참고한 것이다. 내 생각도 있지만 신문기사에서 참고한 것도, 입학사정관들과 이야기를 나누다 알게 된 것도 있다. 문제는 오래전부터 정리해 온 것이라 정확한 출처를 잃어버린 것도 있다는 점이다. 나중에라도 알게 되면 출처를 다시 밝히겠다.

8 https://mentorsclub.tistory.com/375

적었다. 성적이 다소 낮았지만, 생명과학에 대한 열정이 높게 평가되어 합격했다고 한다.[9] 이처럼 한 문제를 가지고 오랫동안 고민한 사례는 쓸거리로 참 좋다. 자신을 돌아보고 그와 같은 사례를 찾아보자.

노력의 과정은 구체적으로 써야 한다. 결과보다는 과정이 중요하다. 특히 배우고 느낀 점을 통해 성장한 모습을 보여주는 것이 핵심이다. 사정관은 학생에게서 지금의 성과보다는 미래의 성장 가능성을 더 보고 싶어 하기 때문이다.

개요를 작성하는 것이 좋다. 군더더기 없이 자기의 모습을 충실히 보여주는 것이 중요하다. 많은 학생이 개요 잡기를 소홀히 해 정작 써야 할 내용보다는 질문과 무관한 내용으로 칸을 채운다. 이 같은 낭비를 줄이려면 틀에 대한 고민이 필요하다. 특히 자기소개서처럼 글자 수가 제한된 글을 쓸 때 개요는 선택이 아닌 필수다.

미괄식보다는 두괄식으로 내용을 구성하는 것이 좋다. 핵심을 먼저 던진 뒤 그와 관련된 구체적인 내용을 서술하면 이해가 쉽고 뜻도 명확해진다. 사정관들은 많은 글을 읽는다. 따라서 두괄식 형태의 글을 좋아할 가능성이 높다.

고치고 또 고쳐야 한다. 자기소개서는 최종 제출 전까지 여러 번 고쳐야 한다. 오탈자는 없는지, 학생부 기재 내용과 다른 점은 없는지 계속 검토하며 완성도를 높여야 한다. 고치는 방법은 이 책의 5장을

---

9   안아람, '대입 자기소개서, 일관된 주제로 열정을 담아라', 〈한국일보〉, 2012년 7월 23일자 기사.

참고하면 된다.

지원 대학의 인재상이 무엇인지 알아야 한다. 입학사정관제의 핵심은 각 대학과 학과마다 특성에 맞는 인재를 뽑는 것이다. 그런 만큼 지원 대학의 홈페이지를 통해 지원 분야의 인재상을 파악하는 것도 필요하다.

학생부 내용과의 연계성도 중요하다. 두 자료로 그려보는 지원자의 모습이 비슷해야 한다. 둘 사이에 연계성이 없으면 신뢰성이 떨어지기 때문이다. 입학사정관은 학생부에서 학생 개개인의 학교 생활 대부분을 파악하고 평가한다. 그러니 자기소개서를 통해 학생부에 나타나지 않은 자신의 특성을 구체적으로 보여줄 필요가 있다.

틀을 넘어선 깨달음과 자유:
에세이 쓰기

나영석 PD의 예능을 즐겨 본다. 따뜻하고 편안한 느낌이 좋아서다. 그중에서도 특히 〈꽃보다 할배〉와 〈삼시세끼: 정선 편〉은 다 챙겨 보았다. 이 프로그램들은 따뜻함과 편안함 외에도 기존의 틀을 깨는 신선함이 있었기 때문이다.

여행 예능이라 하면 흔히 30대 전후의 연예인들이 볼거리가 풍부한 곳으로 떠나 시끌벅적하게 웃고 떠드는 것을 떠올리게 된다. 하지만 〈꽃보다 할배〉는 평균 연령 76세의 할배들이 주인공이다. 그런가 하면 〈삼시세끼〉는 강원도 산골로 여행을 떠난다. 맷돌로 커피콩을 갈고 솥뚜껑에 전을 부쳐 먹는다. 그곳에는 소소한 에피소드와 빗방울 떨어지는 소리, 낡은 라디오에서 들려오는 음악 소리만 있을 뿐이다. 잊고 있던 소박한 행복이 어느결에 되살아나는 느낌이다.

틀은 깨라고 있는 것

물론 나영석 PD의 예능이라 해서 모든 면에서 새로운 것만 보여주는 것은 아니다. 따지고 보면 기존 예능 문법에 충실한 부분이 더 많다. 〈꽃보다 할배〉도 마찬가지다. 할배들이 주인공이긴 하지만 짐꾼으로 인기 연예인과 아이돌이 등장한다. 여행지도 동유럽이나 그리스 등 낭만 가득한 곳이다. 이렇게 보면 그 새로움이란 것도 익숙한 바탕을 다소 낯설게 변형시킨 정도다. 약간의 새로움이 꽤 참신한 재미를 안겨주긴 하지만 말이다.

이 때문일까? 그의 예능을 보면 정석(定石)이란 단어가 생각난다. 정석은 바둑 용어다. 공격과 수비에서 최선이라고 여겨지는 돌 놓는 법을 가리킨다. 일종의 법이요 틀인 셈이다. 그래서 바둑을 처음 배울 때는 정석부터 배운다. 하지만 정석을 알고 나면 그걸 잊어야 한다는 조언도 듣게 된다. 정석만이 늘 최선의 답인 것은 아니기 때문이다. 물론 정석조차 모르면 실력이 늘지 않는다. 하지만 정석에만 얽매이면 창의적인 바둑 또한 둘 수 없다. 정석을 배우되 그것을 넘어서야 하는 이유다. 나영석 PD의 예능이 매력적인 이유도 정석을 바탕에 깔되 틀을 깨는 새로움을 전면에 내세워서였을 것이다.

글쓰기도 다를 바 없다. 우리는 왜 글쓰기 틀을 공부하는가? 기본이기 때문이다. 틀을 잘 알아야 글을 쉽게 쓸 수 있기 때문이다. 하지만 지나치게 틀에 매이게 되면 뻔한 글밖에 못 쓴다. 게다가 글에는 일정한 흐름이란 게 있다. 이 흐름이 언제나 기존의 틀대로만 흐르는 것도 아니고 말이다. 따라서 좋은 글을 쓰려면 틀을 활용하되 틀에서 벗어날 수도 있어야 한다. 그렇다면 우리가 틀을 배우는 이유도 얽매이기 위함이 아니라 깨기 위함에 있는 것이 아닐까?

에세이, 틀을 넘어선 깨달음의 기록

에세이는 가치 있는 삶의 알맹이를 담은 글이다. 나아가 엄격한 형식에 얽매이지 않아 누구나 쉽고 재미있게 읽을 수 있는 글이다. 더러 사소한 사건에 대해 가볍게 쓴 글 정도로 여기는 이도 있다. 하지만 이는 오해다. 삶의 과정에서 값진 무언가를 발견했을 때, 그것을 기존의 따분한 틀 속에 담고 싶지 않아 자유롭게 쓴 글이 에세이이기 때문이다. 따라서 그 속에는 '깊이 있는 생각'과 '기존의 틀에 대한 거부'가 동시에 담겨 있다고 보아야 한다.

이는 에세이의 어원에서도 확인할 수 있다. 에세이를 처음 쓴 사람은 프랑스의 사상가 몽테뉴(Michel Eyquem de Montaigne)다. 그러면 그는 왜 에세이를 썼을까? 관습에 반기를 들기 위해서였다. 그가 살던 16세기만 하더라도 프랑스 귀족들은 라틴어로 학문을 하고 예술을 논했다. 조선 시대 양반들이 그러했듯 말이다. 자연스레 라틴어를 모르는 민중들은 소외될 수밖에 없었다. 몽테뉴는 그와 같은 시대적 분위기에 맞서려 한 것이다. 그래서 자신이 깨달은 가치 있는 생각들을 귀족들이 비천하게 여기는 프랑스말로도 적을 수 있는지 시험해 보려 했다. '시험 삼아 한 번 해 보겠다'라는 뜻의 'Essais'를 책 제목으로 삼은 것도 이 때문이다.[10] 그런 만큼 새로운 생각을 낡은 틀 속에 가둘 수도 없지 않았을까? 그가 기존의 틀을 거부하고 펜이 가는 대로 글을 쓴 이유다.

여기에서는 참고할 만한 글쓰기 틀을 별도로 제시하지 않는다. 앞서 밝혔듯, 에세이의 특징은 틀에 매이지 않는 데 있기 때문이다. 중요한 것은 글의 주제나 흐름에 따라 가장 어울리는 틀을 짜거나 기존 틀을 적절하게 바꿔 사용하는 것이다. 하나의 장면을 보여주는 데 집중할 수도 있고, 다양한 사례를 나열함으로써 주제를 드러낼 수도 있다. 정해진 답은 없다. 나아가 이와 같은 틀의 파격은 글쓰기에서 매우 자연스러운 일이다. 뻔한 데서 벗어나 글의 매력을 한층 더 끌어올릴 수 있다는 점에서 말이다.

알아두면 좋은 몇 가지

진솔하게 써야 한다. 사람의 마음을 움직이는 힘은 멋있게 꾸미는 데서 나오는 것이 아니다. 서툴러도 된다. 진심이 있어야 감동도 줄 수 있다. 더구나 에세이는 자신이 직접 겪고 깨달은 바를 글로 쓴 것이다. 여기에 거짓이나 과장이 들어가면 가치가 줄어들 수밖에 없다.

일상에서 만나는 모든 것이 쓰기의 대상이다. 그러니 이상하거나 궁금

---

10 김수업, 《배달 문학의 갈래와 흐름》, 현암사, 1992, 472-474쪽.

한 것이 있으면 잘 관찰해야 한다. 왜 그런지 끊임없이 질문하고 생각해야 한다. 반짝이는 생각도, '아하!' 하는 깨달음도 이 속에서 나타나기 때문이다.

쓸거리를 얻는 방법 중 하나는 좋은 에세이를 많이 읽는 것이다.[11] 에세이는 삶의 이야기이기 때문이다. 자신의 경험을 떠올리며 에세이를 읽다 보면 그 속에서 또 다른 깨달음을 얻게 된다. 그 깨달음을 글로 쓴다면 읽기와 쓰기의 아름다운 순환이 일어나게 된다.

사례로 배우는 글쓰기

학생 글 한 편을 소개한다. 다큐멘터리에서 기생벌에 감염된 애벌레를 본 뒤 깨닫게 된 점에 대해 적었다. 특히 '지금까지의 욕망이 과연 자신의 것이었는지'에 대해 고민한 내용이 주목할 만하다. 일상에서 얻은 깨달음이 글로 잘 드러난 모범 사례로 여겨진다.

---

11 곽동훈, 〈수필 지도의 원리와 방법〉, 배달말교육학회, 배달말교육 Vol. 22 No. 1, 2001, 31쪽.

언제나 열심인 당신에게

경남과학고 김○○

중학생 시절, 누구나 그러하겠지만 저 또한 공부를 열심히 하던 우등생 중의 한 명이었습니다. 중학교 1학년 때를 생각해 보면 아직 어릴 때인데 저는 매우 지쳐있었습니다. 하긴, 언제 적이었더라도 지금의 생활보단 덜 지쳐있었겠지 만요. 학원을 안 다녔기에 스스로 무엇인가 할 수 있는 시간들이 많아 여유로웠고, 남들보다 공부량이 월등히 많은 것도 아니었습니다. 하지만 무엇인가가 불안했고 늘 예민한 상태였습니다. 인생이 하나의 여정이라면, 겉으로 보기에 저의 배는 순항하는 것처럼 보였습니다. 분명 길을 잃은 것도 아닌 것 같았고, 제대로 가고 있는 것 같았는데 저는 뭔가를 잃어버린 것 같은 기분을 떨칠 수 없었습니다. 마치 아무도 타지 않은 빈 배 같았습니다. 그러던 어느 날, 야밤에 잠을 놓쳐 다들 곯아떨어진다는 다큐멘터리를 우연히 시청하게 되었습니다.

'기생'이 주제인 생물 관련 다큐멘터리였습니다. 그 다큐멘터리에선 여러 생물이 나왔습니다. 영화로 잘 알려진 곤충의 내장에 사는 기생충이나, 다른 식물의 양분을 먹고 사는 식물까지……. 하지만 저에게 깨달음을 준 생물은 따로 있었습니다.

화면에서 오동통한 애벌레 하나가 꼬물꼬물 나뭇잎 위를 기어가고 있었습니다. 그 애벌레에게선 주변의 다른 애벌레와 다른 점을 볼 수 있었습니다. 남다른 크기와 그만큼 큰 식욕이지요. 누가 보더라도 커다란 크기를 지니고 무서울 정도로 마치 걸신들린 듯 이파리를 먹어치우고 있었습니다. 마치 애벌레가 최선을 다해 열심히 나뭇잎을 먹는 것이 소임이자 의무인 것처럼 보였습니다. 우등생 애벌레는 격정적으로 나뭇잎을 먹었습니다. 하지만 일순간, 애벌레는 나뭇잎 한가운데서 멈춥니다. 그리고 정적이 찾아온 이후, 애벌레의 몸이 서서히

꿈틀대기 시작합니다. 그물에 걸려 올라온 물고기처럼, 또는 끓어오르다 터져 버린 용암처럼 애벌레의 표면이 요동치고 그에 따라 애벌레도 머리를 흔듭니다. 그 요란한 머리가 멈출 때, 애벌레의 몸을 뚫고 또 다른 애벌레가 나옵니다. 기생벌의 애벌레입니다. 기생벌은 다른 곤충, 흔히 애벌레의 몸속에 알을 낳아 어린 자신의 새끼가 고치를 만들 때까지 그 곤충을 파먹고 기생하게 하는 곤충입니다. 커다란 애벌레는 기생벌의 살아있는 보육원이나 다름없었던 것이죠.

숙주 애벌레의 체액과 뒤섞인 기생벌 애벌레의 고치들은 징그러움을 넘어 기괴해 보이기까지 했습니다. 저는 그 화면이 바뀌어 넘어가 다른 내용을 보여줬음에도 무슨 내용이 방송되었는지 알 수 없을 만큼 그 장면을 잊을 수 없었습니다. 가장 큰 애벌레, 가장 많이 먹고 열심히 돌아다니던 애벌레는 기생벌에 감염된 것뿐이었습니다. 그걸 꿈에도 모르고 살던 애벌레에게서 저는 뭔지 모를 동질감을 느꼈습니다.

중학생 때의 저는 스스로 공부를 하고 있다고 생각했고 목표에 따라 열심히 노력한다고 믿고 있었습니다. 하지만 그것이 분명한 저의 욕망인지는 고민해 본 적이 없었습니다. 내 항해의 길은 내가 안다고 믿었지만 정말 나의 선택인지는 한 번도 의심해 본 적 없었으니까요. 열심히 살아가던 애벌레와 열심히 공부하던 나. 저는 알고 보면 무엇인가에 감염된 게 아니었을까요?

그 생각을 한 뒤로 저는 어떤 공부를 하든지 왜 제가 그것을 하는지, 왜 해야만 하는지, 무엇 때문인지, 그걸 원하는 게 맞는지 점검하면서 하게 되었습니다. 그 과정을 거치자 공부에 대해 단순한 강박감이 아닌 구체적인 의욕이 생겼고 지쳐있던 저의 마음도 조금씩 공부를 즐긴다는 게 뭔지 알게 되면서 회복되었습니다. 이전보다 같은 공부를 하고 같은 성과를 내도 훨씬 달콤한 기쁨을 누릴 수 있었습니다. 아마 이 학교에 있는 것도 그날 이후로 이곳을 목표로 하며 노력했기 때문 아닐까요? 〈이하 생략〉

생각나는 대로 휘갈겨 쓴 후,
절반으로 줄이고 제대로 다듬어라.

.

찰스 다윈_*Charles Darwin*, 생물학자

5장

글쓰기 특강 4:
고쳐 쓰기

왜 고쳐 쓰기를 해야 할까

최재천 교수는 저명한 동물행동학자다. 동시에 《개미제국의 발견》을 비롯해 수십 권의 과학 교양 도서를 집필한 것으로도 잘 알려져 있다. 그런 그가 밝힌 글쓰기 비법이 하나 있다. 글을 미리 쓰고 100번 고치는 것이다.

'정말 100번이나 고쳤을까?' 하는 의문이 들 수도 있다. 하지만 글쓰기 고수들일수록 고쳐 쓰기에 많은 시간을 보낸다. 대표적인 사례로 자주 언급되는 이가 어니스트 헤밍웨이(Ernest Hemingway)다. 그는 소설 《노인과 바다》를 쓸 때 200번이나 고쳐 썼다고 한다. 그런가 하면 공지영 작가는 고쳐 쓰기를 위해 원고를 1,000번쯤 읽는다고도 했다. 아예 작품을 외울 정도로 말이다.

고쳐 쓰기가 필요한 이유

앞에서 보듯, 글 잘 쓰는 사람들은 열심히 고쳐 쓴다. 그냥 열심히 고치는 정도가 아니다. 온 힘을 쏟아붓는다. 두 가지 이유 때문이다.

하나는, 고치면 고칠수록 글이 좋아지기 때문이다. 퓰리처상을 받은 제임스 미치너(James Michener)는 말했다. "나는 별로 좋은 작가가 아니다. 다만 남보다 자주 고쳐 쓸 뿐이다." 그런가 하면 헤밍웨이는 다음과 같은 말을 남겼다. "모든 초고는 쓰레기다."

이들의 말에서 알 수 있는 것은 뭘까? 좋은 글은 치열한 고쳐 쓰기의 결과물이라는 점이다. 또는 초고에 집착할 필요가 없다는 의미도 되겠다. 어차피 고치다 보면 초고는 쓰레기통에 들어갈 운명이니 말이다.

그러면 초고는 정말 아무런 가치도 없는 것일까? 그건 아니다. 초고는 번뜩이는 기발함이나 맨 처음 우리를 매혹시켰던 착상을 담고 있기 때문이다. 비유하자면 원석(原石)과 같다. 내부에 반짝이는 무언가를 담고 있지만 아직은 다듬어지지 않은 상태의 돌 같은 것 말이다. 따라서 '모든 초고는 쓰레기'라던 헤밍웨이의 말은, '어떤 초고든 수많은 고쳐 쓰기를 거쳐야만 빛날 수 있다' 정도로 해석하는 것이 적당할 것 같다.

그러니 글을 쓰고 싶다면, 일단은 생각을 내지르듯 쓰는 것이 좋다. 이후 고쳐 쓰기를 통해 다듬으면 된다. 나도 그렇게 쓴다. 아이디어가 떠오르면 먼저 쓰고 보는 것이다. 물론 처음 쓸 때는 어색하다.

모든 표현이 마음에 들지 않는다. 그래도 쓴다. 다행인 점은 오글거리던 초고도 계속 고치다 보면 그럴듯해지는 순간이 찾아온다는 점이다. 그때마다 고쳐 쓰기 과정이 있다는 것이 얼마나 든든한지 모른다.

고쳐 쓰기를 하는 또 다른 이유는, 때 이른 퇴고를 안 해도 되기 때문이다. 초고 단계에서부터 꼭 맞는 단어를 찾으려 애쓰는 학생을 볼 때가 있다. 대개 처음부터 특정 구절이나 문장을 다듬는 데 시간을 보내곤 하는데, 글쓰기를 많이 안 해 본 학생일수록 그럴 때가 많다.

피터 엘보는 이를 두고 '때 이른 퇴고 행위'라고 했다. 이는 고쳐 쓰기 단계에서는 어울리지만 초고 단계에서는 글쓰기에 방해가 되는 행동이다. 잘못을 고치려고 애쓰다 보면 창의적이고 도발적인 아이디어를 떠올리기가 힘들어지기 때문이다.[1]

문제는 이뿐만이 아니다. 때 이른 퇴고에 집착하면 초고 쓰기가 어려워진다. 지나친 자기 검열 때문이다. 한 줄 한 줄이 신경 쓰이기에 한 단락 쓰기도 쉽지 않다. 게다가 초고 쓰는 데 너무 힘을 썼기에 정작 고쳐 쓰기는 생략하는 경우도 많다. 그만큼 글의 완성도도 떨어질 수밖에 없다. 그러면 도대체 왜 때 이른 퇴고를 하는 것일까? 초고를 완성한 뒤 고쳐 쓰는 활동을 제대로 해 본 적이 없어서다. 다시 말하자면, 고쳐 쓰기에 대한 이해가 부족하기 때문이다.

---

1   피터 엘보, 김우열 옮김, 《힘 있는 글쓰기》, 토트출판사, 2014, 33쪽.

고수들은 이와는 다른 방식으로 글을 쓴다. 고쳐 쓰기 단계를 믿기에 초고는 '아하!' 하는 아이디어에 집중해 빨리 쓰는 것이다. 그러고는 고쳐 쓰기에 많은 시간을 할애한다.

이 방법의 장점은 분명하다. 우선 초고 쓰기가 쉬워진다. 쓸거리만 있다면 초고가 나오는 시간도 얼마 걸리지 않는다. 어차피 나중에 고치게 될 것, 대충 써도 되기 때문이다. 그만큼 오랫동안 고쳐 쓰기에 집중할 수 있다. 결과적으로 완성도도 높아진다.

그러니 초고 단계에서는 표현 같은 것에 너무 신경 쓸 필요가 없다. 생각나는 걸 마구 써도 된다. 그래야 쉽게 쓸 수도, 번뜩이는 아이디어를 잡을 수도 있다. 물론 한 가지는 기억해야겠다. 이 모두는 고쳐 쓰기를 충분히 할 때 효과적이라는 점을 말이다.

알아두면 좋은 몇 가지

글에도 숙성의 시간이 필요하다. 완성 직전의 글을 조금 묵혔다가 다시 본 적이 있다면 알 것이다. 처음에는 보이지 않던 단점들이 보이기 시작한다. 시간적 거리가 확보되었기에 가능한 일이다. 그 부분만 고쳐도 글이 훨씬 좋아진다. 소설가 스티븐 킹(Stephen King)은 6주까지도 묵힌다고 했다. 하지만 짧은 글은 그렇게까지 끌면 안 된다. 맥이 끊기기 때문이다. 대략 반나절, 길어도 하루 정도면 충분하다.

쓴 글은 주변 사람에게 보여주는 것이 좋다. 독자의 관점에서 글을 보는 기회를 가질 수 있어서다. 그 과정에서 혼자서는 결코 볼 수 없었던 문제점을 보게 된다. 생각하지 못했던 아이디어도 얻는다. 잠깐의 시간을 투자함으로써 글을 한 단계 끌어올리는 데는 피드백만큼 좋은 것도 없다.

초고 단계에서는 맞춤법에 얽매일 필요가 없다. 자유로운 쓰기를 방해하기 때문이다. 글쓰기에서 중요한 것은 할 말을 분명하게 하는 것이다. 독자의 마음을 움직이는 것이 먼저다. 그러려면 일단 써야 한다. 특히 중요한 것은 초고를 완성하는 것이다. 그래야 나중에 고칠 것도 있고, 한 편의 온전한 글이 나올 수도 있다. 정 맞춤법이 신경 쓰인다면 꼭 필요한 몇 가지만 먼저 고치자. 나머지는 마지막에 바로잡아도 된다.

전체 흐름 다듬기

초고를 다 썼다면 이제 본격적으로 고쳐 쓸 차례다. 이때 유의할 것이 하나 있다. 되도록 큰 단위에서 작은 단위 순서로 다듬어야 한다는 점이다. 단어나 문장을 아무리 잘 고쳤다 하더라도 해당 단락이 글의 흐름에 맞지 않는다면 결국 다 들어내야 하기 때문이다. 그러니 웬만하면 전체적인 짜임부터 살핀 뒤 문장을 다듬도록 하자.

전체 흐름 다듬기의 핵심은 하나의 주제에 집중하여 더할 것은 더하고 뺄 것은 빼는 것이다. 결국 논리적으로 꽉 짜인 글, 더 더할 것도 뺄 것도 없는 글을 만드는 것이 목표다. 이를 위해서는 다음의 네 가지 요소를 점검해 볼 필요가 있다.

예상 독자를 사로잡을 수 있을까

왜 고쳐 쓰기 단계에서도 예상 독자를 고려해야 할까? 글이란 결국 소통을 위한 것이기 때문이다. 아무리 짜임이 정교하고 문장이 훌륭하다 해도 독자가 읽어주지 않으면 그 글은 의미가 없다. 고쳐 쓰기를 비롯한 글쓰기의 전 과정에서 독자의 마음을 얻기 위해 고민해야 하는 이유다. 글이 독자의 마음을 훔칠 만큼 매력적인지 검토하고 싶다면 다음과 같은 질문을 던져 보면 된다.

- 제목과 도입 부분은 읽고 싶은 마음을 불러일으키는가?
- 예상 독자가 지루해하거나 이해하기 어려워할 만한 부분은 없는가?
- 글을 읽고 난 뒤에 여운이 남는가?
- 이 글을 읽음으로써 독자는 무엇을 얻을까?

하고 싶은 말을 제대로 했는가

학생들의 글을 읽다 보면 정작 하고 싶은 말이 무엇인지 알 수 없을 때가 종종 있다. 이때는 초점화와 배경화만 잘해도 글이 확 살아나곤 한다.

초점화는 가장 말하고 싶은 것, 다 지워도 이것만은 결코 지울 수 없는 것을 글의 전면에 내세우는 것이다. 손에 쥘 수 있는 아이디어나 주제를 명료하게 드러내는 것도 여기에 포함된다. 그런가 하면 배경화는 간단하게 언급하여 바탕에 까는 것을 가리킨다.

초점화와 배경화가 필요한 이유는 명확하다. 말하고자 하는 모든 것이 똑같이 중요한 것은 아니기 때문이다. 더 중요한 게 있고 덜 중요한 게 있다. 그런 만큼 선택과 집중만 잘해도 말하고자 하는 바가 선명하게 살아난다. 나아가 글에 대한 이해도, 글의 분량 조절도 쉬워지니 일석삼조다. 하고 싶은 말을 제대로 했는지 살펴보고 싶다면 다음과 같은 질문을 던져 보는 것도 좋다.

- 손에 쥘 수 있는 아이디어가 선명하게 드러났는가?
- 주제는 명료한가?
- 초점화와 배경화는 잘 이루어졌는가?

뺄 것은 없는가

한때 사진 찍기를 즐겼다. 그러면서 궁금한 것이 많아 참고가 될 만한 자료들을 자주 찾아봤는데, 그중 기억에 남는 말이 하나 있다. '사진은 뺄셈으로 완성된다'는 말이다. 초보자일수록 화면에 이것저것 많은 것을 넣는 경향이 있는데 이를 경계한 말일 것이다. 덧셈에 치중하다 보면 구도가 엉성해진다는 것이다. 그렇다면 해법은 뭘까? 곁가지를 빼면 된다. 주제에서 벗어난 것들을 빼면서 밀도를 높이면 되는 것이다.[2]

---

2   http://photoyoon.com/zboard/zboard.php?id=photosay&no=377

글도 마찬가지다. 군더더기를 빼면 주제가 선명해진다. 특히 지워야 할 1순위는 주제에서 벗어난 것들이다. 짜임을 엉성하게 만들기 때문이다. 글이 산만하게 여겨진다면 맥락에서 벗어난 것들부터 지워보라. 이렇게만 해도 글이 살아난다. 전체의 흐름도, 채워야 할 부분도 더 잘 보인다. 빼야 할 것이 없는지 살펴보고 싶다면, 초고를 여러 번 읽으며 다음과 같은 질문을 던져 보는 것도 좋다.

- 하나의 주제에서 벗어난 문단이나 문장은 없는가?
- 이 부분은 꼭 들어가야만 하는가?
- 더 간결하게 줄일 수는 없는가?

더할 것은 없는가

앞서 말했듯, 사진에서는 뺄셈의 미학이 무엇보다 중요하다. 하지만 글에서는 뺄셈만큼이나 덧셈도 중요하다. 글은 이미지가 아닌 말로써 독자의 마음을 움직이는 것이기 때문이다. 특히나 실용적인 글일수록 구체적인 사례와 논리적 근거는 필수다.

더러 구체적인 사례 없이 주장만 늘어놓은 글을 볼 때가 있다. 이런 글의 공통점은 손에 잡히는 무언가가 없다는 점이다. 그래서 글에 힘이 실리지 않는다. 독자에게 가 닿기도 어렵다. 이때 주장에 어울리는 사례 하나만 넣어도 글이 좋아지는 경우가 많다. 그러니 글에서 뭔가 채워야 할 부분을 찾고 싶다면 다음과 같은 질문을 던져 보자.

- 구체적 사례가 제시되었나? 추상적인 말만 나열한 것은 아닌가?

- 주장을 뒷받침하는 근거는 충분한가?

- 구상 단계에서 떠올린 내용 중 빠진 것은 없는가?

알아두면 좋은 몇 가지

자기가 알고 있는 모든 것을 글에 담을 필요는 없다. 예컨대 고쳐 쓰기를 해야 할 이유를 열 가지나 알고 있다 해서 이 모두를 공들여 소개하는 것은 낭비다. 독자가 그 모두를 집중해 읽지는 않을 것이기 때문이다. 오히려 너무 많은 정보가 몰입을 방해할 수도 있다. 핵심적인 것 세 가지 정도만 골라 그것에 집중하는 것이 더 나은 이유다.

생각이 정리되지 않은 상태에서 쓴 글은 표가 난다. 뭔가 어수선하고 군더더기가 많다. 이 문제를 해결하는 좋은 방법이 있다. 가상의 친구가 나에게 핵심적인 질문 몇 개를 던졌다고 가정해 보는 것이다. 이후 그에 대한 답변을 혼잣말로 하면 된다. 몇 번 반복하다 보면 어느새 복잡한 내용이 간결하게 정리되는 순간이 올 것이다. 그때 글을 쓰면 된다. 이 방법은 글 전체를 대상으로 할 수도 있다. 하지만 복잡한 단락 하나를 간결하게 만들 때 더욱 효과적이다.

사례로 배우는 글쓰기

고쳐 쓰기에서 가장 필요한 자세가 뭔지 아는가? "안녕, 내 사랑!"이라고 한다. '이걸 쓰기 위해 얼마나 고생했는데'라는 생각을 버리고

쳐낼 건 과감하게 쳐내야 글이 좋아진다는 뜻이다.[3]

내 초고를 고친 사례 하나를 소개한다. '진심, 마음을 움직이는 큰 힘'의 일부다. 당시 초고를 쓴 뒤 사례의 절반을 버렸다. 분량이 넘쳤기 때문이다. 자료를 모으고 글로 써내는 데만 꼬박 며칠이 걸렸다. 그런 만큼 버린 것에 투자한 시간만 생각하면 아깝기 짝이 없다. 하지만 결과적으로는 잘됐다고 생각한다. 그 부분이 빠짐으로써 글이 훨씬 깔끔해졌기 때문이다.

전체 흐름을 놓고 볼 때 크게 달라진 것 몇 가지만 짚어 보겠다. 오른쪽에 제시된 메모를 잘 살펴보기 바란다. 고쳐 쓸 당시의 생각의 흐름을 나타낸 것이다.

---

3   강준만, 《글쓰기가 뭐라고》, 인물과사상사, 2018, 207쪽.

왜 진심을 담아야 하는가? 〈원래 글〉

　브란트 총리가 처음 폴란드에 갔을 때만 하더라도 폴란드인들의 독일에 대한 감정은 매우 부정적이었다. 나치로 인해 입은 피해가 너무나도 컸기 때문이다. 하지만 그의 진심 어린 사죄를 지켜본 폴란드인들은 감동했다. 나치 강제수용소 생존자이기도 했던 유제프 치란키에비치(Józef Cyrankiewicz) 폴란드 수상은 다음 장소로 이동하던 차 안에서 그를 끌어안고 "용서한다. 하지만 잊지는 않겠다(Forgivable, but Unforgettable)"며 통곡했다고 하는데, 많은 폴란드인의 심정이 그와 같았을 것이다.

　이처럼 진심은 마음을 울리는 가장 큰 힘이다. 우리가 글에 진심을 담아야 하는 이유다.

　진심이 마음을 울린 일은 이뿐만이 아니다. 두 가지 사례만 더 소개하겠다. 첫 번째는 2019년 5월, 헝가리 다뉴브강에서 한국인 33명을 태운 유람선이 크루즈 선박과 충돌해 침몰했을 때의 일이다. 총 26명의 한국인 사망·실종자를 낳은 이 사건을 애도하기 위해 천여 명의 현지인들이 모여 추모 합창 행사를 열었다고 한다. 누가 시키지도 않았고 희생자를 아는 것도 아니었지만 '사망자를 기억하고 가족의 슬픔에 공감을 표하기 위해 공연에 나섰다'는 것이다. 그런가 하면 에르다 미라처(Erda Mirlacher)라는 여성은 다음과 같

▶ 이어진 단락의 첫 부분과 중복된 느낌 ⇒ 앞쪽으로 옮기는 것은 어떨까?

▶ 빼는 것이 좋겠다. 긴 인용에 비해 울림이 크지 않기 때문이다. ⇒ 차라리 한 가지 사례를 제대로 보여주는 것이 더 좋아 보인다. 하나의 주장에 비슷한 사례를 나열할 필요는 없다. 글이 늘어져 지루해질 수 있기 때문이다. 독자에 대한 배려 측면에서도 지우는 것이 낫겠다.

은 애도의 글을 한국에 보내오기도 했다.

〈앞부분 생략〉 오늘 밤 한국대사관 건물 앞에 많은 분들이 꽃과 촛불을 들고 개인적으로는 한 번도 만나지 못했던 한국인 희생자와 가족들을 기억하기 위해 모였습니다. 그러나 우리에게 친근하고 가깝고 소중했던 누군가를 잃은 것 같이 느끼고 있습니다. 여기 저와 함께 슬픔에 잠겨 눈에는 눈물이 고인 채 하염없이 서서 배회하는 사람들 대부분은 저하고도 모르는 사람들입니다. 하지만 말없이 서로를 바라보면 지금 탄식하고 울고 기도하는 우리가 같은 큰 가족에 속한다는 걸 알게 됩니다.

소중한 한국! 우리 헝가리 사람들이 가슴 가장 깊은 곳에 진심으로 함께하고 있다는 것을 기억해 주십시오. 부다페스트와 우리가 당신 아들딸의 생명을 구할 수 없었던 데 대한 진심 어린 사과를 받아주십시오. 우리는 언제나 당신들과 함께합니다.

이들의 말과 글은 화려하지 않다. 하지만 그 속에 담긴 진심이 묵직한 울림을 준다.

두 번째는 2020년 2월, 코로나19로 온 나라가 몸살을 앓을 때였다. 특히 대구 지역이 심했다. 이때 한 의사는 "생명이 위독한 중환자를 보아야 하는 응급실은 폐쇄되고 선별검사소에는 불안에 휩싸인 시민들이 넘친다. 의료인력은 턱없이 모자라 신속한 진단조차 어렵고 확진 환자들조차 병실이 없어 입원 치료 대신 자가격리를 하고 있다"며 "지금 바로 선별진료소로, 대구의료원으로, 격리병원으로, 그리고 응급실로 와달라"는 내용의 호소문을 썼다. 제일 위험하고 힘든 일은 자신이 먼저 하겠으니 '단 한 푼의 대가, 한마디의 칭찬도 바라지 말고 피와 땀과 눈물로 시민들을 구하자'는 그의 말에 전국 각지에서 수백 명의 의사, 간호사, 행정직이 동참했다.

개중에는 결혼한 지 얼마 안 된 새신랑도 있었고 가족과 친구들의 만류에도 불구하고 길을 나선 사람들도 있었다. 한 공중보건의는 "지금 대구가 많이 힘드니까 어서 도와야겠다는 생각에 손들었는데 어머니가 막 우시더라"며 "전역 직전까지 대구에서 코로나19가 더 확산하지 않도록 하는 데 도움이 되고 싶다"는 각오를 밝히기도 했다. "겁이 나지만, 의사가 환자를 버릴 수 없다"라든지 "코로나 전장에 후배들만 보낼 수 없다"와 같은 말들이 묵직한 울림을 주는 이유는 무엇 때문인가? 그 속에 진심을 담았기 때문이다.

왜 진심을 담아야 하는가? 〈고친 글〉

마음을 움직이는 가장 큰 힘이기 때문이다. 빌리 브란트 총리가 폴란드에 처음 갔을 때만 해도 폴란드인들의 독일인에 대한 감정은 매우 좋지 않았다고 한다. 과거의 영토 분쟁과 나치 때문에 입은 피해가 너무 컸기 때문이다. 하지만 그의 진심 어린 사죄 앞에서 폴란드인들은 마음을 열기 시작

▶ 이 단락 끝부분의 내용을 맨 앞으로 옮겼다. 이로써 가장 하고 싶었던 말을 맨 앞에 제시할 수 있었다. 더불어 이어진 단락과의 중복도 피할 수 있었고, 소제목과 어울려 강렬한 느낌을 줄 수 있었다.

했다. 나치 강제수용소 생존자이기도 했던 유제프 치란키에비치(Józef Cyrankiewicz) 폴란드 수상은 다음 장소로 이동하던 차 안에서 브란트 총리를 끌어안고 "용서한다. 하지만 잊지는 않겠다(Forgivable, but Unforgettable)"며 통곡했다고 하는데, 아마도 많은 폴란드인들의 심정이 그와 같지 않았을까 싶다.

진심이 마음에 가닿은 사례는 이뿐만이 아니다. 찾아보면 수도 없이 많다. 그중 한 가지만 더 소개한다. 2020년 2월, 코로나19로 온 나라 사람들이 공포에 휩싸였을 때다. 특히 대구 지역이 심했다. 이때 한 의사는 '생명이 위독한 중환자를 보아야 하는 응급실은 폐쇄되고 선별검사소에는 불안에 휩싸인 시민들로 넘쳐난다. 의료인력은 턱없이 모자라 신속한 진단이 어렵고 확진 환자들조차 병실이 없어 입원 치료 대신 자가격리를 하고 있다'며 의료진은 지금 당장 대구로 와 달라는 내용의 호소문을 썼다. 제일 위험하고 힘든 일은 자신이 먼저 하겠으니 '단 한 푼의 대가, 한마디의 칭찬도 바라지 말고 피와 땀과 눈물로 시민들을 구하자'고 했다. 그의 글이 알려지자마자 전국 각지에서 수백 명의 의사, 간호사, 행정직이 의료봉사에 자원했음은 말할 필요도 없다.

개중에는 결혼한 지 얼마 안 된 새신랑도, 가족과 친구들의 만류에도 불구하고 길을 나선 사람들도 있었다. 한 공중보건의는 "지금 대구가 많이 힘드니까 어서 도와야겠다는 생각에 손들었는데 어머니가 막 우시더라" 하면서도 "대구

▶ 알고 있는 사례를 모두 이야기할 필요는 없다. 적확한 사례 한 가지만 제시하니 훨씬 간결해졌다. 전달 효과도 더 커졌다.

에서 코로나19가 더 확산하지 않도록 하는 데 도움이 되고 싶다"는 뜻을 밝히기도 했다. 그런가 하면 "난 의사니까 가야 한다", "코로나 전장에 후배들만 보낼 수 없다"고 말한 이들도 있었다. 이들의 말은 하나 같이 묵직한 울림을 준다. 무엇 때문일까? 그 속에 자리한 진심 때문이다.

이처럼 진심은 힘이 세다. 마음속 깊은 곳을 건드린다. 그래서였을까? 김대중 대통령은 진심으로 대하는 것을 대화의 제1원칙으로 삼았다고 한다. 그런 점에서 그분의 다음과 같은 말도 기억해 둘 만하다. "모든 대화에서 가장 중요한 것은 인간적 신뢰를 쌓는 것이다. 입장이나 의견 차이가 없을 수는 없다. 하지만 진심으로 대하면 신뢰가 생기고, 신뢰가 쌓이면 모든 문제는 풀 수 있다. 진정성이 상대의 마음을 움직인다. 진정성 있는 대화는 그 시작은 힘들지만, 한 번 시작되면 쉽게 깨지지 않는다."

▶ 새로 추가된 부분이다. 사례 하나를 지우니 여유가 생겼다. 그래서 '진심'의 힘을 언급한 김대중 전 대통령의 말을 끌어올 수 있었다. 이로써 글에서 진심이 얼마나 중요한지를 더욱 설득력 있게 이야기할 수 있었다.

문장 다듬기

윤오영의 수필 《방망이 깎던 노인》에 전하는 이야기다. '나'는 동대문 맞은편 길가에서 한 노인에게 방망이를 주문한다. 노인은 처음에는 빨리 깎는 듯했다. 하지만 어느 순간부터는 날이 저물도록 이리 돌려보고 저리 돌려보며 늑장만 부린다. 차 시간도 바쁘고 그만하면 됐으니 방망이를 빨리 달라고 해도 통 못 들은 척이다.

결국 노인의 고집 때문에 차까지 놓친 '나'는 도무지 화를 삭일 수 없었다. 그런데 집에 와 방망이를 내놨더니 아내는 야단이다. 이렇게 잘 다듬은 것은 좀체 만나기 어렵다며 말이다.

문장을 다듬을 때 점검해야 할 요소

왜 노인은 마무리 단계에서 그토록 오랜 시간을 보냈던 것일까?

손에 꼭 맞는 방망이를 만들기 위해서였다.

문장을 다듬는 것도 이와 유사한 측면이 있다. 끝으로 갈수록 섬세한 손길이 요구된다. 언뜻 보기에는 비슷한 것 같아도 세심하게 마무리된 글과 대충 다듬은 글은 다르다. 약간의 차이가 결정적 차이를 만드는 것이다. 극작가인 오스카 와일드(Oscar Wilde)가 한 말도 이 때문이었을 것이다. "오전 내내 시 한 편 교정하느라 시간을 다 보냈다. 겨우 쉼표 하나를 뺐다. 오후에 그 쉼표를 다시 집어넣었다."

물론 우리 모두가 오스카 와일드처럼 쉼표 하나를 위해 하루를 다 보낼 수는 없다. 그러나 문장을 다듬을 때 그 정도의 치밀함을 가지려 노력할 필요는 있다. 글쓰기를 여행에 비유하자면, 문장 다듬기는 종착지를 향해가는 마지막 발걸음쯤 되기 때문이다.

그러면 이제, 문장을 다듬을 때 검토할 요소들을 짚어 보자.

소리 내어 읽었을 때 자연스레 읽히는가

문장을 다듬을 때 글쓰기의 고수들이 자주 하는 조언이 하나 있다. '소리 내어 읽어 보라'는 것이다. 좋은 문장일수록 소리 내 읽었을 때 귀에 착착 감기기 때문이다. 이뿐만이 아니다. 듣기 좋은 문장이 읽기에도 좋다. 이해도 잘된다. 따라서 문장 다듬기의 핵심은 이 속에 있다고 해도 지나치지 않다. 소리 내 여러 번 읽으면서 고치고 또 고치면 마침내 좋은 문장이 되기 때문이다.

나도 퇴고할 때 소리 내 읽는다. 다만 소리를 크게 내지는 않는다.

입술만 살짝 움직이며 혼잣말하듯 읽는다. 때로는 속으로 소리 내어 읽을 때도 있다. 그래도 귀로 다 들린다. 큰 소리로 읽을 때와 비교해 봐도 별 차이가 없다. 오히려 훨씬 편하다. 집중력도 높아지고 시간도 절약된다. 밖으로 소리 내 읽는 게 부담스럽다면 이 방법을 써 보는 것도 좋을 것이다.

소리 내 읽을 때는 주로 다음의 항목에 유의하며 읽는다.

- 문장은 이해하기 쉬운가?
- 군더더기는 없는가? 더 간결하게 줄일 수는 없는가?
- 문장이 길지는 않은가? 더 짧게 끊을 수는 없는가?

위 세 가지 질문은 서로 연결되어 있다. 포인트는 문장의 길이를 가급적 짧게 만드는 것이다. 군더더기 없이 짧고 간결한 문장일수록 이해하기 쉬워서다.

학생이 쓴 글을 읽다 보면 문장이 길다는 느낌을 받을 때가 꽤 많다. 이때는 두세 군데만 끊어도 힘 있게 치고 가는 맛이 살아나곤 한다. 리듬감도 좋아지고 말이다.

다음의 예문을 보자. 내가 아끼는 학생이 쓴 글의 일부다. 문장을 짧게 끊고 단어를 두 군데 지웠을 뿐이다. 이렇게만 해도 사뭇 다른 느낌이 들지 않는가?

〈원래 글〉

공인이라는 이유 하나로 사진 한 장부터 말 한마디까지 검열당하고 본인뿐만 아니라 자신의 가족들까지 인신 모독의 대상이 된 ○○의 기분은 어땠을까.

청문 감사담당관은 뒤늦게 내부문건 유출에 대해 대국민 사과문을 발표하고 해당 소방관 2명은 직위 해제되었지만, 그녀의 개인정보는 이미 세상에 까발려지고 난 뒤였다.

〈고친 글〉

공인이라는 이유로 사진 한 장 말 한마디까지 검열당했다. 본인뿐만 아니라 가족들까지 인신 모독의 대상이 되었다. ○○의 기분은 어땠을까.

청문 감사담당관은 뒤늦게 내부문건 유출에 대해 대국민 사과문을 발표했다. 해당 소방관 2명은 직위 해제되었다. 하지만 그녀의 개인정보는 이미 세상에 까발려지고 난 뒤였다.

이 작업의 장점은, 실천하기 쉬우면서도 효과가 크다는 데 있다. 초고에는 틀림없이 군더더기와 긴 문장이 있다. 그러니 소리 내 읽으면서 그것을 찾으면 된다. 이때 중요한 것은 반복해 읽는 것이다. 반복하면 할수록 처음에는 보이지 않던 것이 보이기 때문이다. 그때 드러난 어색한 표현들을 조금씩 고쳐 보라. 글이 훨씬 좋아질 것이다.

비문은 없는가

피터 엘보는 말했다. "꼭 음계를 완벽하게 터득한 뒤에 연주해야 할까? 음계를 완벽히 터득하려면 하염없이 걸릴 수 있다. 그 일 자체가 아무 재미가 없기 때문에 더욱 그렇다."[4]

동의한다. 음계를 몰라도 음악은 즐길 수 있기 때문이다. 마찬가지로, 온갖 글쓰기 규정만 공부하다 지쳐 나가떨어지는 것보다는 글부터 쓰는 것이 더 중요하다.

하지만 본격적인 고쳐 쓰기 단계에 접어들었다면 상황은 조금 달라진다. 이제부터는 문법이나 어법에 어긋난 것은 없는지 꼼꼼하게 살펴야 한다. 아무리 기발하고 그럴듯한 내용을 담고 있다 하더라도 비문과 오타가 난무한다면 독자에게 외면당하기 쉽기 때문이다. 내용만큼이나 정확하고 깔끔한 표현도 중요한 이유다.

그렇다고 해서 너무 걱정할 필요는 없다. 대개의 한글 프로그램들은 맞춤법 검사를 지원하기 때문이다. 그것의 도움만 받아도 오류를 많이 줄일 수 있다. 처음에는 그렇게라도 문장을 고치면 된다. 물론 계속 글을 쓰려면 기본적인 규정 이해는 필수적이지만 말이다.

여기서는 비문과 관련해 문장을 다듬을 때 검토해야 할 것들 몇 가지를 소개한다. 학생들이 글을 쓸 때 자주 실수하는 것 위주로 골랐으니 참고하기 바란다.

---

4 피터 엘보, 김우열 옮김, 《힘 있는 글쓰기》, 토트출판사, 2014, 27쪽.

○ 문장 성분 간 호응은 올바른가

문장 성분 중에는 마치 친한 친구처럼 잘 어울려 다니는 것들이 있다. 앞에 '전혀'라는 단어가 나오면 뒤에 무언가를 부정하는 말이 따르는 것처럼 말이다. 이를 문장 성분의 호응이라고 한다.

문장을 다듬을 때 빼놓을 수 없는 것 중 하나가 바로 문장 성분 사이의 호응을 살피는 것이다. 몇 가지 사례를 소개한다. 바르게 고치려면 어떻게 해야 할지 생각해 보자.

- 영철이는 형보다 키와 몸무게가 더 무겁다.

  ⇒ 영철이는 형보다 키가 크고 몸무게가 더 무겁다.

  [고친 이유] 주어와 서술어의 호응이 잘못되었다. '무겁다'는 '몸무게'만 서술할 수 있다. 그러므로 '키'에 대한 서술어는 따로 적어야 한다.

- 오후에는 드라마와 음악을 들으며 쉬었다.

  ⇒ 오후에는 드라마를 보고 음악을 들으며 쉬었다.

  [고친 이유] 목적어와 서술어의 호응이 잘못되었다. '듣다'는 '드라마'에 대한 서술어로는 적절하지 못하다. 따라서 드라마에 어울리는 서술어를 따로 적어줘야 한다.

- 너를 결코 만나고야 말겠다.

  ⇒ 너를 결코 만나지 않겠다.

  ⇒ 너를 반드시(꼭, 결단코) 만나고야 말겠다.

  [고친 이유] 부사와 서술어의 호응이 잘못된 사례다. '결코'는 '어떠한 경

우라도'라는 뜻을 가지긴 하지만 부정어와 함께 쓰이는 단어다. 따라서 '결코'는 '만나지 않겠다'와 잘 어울린다. '만나고야 말겠다'를 살리고 싶다면 '결코' 대신 '반드시'나 '꼭', '결단코' 중 하나를 넣어야 한다.

○ 불필요한 피동형 문장은 없는가

피동형 문장은 '남의 힘에 의하여 움직이는 일'을 나타낼 때 사용한다. 주로 용언에 '-이-/-히-/-리-/-기-' 또는 '-어지다'가 붙어 실현된다. 피동 표현은 우리말에서는 잘 쓰지 않는다. 그런 만큼 꼭 필요한 경우가 아니라면 사용하지 않는 것이 좋다. 어색할 뿐만 아니라 문장의 뜻이 불분명해질 수 있기 때문이다. 특히 '믿겨지다', '바뀌어지다', '보여지다', '쓰여지다' 같은 이중피동은 고쳐야 할 대상 1순위다.

- 버스가 곧 도착될 거야. ⇒ 버스가 곧 도착할 거야.
- 기념비는 저기에 세워질 거야. ⇒ 기념비는 저기에 설 거야.
- 마스크는 유용하게 쓰여질 거야. ⇒ 마스크는 유용하게 쓰일 거야.

○ 같은 뜻이 중복된 단어나 구절은 없는가

우리가 자주 사용하는 단어나 구절 중 같은 뜻이 중복된 경우가 더러 있다. 대개 한자어나 외래어에 같은 뜻을 가진 고유어가 덧붙어 이루어진 것으로 '큰 대문(大門)', '배우는 학생(學生)', '미리 예습(豫習)하다', '서로 상의(相議)하다', '외갓집(外家)', '고목나무(古木)', '삼각형모

양(三角形)', '피해(被害)를 입다', '낙엽(落葉)이 떨어지다'와 같은 표현들이 그 예다.

이런 표현을 쓰는 이유는 둘 중 하나다. 첫 번째는 글쓴이가 한자어나 외래어의 뜻을 잘 이해하지 못하고 쓴 경우다. 두 번째는 독자가 한자어나 외래어의 뜻을 잘 알지 못할 거라고 짐작해 글쓴이가 일부러 뜻을 한 번 더 풀어준 경우다.[5]

이유야 어쨌건 결과적으로는 낭비다. 군더더기만 생겼기 때문이다. 따라서 뜻이 겹치는 말 중 하나는 지우는 것이 좋다. 그래야 문장이 깔끔해진다.

- 이 나무는 쓰이는 용도가 다양하다.

  ⇒ 이 나무는 용도가 다양하다.

  ⇒ 이 나무는 쓰임이 다양하다.

- 팬 여러분들께 정말 감사드려요.

  ⇒ 팬 여러분께 정말 감사드려요.

  ⇒ 팬 분들께 정말 감사드려요.

- 우리 반에서 여러 가지 다양한 사건이 일어났다.

  ⇒ 우리 반에서 여러 가지 사건이 일어났다.

  ⇒ 우리 반에서 다양한 사건이 일어났다.

---

5   황병순·장만호,《글쓰기의 방법과 실제》, 경상대학교출판부, 2013, 77 - 78쪽.

○ 일본식 조사가 쓰인 곳은 없는가

일본식 조사 또한 우리말의 자연스러움과 아름다움을 해친다. 대표적인 것이 일본어 조사 'の'에 대응하는 '~의' 남용이다. 일본말은 'の'를 많이 사용한다. 그래도 어색하지 않다. 하지만 우리말은 다르다. 많은 경우 '~의'를 빼는 것이 자연스럽다.

'~의'와 함께 많이 쓰이는 일본식 조사로는 '~에의', '~에서의', '~에 있어서', '~와의', '~으로의', '~으로부터'의 등이 있다. 여기서 나타난 것이 '마술에의 초대', '억압에서의 탈출', '범죄와의 전쟁', '책으로의 여행', '너로부터의 편지' 같은 것이다. 이런 표현들은 듣기에 좋지 않다. 읽어도 이해가 잘 안 된다. 중간에 고치는 것은 더욱 어렵다. 그러니 아예 처음부터 쓰지 않는 것이 제일 좋다.

- 이건 우리 학교의 문제다. ⇒ 이건 우리 학교 문제다.
- 나의 살던 고향 ⇒ 내가 살던 고향
- 그를 만남에 있어서 기억할 것은 ⇒ 그를 만날 때 기억할 것은

○ 번역투의 표현은 없는가

최근 학생들이 쓴 글을 읽어 보면 과거보다는 번역투 문장이 줄어든 느낌이다. 하지만 완전히 사라진 것은 아니다. 여전히 TV나 인터넷 뉴스 등을 통해 심심찮게 볼 수 있다.

번역투 표현에는 '~로부터(from)', '~을 통해(through)', '~을/를 가

지다(have)', '~에 다름 아니다', '~에 있어', '~로 인해(因)', '~로 하여금(使)' 같은 것들이 있다.[6]

이를 고치면 자연스럽고 이해하기 쉬운 우리말 문장을 쓸 수 있고 글자 수가 줄어들어 문장이 간결해진다.

- 희진이는 선생님<u>으로부터</u> 칭찬을 들었다.

   ⇒ 희진이는 선생님<u>께</u> 칭찬을 들었다.
- 이 소설<u>을 통해</u> 작가가 하고자 하는 말

   ⇒ 이 소설<u>에서</u> 작가가 하고자 하는 말
- 모둠 토의<u>에 있어</u> 중요한 것은

   ⇒ 모둠 토의<u>에서</u> 중요한 것은

○ **한글맞춤법에 어긋난 곳은 없는가**

생활 속에서 자주 쓰지만 의외로 실수를 많이 하는 것 몇 가지만 소개한다.

- ＊ [~오]와 [~요]: [~오]는 문장을 끝낼 때, [~요]는 문장을 연결할 때 사용한다.
- 이유를 <u>서술하시요.</u> ⇒ 이유를 <u>서술하시오.</u>

---

6   앞의 책, 79-82쪽.

- 이것은 꽃이<u>오</u>, 저것은 나무다. ⇒ 이것은 꽃이<u>요</u>, 저것은 나무다.

* [~할게], [~할걸] / [~할께], [~할껄]: 소리와 달리 [~할게], [~할걸]로 적는다.
- 내가 같이 있을<u>께</u>. ⇒ 내가 같이 있을<u>게</u>.
- 택배는 벌써 <u>도착했을껄.</u> ⇒ 택배는 벌써 <u>도착했을걸.</u>

* [~로서]와 [~로써]: [~로서]는 신분이나 지위 등의 '자격'과 어울린다. [~로써]는 재료, 수단 같은 '도구'와 어울린다.
- 친구<u>로써</u> 하고 싶은 말이 있다.

  ⇒ 친구<u>로서</u> 하고 싶은 말이 있다.
- 종이와 칼<u>로서</u> 롤링페이퍼를 만들었다.

  ⇒ 종이와 칼<u>로써</u> 롤링페이퍼를 만들었다.

* [~던]와 [~든]: [~던]은 '과거'의 뜻을 나타내고, [~든]은 선택의 뜻을 나타낸다.
- 얼마나 슬펐<u>든</u>지 눈물이 났다.

  ⇒ 얼마나 슬펐<u>던</u>지 눈물이 났다.
- 수박이<u>던</u> 포도<u>던</u> 마음대로 골라라.

  ⇒ 수박이<u>든</u> 포도<u>든</u> 마음대로 골라라.

* [붙이다]와 [부치다]: '붙다'의 뜻과 연관성이 있으면 [붙이다]를 쓴다. 나머지는 [부치다]를 쓴다.

- 우표를 <u>붙이다</u>. 홍정을 <u>붙이다</u>. 불을 <u>붙이다</u>.
- 힘에 <u>부치다</u>. 논밭을 <u>부치다</u>. 편지를 <u>부치다</u>.

* 기타[7]

- 바라다/바래다: 저의 <u>바램</u>은 이것뿐입니다. ⇒ 바람
- 치르다/치루다: 시험을 <u>치뤘다</u>. ⇒ 치렀다.
- -었-/-였-: 아름다운 시절<u>이였다</u>. ⇒ 이었다.
- 오랜만에/오랫만에: <u>오랫만에</u> 만난다. ⇒ 오랜만에
- 왠/웬: 오늘은 <u>웬지</u> 기분이 좋군 ⇒ 왠지('왠'은 '왜인지'의 준말인 '왠지'의 쓰임만 있다. 나머지는 '웬'을 쓴다. '이게 웬 떡이냐?' '웬 놈이냐?')

단어 사용은 적절한가

단어를 살필 때는 주로 세 가지를 본다. 먼저, 쉬우면서도 맥락에 맞는 단어를 사용했는지 검토한다. 하나의 단어는 문맥에 따라 여러 개의 단어로 바꿔 쓸 수 있다. 그렇다면 이왕이면 쉬운 단어를 쓰는 것이 좋다.

예컨대 초고에서 '견해(見解)'라는 단어를 썼다고 하자. 이와 바꿔

---

7 관동대학교 글쓰기 교재 편찬위원회, 《대학인의 글쓰기》, 도서출판 경진, 2012, 68쪽.

쓸 수 있는 단어에는 생각, 의향(意向), 의중(意中) 등이 있다. 그러면 누구나 쉽게 이해할 수 있는 '생각'이라는 단어로 바꾸는 것이다. 물론 한 가지 조건은 있다. 단어를 바꿔도 애초 의도했던 뜻에는 큰 변화가 없어야 한다. 만약 의도했던 뜻마저 달라진다면, 조금 어려운 용어라 해도 맥락에 맞는 단어를 써야 한다.

다음으로, 토씨를 맛깔나게 사용했는지를 검토한다. 흔히 토씨는 말들의 관계를 나타내는 품사 정도로 알려져 있다. 그런데 토씨의 역할은 거기서만 끝나는 게 아니다. 어떤 토씨를 사용했느냐에 따라 말맛이 확 달라진다.

예컨대 한 아이돌 지망생이 오디션을 봤다고 하자. 그의 노래가 끝나자 심사위원들은 이런 말을 나눴다. '쟤 노래도 잘하네', '쟤 노래는 잘하네'. 이 속에 숨은 뜻은 뭘까? 앞의 문장은 '얼굴이 잘생겼고 춤도 잘 추는데 노래마저 잘 부른다'는 의미다. 그렇다면 뒤의 문장은? '얼굴도 별로고 춤도 못 추는데 그나마 노래는 잘 부른다'는 뜻이다. 이처럼 조사는 단지 말의 관계만 연결해 주는 게 아니다. 그 속에 다양한 뜻과 느낌을 담는다. 이왕이면 문장의 미묘한 느낌을 살릴 수 있도록 토씨를 세심하게 골라야 하는 이유다.[8]

마지막으로, 같거나 소리가 비슷한 단어들이 반복되어 어색한 곳은 없는지 찾아본다. 다음의 예문을 보자. 내가 썼던 초고의 일부다.

8 유시민, 《유시민 글쓰기 특강》, 생각의길, 2015. 191-192쪽.

그러나 피해자의 증언은 사뭇 달랐다. 피해자는 지금껏 자신이 당해 왔던 일을 생생하게 묘사했다. …… 그러면 어느 쪽 말이 진실에 가까웠을까? 피해자 쪽이었다. 여기서 알 수 있는 것은 무엇인가? 진실은 피해자의 입장에서 바라볼 때 더 잘 보인다는 점이다.

언뜻 봐도 두 가지가 거슬린다. 첫째, '피해자'라는 단어가 지나치게 자주 반복되고 있다. 둘째, '그러나', '그러면'과 같이 비슷한 소리의 접속어가 연달아 나타났다. 이로써 문장이 지루해졌다.

어떻게 바꾸면 좋을까? 먼저 한 단어가 계속 나타날 때는 유의어나 '이, 그, 저' 같은 지시대명사로 바꿔 쓰면 된다. 다음으로 비슷한 느낌의 접속사가 이어질 때는 다른 소리로 시작하는 같은 뜻의 접속사로 바꾸거나('그러나'를 '하지만'으로) 아예 생략하면 된다.

다음에 제시된 예문은 이 방법에 따라 고쳐 쓴 것이다. '피해자'는 한 번만 나왔고, 나머지는 '그', '박해받은', '고통받는 자'로 바뀌었다. 덧붙여, '그러면'은 중복을 피하기 위해 지웠다. 이렇게만 해도 글이 한결 다채로워진다.

그러나 피해자의 증언은 사뭇 달랐다. 그는 지금껏 자신이 당해 왔던 일을 생생하게 묘사했다. …… 어느 쪽 말이 진실에 가까웠을까? 박해받은 쪽이었다. 여기서 알 수 있는 것은 무엇인가? 진실은 고통받는 자의 입장에서 바라볼 때 더 잘 보인다는 점이다.

글을 더욱 빛나게 하려면

여기서는 앞에서 하지 못한 이야기를 다룬다. 크게 두 가지로, 하나는 논란이 될 만한 부분은 없는지를 살필 때 유의할 점에 대해, 다른 하나는 몇 가지 더 챙겨 볼 것들에 관한 것이다. 이와 함께 끝부분에는 지금까지의 논의를 종합해 고쳐 쓰기 할 때 참고할 만한 체크리스트를 소개한다.

논란이 될 만한 부분은 없는가

표절의 위험은 없는가

표절은 '다른 사람의 글을 마치 자신의 창작물인 양 가져다 쓰는 행위'다. 고의건 아니건 표절이 윤리적으로 문제될 수밖에 없는 이유다.

물론 작가의 경우 표절에서 자유롭기 어려운 측면이 있다고는 한다. 살면서 알게 된 다른 사람의 아이디어를 마치 자기의 독창적인 생각인 것처럼 착각하는 잠복 기억 때문이란다.[9] 간혹 유명인의 작품이 한때나마 논란의 중심에 서는 것도 이 때문일 수 있다.

그렇다 해도 잠복 기억 자체가 표절을 정당화하지는 못한다. 표절이 있었다면 그에 따른 책임을 져야 하기 때문이다. 그러니 남의 생각을 참고했다면 그 부분은 반드시 밝혀야 한다.

부정확한 정보는 없는가

실용적인 글이라면 정확한 정보를 담고 있어야 한다. 신뢰성과 관련된 문제이기 때문이다. 특히 요즘처럼 가짜 뉴스가 넘쳐나는 시대일수록 참고 자료에 대한 팩트 체크는 중요하다.

한국언론진흥재단이 2017년 3월 발표한 〈일반 국민들의 '가짜 뉴스'에 대한 인식〉 보고서에 따르면 가짜 뉴스를 들어본 경험이 있는 사람들(826명)은 기사 형식의 조작된 온라인 콘텐츠(80.0%), 페이스북이나 트위터 등에서 유포되는 정체불명의 게시물(74.3%) 등은 비교적 쉽게 가짜 뉴스로 인식했다고 한다. 반면 응답자의 절반 이상이 기존 언론사의 왜곡·과장 보도는 가짜 뉴스로 여기지 않았다고 한다.[10]

9 　https://research-paper.co.kr/news/view/61630
10 　다음백과, https://100.daum.net/encyclopedia/view/47XXXXXd1382

하지만 주류 언론에도 얼마든지 가짜 뉴스가 실릴 수 있다. 초기 코로나19 사태를 둘러싼 일부 언론의 과장·왜곡 보도가 그 예가 될 것이다.

따라서 기사를 참고해 글을 쓴다 하더라도 그 내용이 사실을 바탕으로 한 것인지는 꼭 점검하는 것이 좋다. 자칫하면 왜곡된 자료 때문에 자신의 글 또한 왜곡될 수 있기 때문이다.

다른 이에게 상처 주는 내용은 없는가

'맘충'이라는 말이 있다. 공공장소에서 아이를 제대로 돌보지 못해 민폐를 끼치는 엄마들을 가리키기 위해 영어 단어 맘(Mom)에 벌레 충(蟲) 자를 붙여 만든 단어다. 언뜻 보기엔 우리 사회의 한 단면을 잘 포착한 말처럼 보인다. 하지만 이 속엔 지독한 폭력이 숨어 있다. 육아를 전담하는 어머니들을 서슴없이 '벌레'라고 부름으로써 차별과 혐오를 정당화하기 때문이다.

이는 일상에 뿌리내린 혐오의 한 사례다. 하지만 이게 전부는 아니다. 설명을 길게 하면 설명충, 매사에 진지하면 진지충이라 부르며 벌레 취급하는 경우도 많다. 특히 문제가 되는 것은 이와 같은 폭력이 사회적 약자나 자신과 생각이 다른 사람에게 집중된다는 점이다.[11]

육체적 상처만 고통스러운 것이 아니다. 말로 인한 상처도 아프

---

11 전혼잎, '일상으로 파고든 차별.. 너도나도 벌레가 되었다', 〈한국일보〉, 2015년 8월 19일자 기사.

다. 혹시라도 자신의 글 속에 이와 같은 폭력이 담긴 것은 아닌지 검토해 봐야 하는 이유다. 특히 무언가를 비판하는 글일수록 다른 이에게 부당한 상처를 주는 것은 아닌지 세심하게 짚어 봐야 한다.

빛나는 글을 위해 더 챙겨야 할 것들

종이로 출력해 검토했는가

글을 다듬을 때는 컴퓨터 모니터를 보며 고칠 수도 있고 종이로 출력한 뒤 검토해 볼 수도 있다. 둘 다 장·단점이 있다.

잘못된 부분을 바로 다듬고 싶다면 모니터를 보며 고치는 것이 낫다. 그래서 나도 자주 모니터를 보며 수정한다. 하지만 글을 좀 더 섬세하게 다듬고 싶다면 종이로 출력해 읽어 보는 것이 좋다. 모니터로 볼 때는 보이지 않던 문제점들이 잘 보이기 때문이다.

나의 경우, 초고에 가까울수록 모니터를 통해 고칠 때가 많다. 하지만 점차 다듬어질수록 종이 출력물로 검토하는 횟수가 급격히 늘어난다. 대략 30회 정도는 뽑아서 보는 것 같다.

많은 글쓰기 고수들이 글을 다듬을 때 출력해서 읽어 보길 권한다. 수많은 권유에는 이유가 있는 법이다. 그러니 여러분도 글을 좀 더 매끄럽게 다듬고 싶다면 꼭 출력해서 읽어 보기 바란다.

전체 분량은 적절한가

글을 필요 이상으로 길게 쓰는 버릇이 있다면 고치는 것이 좋다. 독자들은 긴 글을 별로 좋아하지 않기 때문이다. 같은 내용을 담았다면 짧고 간결한 것을 선호한다.

독자의 반응에는 이유가 있다. 간결한 글이 읽기 쉽고 이해도 잘되기에 좋아한다. 게다가 긴 글에는 군더더기가 끼어 있을 가능성이 높다. 그러므로 자기가 쓴 글이 긴 편이라면 좀 더 간결하게 핵심을 드러내는 방법은 없는지 고민해 볼 필요가 있다.

한 가지 덧붙이자면, 너무 긴 것만 문제인 건 아니다. 지나치게 짧은 것도 문제가 된다. 할 말을 제대로 하지 못했을 수 있기 때문이다. 성의가 없어 보일 수도 있고 구체적이지 않다는 느낌을 줄 수도 있다.

대개 하나의 이야기에는 적절한 분량이 있다. 그러니 여러 번 반복해 읽으면서 글이 너무 길거나 짧은 것은 아닌지 살펴보는 것이 좋다.

문단 나누기는 잘되었는가

학생들은 대체로 문단 나누기를 잘한다. 그런데 열 명에 한 명꼴로 문단 나누기를 하지 않는 경우를 보곤 한다. 심지어 10포인트 크기의 글자로 A4 종이 한 장을 하나의 문단으로 가득 채운 글을 볼 때도 있다.

이처럼 문단 나누기가 되지 않은 글을 볼 때면 가슴이 답답해진다. 숨이 턱턱 막히고 읽기가 싫어진다. 하나의 단락 속에 너무 많은 생각과 정보를 담았기 때문이다.

하나의 문단에는 하나의 중심 생각만 있으면 된다. 그런 만큼 생각의 흐름이 조금이라도 달라졌다면 단락을 나누어야 한다. 그래야 읽기 쉽고 이해도 잘 된다.

문단을 나누지 않으면 틀림없이 문제가 생긴다. 하지만 문단을 자주 나눈다 해서 문제가 생기는 경우는 좀처럼 없다. 오히려 강조를 위해 일부러 문단을 나누기도 한다.

그러니 스스로 생각하기에 문단을 잘 나누지 않는 편이라면 이제부터라도 자주 나누자. 나누면 나눌수록 읽기 편해지고, 그만큼 독자의 마음을 움직이기도 쉬워진다.

문단 순서를 바꿀 때 더 자연스러워지는 곳은 없는가

초고를 여러 번 읽다 보면 문단 순서를 바꿀 때 글맛이 갑자기 좋아지는 경우가 있다. 개요 정리할 때 생각했던 것과 초고를 쓰고 난 뒤의 느낌이 다르기에 생기는 일이다. 그래서 중간쯤 배치했던 이야기를 맨 앞으로 빼기도 하고 뒤쪽으로 보내기도 한다.

초고를 쓰고 난 뒤 어색한 문단이 보이거든 그 문단을 지우거나 다른 곳으로 보내 보자. 의외로 근사한 해법이 생길지도 모른다.

고쳐 쓰기를 위한 체크리스트

이번 장에서 다룬 내용을 종합해 체크리스트를 제시한다. 글을 고칠 때 참고하기 바란다. 주로 볼 것은 핵심 질문이다. 좀 더 세밀하게 검토하고 싶다면 연관되는 질문들까지 챙겨봐도 된다. 하지만 글을 고칠 때 너무 많은 요소를 고려하면 효율이 떨어질 수 있다. 그러니 우선 핵심 질문 몇 가지만이라도 잘 기억하자. 이것만 참고해도 글을 다듬는 데 큰 어려움은 없을 것이다.

구분	핵심 질문	연관되는 질문들
전체 흐름 다듬기	예상 독자를 사로잡을 수 있을까?	• 제목과 도입 부분은 읽고 싶은 마음을 불러일으키는가? • 예상 독자가 지루해하거나 이해하기 어려워할 만한 부분은 없는가? • 글을 읽고 난 뒤에 여운이 남는가? • 이 글을 읽음으로써 독자는 무엇을 얻을까?
	하고 싶은 말을 제대로 했는가?	• 손에 쥘 수 있는 아이디어가 선명하게 드러났는가? • 주제는 명료한가? • 초점화와 배경화는 잘 이루어졌는가?
	뺄 것은 없는가?	• 하나의 주제에서 벗어난 문단이나 문장은 없는가? • 이 부분은 꼭 들어가야만 하는가? • 더 간결하게 줄일 수는 없는가?
	더할 것은 없는가?	• 구체적 사례가 제시되었나? 추상적인 말만 나열한 것은 아닌가? • 주장을 뒷받침하는 근거는 충분한가? • 구상 단계에서 떠올린 내용 중 빠진 것은 없는가?
문장 다듬기	소리 내어 읽었을 때 자연스레 읽히는가?	• 문장은 이해하기 쉬운가? • 군더더기는 없는가? 더 간결하게 줄일 수는 없는가? • 문장이 길지는 않은가? 더 짧게 끊을 수는 없는가?

	비문은 없는가?	• 문장 성분 간 호응은 올바른가? • 불필요한 피동형 문장은 없는가? • 같은 뜻이 중복된 단어나 구절은 없는가? • 일본식 조사가 쓰인 곳은 없는가? • 번역투의 표현은 없는가? • 한글맞춤법에 어긋난 곳은 없는가?
	단어 사용은 적절한가?	• 쉬우면서도 맥락에 맞는 단어를 사용했는가? • 토씨를 맛깔나게 사용했는가? • 소리가 비슷한 단어들이 반복되어 어색한 느낌을 주지 는 않는가?
글을 더욱 빛나게 하려면	논란이 될 만한 부분은 없는가?	• 표절의 위험은 없는가? • 부정확한 정보는 없는가? • 다른 이에게 상처 주는 내용은 없는가?
	몇 가지 더 챙겨볼 것들	• 종이로 출력해 검토했는가? • 전체 분량은 적절한가? • 문단 나누기는 잘되었는가? • 문단 순서를 바꿀 때 더 자연스러워지는 곳은 없는가?

글 쓰는 것은 좋은 일이다.

애정을 갖고 그 일을 좋아한다고 생각하며 매진하라.

글 쓰는 것은 쉽고 재미있는 일이다. 일종의 특권이다.

허영심과 실패에 대한 두려움을 제외한다면 어려울 게 없는 일이다.

·

브렌다 유랜드 *Brenda Ueland*, 글쓰기의 고전 〈글을 쓰고 싶다면〉의 작가

6장

더 나은 글쓰기를 위해
알아두면 좋은 일곱 가지

무딘 도끼로는 나무를 베기 어렵다:
지속 가능한 글쓰기의 조건

캐나다의 어느 산골에 한 나무꾼이 살았다. 그는 꽤 유명했다. 첫 새벽부터 늦은 밤까지 쉬지 않고 도끼질을 했기 때문이다. 그의 이야기는 널리 퍼졌고, 산림청의 귀에까지 들어갔다. 산림청은 그의 부지런함이 사실인지 확인하기 위해 조사관을 파견했다.

과연 소문대로였다. 나무꾼은 잠시도 쉬지 않았다. 그런데 그와 함께 며칠의 시간을 보낸 조사관은 한 가지 이상한 점을 발견한다. 그토록 열심히 도끼질을 했건만 정작 베어낸 나무는 몇 그루 되지 않았던 것이다. 왜였을까? 원인은 도끼날에 있었다. 날이 형편없이 무뎌져 있었던 것이다. 아무리 도끼질을 해도 힘만 들뿐 좀처럼 나무가 넘어가지 않았던 이유다.

보다 못한 조사관이 한마디 했다. 잠시 쉬면서 도끼날을 갈고 다시

나무를 베는 게 어떻겠냐고. 나무꾼은 뭐라고 했을까? "나무 벨 시간도 없는데 도끼날 갈 시간이 어딨냐"며 화를 내더란다.

최적의 시간과 장소 찾기

나무꾼은 어리석다. 하지만 그의 이야기는 중요한 사실을 알려 준다. 그것은 바로, 무딘 도끼로는 나무를 베기 어렵다는 사실이다. 그렇다면 그에게 당장 필요한 것은 무엇일까? 휴식이다. 나아가 단 몇 번의 도끼질로도 나무를 벨 수 있도록 날카롭게 날을 벼리는 것이다. 노력만 한다고 다 잘 되는 건 아니기 때문이다. 방법도 중요하다.

글쓰기도 마찬가지다. 책상 앞에 온종일 앉아 있는다고 해서 글이 나오는 건 아니다. 최적화된 시간과 장소만 있다면 적은 시간으로도 충분히 좋은 글을 쓸 수 있다. 작가 겸 감독인 도리스 되리(Doris Dorrie)는 딸이 어렸을 때 글을 쓸 수 있는 시간이라곤 아이가 유치원에 가 있는 두 시간밖에 없었다고 한다. 《마의 산》으로 유명한 토마스 만(Thomas Mann)은 밤 9시부터 12시까지, 하루에 딱 세 시간만 소설을 썼고 말이다. 그럼에도 불구하고 이들은 많은 글을 쓸 수 있었다.[1]

바쁜 학생들은 이들을 본받으면 된다. 최소한의 시간을 투자해 최대한의 효과를 얻는 것이다. 시간은 짧아도 된다. 어차피 글쓰기에

---

1 이정윤, '독일 글쓰기 교육 특집(30): 함부르크 글쓰기 학교가 공개한 12가지 글쓰기 규칙… 글쓰기는 글쓰기로만 배운다', 〈독서신문〉, 2016년 7월 5일자 기사.

무한정 시간을 투자할 수는 없지 않은가? 그렇다면 무리하지 않는 선에서 하루 또는 일주일 단위로 자신이 글을 쓸 수 있는 최적의 시간과 장소를 찾는 것이 중요하다.

몇 년 전 영화 에세이를 쓸 때였다. 의욕만 앞서 무리하다가 그만 탈진하고 말았다. 글을 쓰기가 죽도록 싫었다. 결국 석 달 동안 글 한 편 쓰지 못했다. 그 뒤 깨달았다. 무리하다 지쳐 그만두는 것보다는 조금씩이라도 꾸준히 써나가는 게 더 낫다는 것을.

또 한 가지 덧붙이자면 피로할 때는 잠깐이라도 쉬길 권한다. 피곤한데도 억지로 쓰는 건 낭비다. 전에는 몸이 무겁고 잠이 와도 참고 글을 쓰려 했다. 그러나 대개 실패로 끝났다. 마음만 바빴지 한두 줄도 제대로 못 쓴 때가 많았다. 집중이 안 돼 딴짓만 했기 때문이다. 그럴 때는 차라리 20분 정도라도 휴식을 취하는 편이 좋다. 잠깐의 휴식은 결코 낭비가 아니다. 충전인 동시에 도끼날을 날카롭게 다듬는 일이다. 쉬고 나면 머리가 맑아지기 때문이다. 몸도 가벼워진다. 그토록 생각나지 않던 아이디어들이 불쑥불쑥 떠오를 때도 많다.

지속 가능한 글쓰기를 위하여

주말만 되면 캠핑 가는 친구가 있다. 점점이 빛나는 별빛과 푸른 밤하늘, 타닥타닥 소리 내며 타오르는 모닥불 보는 것이 좋아서란다. 그런데 막상 캠핑 가보면 생각보다 힘든 노동의 연속이다. 텐트 치고 장비 펼치는 게 예삿일이 아니다. 게다가 음식이니 뭐니 이것저것 준비할 것도 많다. 고생만 바가지로 하고 오는 경우도 다반사다. 그런데도 캠핑을 하는 이유는 재미있어서다. 따뜻한 감성에 젖어 드는 재미, 온전히 자기만의 시간을 가지는 재미, 일상에서 벗어나는 재미. 저마다 이유야 다르겠지만 어쨌든 재미를 찾은 사람은 캠핑을 계속해 나간다.

글쓰기라고 다를 바 없다. 때로 글쓰기는 무척 힘들다. 하지만 그 힘듦을 넘어서는 재미도 있다. 짚어야 할 점은, 그 재미를 찾은 사람만이 글쓰기를 지속한다는 점이다. 글쓰기를 계속하려면 자기만의 재미를 찾아야 하는 이유다.

나는 글을 씀으로써 내 마음의 뜰에 정원을 만든다고 생각했다. 내 꿈 중 하나는 정원을 가꾸는 것이었다. 작은 뜰에 나무도 심고 꽃도 가꾸고 싶었다. 하지만 현실적으로 쉽지 않았다. 그런데 글쓰기의 세계로 들어가면 이게 가능해진다. 한 편의 글을 꽃 한 송이, 나무 한 그루로 생각하는 것이다. 그러면 글 한 편을 쓸 때마다 마음의 뜰에 꽃과 나무를 하나씩 심는 게 된다. 이렇게 생각하자 글쓰기가 재미있어졌다. 비로소 글쓰기는 일상이되 일상을 넘어서는 놀이가 된 것이다.

나의 방식이 여러분의 공감을 불러일으키리라 기대하진 않는다. 하지만 글쓰기를 계속하려면 어떻게든 나름의 재미와 가치를 찾아야 한다는 점만은 분명한 사실이다. 그러니 여러분도 자기만의 방식으로 재미와 가치를 찾아보기 바란다.

중요한 것은 내 색깔,
내 목소리

고등학교 때까지 내 꿈은 화가였다. 그러나 미대에 진학하지 못했고, 미련은 오래 남았다. 첫 발령 이후 그림을 수집하기 시작한 것도 이 때문이었을 것이다.

처음엔 멋모르고 샀다. 하지만 나중에는 몇 가지 기준이 생겼다. 그중 가장 중요한 포인트는 독창성이다. 이른바 자기 색깔이 분명한 그림을 사야 한다는 것이다. 우리가 흔히 아는 미술의 대가들은 자신만의 독창성으로 일가를 이룬 사람들이다. 클로드 모네, 파블로 피카소, 에드바르트 뭉크, 우리나라의 박수근 화백에 이르기까지. 하나같이 독창성으로 이름이 높다.[2]

---

2 김순응, 《돈이 되는 미술》, 학고재, 2006, 22쪽.

왜 내 목소리가 중요한가

첫째, 남과 다른 독특함은 자신의 목소리에서 나오기 때문이다. 미술계에는 더러 유명한 작가와 비슷하게 그림을 그리는 작가들이 있다. 하지만 이들은 아무리 그림을 잘 그려도 인정받기 어렵다. 아류이기 때문이다. 글도 마찬가지다. 비슷비슷한 이야기는 이미 넘친다. 누구나 다 하는 이야기는 있어도 그만 없어도 그만일 뿐이다. 독자들이 새로운 것, 호기심을 자극하는 낯선 이야기에 매혹되는 이유다.

무언가에 대한 노하우도 좋고, 살아가면서 깨닫게 된 '아하!'도 좋다. 슬프거나 힘들었던 일, 무언가에 대해 분노했던 일도 괜찮다. 이왕 글을 쓴다면 자기만의 색깔이 담긴 글을 쓰는 것이 좋다. 가치는 '나 아닌 다른 누구도 할 수 없는 이야기'를 할 때 생겨나기 때문이다.

둘째, 생생하고 호소력 짙은 이야기는 내 목소리로만 가능하기 때문이다. 간혹 자기 목소리는 없고 남의 말들만 짜깁기해 놓은 글을 볼 때가 있다. 그런 글들은 대개 매끄럽지 않다. 짜깁기된 말들이 충돌해 따로 노는 느낌을 줄 때도 많다. 자연 잘 읽히지 않는다.

반면 비록 세련되진 못해도 자기 이야기를 한 글은 술술 읽힌다. 힘이 있다. 글쓴이의 생생한 목소리 때문이다. 진정성이라는 것은 별것 아니다. 자신의 이야기를 자신의 목소리로 들려줄 때 나타나는 것이 진정성이다. 이런 글은 투박할지라도 사람을 끄는 힘을 가졌다. 울림도 이 속에서 나온다. 세련됨 이전에 있는 그대로의 자기 목소리부터 갖추어야 하는 이유다.

셋째, 목소리는 변화를 이끄는 힘이기 때문이다. 늘 그랬듯 새로운 목소리가 없으면 세상도 바뀌지 않는다. 세상은 지금까지 없던 목소리, 이제껏 숨어 있던 목소리가 드러날 때 변한다. 약자, 소외된 자, 고통받는 자의 목소리일수록 효과는 더 크다.

작가 은유는 "자기 삶을 설명할 수 있는 언어를 갖지 못했다면 누구나 약자일 수밖에 없다"고 말했다. 노동자의 심정을 자본가가, 장애인의 입장을 비장애인이 대신 말해줄 수는 없기 때문이다. 그래서 피해자의 언어가 필요하다고 했다. 자기 언어가 없으면 삶의 지분도 줄어들기 때문이다.[3]

그의 말에 동의한다. 예컨대 고통의 당사자가 나라고 가정해 보자. 누가 내 목소리를 대신 내줄 수 있을까? 아무도 없다. 그 누구도 내가 아니기 때문이다. 고통의 증언은 피해자의 목소리를 통해 나올 때 울림이 커진다. 잘못된 현실을 바꾸고 싶다면 자기 목소리부터 구체적으로 내야 하는 이유다. 그래야 다른 사람도 알고 세상도 변한다.

어떻게 하면 내 목소리를 낼 수 있을까

글에서 다룰 사건 속에 내가 들어가면 된다. 예를 들어 코로나19로 인해 온라인 수업이 실시되고 있는 상황을 생각해 보자. 막상 수업을 들어보니 집중이 잘 안 된다. 접속 장애에서 과제 제출 방법

---

3   은유, 《글쓰기의 최전선》, 메멘토, 2015, 68쪽.

까지 힘든 점도 많다. 이와 관련지어 글을 쓰고 싶다. 어떻게 해야 할까? 자신이 겪었거나 보고 들은 것을 이야기하면 된다. 어떤 점이 힘들었고 무엇이 문제였는지, 이를 해결하려면 어떻게 하는 게 좋을지, 사건의 중심에서 직접 겪은 일을 바탕으로 의견을 말하는 것이다. 그러면 자연스레 글에 자신의 목소리가 실린다. 유의할 점은, 남들 다 하는 이야기, 이른바 모범 답안을 내놓으려 애쓸 필요가 없다는 점이다. 좀 튀어도 된다. 내 글에서는 개성 있는 내 목소리가 중요하다.

자기 목소리가 잘 나오지 않는 이유 중 하나는 자기만의 독특한 생각이 없어서일 때도 있다. 이런 경우라면 해법은 간단하다. 대상에 대해 자신의 고유한 견해를 가지면 된다. 그러면 어떻게 남과 다른 생각을 가질 것인가? 거꾸로 뒤집어 보거나 대상을 낯설게 바라보면 된다. 예를 들어 보자. 거꾸로 생각하기란 익숙한 것을 뒤집어 보는 것이다. 그래서 그 속에 숨은 폭력을 드러내거나 편견 속에 감춰진 대상의 긍정적인 면을 밝히는 작업이다. 혹이 달려 못생긴 사과에서 그것이 가진 장점을 보는 것처럼 말이다. 이 과정에서 남과 다른 생각이 생겼다면 그것을 있는 그대로 드러내면 된다.

마지막으로, '경험'이 아닌 경험을 통해 '배우고 느낀 점'을 이야기하면 된다. 경험 자체는 비슷비슷할 수 있다. 하지만 같은 일을 겪더라도 그것을 어떻게 받아들이느냐, 그것을 통해 무엇을 배웠느냐, 그 결과 자신이 어떻게 달라졌느냐 하는 것은 저마다 다를 수밖에 없기 때문이다.

자기만의 색깔과 목소리를 선명하게 드러내는 건 분명 멋진 일이다. 하지만 때로 용기가 필요한 일일 수도 있다. 모든 사람의 생각이 나와 같지는 않기 때문이다. 더러는 내가 한 말 때문에 비난을 받을 수도 있다.

그러나 해야 할 말은 해야 한다. 그 순간에는 남들의 시선을 너무 의식하지 않아도 된다. 말이든 글이든 마찬가지다. 오히려 자기의 목소리를 분명하게 드러낼 때 더 존중받는다. 집단도 다양한 목소리가 있어야 건강하다. 나아가 자신의 목소리를 내는 것이야말로 편법이나 부당함에 맞서는 가장 효과적인 길이기도 하다. 그러니 글을 쓸 때는 자기 목소리부터 내도록 하자.

사례로 배우는 글쓰기

학생 글 한 편을 소개한다. 초콜릿에 대한 편견을 넘어서는 과정에서 얻은 깨달음을 이야기한 글이다. 우리 삶을 더 좋게 만든다는 측면에서 사소한 것에 대한 관심은 결코 사소하지 않은 것임을 주장한 글인데, 공감이 많이 갔다.

사소한 것에 대한 생각

함안고 정○○

어떤 아이디어를 얻기 위해 세상을 바꿀 수 있는 큰 것, 특별한 것을 생각해 보는 것도 좋지만 실생활에 사용되는 것들, 내 옆에 있으면서 쉽게 볼 수 있는 것들을 자세히 바라보는 것도 중요하다고 생각한다.

우리 대부분은 주변의 물건이나 현상에 대해 큰 관심을 가지지 않는다. '당연하다'는 생각으로 생각의 문을 닫고 일상의 편리에 대해서 궁금해하지도 않는다. 이런 사고방식은 편리에 대한 것만이 아니라 '불편'에 대해서도 마찬가지이다. 하지만 사소한 불편을 '사소하게' 넘기면 발전이 있을 수 없다. 만약 이때까지 사람들이 이런 '사소한 불편'에 신경 쓰지 않고 살아왔다면 지금과 같은 '편리'도 없었을 것이다. 따라서 '사소한 것'에 대한 관심은 인류의 발전에 기여한 '사소하지 않은' 것이었다.

나는 군것질을 좋아한다. 특히 '단것'을 좋아해서 엄마께서 걱정이 많으셨다. 특히 '살찐다'는 이유로 초콜릿을 못 먹게 하셨다. 가장 좋아하는 간식이 '초콜릿'인데 그걸 못 먹게 하니 나로서는 불만이 이만저만이 아니었다. 그래서 '초콜릿의 좋은 점은 없을까?'에 대한 의문이 생기기 시작했고 그날부터 초콜릿에 관한 나의 관심과 생각은 시작되었다. 먼저, 초콜릿이라는 단어를 생각하면 '달달하다'라는 생각이 가장 먼저 들었다. 그리고 그 생각 때문에 충치가 생긴다거나, 살이 찐다, 당뇨병이 걸리기 쉽다와 같이 대부분 부정적인 것들이 먼저 떠올랐다. 그래서 책과 인터넷을 검색해서 '초콜릿'의 단점과 장점에 대해서 알아보았다.

일반적인 생각과는 달리 '초콜릿'은 단점보다 장점이 더 많은 훌륭한 음식이었다. '초콜릿'의 장점은 다양했지만 그중 기분을 좋게 만들어주는 '항우울 작용'

을 하기도 하고, 아침에 밥 먹기 전에 초콜릿 한 조각을 먹으면 포만감을 줘서 다이어트에도 도움을 줄 뿐만 아니라 변비도 예방해 준다는 사실에 놀랐다. 심지어 피부 노화를 막아주고 난청을 예방하는 기능도 한다. 또 적정량의 다크 초콜릿을 꾸준히 먹은 사람들은 심혈관 질환과 뇌졸중으로 사망할 확률도 줄어들었다. 이렇게 건강에 도움이 많이 되는 식품을 그동안 나쁜 음식이라고 생각했던 이유는 일반적으로 가지는 잘못된 생각을 의심 없이 믿고 따랐기 때문이다. 엄마도 그랬고 나도 마찬가지였다. 그래서 나는 초콜릿에 포함된 '폴리페놀'이라는 성분은 활성산소에 의한 혈관 손상을 보호하고 체내 신진대사를 촉진시키기 때문에 비만과 노화 예방에 도움이 된다는 내용을 근거로 '초콜릿'을 먹을 수 있게 허락해 달라고 했지만 엄마의 허락은 떨어지지 않았다. 비록 '초콜릿'을 먹는 데는 실패했지만 이런 경험은 많은 것을 느끼게 했다.

일반적으로 '맞다'고 생각하는 것에 '의문'을 가지고 그 '의문'을 해소하기 위해 노력하는 것이 필요하다. 그것이 꼭 거창해야 하는 것은 아니다. '사소한 것'이라도 얼마든지 가치가 있을 수 있다. 그런 것들이 모여서 '편견'이 깨지고 더 중요하고 가치 있는 것들로 발전하는 것이다. 처음에는 단순히 초콜릿의 좋은 점을 알기 위해 시작했으나 초콜릿의 성분에 대한 내용이나 효과에 대한 것까지 알 수 있게 된 것처럼, 사소한 이유였지만 하나의 관심을 해결하기 위해 조금씩 가지를 뻗어 나가며 생각하는 것은 더 많은 것을 배울 수 있도록, 현상을 이해할 수 있도록 도움을 준다.

지금 자신이 신고 있는 신발을 한 번 들여다보자. 밑창의 모양을 살펴보면 다양한 무늬로 디자인되어 있을 것이다. 이 밑창의 모양은 미끄럼을 방지하기 위해 강아지의 발을 보고 고안한 것이다. 이렇게 주변의 '사소한 것'에서 시작된 사례는 정말 다양하다. 산우엉 가시는 벨크로, 잠자리 날개는 헬리콥터, 민들레 씨는 낙하산, 물고기는 수영복 등 주변의 '사소하고 당연한 것'에 대한 관심은 유용한 발명품을 탄생시키기도 했다. '사소한 것'은 정말 '사소한 것'이 아니라 우리가 '사소한 것'으로 만든 것일 수도 있다. 굳이 어렵게 생각하지 말자. 아무 거나, 하나라도 사소한 것에 관심을 가져보고 생각해 보는 것은 어떨까? 좀 더 주변에 관심을 가진다면 좀 더 사소하지 않은 세상이 펼쳐질 것이다.

있어 보이는 글보다는
읽기 쉬운 글

'두드리는 자와 듣는 자(Tapper and Listener) 실험'이라는 것이 있다. 미국 스탠퍼드대학교의 엘리자베스 뉴턴(Elizabeth Newton)이 1990년 박사학위 논문을 준비하면서 한 실험의 이름이다. 내용은 이렇다. 두드리는 자는 이어폰을 끼고 음악을 듣는다. 음악은 크리스마스 캐럴과 같이 누구나 들으면 알 만한 곡이다. 그 곡을 듣고는 리듬에 맞춰 탁자를 두드리는 것이다. 그러면 듣는 자는 그 소리를 듣고 곡명을 맞히면 된다.

총 120곡을 들려줬다고 한다. 몇 곡이나 맞췄을까? 3곡이다. 재미있는 것은, 두 사람이 느낀 난이도의 차이다. 두드리는 사람은 문제가 너무 쉬워 듣는 사람이 60곡 이상은 맞힐 것이라 예상했다고 한다. 하지만 정작 듣는 사람은 문제가 너무 어려워 3곡밖에 맞히지 못했다.

왜 쉽게 써야 할까

앞의 실험에서 예상했던 것보다 정답이 적었던 이유는 무엇 때문일까? 듣는 자가 두드리는 자의 마음속에 울려 퍼지는 박자까지 다 들을 수는 없었기 때문이다.

이 같은 일들이 현실 세계에서는 간혹 일어난다. 예컨대 학교 선생님이 학생들에게 다음과 같이 말했다고 치자. "이번 시험문제는 역대급으로 쉽게 냈다." 그런데 정작 시험을 치른 학생들은 문제가 어려웠다며 아우성이다. 선생님은 거짓말을 하지 않았다고 가정한다. 그런데도 왜 이런 일이 일어난 걸까? 선생님이 지식의 저주에 빠졌기 때문일 수 있다. 지식의 저주란 어떤 주제에 대해 많이 알고 있는 사람이 그것에 대해 잘 모르는 사람의 처지를 헤아리지 못해 소통에 어려움을 겪는 일을 가리킨다.[4]

마치 두드리는 자가 듣는 자의 어려움을 알지 못했듯, 선생님은 학생의 입장을 충분히 헤아리지 못했기에 결과적으로 어려운 문제를 냈을 수도 있다는 것이다.

문제는 글쓰기에서도 이런 일이 자주 발생한다는 점이다. 한 전문가가 최근 자기 분야에서 일어난 중요한 변화를 대중에게 알리는 글을 썼다고 하자. 그런데 정작 대다수 독자들은 내용을 잘 이해하지 못했다. 누구에게 문제가 있는 것일까?

---

[4] 다음 백과사전. https://100.daum.net/encyclopedia/view/54XX10200020.

글쓴이에게 더 큰 문제가 있다고 봐야 한다. 일반 독자를 대상으로 글을 썼다면, 작가에게는 독자가 최대한 쉽게 이해할 수 있도록 글을 써야 할 책임이 있기 때문이다. 그 이유에 대해서는 다음의 세 가지로 정리해 볼 수 있다.

먼저 쉽게 쓰는 것은 독자에 대한 예의이기 때문이다. 독자에게는 다른 방식으로 시간을 보낼 수 있는 선택지가 있다. 잠을 자거나 TV를 보거나 다른 책을 볼 수도 있는 것이다. 그런데도 귀한 시간을 투자해 그 글을 읽어주었다. 이런 독자의 시간이 낭비로 끝나지 않게 하려면 어떤 내용이든 예상 독자가 제대로 이해할 수 있도록 써야 한다.

다음으로 글은 소통의 도구이기 때문이다. 왜 글을 쓰는가? 실용적인 글을 쓰는 이유는 분명하다. 정보를 알려주어 독자의 생각이나 행동을 변화시키기 위해서다. 이때 한 가지 전제가 필요하다. 그건 독자가 충분히 내용을 알아차릴 수 있도록 써야 한다는 점이다. 글 속에 아무리 훌륭한 내용이 담겼더라도 독자가 이해하지 못하면 헛것에 불과하기 때문이다. 실패한 글쓰기가 되지 않으려면 무엇보다도 글이 쉬워야 하는 이유다.

마지막으로 쉽게 쓰려 노력하다 보면 핵심이 명쾌하게 정리되기 때문이다. 평소 나는 글을 길게 쓰는 편이었다. 간단한 주제라도 일단 썼다 하면 A4 네 장 분량을 넘기기 예사였다. 그만큼 내용도 복잡하고 어려워졌다. 그러면 편집자는 더 짧게, 더 쉽게 써 주길 요구했다. 신기한 것은, 분량을 줄이거나 내용을 쉽게 바꾸면 바꿀수록 핵심이 선명하게 드러났다는 점이다. 이후 깨달았다. 내가 장황하게 썼던 이유는 핵심을 잘 파악하지 못했기 때문이라는 것을. 작가에게든 독자에게든 마찬가지다. 같은 내용이라면 짧고 쉽게 써야 핵심이 잘 잡힌다.

어떻게 하면 쉽게 쓸 수 있을까

예상 독자를 배려해야 한다. 특히 쓸거리에 대해 독자가 어느 정도 알고 있을지, 뭘 어려워할지, 그 어려움을 해결하려면 어떻게 해야 할지 충분히 고민한 다음 글을 쓰는 것이 좋다. 덧붙여 글의 군더더기를 없애고 쉬운 단어로 짧게 쓰는 것도 중요하다. 나아가 사례를 풍부하게 제시하면 독자는 훨씬 쉽게 글을 이해한다.

다음으로, 지적 허영을 버려야 한다. 소설 세미나 수업을 할 때였다. 개별 과제를 준 뒤 요지문을 발표하게 했다. 이때의 포인트는 요지문을 쉽게 쓰는 것이다. 그래야 듣는 학생들이 내용을 잘 이해할 수 있기 때문이다. 하지만 간혹 매우 어려운 요지문을 볼 때가 있다. 대개 논문을 그대로 베낀 경우다. 발표자에게 왜 좀 더 쉽게 쓰지 않았냐고 물어보면, '멋있는 부분을 발견했는데 자기 말로 옮겨지지는 않고 그걸 빼자니 아까워서'라고 답하는 경우가 많았다. 결국 있어 보이고 싶어 어렵게 쓴 것이다. 문제는 발표자조차 제대로 소화하지 못한 것을 다른 학생이 한 번 듣고 이해하기란 불가능에 가깝다는 점이다. 글도 마찬가지다. 아무리 멋있어 보이더라도 독자가 이해하지 못하면 낭비일 뿐이다. 소박해도 괜찮다. 겉멋을 빼고 해야 할 말을 정확하게 쓰는 것이 훨씬 낫다.

끝으로, 자신이 쓰고자 하는 내용에 대해 잘 알고 있어야 한다. 앞의 사례에서 보았듯, 쓸 것에 대해 잘 모르면 베껴 쓰게 된다. 자연히 말은 겉돌고 이해는 힘들어진다. 더 쉽고 간단한 말이나 예로 바꾸지 못하기에 생기는 일이다. 따라서 쓰기에 앞서 쓸거리에 대해 제대로 공부해야 한다. 쉽게 쓰기가 어렵게 쓰기보다 훨씬 더 어려운 이유다. 하지만 기억하자. 쉽게 쓰면 쓸수록 나와 독자 모두에게 이롭다는 것을.

사례로 배우는 글쓰기

학생 글 한 편을 소개한다. 마카롱 만드는 방법에 대해 잘 모르는 친구들을 대상으로, 마카롱 굽기에 도전한 경험을 이야기한 글이다. 이해를 돕기 위해 사진을 첨부한 뒤 간단한 설명까지 덧붙였다. 나아가 그 과정에서 얻은 깨달음을 제시했는데, 내용이 쉽고 재미있었던 만큼 공감의 폭도 컸다.

나의 마카롱 도전기

함안고 안○○

나는 간식을 좋아한다. 간식 중 특히 달달한 것이라면 아주 잘 먹는다. 그러다 보니 자연스레 마카롱을 먹어보게 되었고 마카롱의 단맛에 반해 즐겨 먹게 되었다. 여기서 마카롱이란, 작고 동그란 모양의 머랭 반죽에 필링을 넣은 프랑스 고급 과자를 가리킨다.

하지만 다들 알다시피 마카롱은 매우 가격이 비싼 간식에 속한다. 500원짜리 동전보다 조금 더 큰 크기의 마카롱이 개당 1500원에 팔린다. 처음에는 아무 생각 없이 사 먹다가, 나는 마카롱의 가격에 대하여 의문을 가지게 되었다. 마카롱이라는 것은 왜 유독 가격이 비쌀까? 혹시 마카롱을 만들 때 사용되는 원재료 값이 비싸기 때문일까? 하지만 답은 '아니다'였다. 인터넷으로 검색해 보니, 마카롱은 계란, 설탕, 아몬드 가루, 슈가파우더 등 모두 일상에서 구할 수 있고, 가격대가 저렴한 재료를 사용해서 만들어진 간식이었다.

마카롱의 재료들을 찾아보다가 나는 한 가지 아이디어를 떠올렸다. 그것은 '고가의 마카롱을 사 먹지만 말고 내가 한 번 만들어서 먹어보자'였다. 평소에 쿠키나 빵을 굽는 것을 즐겨했던 나는 의외로 쉬운 마카롱 레시피를 보고 왠지 내가 만들 수 있을 것 같다는 생각이 들었다.

재료를 산 뒤 집으로 가서 나는 마카롱을 만드는 영상을 몇 개 본 뒤 바로 만들기에 돌입했다. 계란을 넣어 머랭을 올린 뒤 아몬드 가루와 슈가파우더를 넣으니 반죽이 완성되었다. 이 과정까지는 굉장히 순탄했다. 하지만 나는 오븐 판을 꺼내자마자 실망할 수밖에 없었다. 내가 아는 마카롱의 모양이 아니었기 때문이다. 마카롱은 삐에가 잘 살아있고 매끈해야 하는데 내가 만든 마카롱은 위가 갈라지고, 삐에가 올라오지 않았기 때문이다. 여기서 삐에란, 마카롱을 구웠

을 때 마카롱의 밑부분에서 형성되는 우둘투둘한 부분을 말한다. 〈1,2번째 사진〉

사진을 보면 매끈한 표면 밑에 올라온 우둘투둘한 부분이 보이는데 이 부분이 삐에다. 이 삐에가 올라오지 않으면 마카롱 같지 않은 모양이 나온다. 이런 식으로 말이다. 〈3,4번째 사진〉

먹어보니 맛도 마카롱과는 다른 맛이 났다. 쉬울 거라 생각했던 마카롱 만들기가 실패로 돌아가자, 나는 순간적으로 무기력해지며 다시는 도전하기 싫어졌다. '그냥 사 먹고 말지'라고 생각하며 내팽개쳐 놓았다.

그때 엄마가 내게 무엇을 하는지 물어보셨다. 나는 마카롱을 만들다 실패했고 그냥 앞으로는 사 먹을 것이라고 말씀드렸다. 하지만 엄마는 나에게 너무 빠르게 포기하는 것 같다며 내가 다시 만들도록 동기를 부여해주셨다. 나는 거의 포기 상태였었지만, 엄마의 말을 듣고 다시 도전해 보고 싶다는 생각이 들었다.

마카롱을 성공적으로 만드는 방법을 연구하고 난 뒤, 나는 마카롱 만들기에 재도전하였다. 하지만 두 번째 세 번째 만들었을 때에도 첫 번째 만들었을 때와 다름이 없었다. 계속 실패하자 마카롱을 꼭 성공하고 말겠다는 오기가 생겼다. 그래서 나는 틈만 나면 마카롱 만드는 연습을 하였다. 한 3번 정도 더 만들어 보니 나름의 실패 원인을 알 수 있었다. 찾아보고 연습한 결과, 8번째 마카롱을 구웠을 때 드디어 매끈하고 삐에가 잘 올라온 마카롱을 만들 수 있었다.

난 마카롱을 만들며 한 가지 배운 것이 있다. 그것은 바로 '자신이 한 번 하고자 한 일은 끝까지 수행하라'이다. 만약 내가 첫 번째로 마카롱에 도전했을 때 포기했더라면 아마 이런 감동은 느껴보지 못했을 거다. 당신은 무언가를 이뤄내기 위해 포기하지 않고 끊임없이 도전해 본 적이 있는가? 있다면 그것이 몇 번이나 되는가? 〈중간 생략〉 나는 우리가 원하는 목표를 위하여 포기하지 않고 도전한다면 언젠간 성취할 수 있다고 믿는다. 내가 계속 마카롱 만들기를 연습하여 결국 성공한 것처럼 말이다.

습작의 한 가지 방법:

모방하기

가수 신승훈과 홍경민의 공통점이 뭔지 아는가? 최강 모창 능력자라는 점이다. 신승훈은 노래 한 곡 부르면서 변진섭, 이문세, 김종서같은 가수 여덟 명의 목소리를 똑같이 재현해 낸다. 홍경민은 그런신승훈의 목소리를 포즈까지 따라 하며 모방하고 말이다.

물론 개그맨이나 아이돌 중에서도 모창을 꽤 그럴듯하게 잘하는이들을 볼 수 있다. 하지만 그런 개인기로서의 모창과 두 가수의 모창은 소리의 결부터 사뭇 다른 느낌이다. 이들은 일종의 창법 연구라는 측면에서 다른 가수의 노래를 파고들었기 때문이다.

실제로 신승훈은 한 TV 프로그램에서 "그 가수가 어떤 발성을 하며 사랑받는지 연구하고 싶어 발성을 흉내 냈고, 그것이 나의 모창이된 것"이라고 말하기도 했다.[5]

왜 모방하기가 필요한가

모방하기는 단기간에 글쓰기 감각을 키울 수 있는 좋은 방법이기 때문이다. 언젠가 한 학생이 에세이 대회에 투고하고 싶다며 자기가 쓴 글을 검토해 달라고 찾아온 적이 있다. 나름대로는 꽤 오랜 시간 동안 고심해 쓴 글이었다. 하지만 살펴보니 몇 가지 문제가 있었다. 우선 논지 전개가 어색했다. 주제도 선명하게 드러나지 않았다. 문단 구분도 제대로 되지 않았는데 문장마저 길었으니, 한마디로 총체적 난국이었다.

그때 이 학생에게 해준 말은, 관련 홈페이지에서 기존 수상작들부터 찾아 분석해 보라는 것이었다. 당선작들은 그 대회 심사위원들로부터 우수성을 입증받은 글이기 때문이다. 따라서 그 글들을 꼼꼼히 살펴보면 배울 것이 많다. 아니나 다를까 이후 가져온 학생의 글은 처음보다 훨씬 좋아졌다. 잘 쓴 글을 통해 배움으로써 어떻게 써야 할지 감을 잡았기에 가능한 일이었다.

그런데 간혹 모방이라고 하면 노골적으로 거부감을 드러내는 사람을 볼 때가 있다. 글이란 자신의 통찰만으로 세상을 표현한 것이어야 한다는 신념 때문에 그런 것인지도 모르겠다. 하지만 남정욱 교수는 그와 같은 사고야말로 무식한 생각이라 단언한다. 나아가 강준만

---

5   김명환, '김명환 기자의 글쓰기 교실 31. 좋은 글 베껴 쓰기, 기대 이상의 효과 있다', 〈프리미엄조선〉, 2014년 4월 1일자 기사.

교수는 유치하고 위선적인 생각이라고 덧붙이기까지 한다. 하늘 아래 새로운 생각이라는 게 별로 없거니와 수많은 책에서 얻은 정보와 지식 또한 자신의 것은 아니기 때문이란다.[6]

동의한다. 이 때문일까? 작가 중에서도 모방하기를 통해 글쓰기를 배우거나 연구한 이들이 적지 않다. 대표적으로 안도현 시인은 백석의 시를, 신경숙 작가는 소설가 조세희의 《난장이가 쏘아올린 작은 공》을 베껴 쓰며 작가 되기를 꿈꿨다. 그리고 보면 때로 모방은 글쓰기의 세계로 들어가는 지름길이자 창조의 밑거름이었던 셈이다.

모방을 통해 어떻게 글쓰기를 배울 것인가

앞서 이야기했듯, 잘 쓴 글을 모방함으로써 배우는 것은 꽤 괜찮은 방법이다. 하지만 표절은 안 된다. 표절은 남의 것을 훔쳐 자기 것처럼 속이는 행동이기 때문이다. 따라서 모방을 통해 주로 배워야 할 것은 남과 다른 시각을 가지는 법, 또는 생각을 효과적으로 표현하는 방법 같은 것들이다. 덧붙여 혹시라도 대상 글의 아이디어가 마음에 들어 빌려 쓰고 싶다면, 자신의 표현으로 바꿔 제시하되 반드시 그 출처를 밝혀야 한다.

그러면 모방을 통해 어떻게 글쓰기를 배울 것인가? 먼저 해야 할 일은 모방의 대상을 찾는 것이다. 이왕이면 문장이 정교하고 아름다

---

6   강준만, 《글쓰기가 뭐라고》, 인물과사상사, 2018, 47-52쪽.

운 글을 고르는 것이 좋다. 나아가 논리적이거나 창의적인 생각을 담은 글이 좋다. 그래서 뭔가 배울 만한 것이 있는 글, 대화를 나누고 싶은 글을 고르는 것이 포인트다. 개인적으로 특정 분야에 관심이 있다면 해당 분야에서 자기가 좋아하는 작가의 글을 선택해도 된다. 예컨대 칼럼 쓰기에 관심이 있다면 좋아하는 칼럼니스트의 글을, 시에 관심이 있다면 자기가 좋아하는 시인의 작품을 모아서 보는 것이다.

글이 선정되었다면 이제 분석할 차례다. 가장 기본은 구조를 분석하는 것이다. 방법은 간단하다. 문단별로 핵심 내용을 한두 문장으로 요약·정리하면 된다. 이후 정리된 내용을 훑어보며 글의 얼개를 파악하는 것이다. 이와 함께 글감과 주제는 어떻게 잡았는지, 어떻게 시작하고 끝맺었는지, 사례는 어떻게 제시하고 문장은 어떻게 썼는지 등을 살펴보면 된다.

마지막으로 추천하는 것은 분석한 글과 대화를 나누는 것이다. 가장 쉬운 방법은 대상 글의 좋은 점을 메모하는 것이다. 아쉬웠던 점이나 '나라면 이 부분은 이렇게 썼을 것 같다'라고 생각한 내용을 적어도 된다. 아무리 잘 쓴 글이라도 완벽한 글은 없기 때문이다. 따라서 좋은 점은 배우되 늘 비판적인 거리를 유지하는 것이 중요하다. 이렇게 글들을 살펴 가다 보면, 오래지 않아 부쩍 글 보는 눈과 글 쓰는 실력이 높아진 자신을 만나게 될 것이다.

알아두면 좋은 몇 가지

'수파리(守破離)'라는 것이 있다. 배움의 단계를 나눈 말이다. 여기서 '수(守)'는 스승의 가르침을 철저하게 배우고 따르는 단계를, '파(破)'는 기존의 틀을 깨뜨리고 자신의 색깔을 드러내는 단계를, '리(離)'는 자기만의 독특한 세계를 이루어 드디어 스승의 가르침에서 벗어나는 단계를 가리킨다. 그렇다면 이와 같은 단계를 통해 알 수 있는 사실은 무엇일까? 다음의 세 가지로 정리해 볼 수 있겠다.

첫째, 모방도 하려면 제대로 해야 한다. 자기의 세계를 만들려면 그 전에 기본부터 철저하게 익히는 것이 순서이기 때문이다. 둘째, 모방은 습작의 한 부분일 뿐이다. 모방은 자기 세계를 찾기 전 단계에서 유효한 수련법이기 때문이다. 따라서 셋째, 모방의 대상은 언제나 극복의 대상이 되어야 한다. 모방에서 벗어나지 못하는 한 자기 세계도 없기 때문이다.

꾸준한 글쓰기를 위한 제안:

일주일에 짧은 글 한 편 쓰기

'양질전환(量質轉換)의 법칙'이라는 것이 있다. 물에 열을 가하다 보면 어느 순간 액체가 기체로 변한다. 이처럼 양적인 변화도 쌓이다 보면 결국 질적인 변화가 나타난다는 내용의 법칙이다.

때로 위대한 예술가는 타고난 천재성 때문에 좋은 작품을 남긴 것으로 이야기되곤 한다. 하지만 이는 반만 맞는 말이다. 걸작은 천재성과 함께 꾸준한 노력이 만날 때 탄생하는 것이기 때문이다. 수많은 그림을 그렸던 피카소, 매주 한 편씩 칸타타를 작곡한 바흐의 삶이 이를 증명한다. 심지어 애니메이션 〈하울의 움직이는 성〉의 음악감독 히사이시 조는 "창조야말로 축적의 결과물"이라 말하기도 했다.[7]

---

7   한근태, 《일생에 한번은 고수를 만나라》, 미래의창, 2013, 24-25쪽.

왜 꾸준히 써야 할까

쓰기에 가장 좋은 순간만 기다리다간 끝내 못 쓸 수도 있기 때문이다. 지금은 바쁘니까 또는 아이디어가 떠오르지 않으니까 나중에 써야겠다고 말하는 경우가 있다. 한두 번은 그럴 수 있다. 하지만 늘 그렇게 미루기만 한다면 글은 결코 쓸 수 없다. 여유롭고 아무것도 하지 않는데도 아이디어가 막 샘솟는, 그런 마법 같은 순간은 좀처럼 찾아오지 않기 때문이다. 전업 작가가 아닌 바에야 누구에게나 글 쓰는 시간은 부족하다. 그러니까 만들어야 한다. 아이디어도 마찬가지다. 가만히 있는데 불쑥불쑥 떠오르진 않는다. 끊임없이 생각해야 나타난다. 하루 30분이라도 좋으니 꾸준히 쓰고 생각해야 하는 것이다.

또한 계속 쓰다 보면 결국에는 잘 쓰게 된다. 1만 시간의 법칙이라는 말이 있다. 어떤 분야에서든 탁월한 경지에 오르려면 수많은 연습이 필요한데, 이때 공통적으로 발견되는 시간, 이른바 매직 넘버가 바로 1만 시간이라는 뜻이다. 작곡가, 야구 선수, 피아니스트 등 분야를 막론하고 뛰어난 성취를 이룬 사람들이라면 이 정도의 시간은 연습에 투자했다고 한다.[8]

글쓰기라고 예외일 리 없다. 모든 이에게 1만 시간을 강요할 수는 없지만 잘 쓰고 싶다면 꾸준한 연습이 필요하다.

물론 이러한 주장과 반대되는 견해도 있다. 이남훈 작가는 "고생

---

8 말콤 글래드웰, 노정태 옮김, 《아웃라이어》, 김영사, 2009, 56쪽.

끝에 병만 얻을 수 있다"며 꾸준히 오래 써야 한다는 믿음은 잘못된 신화에 불과하다고 말한다. 연습량만 채운다고 실력이 향상되는 건 아니며, 글을 쓰기 위해서는 쓸거리가 있어야 하는데 준비조차 안 된 사람에게 표현하라는 권유는 버거운 강요일 수 있기 때문이란다.[9]

일리 있는 말이다. 하지만 전적으로 동의할 수는 없다. 양만 많이 쌓인다고 질적인 변화가 무조건 따라오는 건 아니지만 양적으로 쌓인 게 없다면 질적 변화 또한 없기 때문이다. 연습량에 꼭 비례하진 않더라도 계속 쓰면 실력이 느는 것 역시 명백하고 말이다.

되짚어 보면 나의 경우에는 책상에 앉기 직전이 더 막막하고 쓰기 싫을 때가 많았다. 반대로 일단 앉아 무엇이라도 쓰기 시작하면 오래 지 않아 생각이 떠오르곤 했다. 요컨대 쓸거리가 있어야 쓴다지만 쓰다 보면 쓸거리가 생각나기도 한다. 힘들어도 꾸준히 써야 할 이유다.

일주일에 짧은 글 한 편 쓰기

그렇다고 해서 이남훈 작가의 지적을 무시할 수는 없다. 분명 타당한 부분이 있기 때문이다. 그래서 하나의 대안을 제안한다. 바로 일주일에 짧은 글 한 편 쓰기다.

가끔씩 이런 생각을 했다. '매일 세 줄이라도 써라'는 조언을 많이 들 하는데, 이를 좀 더 유연하게 받아들이면 어떨까? 이를테면 자료

---

9   이남훈, 《필력》, 지음미디어, 2017, 77-79쪽.

찾고, 읽고, 읽으면서 메모하고, 길 가다 떠오르는 생각을 적는, 이 모든 과정도 쓰기로 보는 것이다. 그러면 일주일에 짧은 글 한 편을 완성한다는 전제하에 며칠간은 자료만 찾아도 된다. 또는 메모하거나 개요만 짜도 된다. 이 모든 게 글쓰기이기 때문이다.

그렇다면 왜 이렇게 쓰기의 범위를 넓히려 하는가? 그건 매일 쓰기에 대한 부담을 줄일 수 있기 때문이다. 따지고 보면 매일 글을 쓰는 것은 쉬운 일이 아니다. 시간이야 낸다 해도 쓸거리가 늘 있는 것도 아니고 자료도 수집해야 하기 때문이다. 그러나 일주일에 짧은 글 한 편을 쓰는 것은 생각보다 어렵지 않다.

게다가 자료 찾고 메모하고 개요를 고치다 보면 생각이 정리되고 쓸거리도 풍부해진다. 자연스레 초고도 수월하게 나올 수밖에 없다. 일단 초고가 나오고 나면 그 뒤부터는 작업도 편하다. 반복해 읽으면서 고치기만 하면 되기 때문이다. 이 과정에서 자기 글이 점점 좋아지는 것을 느끼는 재미는 덤이다.

여기에 팁을 하나 더하면 글쓰기는 즐거운 놀이가 될 수도 있다. 예컨대 자기가 좋아하는 것에 대해 쓰는 것이다. BTS 같은 아이돌도 좋고 모자나 신발, 이어폰에 대한 것도 좋다. 자기가 빠져 있는 것에 대해 수다 떨듯 쓰는 것이다. 그러면 재미있다. 좋아하는 것이니까 아는 것도 많고 할 말도 많다. 쓰는 것이 덜 피곤하고 집중도 잘 될 수밖에 없는 이유다. 또 하나 좋은 점은, 쓰면 쓸수록 아는 것도 늘어난다는 점이다. 그만큼 쓸 것도 쓰기 실력도 늘 수밖에 없다.

내가 가진 습관 중 하나는 매일 두 번 걷는 것이다. 시간은 상관없다. 이른 새벽이든 늦은 밤이든 시간만 나면 걷는다. 비가 오고 바람이 불어도 걷는다. 몸에 익었기 때문일까? 이제 걷지 않으면 답답해 견딜 수가 없다. 완전 중독 수준이다.

글쓰기도 이렇게 하면 된다. 자기가 할 수 있는 만큼만 매일 조금씩 쓰는 것이다. 단, 절대 무리하면 안 된다. 곧 지쳐 그만둘 수 있어서다. 오랫동안 하려면 쉬워야 한다. 그렇게 작은 실천들이 쌓이면 어느 순간 글쓰기와 함께 달라진 자신을 만나게 될 것이다. 꾸준한 글쓰기, 이른바 지속 가능한 작은 실천을 권하는 이유다.

사례로 배우는 글쓰기

학생의 글 한 편을 소개한다. 이 학생은 자기가 좋아하는 그룹 DAY6의 매력을 소개하는 글을 썼다. 꾸준한 글쓰기의 비결이라고 해서 특별한 건 없다. 이 학생처럼 자기가 좋아하는 것에 대한 글부터 쓰면 된다. 그렇게 한 편씩 쓰다 보면 어느새 글쓰기가 가깝게 느껴질 것이다.

일주일에 6일은 'DAY6'와

경남과학고 류○○

밴드 음악을 좋아하는 사람에게 DAY6의 존재는 신선한 충격이다. 대형 기획사인 JYP 소속의 5인조 보이 밴드라는 점에서, 모든 곡을 직접 작사, 작곡한다는 점에서 그렇다.

또 다른 놀라운 점은 멤버 5명 중 4명이 보컬의 역할도 담당 중이라는 사실이다. 드럼을 치는 도운을 제외한 전 멤버가 노래에 참여한다. 도운 역시 몇몇 노래의 아카펠라 부분에 참여하고 있다. 보통의 밴드의 경우 보컬을 많아야 두 명, 대개 한 명으로 둔다. 그러나 DAY6의 경우 보컬 전원의 기량이 풍부하고, 음악 취향 역시 다양하여 높은 음역대, 랩, 아카펠라 등 음악적으로 많은 분야를 소화할 수 있다. 또한 이들의 목표 역시 특정한 장르보다는 다양한 장르에서 좋은 음악을 만드는 것이기 때문에 앨범마다 분위기가 매우 다르고, 같은 앨범 내에서도 다양한 음악을 감상할 수 있다.

이렇게 음악적으로 훌륭하지만 홍보를 적게 하는 Studio J 소속이라 대중들에게 널리 알려지지 않았다. 또한 한국에서 밴드 음악은 비주류 장르이기 때문에 찾아 듣지 않는 이상에야 이들의 음악을 접하기 어려운 것이 현실이다. 그래서 한 번 접한 이상 빠져나올 수 없는 매력을 지닌 그들의 음악을 추천하려 한다.

가장 유명한 것은 〈예뻤어〉라는 노래로, 많은 사람은 이 노래를 통해 DAY6를 접하게 된다. 〈예뻤어〉는 헤어진 연인에 대해 함께한 모든 순간에 넌 예뻤다고 회상하는 한 남자의 감성을 그려낸 곡이다. 헤어진 연인에 대해 회상하는 곡이 수없이 많음에도 이 곡이 주목받는 이유는 어떤 모습이나 행동이 아닌 '날 바라봐주던 눈빛', '날 불러주던 그 목소리' 등, 진짜 예뻤던 추억을 담담하게 회상해내는 듯한 가사와 파워풀한 록 사운드가 결합되었기 때문이다. DAY6의 노래 중 가장 대중적이라고 할 수 있다.

신나고 빠른 펑크 록을 듣고 싶다면 〈Sweet Chaos〉를 추천한다. 이번에 새로 나온 3집 앨범의 타이틀곡으로, 인상적인 드럼 사운드와 달콤하지만 혼란스러운 역설적 감정을 표현한 가사가 잘 어우러져 있다. 사랑을 해 본 사람이라면 한 번쯤 겪어봤을 혼란스러움을 주제로 근사한 공감을 전한다. "너란 파도를 맞고 나만의 모래성이 무너지듯" 내 세상은 뒤죽박죽 망가지고 무질서해졌지만 그것마저 기다려진다는 가사처럼 사랑에 푹 빠져 정신 못 차리게 한 달콤함을 노래한 곡이다.

퀸의 〈보헤미안 랩소디〉 같은 느낌의 곡을 좋아한다면 〈놓아 놓아 놓아 (Rebooted ver.)〉를 추천한다. 도입부 아카펠라와 후반부의 아카펠라. 한국 노래로 〈보헤미안 랩소디〉의 느낌을 느낄 수 있다.

1980년대 영국을 중심으로 유행했던 신스팝의 팬이라면 〈행복했던 날들이었다〉를 추천한다. 〈행복했던 날들이었다〉는 신스팝 밴드 사운드를 DAY6만의 스타일로 재해석한 곡이다. '후회 없는 사랑을 했기에 미련과 원망은 없다'는 메시지를 담고 있다. 현재 국내 음악신에서 볼 수 없는 장르의 사운드에 한국적 정서의 가사가 더해져 새로우면서 익숙한 아련함이 묻어나는 곡이다. 신스팝이 낯선 팬들에게는 신선함을, 이에 익숙한 팬들에게는 신스팝이 유행하던 시기의 추억을 떠올리게 할만한 노래다. 〈중간 생략〉

소개한 곡 이외에도, 원하는 장르가 있다면 DAY6 곡 안에서 모두 찾을 수 있을 정도로 다양한 음악을 소화해내고 있다. '프로 이별러'라고 불리는 Young K의 작사 실력은 많은 사람의 감성을 사로잡는다. 원필의 음색은 가요계에서 찾을 수 없었던 독특한 매력을 지니고 있다. 도운의 드럼 사운드는 막혀있던 가슴을 뻥 뚫리게 해준다. 성진은 허스키한 보이스도 매력 포인트지만, 춤 실력 역시 아이돌에 못지않은 춤신이다. Jae는 K팝스타 시즌 1 Top 6에까지 진출했을 정도의 실력자이다. 박진영이 '너희의 팬이다', 'DAY6의 곡은 항상 기대된다. 빨리 듣자'라고 하는 것을 보면 JYP 내에서도 음악적으로 뛰어난 편이란 것을 알 수 있다. 이렇듯 훌륭한 DAY6의 음악을 모두가 들었으면 한다. 속는 셈 치고 한 번만 들어보자. 빠지지 않고는 배길 수가 없을 것이다.

어럿이 함께 쓰고 읽고 고치기:

쓰기 워크숍[10]

글은 소통을 위한 것이다. 이 관점에서 접근하면 좋은 글이 갖춰야 할 요건 하나가 드러난다. 바로 독자에게 잘 먹혀야 한다는 점이다.

글을 쓰는 사람이라면 자기가 쓴 글이 독자에게 어떻게 다가갈지 잘 알고 있어야 하는 이유다. 이런 감각을 기르려면 자신이 쓴 글을 다른 사람에게 보여주고 자주 피드백 받는 것이 가장 좋다.

20년간 하버드대학교에서 글쓰기 교육을 이끌어 온 낸시 소머스 (Nancy Sommers) 교수도 똑같은 말을 했다. 언젠가 그녀는 한 인터뷰 에서 글쓰기 실력을 향상시키기 위한 비법 두 가지를 소개한 적이 있

---

10 '모둠원(쓰기 공동체)과의 끊임없는 소통을 통해 각자가 자기 책을 쓰는 모임'을 뜻한다. 하지만 굳이 책의 형태로 글이 묶여야만 하는 건 아니다. 모둠원이 쓴 글을 같이 읽고 피드백해 줌으로써 더 나은 글쓰기가 가능하도록 도와주기만 해도 된다.

다. 그중 하나가 학생들이 서로의 글을 읽고 첨삭해 주는 동료 평가(peer edit)다. 동료의 글을 최대한 많이 읽어 보고 자기 글에 대한 평가도 받아 보아야 비로소 자기 글의 단점이 무엇인지, 어떻게 개선해야 할지를 알 수 있기 때문이란다.[11]

왜 쓰기 워크숍이 좋은가

쓰기 워크숍은 글쓰기 실력을 늘리는 데 많은 도움을 준다. 동료 평가가 활동의 핵심을 이루고 있기 때문이다. 낸시 소머스 교수가 언급한 동료 평가의 장점은 실제 워크숍 활동을 해 본 학생들이 말한 장점의 1/6에 불과할 정도다. 그러면 구체적으로 어떤 점에서 좋은지 설문에 답한 학생들의 목소리를 통해 확인해 보자.[12]

이유	답변 유형
1. 혼자서는 파악하기 힘들었던 문제를 분명하게 알게 된다.	• 글을 쓰며 내가 놓친 것이 생각보다 많음을 깨달았다. 내가 생각하지 못했던 부분을 친구들이 지적해 준 덕분에 글의 완성도가 한층 올라간 것 같다. • 앞뒤 문맥의 연결이 부자연스러웠던 부분 등 내가 읽었을 때는 쉽게 찾을 수 없었던 글의 문제점들을 쉽게 발견할 수 있었다. 또 이를 수정함으로써 더 매끄러운 글을 쓸 수 있었다.

11 박승혁, '매일 10분이라도 글 써야 생각을 하게 돼', 〈조선일보〉, 2017년 6월 5일자 기사.
12 2019년 가을 무렵, 경남과학고 1학년 학생들과 두 달 정도 '쓰기 워크숍'을 진행한 적이 있다. 워크숍을 마칠 때쯤, 동료 평가가 글쓰기에 도움이 되었는지를 묻는 설문조사를 실시했다. 대략 77%의 학생이 도움이 되었다는 응답을 했다(보통이다: 15%, 도움이 되지 않았다: 8%). 이 도표는 '도움이 되었다'는 답변 중 대표적인 것 몇 가지를 추린 것이다.

	• 친구들의 글을 읽고 내 글을 보았을 때 친구의 것에 비하여 어느 부분이 부족하고 어느 부분을 고쳐야 할지가 더 잘 보였다.
2. 생각 정리가 잘 된다.	• 나와 생각이 다른 친구와 이야기하는 과정에서 생각이 더 잘 정리되었다.
3. 독자의 입장을 더 잘 고려하게 된다.	• 내가 생각했을 때는 내가 쓴 문단이나 문장의 의도가 글의 큰 틀에 비추어 적당하다고 생각했는데, 독자의 입장에서는 그렇지 않은 경우가 많았다. 내 입장에서만 글을 보면 자신의 글을 합리화하기 쉽다는 것을 느꼈다. • 글에 대한 여러 가지 의견을 들으며 다양한 독자들의 요구사항과 관점에 대해 알 수 있었다.
4. 유연한 글쓰기가 가능해진다.	• 각자의 생각을 나눌 수 있고, 고정관념에서 벗어나 유연한 글쓰기가 가능하다. • 다른 사람의 관점에서 발견한 오류를 수정해나가는 과정이 좋았다.
5. 동기부여가 잘된다.	• 친구에게 첨삭을 받게 되니 더 예쁜 글을 보여주고 싶어서 사전에 글을 갈고 닦는다. • 친구들의 첨삭으로 나아지는 글을 보면서 스스로 글에 대한 자신감을 가지고 글을 쓸 수 있게 되어 글쓰기가 좀 더 쉬워진 것 같다.
6. 잘 읽히는 글에 대한 감각을 기를 수 있다.	• 실제로 친구들에게 피드백을 받고 나도 피드백을 주면서 잘 읽히는 글에 대한 감각이 길러지는 듯한 느낌을 받았다. • 친구의 글을 평가하고 읽어 보면서 어떤 글이 잘 쓴 글인지 느낄 수 있었다.

쓰기 워크숍은 어떻게 운영할 것인가

쓰기 워크숍에 딱히 정해진 규칙은 없다. 각자가 쓴 글을 나눠 읽고 자유롭게 의견을 교환하는 것이 전부다. 그 외의 것들은 참여자들이 논의해 자율적으로 정하면 된다.

다만 하나의 사례가 있다면 참고는 될 것이다. 그래서 내가 실제로 운영했던 워크숍 사례를 참고 자료로 제시한다. 관심이 있다면 살펴보기 바란다.

알아두면 좋은 몇 가지

모둠은 서로에게 도움이 되려는 마음을 가진 사람들로 구성하는 것이 좋다. 설문조사 결과, 불성실한 참여자가 있으면 워크숍 효과도 떨어졌기 때문이다. 또 잘 쓴 부분은 칭찬하되 고쳐야 할 부분에 대해서는 편하게 짚을 수 있는 분위기를 마련하는 것도 중요하다.

나아가 참여자 모두 고쳐 쓰기와 관련지어 어느 정도의 배경 지식은 갖추는 것이 좋다. 이 책의 5장을 읽고, 제시된 체크리스트를 참고하면 될 것이다.

끝으로, 다른 사람의 의견은 받아들일 수 있는 부분까지만 받아들이면 된다. 조언이라 해서 무조건 따라야 하는 것은 아니다. 남의 말대로만 쓰다 보면 어느 순간 자기 색깔을 잃을 수도 있어서다. 합당한 조언은 받아들이되 자기 색깔도 지켜야 한다.

사례로 배우는 글쓰기

아이는 주변에 사람이 없으면 말하는 법을 배우지 못한다. 하지만 일단 말을 배우고 난 뒤에는 혼자서도 말하고 쓸 수 있다.[13]

글쓰기에 첫발을 내디뎠다면, 그럴수록 더더욱 애정 어린 독자가 필요한 이유다.

학생의 글 한 편을 소개한다. 이 글을 쓴 학생은 워크숍 활동에 성실하게 참여했다. 그 결과 시간이 지나면 지날수록 글이 몰라보게 좋아졌다. 이 글 또한 워크숍을 통해 여러 번 다듬은 글이다. 처음에는 고쳐야 할 곳이 제법 보였다. 하지만 친구들의 피드백을 잘 받아들임으로써 글이 꽤 좋아졌다.

덧붙여 이 글 뒤에는 이 글이 나오기까지의 워크숍 과정을 엿볼 수 있도록, 수정 과정도 일부 제시했다. 같이 살펴보면 좋을 것이다.

---

13 피터 엘보, 김우열 옮김, 《힘 있는 글쓰기》, 토트출판사, 2014, 84-85쪽.

박효신 앓이 조심하세요

경남과학고 배○○

지금은 가장 좋아하는 가수가 누구냐고 물으면 망설임 없이 박효신이라고 대답할 수 있다. 하지만 불과 2년 전만 해도 박효신은 나에게 많은 가수 중 한 명에 지나지 않았다. 〈눈의 꽃〉, 〈야생화〉를 부른 가수. 박효신에 관한 생각은 딱 그 정도였다. 〈숨〉, 〈home〉 등 그의 다른 노래들은 그렇게까지 좋다고 느껴지지 않았다. 그랬던 내가 박효신에게 빠지게 된 건 우연히 그의 라이브 영상을 보고 나서인 것 같다. 그의 노래는 옷깃 사이로 스며드는 바람처럼 나를 멍하게 했다.

그 뒤로 나는 이른바 '박효신 앓이'에 시달리게 되었다. 지금은 다행히 많이 호전되었지만, 한때는 팬클럽 가입을 진지하게 생각했었을 정도로 병세가 심각했었다. 만약 그 이상으로 병이 심해지게 되면 웬만한 아이돌 팬 저리 가라 할 정도로 박효신 덕질을 하게 된다. 팬클럽 정회원 수로 추정해볼 때 3만 3천 명 정도가 그런 위중한 상태로 보인다. 이 정도까지는 아니더라도 '박효신 앓이'는 2019년에 열린 콘서트 예매에 60만 명이 몰릴 정도로 광범위하게 퍼져 있다. 일반인은 물론 박보영, 김고은, 여진구, 시우민, 장동건 등 많은 연예인도 투병 사실을 밝히곤 한다. 〈중간 생략〉

20년 동안 활동하면서 그는 상당한 창법 변화를 거쳐 왔다. 박효신 팬이라면 데뷔 초, 3집, 5집, 6집, 군대, 재능기부, 2014, 2015, 7집, 2019, 뮤지컬까지의 목소리를 다 알고 구분할 수 있을 정도이다. 이 때문에 다양한 목소리를 비교하면서 듣는 재미가 쏠쏠하다. 데뷔 초의 날 것 같은 목소리, 3집의 호소력 짙은 목소리, 5집의 부드러운 목소리, 6집의 좁으면서도 매력적인 목소리, 뮤지컬의 단단하고 남성적인 목소리 등 다양한 매력을 느낄 수 있다.

또한 음악적 성향도 크게 바뀌었다. 데뷔 초에 그는 흑인 음악을 추구했고 그 테두리에서 R&B 발라드를 주로 불렀다. 시간이 지나면서 화려한 애드리브, 흐느끼는 목소리가 담긴 음악이 과하다고 생각된 박효신은 점점 부드럽고 절제하는 음악을 추구하게 되었다. 최근 발표되는 맑고 담백한 목소리와 어우러진 섬세한 음악은 어떻게 보면 심심하게 느껴질 수 있지만 그만큼 잔잔하게 퍼져나가 쉽게 질리지 않는 매력이 있다.

이렇게 음악 스타일이 변화해왔기 때문에 과거 노래, 현재 노래, 그리고 현재 스타일로 부른 과거 노래 등을 번갈아 가며 듣고 있노라면 질릴 새가 없다. '입덕! - 현재 노래를 계속 들음 - 질림 - 라이브 영상을 찾아 들음 - 너무 좋음 - 그러다 질림 - 과거 노래도 들어봄 - 좋음 - 과거 시절 라이브 영상을 찾아 들음 - 너무 좋음 - 그러다 질림 - 군대 때 레전드네 - 2014 시절이 내 취향이야 - 3집 목소리가 독특한 매력이 있네 - 재능기부 때 감성은 진짜… - 6집 노래가 이렇게 좋았다고?'의 테크를 타게 된다. 이 테크의 종착지는 당연히 - 무한 반복이다.

박효신의 잘생긴 얼굴도 박효신 앓이에서 빼놓을 수 없다. 노래 실력과 어우러진 미모는 가공할 만한 위력을 발휘한다. 오죽하면 군대에서 장병들이 걸그룹이 아닌 박효신을 연호했겠는가.

잘생긴 것도 좋지만 단언컨대 박효신의 가장 큰 매력은 그의 노래라고 생각한다. 이 글을 읽고 박효신에게 관심이 생겼다면 박효신의 라이브 영상을 꼭 한 번 들어보길 바란다. 특히 그의 미칠 듯이 부드러운 가성을 느낄 수 있는 〈추억은 사랑을 닮아〉 라이브와 아름답고 절절한 목소리의 〈동경〉 라이브를 추천한다. 영상이 좋았다면 박효신의 명곡 중 하나인 〈It's you〉, 박효신이 찍은 유일한 광고인 르노삼성자동차 광고도 보기를 추천한다. 어느샌가 '박효신 앓이'에 걸려버릴 수도 있으니 조심하길.

아래 내용은 워크숍을 통해 학생 글의 초고를 수정하는 과정을 보여준다. 일부이긴 하지만 전체적인 과정을 짐작해 볼 수는 있을 것이다. 제시된 부분을 왜, 어떻게 고쳤는지 살펴보기 바란다.

〈원래 글〉

일반 사람은 물론 박보영, 김고은, 여진구, 시우민 등 많은 연예인도 앓는 병이 있다. 바로 '박효신 앓이'이다. 나도 한동안 이에 시달렸었지만, 지금은 좀 나아진 상황이다.

〈고친 이유〉

박효신 앓이에 관한 설명이 부족하다. 얼렁뚱땅 넘어가서 '박효신 앓이'에 대해 잘 모르는 사람은 글쓴이가 무엇을 말하고 싶은지 이해가 되지 않을 수도 있다는 지적이 있었다. 따라서 설명을 덧붙일 필요가 있었다.

〈고친 방법〉

문장을 다듬고 병의 증상과 그 파급력에 대한 설명을 추가했다.

〈고친 글〉

그 뒤로 나는 이른바 '박효신 앓이'에 시달리게 되었다. 지금은 다행히 많이 호전되었지만, 한때는 팬클럽 가입을 진지하게 생각했었을 정도로 병세가 심각했었다. 만약 그 이상으로 병이 심해지게 되면 웬만한 아이돌 팬 저리 가라 할 정도로 박효신 덕질을 하게 된다. 팬클럽 정회원 수로 추정해볼 때 3만 3천 명 정도가 그런 위중한 상태로 보인다. 이 정도까지는 아니더라도 '박효신 앓이'는 2019년에 열린 콘서트 예매에 60만 명이 몰릴 정도로 광범위하게 퍼져 있다. 일반인은 물론 박보영, 김고은, 여진구, 시우민, 장동건 등 많은 연예인도 투병 사실을 밝히곤 한다.

쓰기 워크숍

다음은 내가 실제로 운영했던 쓰기 워크숍 사례다. 9주 동안 실시했고, 참여 학생들은 같은 테마를 가지고 글을 썼다. 테마는 이 책에 소개된 것들을 활용했다.

참고로 새로운 테마를 다룰 때에는 해당 테마와 관련된 모범 글(칼럼 쓰기가 테마라면 모범이 될 만큼 잘 쓴 칼럼)을 1인당 한 편씩 찾아와 나눠 읽고 분석하는 시간을 가졌다. 좋은 글을 살펴봄으로써 어떻게 써야 할지 감을 잡을 수 있기 때문이다. 나아가 완성된 글을 좀 더 쉽게 나누기 위해 인터넷 카페도 운영했다.

1. 개요

가. 3~4인으로 한 모둠을 만든다.

나. 워크숍 기간 동안 총 세 편의 글을 쓴다.

다. 3주(1주 2시간, 총 6시간)에 걸쳐 한 편의 글을 서로 돌려 읽은 뒤 완성해 보는 경험을 가진다.

2. 좀 더 구체적으로

가. 쓰기 워크숍은 다 함께 쓰고 다 함께 읽기가 핵심이다. 9주 동안 참여 자들은 세 가지 테마로 글을 쓴다. 그리고 모둠 활동을 통해 글을 친구들과 같이 읽고 이야기 나눈다.

※ 세 가지 테마: ① 내가 좋아하는 것, 그래서 너와 나누고 싶은 것, ② 나를 화나게 만드는 것, 혹은 바꾸고 싶은 현실들, ③ 뉴스로 생각에 날개 달기.

나. 글쓰기는 모범 글 분석-초고 쓰기-1차 합평(친구가 쓴 글을 같이 읽고 검

토·조언하는 활동)-고쳐 쓰기-2차 합평 및 고쳐 쓰기의 순서로 진행한다.

다. 합평 시간에는 미리 친구 수만큼 자신의 원고를 복사해 온다.

라. 친구들의 글을 읽고 부족한 점을 지적할 때는 반드시 좋은 점도 같이 이야기해 준다.

마. 글쓰기 못지않게 중요한 것은 '읽기'이다. 그런 만큼 친구가 쓴 글을 꼼꼼하게 읽어야 한다. 전체 구조가 어떻게 짜여 있는지, 핵심 메시지는 무엇인지, 잘된 부분은 어디이고 아쉬운 점은 무엇인지 생각해 보아야 한다.

※ 서로의 생각을 편하게 나누되, 일종의 전략회의를 한다고 생각해도 된다. '친구의 글을 더 좋게 만들려면 어떻게 해야 할까?' 하는 문제를 다 같이 고민하는 것이 포인트다.

3. 주별 계획

여기서는 한 편의 글을 완성하는 기간(1~3주차)까지만 제시한다. 4~9주차 활동 내용은 1~3주차 내용과 비슷하게 구성하면 된다.

	주제	활동 내용	참고 자료(각자 읽기)
사전		• 사전 과제 제시: 자료 글 미리 읽어 오기, 모범 글 찾아오기	1차 주제 사전 과제 1. 자료 글 각자 읽어 오기 　- 시작은 내가 좋아하는 것 부터(2장 참조) 2. 모범 글 찾아오기
1주차	• 내가 좋아하는 것, 그래서 너와 나누고 싶은 것 • 아이돌, 웹툰, 게임, 피규어, 패션, 음악, 요리 등 지금 자신이 빠져 있는 것(정보를 전달하는 글쓰기)	• 1-2교시: 모범 글 구조 분석 및 토의(배울 점 찾기), 시간이 남으면 자기 글 구상 및 초고 쓰기 • 다음 모임 전까지 초고를 카페에 올리기	• 모범 글 몇 편 (분석 및 토의·토론용)
2주차		• 3-4교시: 1차 합평(친구가 쓴 글을 같이 읽고 검토·조언하는 활동) • 다음 모임 전까지 수정본을 카페에 올리기	• 고쳐 쓰기: 체크리스트 활용 (5장 참조) 　- 전체 흐름 다듬기 　- 문장 다듬기
3주차		• 5-6교시: 2차 합평 및 고쳐 쓰기 • 다음 모임 전까지 완성본을 카페에 올리기 • 사전 과제 제시: 자료 글 미리 읽어 오기, 모범 글 찾아오기	2차 주제 사전 과제 1. 자료 글 각자 읽어 오기 　- 나를 화나게 만드는 것, 혹은 바꾸고 싶은 현실들 (2장 참조) 　- 문제가 있으면 해결책도 있다(4장 참조). 2. 모범 글 찾아오기

나만의 책 쓰기
프로젝트

.

자기 이름으로 책 한 권 내는 것이 로망이라 이야기하는 이들을 만날 때가 있다. 그럴 때마다 말한다. "한 번 써보시는 건 어때요?" 그러면 대개 웃으며 손사래를 치곤 한다. 책 쓸 엄두도 나지 않거니와 출판 자체도 예삿일이 아닐 것 같아서란다.

그러나 한 가지 짚어두고 싶은 게 있다. 출판은 생각보다 어렵지 않다는 점이다. 물론 출판사에 투고해서 책을 내는 기획출판은 쉽지 않다. 수많은 거절을 각오해야 한다. 하지만 그것만이 책을 내는 유일한 방법은 아니다. 전자책 편집 프로그램을 이용해 집에서 혼자 책을 낼 수도 있고, 교보문고 같은 곳에서는 무료 출판 프로젝트를 운영하기도 하니 이를 이용할 수도 있다.

학생이라면 기회는 더 많다. 각 교육청마다 학생 인문 책쓰기 동아리를 모집·지원하고 있기 때문이다. 심지어 2019년, 서울시 교육청은 모든 중학생을 대상으로 1인 1책 쓰기를 공식화하기도 했다. 그러므로 이제 책 쓰기는 더 이상 특별한 소수의 전유물이 아니다. 자기만의 콘텐츠와 책을 쓰려는 의지만 있다면 누구나 작가가 될 수 있는 시대가 열린 것이다.

나만의 책을 써야 하는 이유

왜 책을 써야 할까? 글쓰기와는 차별화된, 책 쓰기를 통해서만 얻을 수 있는 이점이 있어서다. 그중 대표적인 것 세 가지만 소개하면 다음과 같다.

먼저, 책을 쓰면 나만의 브랜드를 만들 수 있다. 책을 쓰다 보면 한 주제에 대해 깊이 파고들게 된다. '확실하게 잘 아는 분야' 하나가 생기는 것이다. 책은 그와 같은 전문성을 드러내는 표지이자 자기만의 독특한 브랜드가 된다. 지금까지 많은 이들이 책을 통해 자기 브랜드를 만들어왔다. 《아웃라이어》의 작가 말콤 글래드웰이나 《사피엔스》로 기억되는 유발 하라리가 좋은 예다. 이 같은 브랜드 구축 속에서 자연스레 자기 세계의 확장이 일어난다. 자존감도 향상된다. 많은 시간과 노력이 들지라도 책을 쓰는 이유다.

다음으로, 생각의 수준이 한 차원 높아진다. 좋아서 시작한 일이라 해도 책 한 권 쓰는 것이 쉬운 일만은 아니다. 봐야 할 자료도 풀어야 할 숙제도 참 많다. 어쩌면 매 순간이 도전의 연속이다. 그런데 이 과정에서 사고가 쑥쑥 자란다. 더 많은 것을 알게 되고, 전에는 보이지 않던 것들이 보이기 시작한다. 끊임없이 자료를 찾고, 정리하고, 새롭게 해석하고, 그걸 다시 글로 풀어내는 과정에서 생각이 자라기에 가능한 일이다.

마지막으로, 계속해 글을 쓸 수 있는 힘을 얻게 된다. 글을 쓰다 보면 누구나 슬럼프를 겪는다. 이런저런 일들에 지치고 책상에 앉았는데 아무 생각도 떠오르지 않으면 '굳이 글을 써야 하나?' 하는 생각에 빠질 때도 있다. 그때 우리를 글쓰기로 이끄는 결정적인 힘은 무엇일까? 바로 책 쓰기 프로젝트다. 사실 써 놓은 게 있으면 아까워서라도 중간에 그만두기 어렵다. 그러니 글쓰기를 통해 무언가를 이루고 싶다면 책 쓰기에 도전해 보는 것도 좋겠다.

지금까지 책 쓰기가 만만치 않다는 말만 잔뜩 늘어놓은 것 같은데, 또 막상 써 보면 그렇게 어렵기만 한 것은 아니다. 물론 처음에는 막막할 수 있다. 하지만 일단 쓰고 싶은 꼭지부터 한두 편 먼저 써 보라. 그러면 자연스레 다음에 써야 할 꼭지가 떠오를 것이다. 몇 편 쓰다 보면 글이 쌓인다. 그러다 보면 어느 순간, 한 권의 책이 완성되는 때도 오고 말이다.

미국의 소설가 에드거 로런스 닥터로(Edgar Lawrence Doctorow)는 말했다. 책을 쓰는 것은 밤중에 차를 운전하는 것과 같다고. 그래서 당장은 헤드라이트가 비추는 곳까지만 볼 수 있을 뿐이라고. 하지만 그런 식으로도 끝까지 여행을 마칠 수 있다. 그러니 너무 어렵게만 생각하지 말자. 책 쓰기는 못해서 안 하는 것이 아니라 안 해서 못하는 것일 수도 있다.

어떻게 쓸 것인가

책 쓰는 과정을 간단하게 스케치해 보면 다음과 같다. 물론 이 도표는 하나의 예시일 뿐이다. 쓰는 사람의 선택에 따라 순서는 얼마든지 달라질 수 있다.

위의 순서 중 예상 독자에 대한 것과 자료 수집하기, 글쓰기, 고쳐 쓰기 등은 다른 장에서 이미 다루었다. 따라서 여기서는 콘셉트와 차례 정하기, 두 가지만 살펴본다.

먼저 콘셉트 정하기부터 보자. 콘셉트는 책 속에 담아내고자 하는 핵심 내용이다. 그런 만큼 책의 성패는 콘셉트 정하기에서 결정된다고 해도 지나치지 않다. 작가마다 매력적인 콘셉트 찾기에 골몰하는 이유다.

콘셉트는 학문적인 것도 좋고, 아이돌이나 게임, 요리처럼 취미와 관련된 것도 좋다. 핵심은 자기가 좋아하거나 잘하는 것을 토대로 독자도 읽고 싶어 할 만한 무언가를 찾아내는 것이다.

예컨대 요즘 내가 '차박'에 빠져 있다고 치자. 그러면 나는 차박을 중심으로 콘셉트를 찾을 수도 있다. 내가 좋아하는 것에 대해 쓰니까 책 쓰기도 재미있는 놀이가 될 테니 말이다. 게다가 차박 방법이나 필요한 소품, 차박 명소에 이르기까지 차박에 대해 알고 싶어 하는 사람들도 의외로 많다. 따라서 이때는 사람들이 호기심을 가질 만한 무언가, 차박의 빛나는 매력이나 그것에 대한 자기만의 독특한 노하우 등을 중심으로 콘셉트를 잡으면 된다. 참고로 콘셉트는 제목에 담겨 있는 경우가 많다. 그러므로 콘셉트 잡는 감을 기르고 싶다면 요즘 잘 나가는 책의 제목을 검토해 보는 것도 좋다.

다음으로 차례 정하기를 살펴보자. 책 쓰기에 도전하는 사람 중 의외로 차례 정하기를 소홀히 하는 경우가 많다. 하지만 단언컨대, 책 쓰기에서 차례는 콘셉트만큼이나 중요하다. 글을 쓰는 과정에서 우리가 길을 잃지 않도록 이끌어 주는 이정표 역할을 하기 때문이다.

이뿐만이 아니다. 차례가 있어야 전체의 그림을 그려볼 수 있다. 앞으로 무엇을 어디에 배치해야 할지, 어떻게 써야 할지에 대한 고민도 차례가 있어야 가능하다. 따라서 차례는 책에 대해 끊임없이 '생각할 거리'가 된다. 중복된 글쓰기를 막아주고 꼭 필요한 내용을 빠뜨리지 않도록 도와주는 차례, 책 쓰기에서 이만큼 중요한 것도 찾기 어렵다.

그러면 차례는 어떻게 구성할 것인가? 먼저 차례 속에 꼭 넣어야 할 꼭지부터 메모해 본다. 이때 다른 자료는 참고하지 않는 것이 좋다. 홀로 고민해 떠올린 것들 속에 자기의 색깔이 담기기 때문이다.

다음으로는 같은 주제를 다룬 다른 책에서 차례 부분만 따로 떼 내어 살펴본다. 가급적 많은 자료들을 검토해 보는 것이 좋다. 꼭 필요한 내용이었는데 지금껏 떠올리지 못한 게 있었다면 그것을 포함시켜 차례를 구성하면 된다. 유의할 점은 차례에서부터 자기의 색깔이 묻어나야 한다는 점이다.

이 정도만 해도 꽤 그럴듯한 차례가 나온다. 그런데 차례를 좀 더 정교하게 만들고 싶다면 해당 분야의 좋은 책을 몇 권 골라 전체 내용을 꼼꼼히 메모하며 읽어 보길 권한다. 참고도서를 정독하면 그 책의 차례가 뜻하는 것이 무엇이었는지 더 잘 알게 되기 때문이다. 그만큼 특정 꼭지가 내 책의 어디에 배치되어야 할지도 더 잘 알게 된다. 또 본문을 읽는 도중 갑자기 써야 할 꼭지가 떠오르기도 하고 말이다. 이후 다시 차례를 검토하면서 수정하면 된다.

차례가 정해지고 나면 이제 글을 쓰면 된다. 굳이 차례의 순서에 얽매일 필요는 없다. 쓰고 싶은 꼭지부터 마음 내키는 대로 쓰면 된다.

알아두면 좋은 몇 가지

선생님의 도움을 받아 학생 인문 책쓰기 동아리 활동을 해 보길 추천한다. 시나 소설을 써도 되고 지역 문화 탐방기나 책을 읽고 난 뒤의 감상문을 써도 된다. 원고만 있으면 각 지역 교육청에서 출판을 지원해

준다. 책 쓰기에 관심이 있다면 이런 기회를 놓칠 이유가 없다. 기한 내에 글을 쓰게 되니 실패할 일도 없고 선생님의 지도까지 받을 수 있으니 일석이조다.

마음 맞는 친구들끼리 동아리를 만들어 책을 쓰는 것도 괜찮다. 활동을 같이할 친구가 있으면 외롭지 않기 때문이다. 힘을 모아 한 권의 책을 만들어도 좋고 각자 책을 쓰되 서로의 원고를 돌려 읽으며 피드백을 주고받아도 좋다.

책 쓰기에서 결과보다 더 중요한 것은 과정이다. 꼭 근사한 책이 아니어도 된다. 내가 좋아하는 무언가를 위해 책을 써보았다는 사실 자체가 자존감을 높여준다.

사례로 배우는 글쓰기

학생 글 세 편을 소개한다. 이 글을 쓴 학생의 꿈은 게임 개발자가 되는 것이다. 그래서였을까? 한 학기 동안 글쓰기 수업을 하면서 세 가지 서로 다른 테마를 제공했는데도 늘 게임과 관련된 글만 썼다. 분량도 많았다. 매번 A4 네 장씩 쓰면서도 내용 또한 알찼다. 자신이 좋아하는 분야가 확실하고 그것에 대해 아는 것도 많으니 할 말 역시 많았기 때문일 것이다.

여기서는 내용이 길어 극히 일부만 소개한다. 이를 통해 하나의 콘셉트 아래 각기 다른 소주제들을 가지고 글을 쓰면 책 한 권 내는 일이 그리 어려운 것만은 아니라는 점을 느꼈으면 좋겠다.

Do you know SKT T1 Faker?

(테마 1. 내가 좋아하는 것, 그래서 너와 나누고 싶은 것)

경남과학고 강○○

축구나 야구 경기를 보며 자기가 좋아하는 팀을 응원하거나 월드컵이나 올림픽에 우리나라 선수가 출전할 때 치킨을 먹으며 TV 앞을 지킨 적이 한 번쯤 있을 것이다. 물론 나도 그런 경험이 있다. 그러나 몸을 쓰는 스포츠 이외에 게임, E스포츠를 보는 것으로도 여러 가지 재미를 느낄 수 있다. 하지만 아직 사람들은 E스포츠의 매력을 잘 모르는 것 같아 E스포츠와 필자가 좋아하는 팀인 T1에 대해 소개하고 싶어졌다. 이 글을 통해 E스포츠의 매력을 알아보자.

E스포츠는 게임, 즉 전자오락을 통해 이루어지는 스포츠를 말한다. 과거의 게임은 오락의 범주를 넘어서지 못했지만, 최근에 많은 사람들이 인정하는 스포츠가 되었고, 얼마 전 자카르타 팔렘방 아시안게임에 시범 종목으로 인정받기도 하는 등 점점 하나의 스포츠로 자리 잡고 있다.

내가 E스포츠를 재미있다고 생각하는 첫 번째 이유는 선수들의 집중력이나 슈퍼플레이, 판단들을 보는 것이다. 내가 할 때는 하지 못하거나, 생각하지 못했던 게임 플레이, 위험한 상황에 순간적인 판단으로 생존하거나 게임을 역전하는 것이 E스포츠의 매력이라고 생각한다. 한 예로 〈워크래프트〉의 장재호 선수는 결승 직전 오른팔에 깁스를 하고도 왼쪽 팔로만 게임을 하여 팀을 우승으로 이끈 적이 있다. 상대의 행동을 예측하고, 순간적인 컨트롤보다는 전체적인 상황 판단을 통해 승리한 것이다. 이후 인터뷰에서는 "상대가 내가 예상한 대로 움직여줘서 이길 수 있었다"라는 말을 했다.

또 선수들의 전략을 보는 것도 재미있다. 스킬이나 기습 한 번으로 게임의 전황을 바꾸거나, 순간적인 백도어(상대가 나와 있을 때 몰래 상대 기지로 잠입해 건물을 부수는 것)로 게임을 끝낼 때, 매번 다른 상황이 연출되는 E스포츠의 매력을 다시금 느낄 수 있다. 〈중간 생략〉

어떤 사람은 "난 게임을 많이 안 해서 잘 모르는데?"라고 할 수도 있을 것이다. 그런데 신기하게 나도 〈리그 오브 레전드〉라는 게임을 해 보기 전에 E스포츠로 먼저 접했다. 심지어 게임을 거의 해 보시지 않은 우리 아버지도 보신다. 게임을 많이 하지 않고도, 잘 몰라도 재미있게 즐길 수 있다. 축구나 야구를 잘 하지 않거나 세부적인 규칙을 잘 모르고도 보거나 월드컵에서 응원을 하는 것과 비슷한 것이다.

몇 년 전만 해도 〈리그 오브 레전드〉, 〈스타크래프트〉 등 MOBA나 RTS 등의 한정된 장르만 E스포츠로 많이 알려져 있었다. 하지만 최근 E스포츠의 종목은 매우 많아졌다. 〈배틀그라운드〉 같은 FPS게임은 물론이고 〈테트리스〉, 〈철권〉 등 옛날 게임들, 심지어 파밍 시뮬레이터라는 E스포츠와 전혀 상관없어 보이는 게임까지 E스포츠를 실시하고 있다. 이렇게 많은 종목이 있으니 자신이 관심을 가질만한 종목을 찾아보는 것도 하나의 재미이다.

매년 E스포츠마다 국가 대항전이 열리기도 한다. 지금 한창 리그 오브 레전드 월드 챔피언십, 일명 롤드컵(현재 9년차)이 열리고 있고 한국팀이 3팀 출전하여 모두 8강에 올랐다. 이번 주 주말에 8강, 다음 주, 그다음 주에 4강 결승전이 열린다. 월드컵에 나간 우리나라 팀들을 응원하는 것처럼 이번 기회에 한국팀의 경기를 응원하며, E스포츠에 입문해 보는 것은 어떨까? 〈이하 생략〉

이게 게임이냐?

(테마 2. 나를 화나게 만드는 것, 혹은 바꾸고 싶은 현실들)

요즘 국내에서 개발하는 게임을 보면 소위 대박이 터지는 게 없다. 또 이런 상황에 우리나라 최대 게임 기업의 매각설까지 들려온다. 요즘 내가 국산 게임을 좋아하지 않는 이유를 올해 게임 업계의 상황과 국산 게임의 개선점을 통해 알아보자.

올 상반기 국내 한 게임 기업 A의 매출이 사상 최대라는 보도가 났다. 또 그 기업의 온라인 RPG게임은 〈리그 오브 레전드〉를 제치고 전 세계 PC 게임 중 수익 1위를 달성했다. 그런데 시가총액은 24%, 3조 원이 증발했다고 한다. 왜일까? 전문가들은 매출 중 가장 큰 부분을 가지고 있는 게임의 중국 매출이 8%나 감소한 것을 원인으로 보고 있다. 〈중간 생략〉

내 생각에 국내 게임 기업들의 개발력이 감소하고 있다. 지금 A사의 매출의 큰 부분을 차지하는 것은 〈메이플 스토리〉, 〈피파 온라인〉, 〈던전 앤 파이터〉 이 3개의 게임이다. 최근 게임이 아니라 서비스한 지 10년이 지난 올드 게임이라는 것이다. 올드 게임을 무시하는 것은 아니지만 새로움이 없다는 것은 유저나 회사 입장에서 큰 문제이기도 하다. 특히 최근 개발하는 게임을 봐도 〈바람의 나라: 연〉, 〈마비노기 모바일〉 등 옛날 게임의 리메이크 버전, 즉 추억팔이를 이용해 수익을 올리겠다는 느낌밖에 들지 않는다.

이것이 요즘 느낀 우리나라 게임의 큰 문제이다. 개발력이 떨어져 새로운 게임을 만들 생각은 하지 않고 하나의 IP(상표, 세계관 등 게임의 브랜드)가 성공하면 그 IP를 계속 복제한다. 〈이하 생략〉

제2의 아타리 쇼크는 오는가?

(테마 3. 비교 · 대조를 활용한 글쓰기)

현재 우리나라 게임 시장이 위기를 맞이하고 있다고 한다. 이는 우리나라 게임 시장에 들어온 중국 양산형 게임 및 우리나라 대표 게임사가 주도하는 양산형 RPG게임 때문일 것이다.

이런 유형의 게임 때문에 게임 시장이 무너졌던 적이 옛날에도 한 번 있었다. 1980년대의 게임 시장의 거대한 몰락인 '아타리 쇼크'가 그것이다. 이 글에서는 아타리 쇼크와 현재의 게임 시장의 유사성을 비교하고 차이점을 대조하여, 제2의 아타리 쇼크의 가능성을 분석할 것이다.

그때와 현재 상황의 유사성은 양산형 저질 게임이 범람한다는 것이다. 1980년 이전에는 아타리에서 게임기와 게임을 함께 생산했다. 1980년 이전에는 게임의 퀄리티도 좋았고, 수익 또한 좋았다. 이때 아타리 내부에서는 "쓰레기를 넣은 카트리지도 100만 장은 팔릴 것이다"라는 말도 나왔다고 한다. 〈이하 생략〉

글을 마무리하려는 순간, 문득 독자가 던질 법한 질문 하나가 떠올랐다.

"그래도 글쓰기는 어렵지 않나?"

아니다. 제대로 된 쓸거리가 있다면, 몇 가지 틀만 알아도 글쓰기는 결코 어렵지 않다. 글쓰기가 어렵게 여겨지는 이유 중 하나는 선입견 때문이다. 글쓰기의 어려움에 관한 선입견 말이다.

생각해 보면 글쓰기가 어렵다고 말하는 사람은 언제나 많았다. 작가도 예외는 아니다. 헤밍웨이는 글쓰기란 "타자기 앞에 앉아 피를 흘리는 것"이라 했고, 존 스타인벡은 "세상에서 가장 외로운 노동"이라고까지 했다. 하지만 너무 신경 쓸 필요는 없다. 이 모두는 최고의 작품을 써야 한다는 압박에 시달리는 작가에게나 해당되는 말이기 때문이다.

이들은 소수의 전문가다. 주목하는 사람들이 많아 결코 아무 글이나 막 쓸 수 없는 이들에게 글쓰기의 어려움은 숙명과도 같다. 따라서 그들이 토로하는 글쓰기의 어려움에는 근거가 있다. 하지만 딱 거기까지다. 우리같이 평범한 사람들에게 글쓰기의 곤란함은 선입견일 뿐이니까. 오히려 쓸거리만 있다면 누구에게나 열려 있는 문과 같은 게 바로 글쓰기다.

일례로 백종원 더 본 코리아 대표를 떠올려 보자. 알다시피 그는 탁월한 사업가이자 요리 연구가다. 그리고 이 점에 주목하는 사람이 많지는 않지만, 그는 10권이 넘는 책을 써낸 훌륭한 작가이기도 하다. 놀랍지 않은가? 백종원 대표는 사업이나 요리를 전공한 적도 글쓰기를 전공한 적도 없다. 대학교에서는 사회복지를 공부했다. 그런데도 어떻게 요리와 사업에 대해 10권이 넘는 책을 낼 수 있었을까? 나는 그가 요리 덕후, 사업 덕후였기 때문이라 생각한다.

그가 우리에게 희망을 주는 것은 바로 이 지점이다. 알고 보면 글쓰기가 전문 작가의 전유물이 아니라는 것, 특별한 자격증을 가지거나 전공해야만 쓸 수 있는 것이 아니라는 점을 그가 몸으로 증명해 보였기 때문이다. 그렇다. 알고 보면 글쓰기는 별 게 아니다. 자기가 아는 것을 그냥 친한 사람에게 이야기 들려주듯 쓰면 된다. 쓸거리와 함께 그것을 나누고 싶은 마음만 있다면 누구나 할 수 있는 일이다.

다시 한 번 말하지만 우리 대다수는 전문 작가가 아니다. 맞춤법 좀 틀렸다고 큰일 나지 않는다. 문장의 수준이 높지 않다고 매체를 통해 우리를 비판할 사람은 더더구나 없다. 그러니 편하게 쓰자. 내가 좋아하는 것부터. 또는 내가 고민하고 있는 것에 대한 것도 좋다. 내 글에 관심 갖는 사람이 그리 많지 않으니 오히려 더 편하게 쓸 수 있다. 마음대로 쓸 자유. 그것은 아마추어인 우리에게 주어진 특권이다. 쓰다 보면 자신이 결코 글쓰기와 거리가 먼 사람이 아니었음을 알게 될지도 모른다.

책이 나오기까지 많은 분의 배려와 도움이 있었다. 그분들께 마음 속 깊은 고마움의 말씀을 올리고 싶다. 먼저 책밥출판사의 대표님은 거칠고 부족한 글의 출간을 허락해 주셨다. 그리고 편집장님은 이 책을 기획하고 귀한 집필 기회를 주셨다. 근사한 피드백은 말할 필요도 없다. 덕분에 나는 여전히 글 쓰는 사람으로 남을 수 있었다. 이에 특별히 감사드린다.

다음으로 훌륭한 글을 예문으로 쓸 수 있게 허락해 주신 경향신문 이용균 기자님, 디스이즈게임 김재석 기자님, 영화평론가 이동진 선생님, 지성파파 배운기 선생님, 한국경제신문 고두현 논설위원님께도 고개 숙여 감사드린다.

이와 함께 경남과학고등학교 34기 강현중, 권태욱, 김부영, 김선욱, 김지훈, 노승환, 류민서, 류세하, 박민지(1반), 박민지(4반), 박민호, 배윤상, 배준원, 백관우, 양시호, 양영헌, 오성혁, 이도훈, 이영석, 조은재, 하시현, 허주희 학생과 36기 김민정, 김민준, 문정빈, 송승연, 신원재, 이동훈, 이상혁, 장민준 학생, 함안고등학교 안서영, 정나현 학생에게도 고마움의 말을 전한다. 이들 또한 예문을 제공해 주었다.

그리고 지면 제한 때문에 글을 실을 수는 없었지만 함께 글쓰기 수업을 했던 학생들에게도 고마움과 그리움의 말을 보낸다. 이 글을 쓰면서 문득 그들이 생각나 앨범을 펼친 적이 있다. 그랬더니 보고 싶은 얼굴들이 하나하나 되살아나 내 곁에 다가왔다. 그러고 보면 이 책은 함께 수업했던 모든 학생들과 같이 쓴 것이나 마찬가지다. 그들과 함께 쓰고, 읽고, 생각을 나누던 시간은 무척이나 즐거웠다. 그때 느꼈던 충만함은 오랜 시간이 지나도 변함없을 것이다.

그런가 하면 한 가지 아쉬움도 남는다. 함안고등학교 학생들의 글을 많이 싣지 못해서다. 두 가지 이유 때문이다. 첫째, 올해 경남과학고등학교에서 함안고등학교로 자리를 옮기기 전 이미 학생 예문 선정과 초고 작업을 거의 끝냈기 때문이고 둘째, 자리를 옮긴 이후에는 코로나19로 인해 글쓰기 수업마저 제대로 진행할 수 없었기 때문이다. 언젠가 아쉬움을 풀 기회가 있으리라 생각한다.

더불어 부족한 제자에게 늘 따뜻한 눈길로 격려를 보내주시던 김용석, 조규태, 곽동훈, 이광국, 김지홍, 안동준, 한귀은 선생님께 끝없는 존경과 고마움의 말씀을 올린다. 선생님들의 문하에서 내 배움의 시간은 무척 행복했다.

나아가 모자란 원고에 훌륭한 피드백을 해주신 모영화, 정화, 이호욱, 장소영 선생님께도 고개 숙여 감사드린다. 이분들 덕분에 글을 쓰는 내내 외롭지 않았다. 글도 훨씬 더 탄탄해졌다. 아울러 언제나 따뜻한 모습으로 곁에 있어 준 아내 강윤경과 아들 윤강현, 장인 장모님께도 깊은 사랑의 말을 전한다. 특히 아내는 내 글에 관한 한 가장 든든한 조언자이자 지지자였다. 마지막으로 지금껏 나를 낳고 길러주신 어머니와 아버지께 이 책을 바친다.